ハヤカワ文庫 NV

〈NV1042〉

暗殺工作員ウォッチマン

クリス・ライアン

伏見威蕃訳

THE WATCHMAN

by

Chris Ryan

Translated by

Iwan Fushimi

First published 2003 in Japan by

HAYAKAWA PUBLISHING, INC.

This book is published in Japan by

arrangement with

THE MARSH AGENCY/PATERSON MARSH LTD.

acting in conjunction with

BARBARA LEVY LITERARY AGENCY

through TUTTLE-MORI AGENCY, INC., TOKYO.

エリザベスに捧げる

（はるか昔のダンスに乾杯）

へ・キテンガ・カノヒ
へ・ホキンガ・ワカーロ
(顔を見ると思い出がよみがえる)

エージェントのバーバラ・レヴィ、センチュリー社の編集長マーク・ブース、副編集長ハナ・ブラック、そのほかの担当編集者のみなさんに感謝する。

暗殺工作員ウォッチマン

登場人物

アレックス・テンプル……………………SAS大尉
ジョーゼフ・
　　　　ミーアン（ウォッチマン）……MI5の長期潜入工作員
ドーン・ハーディング…………………MI5局員。アレックス
　　　　　　　　　　　　　　　　　との連絡係
アンジェラ・フェンウィック…………同副長官
ジョージ・ウィドウズ
バリー・フェン
クレイグ・ギドリー
　　　　　　　　　　　　…………………同幹部
デンジル・コナリー……………………ミーアンの専属教官
ソフィー・ウェルズ……………………アレックスの恋人
ドン・ハモンド…………………………SAS軍曹

プロローグ

一九九六年二月十一日　日曜日
北アイルランド

レイ・ブレドソウが、落命せずに逃げられたかもしれない一瞬があった。その瞬間に、自分の直感をブレドソウが信じたなら――ワルサーPPKを抜き、駐車場の真横のスペースにはいってきた黒いタクシーのサイド・ウィンドウめがけて弾倉の全弾を撃ち込んでいたなら――逃げおおせていたかもしれない。ブレドソウは、それまで三年半にわたり潜入工作に従事していた兵士だった。それだけ長くやっていれば、ほんとうに恐ろしい事態は即座にわかる。だから、タクシーに乗っている数人のスキンヘッドをちらりと見た瞬間、最悪の事態だと悟った。目をそむけたとき、その連中の冷たく残虐な期待のこもった視線を、ひしひしと感じた。

だが、ブレドソウはなにもしなかった。危険をささやく声は、イエロー・カードと叫ぶ声にかき消された。イエロー・カードに明記されている事前警告抜きで、その連中に先制攻撃を仕掛けて発砲すれば、年金がもらえなくなり、不名誉除隊となり、殺人罪で起訴される。むろんそんな交戦規則はたわごとだし、それも命にかかわるたわごとだが、ブレドソウは憲兵隊《コン》に十七年勤務し、イギリス軍兵士が被告になった有名な裁判二件を知っているので、接敵《タクト》の手順は厳格に守らなければならないという意識が染みついていた。

それで、なにもしなかった。タクシーの車内を砕け散ったガラスや噴き出す血や脳漿《のうしょう》の飛び散るシートというおぞましい光景に変えはせず、助手席のエンバシーのパッケージとライターに手をのばした。そして、煙草《たばこ》に火をつけると、二月の冷たい空気が煙を吸い寄せるように、サイド・ウィンドウを四、五センチあけた。なにげないふうを装った。直感でどう思ったにせよ、車に乗っている見知らぬ男たちを撃ち殺すわけにはいかない、とブレドソウは自分にいい聞かせた。いくら悪い予感がしても。

だが、すさまじく冷たい空気が顔に突き刺さり、エンバシーの煙が肺を刺激したとたんに、ブレドソウは悟った。ワルサーの全弾をタクシーに撃ち込むほかに手はなかったし、自分が反応できたかもしれない瞬間は去ってしまった。タクシーに乗っていた男たちが機敏に出てきたと思うと、大型のハンマーでサイド・ウィンドウが叩き割られて、すさまじい勢いでガラスの破片が飛び散った。冷たい銃口を頭にぐいと押しつけられ、酢のにおいのする息がかかったとたんに、もう自分は死んだも同然だとわかった。

「おりろ、兵隊」北アイルランド南部のファーマナーの訛《なま》りのある落ち着いた低い声と、大型のセミ・オートマティック・ピストルの撃鉄を起こす音。「妙な真似をしようなんて思うな……」

話をしろ、ブレドソウは自分に命じた。恐怖のあまり凍りつき、思考の流れが押さえつけられているのを感じていた。はったりをかませ。口を使え。ガラスのなくなったサイド・ウィンドウのほうを向いたが、なんといったのか、自分でもわからなかった。叫んだのかもしれない。ささやいたのかもしれない。耳にはいらなかった。

「おりろといったんだ、くそ野郎。早く！」

ドアがあき、網目のような模様ができた安全ガラスが内側に曲がり、何人もの剃《そ》りあげた頭や刺青《いれずみ》をした腕がぼやけて見えた。カモメが甲高い声をあげ、空を飛びまわっている。そのときブレドソウがワルサーPPKを手にする見込みはまったくなかった。リズバーンの武器庫に置いてきたのと変わらない。

考えろ。作戦手順を考えろ。恐怖を乗り越えて考えろ。考えろ。

煮え切らない態度でブレドソウが身を起こしかけたそのとき、額を激しく殴られた――弾倉に全弾を装塡した九ミリ口径のブローニングの銃把で――目に血がはいり、冷たい空気と体をひきずる腕が感じられ、タクシーのトランクとおぼしいカーペットを敷いた場所が顔の前に現われた。二度目にブローニングがふりおろされたのは見なかった。

一時間後、意識が戻りはじめた。走っている車に乗っているのがすぐにはわからず、額と後頭部の痛みも、PIRA（IRA暫定派）の拉致班に捕まったときの出来事のおぼろげな記憶と、すぐには結びつかなかった。やがて思い出し、また意識を失うことを祈ったが、だめだったので、さらに一時間あまり――最悪の一時間あまり――じっと横たわっていた。両手に手錠をかけられ、裸にされているとわかった。吐いたものとゴム引きのカーペットと潤滑油のにおいがしていた。

　神様、どうか国境を越えてイギリスの法の及ばないところへ連れていかれるのだけは阻止してください、と祈った。検問所と国境の哨所を通過したら、もう命はない。


　拉致されたとき、レイ・ブレドソウは、プロアンサス・ディーヴィという密告者《たれこみや》に支払う金を駐車場に置くところだった。通常の投函所《デッド・レター・ドロップ》を使う手順だ――使い古しの札で二百ポンドを、煙草――エンバシーと指定されている――の空箱に入れ、駐車場のふたつのゴミ入れのうち左手にあるほうにほうり込む。ディーヴィがその直後にやってきて、ソフトドリンクの缶を捨てながら、こっそりとエンバシーの空箱を回収し、立ち去る。どちらにとっても気乗りしないやりかただが、これまではなんの問題もなかった。

　ディーヴィは、身許の割れているIRAのテロリストの仲間だが、欲と愚かしさという自滅的な性格から、イギリスの公安組織に金で買われている。ベルファスト中央部の〝聖地〟でマリファナ煙草やコカインを売りはじめたときから、ディーヴィの運は悪いほうに転がりはじめた。〝聖地〟と呼ばれているのは、幹線道路にダマスカス・ストリート、エルサレム

・ストリート、カンタベリー・ストリートといった名がつけられているからだ。そのあたりはクイーンズ大学の学生向けの一部屋のアパートの多い街で、政治的に対立する二大派閥の学生たちが、靴下を洗い、豆料理を温め、ビールを飲んでいる。十八歳の極右国家主義者の集団に近づいたのがディーヴィの運の尽きで、バーを出たとたんに密告された。その晩遅く、ディーヴィは、フォールズ・ロードの裏手の賭け屋で、こっぴどく殴られた。その懲罰班は、麻薬取締直接行動のメンバーだと名乗った。ＩＲＡの偽装組織であることが知られている団体だ。

足腰の立たないほど打擲《ちょうちゃく》され、収入源を奪われて遺恨を抱いたディーヴィを、ＦＲＵ（武力研究部隊）が抱き込むのは、比較的容易だった。ＦＲＵは、密告者を育成し、運営する、イギリス陸軍の極秘部隊だ。兵士らしく見えない兵士から成っている。ほとんどブレドソウとおなじような中年男だ――永年勤務した元下士官で、ビール腹、髪が薄く、顔に特徴がない。

プロアンサス・ディーヴィは、ブレドソウとその同僚たちがあやつっている十数名の小物活動家のうちのひとりだった。元麻薬密売人のディーヴィは、ほんとうに重要な活動家との接触はまったくないが、提供する情報――会合の場所、不倫をしている夫、だれとだれが酒を飲むかといったこと――は、どれも情報というジグソー・パズルを組み合わせるのに役立つ。ディーヴィは、キャリクファーガス郊外のフィッシュ・アンド・チップスの店で、百七十五ポンドの前金と引き換えにＩＲＡの魂をブレドソウに売った。

密告者はＰＩＲＡの存在自体を脅かしかねないので、ＰＩＲＡテロリストの拉致班は、密告者をあやつるＦＲＵ隊員をなんとかして捕らえようとしていた。訊問の際にまず訊かれるのは、あやつっている密告者の身許だということを、ブレドソウは承知していた。つぎは、接触のある特殊部隊員——ＦＲＵ隊員、偽装監視活動を行なうデト（第一四情報中隊）、ＭＩ５《ボックス》（内務省保安局）チーム、そしてＳＡＳ（陸軍特殊空挺部隊）隊員の身許だ。それから、通信コード暗号その他、頭にはいっているもろもろの情報を聞き出そうとする。

ＰＩＲＡは、何カ月も前からこちらがＦＲＵ隊員だというのを知っていて、目をつけていたにちがいない、とブレドソウは思った。いまこうして拉致したのは、利用する——こっちが知っている情報がどうしてもほしい——ためでもあり、イギリス政府にざまあみろというしぐさをしたいからでもある。二日前、ロンドンの港湾地帯《ドックランズ》の南埠頭で起きた爆弾テロ事件は、そういう侮蔑のしぐさのなかでも最大のものだろう。兵舎にいた仲間といっしょに、ブレドソウはテレビの映像を眺め、めちゃめちゃになったシティの光景、倒壊したオフィス・ビル、ギラギラ光る割れたガラスがうずたかく積もる街路を唖然と見つめた。トラックに積んだ爆弾によって、二名が死に、多数が負傷し、何百万ポンドもの損害が生じた。爆発の一時間前にＩＲＡが、十七カ月と九日間つづいた正式な停戦を破棄する声明を発表していた。

ブレドソウは、停戦など存在しないと感じていた。いつもとなんら変わらなかったし、なかにはすこしひどくなったという同僚もあった。とにかく、爆弾は変化の兆しだった。その爆弾は、隠密裏だけではなく公式にも戦いを宣言するものだった。ＦＲＵその他の特殊部隊は、ふだんにも増して注意し、情報源を再度洗い、背後に気をつけるようにと警告された。

しかし、結局のところ、その程度のことしかできない。警告を受けたブレドソウは、投函所に行くときの応援《バックアップ》を要請した。前回の会合のとき、ディーヴィがあまりびくびくしているので、ブレドソウの胸に、ひょっとしてこいつは二重スパイをやっているのではないかという疑いが兆した。これまでさんざん情報を流してきたにもかかわらず、陸軍の側にいるよりはPIRAの側にまわったほうが安全だという結論に達し、命を助けてもらう見返りにFRU隊員を引き渡すと約束した――とも考えられなくはない。あるいは、もっと極端な見かたをすれば、ことによるとディーヴィは最初からPIRAの回し者で、ずっと偽情報を流していたのかもしれない。

そのふたつの筋書きは、かなり可能性が薄いと、ブレドソウは判断した――ディーヴィは頭がたいしてよくないから、複雑な欺瞞などできそうにない――とはいえ、妙な真似をしないともかぎらないので、FRU隊員が一名、べつの車で投函所の近くで見張ることになった。コナー・ウィーンが、三百メートルほど離れた駐車場の入口付近にモンデオをとめていたはずで、運がよければ、拉致するところを目撃したにちがいない。

目撃したとすれば、ウィーンは警報を発する。いまごろはSASの追跡車両が、一キロメートル半ほどうしろからライトを消したまま追尾しているはずだ。

だが、タクシーのトランクのなかであちこちにぶつかったり転がったりしていると、物事を明晰に考えるのは容易ではなかった。ブレドソウは、自分のことを勇敢だと思ったことは、一度もなかった。このタクシーが警戒線を突破し、国境を越えたら、どういうことになるか……訊問、ロや睾丸を思い切り蹴られ、眼球に煙草の火を押しつけられ……やめろ、と自分にいい聞かせた。うろたえるな。おまえは兵士だ。兵士らしくふるまえ。もっと重要なのは、兵士らしく考えることだ。

細かい点を考えろ。警報が発せられたとたんに、SASチームがリズバーン陸軍基地から四方へ出動する。全員が、戦闘用装備と武器を身につけている。馬力のあるBMW《ビーマー》やアウディ・クワトロで彼らが道路を突っ走っているところを思い描け。

地面の凹凸がしだいに激しくなり、大きな車のサスペンションにかなりの負担がかかっていた。ブレドソウは、陸軍のスパイク・チェーンのためにタイヤがパンクして、金属がこすれ、ゴムのばたつく音がして、車体が傾くのを期待した。だが、そんな様子はなく、突然、動きがまったくとまった。スライディング・ドアの金属がきしむ重い音が遠くから聞こえた。車は大きく揺れながらまたしばらく進み、ふたたびスライディング・ドアのギイッという音がした。一瞬の静寂ののちに、トランクがぱっとあき、棒状の蛍光灯のきつい白光が射し込んで、ブレドソウはまばたきしながら地べたに運びおろされた。素足に触れた地面は冷たく湿っていて、手錠が手首に食い込み、髪が血で固まっているのがわかった。周囲で声が響いていた。

闇に慣れていた目の前で、さまざまなものが形をなしていった。そこは壁が鉄板の広い長方形の納屋で、ブレドソウは期待に満ちた目つきをした濃紺のつなぎ姿の男たちに囲まれていた。男たちの口から出る息は白く、興奮した声に軽蔑が感じ取れる。左手の隅のジョン・ディーア製のトラクターときちんと積まれたポリ袋入りの肥料が、あまりにも正常な感じで、かえって馬鹿にされたような気になった。壁ぎわのなかごろは作業場で、滑車や鎖があり、奥は間柱で仕切られた事務所だった。前方右の壁の前には、荷物を積んでいないトレイラーがある。

まだ目をしばたたきながら、ブレドソウは半身になった。タクシーがはいってきた入口には、グリスを塗ったレールからぶらさがった高い波型鉄板の両開きのスライディング・ドアがあって、その前につなぎ姿の番兵二名が控えている。ひとりはセミ・オートマティック・ピストルをいじくり、もうひとりは湯気を立てながら地面に小便をしている。ふたりとも、憎しみに満ちた悪ガキのような目つきで、にたにた笑いかけていた。

ブレドソウは、ふらふら揺れながら、しばしそこに立っていた。即座にふたつの考えが浮かんだ。SAS《レジメント》の連中は、どこからこの場所を攻撃するのだろう？ それも問題だったが、もうひとつ気づいたことは、もっと恐ろしく、思わず肩で息をしはじめ、卒倒しそうになった。

こいつらはおれを殺すだろう。そのときに、若い兵隊に血の味を教えるはずだ。ひるむことなく仕事を片づけられる人間とそうでない人間を見分けるために、できるだけ陰惨なやりかたをするにちがいない。

いちばん近くにいた赤毛のがっしりした男が、くすりと笑った。

くそったれが、と思い、ブレドソウはふるえながらも気力を奮い起こそうとした。PIRAのくそ野郎め。SASの連中がやってきたら──まちがいなくやってきて、必要とあればドアを吹っ飛ばすはずだ──おまえらの首は胴体からちぎれ飛ぶだろうよ。

凍るような大気のなか、一瞬、物事のまとまりがついたように思えた。ブレドソウは、苦痛にさいなまれ、脳震盪《のうしんとう》を起こし、それにむろんひどくおびえていたが、自分のやるべきことを心得ていた。息をしろ、と命じた。頭をはっきりさせろ。痛みは気にするな。考えろ。

と、そのとき、濃紺のつなぎを着た人影が横から近づいてきて、ブレドソウのみぞおちに拳を叩き込み、鼻を膝蹴りして、骨を砕いた。鼻の骨が折れるときに閃光がひらめいて、ブレドソウは目がくらみ、息が詰まって倒れた。こいつらはおれをもっと殴るはずだ、とぼんやり思った。

そのとおりだった。飾り革に鋼鉄がはめこまれた靴で睾丸を蹴られ、口が凍りついて声にならない悲鳴が漏れたのにつづいて、肋《あばら》の下のほうにブーツがめり込んだ。肋骨が二本は折れたにちがいない。意識が薄れかけ、ブレドソウは目を閉じた。

腋に腕が差し込まれ、トレイラーのほうへひきずっていかれた。鉄のテイルゲートに押しつけられ、両腕をひろげた格好で手錠をそこにつながれた。しばし脚の力が抜け、よだれを垂らし、窒息しかけ、鼻からだらだら血を垂らしながら、ぶらさがっていた。

ようやく立てた。農場の冷たい空気を口から吸った。薄目をあける。ぜんぶで八人いる。

いや、九人だ——それまで姿を見ていなかった男がひとりいた。二十五と四十のあいだのどの齢《とし》にも見える、底知れない目をした蒼白い顔の男。あとの連中とはちがって、笑っていない。

「名前は？」と訊いたのは、さきほどブレドソウを蹴った、鼻がつぶれている痩せた男だった。

　ブレドソウは、なんとか顔を起こした。血を吐き出す。咳払いをした。「おれをだれだと思っているのか知らないが」呆然と切り出した。「でも……」

「おまえがだれだかいってやろう」痩せた男がいった。「おまえはレイモンド・ブレドソウ軍曹、もとは憲兵隊にいたが、現在は武力研究部隊とかいうところに配置されてる。おまえのことは一から十まで知ってるんだ、くそ野郎。ＳＡＳの広報誌に感謝しろよ。だから、おれたちに嘘をつくんじゃねえ」

　沈黙。車からおりた年かさの男が、ブレドソウの顔をじっと見据えた。

「われわれがなにを望んでいるか、わかっているはずだ」いやに念の入ったやりかたでつなぎを着ながら、その男がいった。「通信コード暗号、ＳＡＳ隊員の名前、密告者の名前——なにもかもだ。なんなら、おまえの手先のディーヴィのことからはじめようか。もっとも、あいつがおまえの思っていたような間抜けなアイルランド野郎じゃなかったというのは、もう察しがついているだろうな」

　ブレドソウは、黙っていた。蛍光灯を見あげ、鼻や肋《あばら》の痛みから意識を切り離そうとした。

男はにやりと笑った。「なあ、おまえら占領軍とはちがって、われわれはこれからもずっとここにいる。ディーヴィもそれがわかるくらいの知恵はある」

ブレドソウは、餌には食いつかず、曖昧《あいまい》な表情を装おうとした。おいでなすった、と思った。あらかじめ用意してあった言葉を口にした。「しゃべる。ただし、あんたらにはしゃべらない。アダムズか、マッギネスか、シンフェイン党の幹部にいう。あんたらの知りたいことをなんでも教える。パードリグ・バーンでもいい」

表向きはシンフェイン党議員のバーンが、PIRAベルファスト旅団長であることを、公安組織では知っていた。幹部とじかに話がしたいというブレドソウの要求には、目的と打算が含まれている。そうした幹部は二十四時間態勢で監視を受けているし、今回のブレドソウのようにイギリスの諜報員が拉致されたときには、監視が強化される。ブレドソウは、コナー・ウィーンの働きに生存の望みをかけていた。だれかしら追ってくるはずだ。そうでなかった場合のことは考えたくもない。

「バーンにしゃべるって？」

「しゃべる」

訊問係の男が、周囲を見まわした。みんなにやにやしている。

「それじゃ、約束するか？　バーンにしゃべると」

罠だと察して、ブレドソウはいいよどんだ。こんなふうに簡単に許されるわけがない。

訊問係が、一歩詰め寄った。「どうなんだ？」

ブレドソウはうなずいた。「バーンにしゃべる。それより下のやつではだめだ」

訊問係がうなずき、集まっている面々の顔をちらりと見た。だれもが顔いっぱいに笑みをひろげ、軽蔑と愉快そうな表情と下手《へた》な歯医者の充塡物をおなじ割合で示している。車からおりた男が首をふり、ズボンのポケットから刻み煙草〈ドラム〉の小さなセロハン袋を出し、煙草を巻きはじめた。その男が巻紙をなめているあいだに、鼻のつぶれた男が向きを変え、つなぎのポケットから九ミリ口径のブローニングを出すと、しばしそれを眺めてから、バックハンドで銃把を力いっぱいブレドソウの肋に叩きつけた。

筆舌に尽くしがたい激痛が襲い、胸のなかで炎が一気にひろがったかと思えた。ブレドソウは、またしても物事を明晰に考えることができなくなった。つんのめって、テイルゲートにつながれた手錠からぶらさがり、一瞬、まわりの若いPIRA《プロヴォ》たちの目で自分の姿を眺めた——蒼白い顔が血みどろになっている、尻の肉のたるんだ、煙草を一日四十本吸う冒険野郎。もうじき年金をもらえる齢《とし》で、いまにも泣きそうになっている。スパイの調教師《ハンドラー》をつとめるブレドソウの世界は、情報提供者の世界と同一化していた——ビールとバーの止まり木とおんぼろ車の世界だ。はまり役だが、そのために健康と体力を犠牲にしている。トレガロンの基地で、教官が、「腹が出てるぐらい最高の偽装はないぞ！」といったとき、ブレドソウは同僚たちといっしょに大笑いしたものだった。

それがこのざまだ。みじめそのものだ。

だが、喉をぜいぜい鳴らし、あえぎながらぶらさがってはいても、胸のなかでたしかに脈打っているものがある。暴力を好むかつての兵隊の名残《なごり》が、荒々しくがんばっている。ＳＡＳの連中があのドアを吹っ飛ばしたら、どでかいドカーンという音がするはずだ。どでかいドカーンという音。それから殺しまくる。ＰＩＲＡ《プロヴォ》のこのくそ野郎ども、ひとり残らず……

髪をつかまれ、ブレドソウは顔を引き起こされた。苦痛の薄い膜を通して、事務室から歩いて出てくる小柄な角張った人影が見えた。赤毛、痩せこけた体、うしろになでつけた髪、きちんとボタンをかけたアラン編みのカーディガンで、即座にだれだかわかった。

「おまえ、あのかたをよく知ってるだろう？」銃把で殴りつけた男がたずねた。

「ああ」ブレドソウは、薄笑いを浮かべようとした。「ヴァル・ドゥーニカン（一九六〇〜七〇年代にテレビの音楽番組を持っていた歌手。リラックスしたセーター姿が多かった）だ」

それでまた睾丸を蹴られ、痛みに激しい絶望がくわわって、ブレドソウは目を閉じた。

アラン編みのカーディガンを着たその男こそ、パードリグ・バーンだった。デトがこいつを追跡するという望みはついえた。バーンは、すでにここにいる——ここがどこだか知らないが——おそらく数日前からずっといるのだろう。ブレドソウがふたたび目をあけたとき、バーンはつなぎを着ているところだった。

「わたしに会えてうれしいか、ブレドソウ軍曹。さぞかし喜んでもらえると思う」教養の感じられるのんびりした口調で、いかつい顔となぜかぞっとするくらい不釣合いだった。パードリグ・バーンは、とことん筋金入りだというのが、リズバーン陸軍基地での定評だったことを、ブレドソウは思い出した。

「さて、軍曹、おまえに見せたいものがある」

本のようなものが、ブレドソウの足もとの地面に、どさりという音とともに落ちた。いったいなんだ？

「レイモンド・ジョン・ブレドソウ」バーンが、アイルランド訛《なま》りの猫なで声でつづけた。「これがおまえの死神だ！」

ＰＩＲＡの若い兵隊たちが、おもねるようにくすくす笑った。ブレドソウが薄目をあけると、本と思ったのはニューリーおよびモーン地域の職業別電話帳だった。では、国境を越えていなかったのだ。まだ望みはある。

ブレドソウは祈った。神様、どうかウィーンがあのタクシーに追跡車両を追わせていますように。ＳＡＳチームがもう到着して、歩哨を始末していますように。

そういう希望に、必死ですがりついた。まもなく訊問がはじまるはずだし、でたらめをいう勇気が残っているかどうか、自信がなかった。かなりひどい拷問を受けるはずだ——ここに集まっている若いやつらの数や、そいつらの顔に浮かぶ期待や欲望から、それが察せられる。

そのとき、スライディング・ドアがふたたびあいて、冷気が吹き込み、泥まみれの白いワゴン車が納屋にはいってきて、排気ガスの靄《もや》のなかで一瞬がくんと揺れてからとまった。スライディング・ドアが即座に閉ざされ、背すじが凍るような甲高い悲鳴がワゴン車のなかから聞こえた。悲鳴は絶え間なく、やがて嘔吐と泣き声の混じったような音に変わった。

「声に聞きおぼえがあるだろう、ブレドソウ？」バーンが、ほほえみを絶やさない温厚な司会者エイモン・アンドルーズの物真似をつづけた。「そう、ベルファストはリズバーン陸軍基地からお越しの、あなたの旧友……」

つなぎ姿のＰＩＲＡの兵隊ふたりが、やはり裸で手錠をかけられた人物を、ワゴン車の後部からひきずり出した。頭と上半身をひどく殴られ、泥と反吐《へど》が胸や脚につき、顔は形も定かでない血みどろの仮面と化していた。納屋のまんなかまで来ると、ＰＩＲＡの兵隊が脚を蹴とばし、手錠をかけられた男は地面にどうと倒れた。

バーンは、さもうれしげに、それを眺めていた。「こんばんは」と、倒れている男に向かっていった。「このすばらしい行事に参加してくれてどうもありがとう」

「くたばれ！」倒れている男がいった。いや、そういったのだろうと、ブレドソウは憶測したのだが、口と歯がひどいありさまになっていて、ごぼごぼという低い耳障りな音が漏れただけだった。

ブレドソウは、かっと目を見ひらいた。とてつもない恐怖を押し殺そうとした。

痛めつけられた男は、すさまじい努力の末に、目を凝らしてあたりを眺め、ブレドソウを認めて、どす黒く腫《は》れあがった片方の瞼《まぶた》を動かした。その一瞬、男の顔が形をなし、だれだか見分けることができたとたんに、希望はすべて消え去り、ブレドソウは暗澹《あんたん》とした。

「そうとも」バーンが、有頂天になって言葉を継いだ。「あなたの古くからの戦友、コナー・ウィーンでございます！」

もう助からない、ブレドソウはぼんやりと思った。ふたりとも死ぬ。

バーンは、自分のくわえた一撃に満足し、ふたりを見守っていた。事務室から椅子が持ってこられて、PIRAの兵隊ふたりがウィーンを座らせ、手錠をかけた両腕のあいだに背もたれを無理やり通した。

「なにを考えているか、わかっているぞ」バーンが、たいそう機嫌よく、ブレドソウに向かっていった。「まだ国境の北にいて、SASの仲間がわれわれを襲うと思っているんだな。いやはや……」じつに滑稽きわまりない状況だというように、首をしきりとふった。「おまえがいるのは北ではないんだ！」

理性が失われてゆくのがわかった。残っているのは恐怖と苦痛と死だけだ。ブレドソウの血走った目が、くだんの蒼白い男に向けられた。齢の定かでない男が、笑みのかけらもない強いまなざしを返した。その凝視は、こう告げていた。ここは地獄だ。ようこそ。

バーンが、蒼白い顔の男のほうを向いた。「ジョーゼフ、さっき話がついたとおり、殺すのはおまえにやってもらう」愛想のいいくだけた口調だった。

「頼む」ブレドソウはささやいた。「なんでもしゃべる」唇をぱくぱく動かし、従順な一本調子の声でいった。「デトのメンバーの名前、SAS隊員の名前、密告者の名前、コード暗号……」

パードリグ・バーンが眉を寄せ、複雑な善悪の判断や、知性を必要とする問題と取り組んでいるかのように、しばしブレドソウの顔を穴があくほど見つめた。と、そこでまた笑みを浮かべ、ジョーゼフと呼んだ蒼白い顔の男のほうをふりかえった。

1

シエラレオネ

一時間進みつづけると、アレックス・テンプル大尉が片手をあげ、斥候班《パトロール》は用心深く停止した。頭上では、欠けはじめた月が、痣《あざ》のような不気味な色の雨雲にさえぎられている。パトロール班の左右の森では、虫が甲高いけたたましい声で鳴いている。午前零時を十五分まわったところで、六名とも肌までびっしょり濡れていた。闇に慣れた目で開豁地《かいかっち》に目を配るあいだ、汗もしたたっていた。

アレックスの予想したとおりだった。遠雷の重い響きに混じって、乾いた歯切れのいい連打音がかすかに聞こえる。たしかに銃声だ。じめじめした暗がりにいて姿がほとんど見えないドン・ハモンドが、アレックスのかたわらでうなずき、指二本を立て——二キロメートル前方という意味だ——踏み分け道を指さした。そうだ、アレックスは荒々しい喜びを感じながら思った。そうだ！　おれはこのためにSAS《レジメント》にはいった。SASがやらせてくれるかぎり、これをつづける。

痩せてはいるが強靭な体つきの軍曹に凄みのある笑みを向けると、アレックスは、じっとりと濡れた葉叢《はむら》に身を潜めているZ　3　6斥候班《ズールー・スリー・シックスパトロール》の他の四人を見まわした。アレックスのすぐうしろには、チームの通信担当、鋭い顔立ちのリッキー・サットン二等兵がいる。二十三歳のサットンは、班のなかで最年少で、もっとも経験が浅い。作業をしながらリッキーの背後を護るのは、口が達者なことで有名なロンドン子《コクニー》でSAS勤務が長いスタン・クレイトン伍長、開豁地の反対側の暗がりにしゃがんでいるのがぼんやりと見えるのは、ランス・ウィルフォード伍長とジミー・〝ドッグ〟・ケネルワース兵長だ。全員、アレックスとおなじずぶ濡れのジャングル用迷彩服と装備用ベルトを身につけ、M203擲弾発射器付きのM16アサルト・ライフルと鞘に収めた短刀《パラン》を携帯している。ブッシュ・ハットの柔らかな鍔の下の顔は、カムフラージュ・スティックで黒く塗ってある。全員が、手首とライフルにコンパスを取り付けてある。

ドン・ハモンドの合図で、パトロール班はベルゲンと呼ばれる大型背嚢をすばやくおろして隠した。蚊がまわりでわんわんうなり、手や顔に貪欲にとまった。何人かの首や手首に吸いついた蛭《ひる》が目に留まり、濡れたシャツや戦闘服のズボンの下でも、五、六匹が血を吸っているにちがいないと、アレックスはあたりをつけた。

じっとりと濡れた葉叢にしゃがんで、ハモンドが衛星通信装置のアンテナをひろげ、パトロール班の位置と小火器の銃声が聞こえる方角を、フリータウンのSAS基地に報告した。ハモンドが報告を終えると、アレックスはふたたび先頭に立った。部下たちに手ぶりでついてくるよう促し、遠い銃声に向けて進みはじめた。

これだ——と、心のなかでつぶやいた——そうにちがいない——そして軍《いくさ》の神に無言で感謝の祈りを捧げた。三十五歳という齢と大尉という階級は、いずれもアレックスにとっては不利だった。隠語でちんぽ野郎《ルーパート》と呼ばれるSAS士官は、ふつう幕僚や管理職に追いやられ、〝力仕事〟は兵と下士官がやる。ちんぽ野郎のアレックスがここに来られたのは、まったくの僥倖《ぎょうこう》だった。どういうわけか、万に一つという確率にもかかわらず、最後の冒険をやることを許されたのだ。

ズールー・スリー・シックス斥候《パトロール》班は、行方不明のITN（独立放送公社テレビニュース）報道班を捜していた。

報道班員——レポーターのサリー・ロバーツ、カメラマンのベン・ミルズ、音響録音技師ゲアリ・バージ——の行方がわからなくなってから、三十六時間以上が経過している。首都フリータウンから五五キロメートル内陸部のマシアカという町で目撃されたのが最後だった。マシアカは、戦略的に重要な中継基地で、蠅の群がる白カビの生えた小屋の群れをめぐって、シエラレオネ国軍とRUF（革命統一戦線）が何度となく戦ってきた。現在は政府寄りの軍事組織の手に握られており、欧米の報道班がはいってもほぼ安全だと見なされている。

ITN報道班を案内していたAFP（フランス通信社）の人間の話によると、サリー・ロバーツのチームがマシアカに赴いたのは、ウェスト・サイド・ボーイズという、気まぐれなことで評判の悪い政府寄りの民兵組織のメンバーをインタビューするためだったという。ITN報道班は、司令部に使われている弾痕だらけのかび臭い小屋に民兵の指揮官たちがいることを願っていたのだが、到着してみると、彼らはそこを引き払い、RUFの襲撃隊を追って東へ出かけていた。

サリー・ロバーツらは、それにもめげず、他の欧米の通信社の忠告もかえりみずに、ウェスト・サイド・ボーイズを追って、RUFの支配する無法地帯にはいり込むことにした。そして、翌日の夜明けに、借りた車でキッスーナ街道を走っていった。その後ロバーツ、ミルズ、バージの身になにが起きたのか、マシアカの人間にはまったくわからない。三人とも衛星通信電話機を持っていたにもかかわらず、連絡はなく、姿を見たものもいない。

のちに民兵から提供された情報によると、ウェスト・サイド・ボーイズは、RUF支配地域まで襲撃隊を深追いし、キッスーナ付近で激しい銃撃戦に陥ったが、勝負がつかず、そのあとマシアカへ撤退した模様だった。いつもの伝で、戦いのさなか、戦闘員のほとんどがぐでんぐでんに酔っ払っていた。RUFは椰子酒《やし》、ウェスト・サイド・ボーイズは、つねに携帯しているポリ袋入りのジンを飲んでいた。子供数人も含め、双方に十数名の死者が出た。

ITN報道班がその晩も帰らず、マシアカのだれにも連絡してこないので、おかしいとだれもが思いはじめた。翌日、最悪の事態を怖れたBBC報道班が、〝自動装塡大佐〟と呼ばれるウェスト・サイド・ボーイズの指揮官をインタビューした。インタビューから二時間以内に、フリータウン－イギリス政府《ホワイトホール》－ＳＡＳ連隊本部《ヘリフォード》の三カ所を結ぶ秘密保全回線による敏速なやりとりのあと、未編集のインタビュー映像のコピーがフリータウンのＳＡＳ基地で再生された。ルンギ空港の一角の警備施設――テント数張りと、低いカマボコ兵舎、それに通信アンテナという、なんの変哲もない汚らしい場所――が基地だった。ビデオ・クリップを見たのは、Ｄ戦闘中隊分遣隊四十名を指揮するデイヴィッド・ロス少佐と、対革命戦ウィングに所属するアレックス・テンプル大尉だった。

　二十分間のビデオ・クリップは、見るに耐えない代物《しろもの》だった。自動装塡大佐の目は疲労と強いマリファナと土埃のために真っ赤だったが、自分の知っている事実に関しては、確信を持っていた。二日前にマシアカを出てから、欧米の報道関係者とはいっさい話をしたことがない。まして西洋人の女など知らない。

　大佐はＢＢＣのインタビュアーに、こう語っている。報道班がキッスーナの戦闘地域の近くにいたとすると、十中八九、ＲＵＦに拉致されたにちがいない。いまごろ、その女は、長袖がいいか半袖がいいか――腕を肘と肩のあいだで切断するか、それとも肘と手首のあいだで切断するかと訊かれているはずだ。切った腕が、ＲＵＦの名刺代わりになる。最近は、それが生殖器にまでエスカレートしている。体の一部を切り取られた犠牲者は、苛性ソーダを入れた便器に尻を浸けられる。

「いや、たぶん食われちまうな」若い大佐は、肩をすくめ、ラッパーのツーパックのＴシャッの下に手を突っ込んで、腹を掻いた。「食いもんが足りないからな」

自動装填大佐は、RUFの食事習慣を知ることのできる立場にあった。一年前、ウェスト・サイド・ボーイズは、反政府勢力と結んでいて、流血と虐殺という狂気の波と『虫けら一匹生かしておくな《ノー・リヴィング・シング》（手足を切ると脅して従わせるRUFの恐怖の作戦名になっている）』というRUF賛歌の腹に響くビートに乗って、フリータウンを占領しようと攻め進んでいた。ウェスト・サイド・ボーイズが寝返って政府と意見をおなじくするようになったのは、つい最近のことだ——寝返った褒美《ほうび》は禁輸制裁を突破して運び込まれたブルガリア製武器三五トンだった。自動装填大佐がRUFは人肉を食べるというのなら、たしかに食べているにちがいない。

「なにせ、こいつはひどい戦争だよ」十九歳という年齢なりに精いっぱい権威をこめて、自動装填大佐は、カメラに向かっていった。「すごくひどい戦争だ」

インタビュアーに、アイスキャンデー——ジンを凍らせたもの——と女を捜しにいく、と断わりをいって、大佐は立ち去った。

「どうもまずいな」ビデオが終わると、アレックスは冷静にいった。

「そうだな」ディヴィッド・ロス少佐がいった。「それに、われわれにお鉢がまわってきそうだ」

アレックスはうなずいた。「部下たちを待機させよう」

「そうしてくれ」ロスが答えた。

アレックスとその部下十二名を派遣した対革命戦ウィングは、SASでもっとも極秘に属する部隊で、存在そのものも公式に認められたことはない。政府高官が公に関係を否認するような任務や暗殺の実行が部隊の目的で、海外の〝友好勢力〟に秘密裡に訓練をほどこすという仕事も行なう。アフガニスタンのムジャヒディン（イスラム聖戦士）やカンボジアのクメール・ルージュにもそうした訓練をほどこしたことがある。

今回はそういう問題のある任務ではなく、アレックスのチームは、シエラレオネ陸軍を訓練する特務部隊の一部として、フリータウンに来ている。それがあまりがんばる気になれない仕事で、演習のあいまにD中隊の四十名と共用している臨時基地に戻ると、ほっとした。

午後五時二十分、アレックスは、ふたたびロス少佐の小屋に呼ばれた。ロスが、ITN報道班誘拐の状況を、簡潔に説明した。D中隊分遣隊が今夜、捜索活動を行なうので、対革命戦ウィング・チームは基地に残り、救出作戦立案を手伝ってほしい、とロスはアレックスにいった。

ロスの話を最後まで聞いてから、アレックスはべつの計画を提案した。D中隊が救出実行にそなえて待機し、対革命戦ウィング・チームが捜索を行なってはどうか。

ロスが、丁重にではあるがきっぱりと、アレックスの計画を斥けた。対革命戦ウィング・チームは自分の指揮下にはなく、シエラレオネ滞在中の経費は同国政府が支払っている。責任範囲が重複してややこしいことになる。

作戦の目的のために自分と部下は喜んでロスの直接指揮下にはいる、とアレックスは反論した。自分たちが捜索を行なえば、D中隊は完全な形で救出にそなえられる。アレックスは、ロスに頼み込んだ。「われわれが報道班を発見した場合は、D中隊の手柄になる。失敗した場合は、対革命戦ウィング・チームのドジだ」自分のほうがロスよりも何年か経験が豊かで、捜索を指揮するのにまちがいなくうってつけだということは、つけくわえるまでもなかった。

ロスは、アレックスの提案をじっくり考えた。ふたりはたがいに好意と尊敬を抱いていたし、細面《ほそおもて》の元信号隊士官のロスは、アレックスが部下を率いて敵地に潜入するような機会は、もう二度とないはずだということを意識していた。ついにロスは、アレックスに向かってうなずいた。RUFの情報提供者からの報告によれば、報道班はRUFの宿営地と目されている二カ所のうちのどちらかにいるようだった。アレックスは、十二名のチームを二手に分けて、闇にまぎれ、潜入することになった。

一時間後、要旨説明《ブリーフィング》を聞きながら、テーブルに置いた地図を部下たちとじっくり検討しているときに、アレックスははじめて期待に肌が粟立つ感触を味わった。それが戦闘前の張りつめた緊張へと高まってゆくことを、経験から知っていた。いざ戦う瞬間になると、それが冷たい分析的な落ち着きへと変わる。そして、結果はどうあれ、仕事をやる。

今回の場合は、あまりいい結果は出ないだろう、とアレックスは見ていた。航空偵察写真を眺めていると——湿地の多い汚れた灰色の広大なジャングル、蚋《ぶゆ》に咬まれた跡のようなちっちゃな集落、粘土の色の陰気な水路——とうていITN報道班を見つけられるとは思えなかった。こんなところで人間三人をどうやって見つければいいのか？　それに、たとえパトロール班のどちらかが報道班を見つけたとしても、まだ生きているのか？　付近をきちんと偵察して、敵の兵員数や火力を正確に判断し、救出チームを突入させて、武器装備の充実しているRUFの鼻先から人質を救い出すような時間があるのか？

「前向きに考えようじゃないか」アレックスの考えを読んだかのように、ロスがきびきびといった。「情報機関の連中が、奥地のRUF指揮官たちと接触している。先方に交渉する意図があるようなら、基盤はできあがっている。とはいえ、むろんそんなものはあてにならない。人質を発見し、強硬な手段で連れ出すほかはないだろう」地図を掌《てのひら》でなぞった。「たしかに捜索範囲は広いように見えるが、報道班が無事だとすれば、キッスーナ地域のジャングルの宿営地二カ所のうちのどちらかにいる可能性が高い。その二カ所の位置はこのとおりだ」航空写真をつないで貼り合わせた上に、油性色鉛筆で印をつけた透明なビニールを重ねた。「アーセナルとチェルシーという暗号名をつけた。見てのとおり、どちらもロケル川沿いにあり、ミルウォールと名付けた尾根のわれわれの降着場から一〇キロメートル以内だ」

アレックスは、航空写真を慎重に見ていった。宿営地は、存在するとわかっているから、どうにか見分けることができた。とはいえ、かなり深いジャングルに囲まれている。

「捜索チームは、今夜二三三〇時にミルウォールにおろされる」ロスが、説明をつづけた。「偵察地点に到達するころには、これまでの経験から判断して、RUFの兵隊は大半が麻薬や椰子酒で酔って馬鹿騒ぎをしているはずだから、宿営地周辺の警備はおろそかになっているだろう。もっと早い時間に接近してもいいが、そうするとパトロール班が発見される危険が大きく、それにともなって人質の身もずっと危険になる」ロスは、両手の指先を合わせて尖塔をこしらえ、一同をじっと見据えた。「そんなわけだから、きわめて慎重にやってもらわなければならない。それから、こいつらがたまに人肉を食ったり、きてれつな服を着るのを好んだり、幼児の腕を山刀《マチェーテ》で斬ったりするからといって、最新鋭の武器の扱いを知らないわけではないというのを、肝に銘じておけ。RUFの宿営地には、RPG（ロケット推進擲弾発射器）その他、あらゆる武器がある。やつらが支配しているダイヤモンド鉱山の収益のおかげだ。それから、くどいくらいいっておくが、ひとりも死なせるな。いかなる状況でも、危険を冒して交戦してはいけない。わかったか？」

全員がうなずいた。アレックスは、パトロール班の面々をちらりと見た。士官はアレックスただひとりだ。

「ミルウォールから」ロスが語を継いだ。「パトロール班は徒歩でそれぞれのターゲットを目指す。人質がいる気配があってもなくても、兵員数、武器、射界、建物の位置関係その他に関して完全な報告がほしい。あすの〇二三〇時になってもITN報道班が見つからなかった場合、パトロール班はいずれもミルウォールにひきかえし、ピューマ・ヘリコプターによる引き揚げにそなえる。報道班を発見した場合は、問題の宿営地のほうで二班が合流、ひきつづき監視を行なう。アレックス、それから二班ともにミルウォールへ徒歩でひきかえし、フリータウンにヘリで戻って、中隊にブリーフィングを行なってくれ。これまでのところで質問は？」

一同といっしょに、アレックスは首をふった。

「強襲の時間設定は、諸君が持ち帰る情報と、相手方との交渉の結果しだいだ」ロスが、話をつづけた。「RUFを説得して人質を解放させる見込みがないわけではない――ロバーツとその同僚たちは、外国の報道関係者だし、RUFも世界の世論にまったく無関心ではないだろう」

それはどうかな、とアレックスは思った。フリータウンやマシアカの街路で、手脚を切断された子供を何度となく見ている。おれをごまかすなよ。

「交渉が不調に終わった場合、D中隊強襲チームが、いまから二十四時間ないし一週間のあいだに突入する。さて、質問は？」

やはり質問はなかった。

午後十一時、対革命戦ウィングの二個捜索パトロール班が、ピューマ・ヘリコプターに乗り込んだ。低音ローター・ブレードを装着し、無灯火で、暗視ゴーグルをつけたパイロットの操縦するヘリは、静かに内陸部へと忍び入って、マシアカ上空を越えたところで、東のRUF支配地域を目指した。予定どおり二三三〇時に、十二名の兵士が降り立ち、尾根を離昇してフリータウンにひきかえすピューマのローターが起こす風のなかで身をこごめた。

ベルゲンを隠してから三十分、アレックスのパトロール班は、予定されている基地からのバースト伝送を受けるために小休止した。リッキー・サットンが、プラスティック被覆のアンテナ線を木の枝にかけているあいだ、耐えがたい湿気の多い熱気が四方から押し寄せた。

突発的なライフルの連射が、いまでははっきりと聞こえ、植物の腐臭に混じり、木の燃えるにおいがかすかに漂っている。

ＩＴＮチームは、前方のその宿営地にいるのだろうか？　アレックスは、緊張がみなぎり、極度に活気づいていた。危険を前にするといつもそうなるのだ。

時計をたしかめ、バースト伝送が解読されるのを待って３１９パトロール無線機の上にかがみこんでいるドン・ハモンドとリッキー・サットンのそばへ行った。三人は無言で、小さなグリーンの液晶画面を見つめた。

黒い文字がぱっと現われた。リッキー・サットンが、雨のしずくを拭う。

『人質は十四日一二〇〇時に処刑される予定。位置がわかりしだい報告しろ。捜索斥候《パトロール》は夜明けのＤ中隊強襲を支援のこと』

「くそ！」アレックスはつぶやいた。心臓が高鳴っていた。「十四日はきょうだ。夜明けまで四時間ぐらいだ。それなのに、まだ人質を見つけてもいない」

アレックスは、ずっと冒険を望んでいた。

それがいま手にはいった。

2

夜明けの強襲。

そのことで、なにもかもが——あらゆることが——急転した。RUFは、応じることのできない最後通牒を突きつけたにちがいない——たとえば、シエラレオネ陸軍に捕らえられている捕虜全員の釈放というようなことを。

パトロール班は、人間に可能なかぎりの速度で、ジャングルの最後の部分を進んでいった。いまでは宿営地にかなり近づいており、でたらめに発砲されている銃はイギリス軍の標準装備のSLR（半自動小銃）だとわかった。銃声はいい兆候だった。RUFが内輪もめをしているのでなければ、パーティ気分だということだ。麻薬や酒で朦朧《もうろう》として、男らしさを誇示するために、七・六二ミリ弾を川や周囲のジャングルに向けて放っているのだ。それに、おそらく正午に報道班を殺すのが楽しみで、わくわくしているのだろう。

「もうちょっとだ」ドン・ハモンドが、うしろでささやいた。

アレックスは、礼の代わりに片手をあげた。先頭で路上斥候をつとめているアレックスだけが、ナビゲーションをやらなくていいことになっている——目を配り、耳を澄ますことだけに、神経を集中するためだ。説明のつかない動き、影ではない影はないか。粘土を踏むブーツのプチュッという小さな音、コッキング・レバーを引くなめらかな音はしないか。

音を聞くのが、かなり難しくなりはじめていた。銃声にくわえ、音楽のかすかなリズムとささやくような歌声が聞こえていた。アレックスが耳をそばだてると、シエラレオネでこの夏に大流行していて、RUF、シエラレオネ陸軍、民兵、いずれもが大好きな、『ティッティ・シャガー』という曲だとわかった。

RUFは歩哨を配しているだろうか、と考えながら、アレックスは手ぶりで背後の五人を静止させた。パトロール班の六名は、獣道《けものみち》で二分のあいだじっとしていたが、おかしな物音はなにも聞こえなかった。さらに進むうちに、尾根はロケル川に向けて下りはじめた。一歩ずつ音をたてないように足を運び、アレックスは傾斜をおりていった。いまのところ雨はやんでいるが、滑りやすい粘土の斜面を細い行潦《にわたずみ》が勢いよく流れている。もう宿営地までの距離は五〇〇メートルたらずで、眼下の茂った葉叢のあいだにまたたく黄色い電灯の明かりが見える。とにかく何人かは歩哨を立てているにちがいない。

歩哨はたしかにいて、アレックスはあやうく見過ごすところだった。というより、踏み分け道の二〇〇メートルほど前方に、煙草の小さな火が揺れるのが見えただけだった。ふたたびパトロール班を静止させたアレックスは、アドレナリンが全身にみなぎるところを強いてゆっくりと呼吸し、滑る粘土の地面を足で探って、音をたてずに体を支えてくれる石や木の根を捜しながら、ひそやかに進んでいった。濡れた粘土のガボッという音を一度たてただけで

――小枝を折り、あるいは小石を蹴っただけで――すべてがだいなしになる。

一〇メートルほどに近づくと、木の幹の向こう側に歩哨がもたれているのが、月明かりで見えた。幹の太さは、人間の胸とおなじぐらいだった。ふたたび腕が横にのびた。手に持っているのは、煙草ではなく、強力なマリファナだった。

アレックスは、短いマウザー錐刀《すいとう》を装備用ベルトから音もなく抜いた。濡れた斜面の最後の一〇メートルをじりじりと下る三分のあいだ、心臓が激しく鼓動した。ようやく幹の手前に達し、流れてくるマリファナ煙草の煙が目と耳にはいったが、ねじくれたつるつるの根に、アレックスはしっかりと足場を得ていた。蛇が襲いかかるように、錐刀を持った右手がのび、それと同時に、左手で歩哨の口を押さえつけた。だが、最後の一瞬、必死で息を吐き、突き刺すのをやめた。手で押さえた感触で、その顔に髭はなく、首も細く、あらがっている体もあわれなほど小さいとわかった。その歩哨は子供だった――あるいは女の子かもしれない――十歳にもなっていないような子供で、アレックスの腕のなかで、たちまち恐怖のあまりぐったりとなった。マリファナ煙草が地面に落ち、小さなジュッという音とともに消えた。

捕虜の口をしっかりと押さえたまま、アレックスはドン・ハモンドを手招きした。ハモンドが、汗取りバンドですばやく子供に猿轡《さるぐつわ》をかませ、細い手首と足首を携帯装備《ベルトキット》のパラコード（パラシュートの吊索に使われる細く丈夫なナイロン紐）で縛って動けなくすると、踏み分け道の片側の茂った藪に隠した。

パトロール班は、用心深く斜面を下っていった。もう歩哨には遭遇せず、明かりと音楽に近づくにつれて、地面が徐々に平らになり、やがて木立のきわに達した。腐ってもつれている植物を支えている節くれだった根が、前方に胸壁のようにそびえ、その向こうは高さ二メートルほどの崖だった。その下に、酒のせいか麻薬のせいかわからないが、眠り込んでいることはまちがいないRUFの兵士がふたりいた。ひとりは白いナイロンのウェディング・ドレス、もうひとりは擦り切れたトラックスーツのズボンに、プラスティックの人形の首をいくつもぶらさげた戦闘用スモックという格好だった。

つねに戦闘的なリッキー・サットンが、コマンドウ・ナイフを抜いた。「殺《や》りますか?」と、声に出さずに口を動かしてたずねたが、アレックスはかぶりをふった。死体が発見されれば、宿営所全体が警戒態勢をとり、救出作戦を危険に陥れるおそれがある。サットンがナイフを鞘に収め、アレックスは双眼鏡で付近を眺めていった。

眼下で黒く流れるロケル川の湾曲部に抱かれるように、宿営地はあった。ほぼ楕円形で、サッカーのグラウンドよりやや広い。低くなっている手前のほうで大きな焚き火が燃えていて、シルエットになっている人影がときどき濡れた枝や木の根をくべ、灰色がかった茶色の煙がそのたびに濃くなる。東側の高くなったところには、窓のないシンダーブロックの小さな建物が二棟、川と直角に建っていて、電線につらなる低いワット数の電球に照らされている。その向こうに、泥の壁の小屋がいくつかある。川の向こう側は、尾根まで一〇〇メートルほど、急傾斜のジャングルがつづいている。

宿営地に見える百五十人ほどの人影のうち、二十人ほどが焚き火のまわりで踊ったり飲んだりしている。その倍ぐらいの人数が、向こう側の建物の近くに群がっている。あとはひとりもしくはおおぜいが固まって、川べりをふらついている。武器はほとんどが七・六二ミリ口径のSLRだが、AK47アサルト・ライフルも何挺か見られ、RPGもある。銃がだいじでたまらないのか、吊ったまま踊っているものもいた。

RUFの兵員数からして、中隊規模に満たない強襲では危険が大きいはずだった。シンダーブロックの建物は、それぞれが五十名ほどの兵士の掩蔽物に使えるし、人質がここに捕らえられているとすれば、その近くか、あるいは建物のなかにいるはずだ。人質を傷つけないようにRUFに火力を集中するのは難しい。アレックスの見るところ、もっとも明るい面は宿営地の位置関係だった。三方を灰色がかったグリーンの川に囲まれているため、RUFはいわば袋のなかの鼠《ねずみ》だ。もういっぽう、つまり唯一の前線である林のきわにSASの火力を配置すれば、袋の口を封じることになる。人質を見つけて救出する作業だけが容易にはいかない。

もうひとつの利点は、つい最近、民兵のウェスト・サイド・ボーイズが来襲したにもかかわらず、宿営地の警備を改善する真剣な努力が払われていないことだった。まず、騒音がひどい。でたらめな発砲の乾いた銃声が夜空を切り裂き、銃弾が周囲のジャングルに当たって、そこでまた大きな反響が起こる。だれも歩哨をやりたがらないのは当然だと、アレックスは思った。あれだけでたらめに撃っていたら、いつなんどき命を奪われないともかぎらない。音響システムから大音響で流れる『ティッティ・シャガー』その他の地元のヒット曲に混じって、発電機の間断ない連打音も聞こえている。

「パーティだとわかっていれば」スタン・クレイトンがささやいた。「ダンス用のズボンを持ってきたのに」

アレックスは、頰をゆるめ、パトロール班の面々をそばに招き寄せた。「これまでのところ、人質がいる様子はない」小声でいった。「だが、もうすこし綿密に調べたい。まずはあのシンダーブロックの建物が有望のようだ。ドン、みんなといっしょにここで敵の兵員数と武器を勘定してくれ。スタン、いっしょに来い。ちょっとばかり泳ぐぞ」

どういう計画か即座に悟ったロンドン子のクレイトンが、にやりと笑った。ふたりはてきぱきと装備用ベルトをはずし、それぞれきちんと装備をひとつの山にまとめた。それから、正体を失っているRUFの兵士の近くを這って通ると、木の根を伝って下におりた。

前方に、川に囲まれた宿営地がある。右手は黒い影となっているジャングルの縁だ。でこぼこの泥道が、ふたりの正面からうしろのジャングルに向けて下っていた。ふたりはすばやく右に折れ、ぬかるんだ茂みを二〇メートルほど進んで、直角に曲がり、手首のコンパスで方角を確認しながら、道路と平行に東へ向かってかなりの速さで進んでいった。十分後、ジャングルを出た。くねっている川の流れが真下にあり、宿営地からじゅうぶんに離れた上流に来ていた。

「気を引き締めてかからないといけない」クレイトンが、考え込むふうでつぶやいた。

アレックスはうなずいた。近づいてみると、ロケル川はかなりの川幅で、すさまじい自然の猛威を感じさせた。雨季のはじめにつきものの鉄砲水によって冬期の岸が削り取られ、ふだんは穏やかな流れは、数百メートルの幅の荒々しい奔流へと姿を変えていた。岸寄りで渦巻く傍流から川の中央に迷い出てしまったら、たちまち何キロメートルも下流に押し流されて溺れてしまうにちがいない。とはいえ、岸のすぐ近くを通れば、発見されるおそれがある。最初に思ったよりも、なにもかもが危険が大きいが、パトロール班が人質のいどころを突き止めるには、ほかに方法がない。

「筏《いかだ》になるものを見つけよう」と、アレックスはささやいた。

なまぬるいどろりとした水に、ふたりは音もなくはいっていった。洪水に押し流された木の幹、低木、その他の植物が、絶え間なく流れていて、ふたりのそばを通っていった。ほどなく格好の乗り物――腐った葉叢《はむら》が垂れ下がっている長さ六メートルほどの大枝――を確保できた。

「用意はいいか？」アレックスは訊いた。

「いいよ」クレイトンがうなずいた。「尻にあと二十匹ぐらい蛭が吸いついても、どうってことはない」

大枝を用心深く岸からやや離れたところまで持っていき、宿営地に向けてなめらかにぐんぐん流されていった。水から出ているのは首だけだし、ひだのようになった腐った草の蔭になっているので、川の側に見張りがいても、まず見られる気遣いはない。ふたりはゆっくりと湾曲部をまわり、宿営地の最初の哨所を通り過ぎた。そこは浅く、泥の川底を足がこするのがわかった。

近づくと、あたりの光景は、遠くで見たよりもはるかに恐ろしかった。一〇メートルと離れていない川岸を、ライフルや山刀《マチェーテ》や椰子酒のはいった大コップを持った酔っ払った兵士たちが、よろよろ歩きまわっている。川の泥の臭気のなかでも、自家製の蒸留酒の鼻につく悪臭がわかるほどだった。スピーカーからはRUF賛歌の『虫けら一匹生かしておくな』が鳴り響き、向かいの崖から重い反響が伝わってくる。岸辺ではとろんとした目つきの兵士たちが、くりかえしの部分をがなっている。

クレイトンと顔とくっつくぐらい近づいていたアレックスは、クレイトンが息を殺し、大枝の蔭で身じろぎもするまいとしているのを意識していた。アレックスは、心のなかでつぶやいた。やつらに姿を見られたら——枝がなにかにひっかかってくるりとまわったら——おれたちは命がない。たちまち切り刻まれてしまうだろう。おれのせいで、スタンの女房は寡婦に、息子は父なし子になる。重要な捜索任務を、十代の若者みたいに、映画みたいに刺激的な自分だけの冒険にしてしまったために。

でたらめな発砲がつづいていた。二、三メートルしか離れていない川岸に立つひとりが、小便をしながら適当に二、三発撃ち、七・六二ミリ弾が頭上をかすめて向こう岸に突き刺さり、アレックスとクレイトンは無表情で顔を見合わせた。さらにすこし行くと、ワンピースを背中までまくったひとりの女が、大儀そうに泥の地べたに這いつくばり、顎鬚をはやした兵隊が、うしろから一物を突き立てていた。そのまわりで、じれてふくれっつらをした男の一団が、順番が来るまで勃起させておくためにマスターベーションしながら眺め、じっと待っていた。

そうしたおぞましい光景が、岸辺にくりかえし現われ、アレックスは何度となくRUFの戦士の目を魅入られたように見つめては——とにかく見つめているような気がして——はっとした。ギラギラ光る川面《かわも》が揺れるのではないかと思うくらい、心臓の鼓動が激しかった。見つからないのが不思議に思えた。

だが、兵士たちは、こぼれんばかりに椰子酒のはいったバケツからひょうたんを割った容器やプラスティックの大コップで酒をよそうのに夢中で、流木など目にはいらなかった。その連中が、哀れなくらい屈従している女たち——難民だろう、とアレックスは思った——をめぐって、入れ替わるときに喧嘩をしていた。

流れが目に見えて速くなり、アレックスたちのつかまっている流木が、泥の小屋の脇をあっという間に通り過ぎた。一軒目は、リズミカルなガタガタという音からして、発電機が置かれているのだろうと、アレックスは思った。二軒目は、バケツが運び出されているところからして、蒸留所のたぐいにちがいない。椰子の葉で葺《ふ》いた屋根がへこんでいる三軒目は、なんだかわからなかったが、そばを通るときに、椰子酒の悪臭に混じって糞尿の臭気が漂ってきた。

それから、五秒とたたないうちに、アレックスは彼らを見た。蒼白い肌の三人が、両手をうしろで縛られ、うつむいたまま、シンダーブロックの建物二棟のあいだの狭い通り道にしゃがんでいる。ピンクのバブル・ヘアの鬘《かつら》をかぶり、マリファナ煙草をふかしている、SL

Rを持った制服姿の兵隊ひとりが見張っていた。

アレックスは目を丸くして、スタン・クレイトンのほうを向き、クレイトンも番兵と人質を注視しているのを見てとった。やがて、流木がスピーカーのそばを通り、音がひずんでいる甲高い『虫けら一匹生かしておくな』の腹に響く大音響をまともにくらった。

「マルティーヌ・マカッチャン（ミュージカル『マイ・フェア・レディ』のイライザ役で当たりをとった女優）のバージョンのほうが好きだな」考え込む様子でクレイトンがつぶやいたとき、RUFの兵士が濡れた木の根を焚き火にほうりあげ、明るいオレンジ色の火花が空高く渦巻いた。手近のライフルをふりまわしながら喚声をあげている兵士たちと、もう七、八メートルしか離れていなかったが、音響システムからすさまじい音が響いているので、思い切り叫んでも聞きとがめられるおそれはなかった。

そのとき、焚き火の明かりが暗くなり、炎を濃い茶色の煙が覆うと同時に、突然流れが強くなって枝が川の深みに引き込まれるのを、アレックスは感じ取った。ふたりは無言で流れにあらがい、姿を見られないように、枝が岸と平行を保つようにした。もう急激に野営地から遠ざかっていた――焚き火はだいぶうしろのほうだ――だが、ロケル川の中央のすさまじい速さの流れに向けて、どんどん流されていた。

「枝を放さないとだめだ」あえぎながらアレックスはいい、となりでクレイトンがうめいて同意するのを聞いた。

「一、二の三で、潜って、岸に向けてキックする。一、二……」

アレックスは大枝を放して潜った。流れに運ばれ、渦巻く黒い水のなかで人形みたいに軽々と体をふりまわされるのがわかった。耳もとで轟音が響き、冷酷なとてつもない力を感じ、やがて岩かブーツが頭の横にぶつかって、すさまじい閃光が炸裂した。

一瞬、意識を失いかけたものの、どうにか口を閉じたままでいた。数時間、いや数秒後だったろうが、息が苦しくなって、水面と思われる方角に向けて必死で手で水を掻き、泥にぶつかって、またしても襟首をつかまれて引き戻された。どういうわけか、空気があったのは、川底と思った方角だった。息を吸おうとしてむせ、泥の味のする手で口を押さえられた。鼻から水が流れ出した。また息ができるようになった。目をあけた。

クレイトンの心配そうなにやにや笑いが、目の前にあった。「だいじょうぶか、アレックス？」

ふたりは、川岸の真下の渦巻く深い水のなかにいた。宿営地の音楽と喧騒はあいかわらずやかましかったが、もう耳を聾するほどではない。クレイトンはアレックスの顎の下に腕をまわし、もういっぽうの手で頑丈そうなマングローブの根を握っていた。

「だいじょうぶか？」こんどのささやきは、さっきよりも切迫した感じだった。

アレックスはうなずこうとしたが、そのとき吐き気がこみあげて、嫌な味の水をゲボッと吐き出した。目に血がはいり、頭がひどく痛かった。どうにか自分も根をつかんで、力のはいらない手で顔をなでた。「ああ……ありがとう、スタン。一瞬、気が遠くなった。どうも」

溺れる寸前だった、と心のなかでつぶやいた。もうちょっとで死ぬところだった。

「どうやら宿営地から遠ざかったみたいだ」クレイトンが、言葉を継いだ。「みんな、そう遠くないところにいるはずだが、ここへ来るときにそばを通った兵隊ふたりのことが心配だ。フランケンシュタインの花嫁とその相棒が」

「おれが様子を見よう」といって、アレックスはクレイトンの力を借りて、岸の上を覗けるように体を持ちあげた。木の根を最初に下ったところから、二〇メートルと離れていなかったが、眠り込んでいたくだんのふたりは影も形もない。その代わりに、ドン・ハモンドが、暗がりを豹のように這ってきて、アレックスの腋の下に腕を入れ、怪力を発揮して、つるつる滑る岸へ持ちあげた。

「この水のなかでばちゃばちゃやってるのは、あんたらかカバぐらいのものだろうと思った」と、ハモンドはいった。「よし、スタン、つかまれ」

クレイトンが水からあがると、三人は川から遠ざかって、物蔭にはいった。アレックスは、即座にITN報道班の三人のことを、ハモンドに話した。

「どんな様子だった？」ハモンドがたずねた。

「生きてる」クレイトンが、そっけなく答えた。

「あとの連中は？」と、アレックスは訊いた。

ハモンドが、藪のほうを頭で示した。「ここにいた見張り二名を、踏み分け道から遠いところへ運んでいった。あんたらがこの辺に出てくるだろうと思ったから」

「殺したのか？」

「ああ、当然だ」ハモンドは、いぶかしむように、アレックスの顔を見た。「だいじょうぶか？　頭を怪我してるみたいだが」

「川のなかでなにかにぶつかった。スタンが襟首をつかんで助け出してくれた」

「おかげで厄介な書類仕事をやらずにすむよ。死んだ士官を抱え込むのはまっぴらごめんだ。ミルウォールまで歩いて戻れるか？　それとも、おれが行こうか？」

「つづけられるよ、ドン」

「ほんとうか？　八かける九は？」

アレックスは、口ごもった。どういうわけか、答えられなかった。

「パラシュート連隊の標語《モットー》は？」

またしても、アレックスは沈黙した。パラシュート連隊は、入営してはじめての部隊だったのに、どうしても思い出せない……

ハモンドがうなずき、クレイトンに目配せした。「ちょっと混乱してるみたいだな。おれがランスとミルウォールまで歩いて、フリータウンへヘリで戻るよ。あんたはここで強襲の準備をしてくれ」

アレックスはうなずいた。ハモンドのいうことが正しい。ここからミルウォールに行くまでのあいだに、一度でもナビゲーションをまちがえたら——密生したジャングルを夜間、一時間以上進むのだ——人質の生命にかかわる。

「こう考えたらどうだ、アレックス」スタン・クレイトンが、にやにや笑った。「とにかく、ここにいればドンパチに参加できる。あんたが頭から血をだらだら流して帰ったら、ロスはべつのやつをここへよこすだろうよ」

「わかった、ふたりとも、よくわかった」アレックスは、両手をあげて、降参するそぶりをした。「ドン、宿営地の地図は描いたか？」

ハモンドがうなずき、おおまかな見取り図を描いて座標を記した防水紙を出した。

「よし」アレックスはいった。「おれが見たとき、ＩＴＮの三人は、このシンダーブロックの建物二棟のあいだの通り道にいた。小屋《ハット》1と小屋2とおまえが名付けたやつだ。おまえが見たときもそうだっただろう、スタン？」

「ああ、そうだった」

「見たところ、かなりへばっているようだった。まったく元気がない。三人とも、もしくはだれかが、ひどく痛めつけられているのかもしれない。しかし、まちがいなく生きている」

「見張りは？」

「ひとりだけだ。ピンクのカーリィ・ヘアの鬘をかぶっている」

ハモンドがクレイトンの顔を見た。クレイトンが確認のためにうなずいた。

「武器は？」ハモンドが、クレイトンから視線を離さずに訊いた。

「これは推測だが、ＳＬＲが百五十挺ある——ひとり一挺だ。ＡＫも何挺か見たし、ＲＰＧもあった。小屋にもほかにあるかもしれない」

「射界は?」

五分のあいだ、ハモンドはアレックスとクレイトンを相手に、詳細な報告聴取を行なった。頭を打ったアレックスの記憶が正確かどうかを明らかに疑っている様子で、事実のひとつひとつをわざわざクレイトンに確認した。

アレックスとクレイトンが知っていることをすべて地図に書き込むと、ハモンドは、一〇キロメートル離れたアーセナル宿営地を観察しているズールー・スリー・ファイヴ斥候班《パトロール》に無線連絡して、人質を発見したことを告げた。パトロール班長のアンディ・マドックス軍曹が、ただちに引き揚げ、九十分ほどでチェルシーへ行く、と応答した。

アレックスは、ズールー・スリー・シックス斥候班《パトロール》とともに、ベルゲンの隠し場所へと踏み分け道をひきかえした。途中で、捕虜にした少年歩哨の様子を見た。ひどくおびえてはいるだけで、怪我はしていない。戦闘がはじまる前にジャングルに放してやろうと、アレックスは心に決めた。それでこの少年は助かるだろうか? いや、生きていけるだろうか? 生き延びられる可能性が低いのは認めざるをえなかったが、神の役を演じるわけにはいかない。

ベルゲンを隠した開豁地に達すると、ドン・ハモンドが衛星通信装置を使って、フリータウンのデイヴィッド・ロスに報告し、そのままミルウォールに向かった。時刻は〇一四五時、ハモンドとランスは四十五分でミルウォールのピューマ降着場まで行く。なにも問題がなければ、〇三〇〇時にはフリータウンに帰り着く。強襲——殺戮の時——は、その一時間後の夜明けに行なわれる、運がよければ、RUF部隊は酔っ払うか疲れ切って眠り込んでいるだろう。

〝虫けら一匹生かしておくな〟とがなっていた兵隊たちの怒りに血走った目を思い出し、楽勝ではないだろうとアレックスは思った。RUFは規律がないも同然だが――レイプ、手脚を斬り落とす、拷問、殺人といったことを、さんざんやっている――武器は充実しているし、けっして臆病ではない。かならず応戦し、激しく闘うはずだ。多くのものが、痛みを感じないと信じているが、ひと晩に摂取するマリファナ煙草と椰子酒の量からして、あるいはほんとうに感じないのかもしれない。

要求を拒否された場合、やつらはサリー・ロバーツと報道班のあとのふたりをどうするつもりなのだろう？　たしかなことはいえないが、あのアフリカ人女性を自分たちの思いのままにしている――輪姦程度ではすまないだろう――残虐さと、ひとをひとと思わない態度からして、女性レポーターがどういう運命をたどるかは、想像がつく。男ふたりは撃たれて川に捨てられるだろう。

だが、そうはならない――と、時計を見ながらアレックスは思った。あと二時間とたたないうちに、サリー・ロバーツ、ベン・ミルズ、ゲアリ・バージは、チェルシーという暗号名をつけた宿営地から、ピューマ・ヘリコプターで運び出されているはずだ。運がよければ、それまで生きていられるだろう。

斜面の下、木の根の蔭に、ズールー・スリー・シックス斥候班《パトロール》の四人は、じっとしゃがんでいた。今回は、衛星通信装置および319パトロール無線機にくわえ、ベルゲンの隠匿所からモトローラUHFも持ってきた。こうした正確な調整を必要とする作戦は、通信機器をいろいろ必要とする。人質の近くで、不安をもよおすようなせわしないひとの動きがあるのに気づき、アレックスは目を凝らして、黄色い電球がいくつもぶらさがる下を通る遠い人影を観察した。

落ち着け、と自分にいい聞かせた。もうちょっとだ――刻限まで、あと何時間もある――RUFは、それまで人質を生かしておきたいはずだ。

〇二三〇時ちょうどに、リッキー・サットンが衛星通信装置を用意し、フリータウンのロス少佐からの定時連絡を受けた。届いた通信は短く要領を得ていた。ドン・ハモンドとランス・ウィルフォードは、ミルウォールから撤収、基地に向かっている。強襲時刻は推定〇四〇〇時。

二十三歳の通信担当が衛星アンテナをたたむと、アレックスは班をふた手にわけ、宿営地の広い範囲を扇状に掃射できるジャングルのきわに配置した。アレックスとサットンは、西側へ行った。スタン・クレイトンとドッグ・ケネルワースは東へ移動した。

UHF無線機のイヤホンと喉《スロート》マイクをつけたパトロール班は、それぞれべつの目標《ターゲット》を攻撃する。戦闘がはじまったとき、RUFに、圧倒的に優勢な敵が襲いかかってきたと思わせなければならない――四方から持続的な攻撃がなされていると。もちろんRUFのほうが数でSASを大幅にしのいでいるが、それを悟らせるわけにはいかない。

宿営地の状況が救出チームには不利にはたらくことを、アレックスは承知していた。背後を湾曲する川に囲まれているため、RUFは逃げ道がない。攻撃を受けたら、ジャングルおよび敵の射撃チームに真っ向から立ち向かい、撃ちまくって突破するしかない。捨て鉢になった部隊は危険きわまりない。対革命戦ウィングの二個パトロール班に熾烈な火力が向けられるはずだし、ヘリコプターが着陸すると、パトロール班は応射がやりづらくなる。人質と強襲チームが、射界のどまんなかにはいる。D中隊の兵士は、オレンジ色の汗止めが見えるようにブッシュ・ハットを裏返しにかぶり、顔にカムフラージュ・クリームを塗らないと無線連絡で取り決めてあるとはいえ、夜明けの光があってもなくても、一瞬のうちに敵味方を見分けるのは非常に難しい。

いまでは虫も鳴きやみ、気温がようやく下がりはじめている。アレックスが射撃陣地に定めた浅い窪みのまわりを、シエラレオネの夜のにおいが漂っていた——濡れた粘土、薪の煙、腐ったマングローブのにおいが入り混じって鼻を刺激する。左側では、衛星通信装置と319パトロール無線機をかたわらに置いたリッキー・サットンが伏せている。

アレックスは、ドン・ハモンドと相談し、〇二三〇時から〇三〇〇時のあいだにもう一度川にはいり、人質が夜のあいだシンダーブロックの建物に入れられているかどうかを確認することにしていた。スタン・クレイトンがもう一度やると志願した。アレックス同様、流れのもっとも危険な個所を知っているからだ。〇二四五時に、クレイトンのひょろりとした体が、宿営地の上流側、東へ遠ざかっていった。それと同時に、ドッグ・ケネルワースが、切り立った粘土の岸にクレイトンをひきあげるために、下流の川からあがる地点に向けて影のように移動していた。

それからの十五分間が、アレックスにはひどく長く感じられた。RUFはもうクレイトンにとって危険ではない——こんな時刻に、目を醒ましたり、しらふになったりして、川をじっと見るようなおそれはない——とはいえ、ロケル川のすさまじい頑固な力をじかに経験しているだけに、口の達者なロンドン子のクレイトンがあまりあぶない真似をしないことを願った。やがて、ありがたいことに、ふたりが闇からぬっと姿を現わした。クレイトンは、またもや水をしたたらせている。ITN報道班の三人は、おなじ場所に縛られたままでいるが、どうやら眠り込んでいるようだ、とのことだった。喜劇女優のバーバラ・ウィンザーもどきの鬘をかぶっている番兵も眠っている。

リッキー・サットンが、衛星アンテナをひろげ、フリータウンを呼び出した。人質の位置が変わらないという知らせを聞いたD中隊は、ほっとした——銃火をかいくぐって捜さずにすむ——救出チームがピューマからおりたときには、宿営所はスズメバチの巣と化しているはずだ。いまのところ、だれも口にしてはいないが、SASに死傷者が出ることが考えられる。これまで何度となくあったように、ヘリフォード郊外の聖マルティヌス教会のつつましい墓地でひとりの男の物語が終わることは、じゅうぶんに考えられる。

午前三時数分前、ズールー・スリー・ファイヴ斥候班《パトロール》を引き連れたアンディ・マドックスが、到着して宿営地に向かう斜面の下で位置についたことを報告してきた。アレックスの指示で、ズールー・スリー・ファイヴの六名は、アレックスの班の後方の林のやや高いところへ移動した。配置が終わると、アレックスは無線機で彼らに人質の位置を説明した。

あと一時間。フリータウンでは、Ｄ中隊の強襲救出チームが、ピューマに乗り込み、弾倉に弾薬をこめ、装備を点検しているころだ。不安にちがいない——自分たちのおりる降着場が危険きわまりないことがわかっている。

どういうふうに進行するだろうか、とアレックスは思った。部下たちの安全をはかる方法があるだろうか？　ないだろう、と結論を下した。危険ではあるが、やらざるをえない。ここにいる男たちも、基地の連中も、だれひとりとして、他の場所に——肥った蛭やマラリアを媒介する蚊やすぐに銃を撃ちたがる反乱軍のいないようなどこかに——いたいと思ってはいない。部下たちはひとり残らず、薄紅色の塗料《マグノリア・エマルジョン》を買って部屋を塗りかえたり、〝ゲイル・ポーターの写真を見てマスをかいたり〟するには、人生は短すぎるという、ドン・ハモンドの人生観に同調している。

アレックス自身も、おなじ思いだった。

憶測していたとおり、実戦を味わうのはこれが最後になるはずだろうか？　士官なのに、だれかの代理としてブリーフィング室で作戦が終わるまでじっと我慢するのではなく、こうして擲弾の予備弾帯《バンダリア》をたすきがけにして、フルに装填した弾倉十本をパウチに収めて、物蔭に潜んでいられるのは、非常に幸運なのだ。

とはいえ、士官学校《サンドハースト》に行けたことがうれしくなかったわけではない。士官辞令を受ける下士官は、ＳＡＳでも毎年二、三人だから、選ばれたのはじつに喜ばしかった。ＳＡＳでの十年間の軍務のあいだに、北アイルランド——これがかなり長い——湾岸、コロンビア、リベリア、ボスニア（ここで戦功十字章を授与された）、コソヴォ、そしてこのシエラレオネに派遣された。ソマリアやスリランカのような、〝秘密活動〟を含めると、リストはもっと長くなる。

どうして選ばれたのだろう？　と、アレックスは怪訝《けげん》に思った。永年のあいだ、言葉に気をつけてきたからか？　SASでの十年のあいだ、上官を殴り倒したりせずにやってきたからか？　おそらくそんなところだろう。どういうことだったにせよ——それで、陸軍に退役の年齢までいるのが得策になった。運がよければ、じきに少佐に昇級するはずだ。そのあと、きちんとやれば、幕僚課程も……どうでもいい。遠い先の話だ。

それにしても、スポーツカーを乗りまわし、ナイトクラブで遊び、週末には田舎で過ごす十代の士官候補生ばかりがいる士官学校に三十四という齢で行くのは、奇妙なものだった。経営学や論文作成という科目があり、〝ナイフとフォークの使いかた〟教室まであった。あれほど自分が場ちがいな存在に思えたことはなかった。

だれもが金持ちというわけではなかったが、金持ちが多かった。連隊の銀色の徽章に社交生活がつきものの近衛旅団などの部隊を目指すものは、おしなべて富裕層だった。父親がクラクトン・オン・シーで小さなガソリンスタンド兼自動車修理工場をやっていて、恋人を感心させるために（彼女はたちどころにアレックスを捨てた——ありがとうよ、ステラ！）一兵卒としてパラシュート連隊にはいったアレックスには、十代の終わりにサヴィル・ロウで服をあつらえたり、カーゾン・ストリートのレストランへ行ったり、カリブ海でヨットに乗って休暇を過ごすというような暮らしぶりは、想像できなかった。

メバルのフィッシュ・アンド・チップス、ケストレル・ラガー、土曜の市場に露店を出しているパキスタン人から買った茶色の革ジャケット（「六五ポンド、総裏だよ、あんちゃん」）というのが、十八歳のアレックスの暮らしだった。休みに外国へ行ったことなどない。

「どうしてわざわざ金を出してセーシェル諸島になんか行くんだ？」凍てついた飛沫があがり、悲しげな冬の風がうなっている海岸遊歩道《マリーン・パレード》のほうに顎をしゃくって、アレックスの父親はいった。「玄関を出たら、すぐ目の前が海なのに」

アレックスの父親のレイ・テンプルは、庶民であることは平気だったが、〝ピニャコラーダみたいな甘ったるいやつ〟とは反《そ》りが合わなかった。好きなのはモーター・スポーツで、それにのめりこんでいた。ブランズ・ハッチで行なわれるフォーミュラ・ワン、サンタ・ポッドのドラッグカー・レース、ベル・ヴューのストックカー・レース、キングズ・リンのボロ車レース、スネタートンの夜間レース——煙草の広告、ガソリンのにおい、耳をつんざく轟音さえ味わえれば、なんでもよかった。テンプル家のものたちは、カストロールのモーター・スポーツ・カレンダーに載っている行事のほとんどに行った。いつも特等席か特別客用観覧席で、夜を徹してのレースの場合はモーテルでステーキの夕食、記念のTシャツその他、といったあんばいだった。

テレビのドキュメンタリー・シリーズに刺激されて、アレックスが自動車化部隊ではなくパラシュート連隊を志願したとき、父親はひどく落胆した。「馬鹿な真似はするなよ」と哀願した。「神様が人間を歩かせたいんなら、燃料噴射装置なんかこしらえなかったはずだ」

だが、アレックスは頑として譲らず、〝P〟中隊と呼ばれるパラシュート連隊の苛酷な選抜訓練を最後までやり抜いた。ことに体が大きいわけではなく、刺青《いれずみ》をして拳が傷だらけになっている典型的な男らしい男でもなかったが、空挺歩兵という特殊技能に関して天性の才能を発揮した。呑み込みが早く、武器の扱いがうまく、戦場では片時も注意を怠らなかった。係下士官になれる人材だと見なした上官は、アレックスを大隊の斥候中隊に配置した。

　街で育った兵士の多くの例に漏れず、若きパラシュート兵のアレックスは、自分と部隊が訓練を行なう隔絶した荒々しい地形に心を奪われるようになった。ビールを飲んだり、斥候中隊の仲間といっしょにWRAC（陸軍婦人部隊）の女の子をひっかけたりするのは楽しかったが、兵舎に二、三日いると、もう山地や荒れ地の開放感と孤独がたまらなく恋しくなるのだった。二十三の誕生日のすぐあとに、アレックスは兵長に昇級したが、そのころにはもう、飲み、喧嘩し、悪ふざけをし、山盛りのカレーを食べ、オナニーをし、反吐《へど》を吐くというオルダーショットの仲間たちとの生活様式以外に、陸軍での暮らしはないものかと、疑問に思いはじめていた。

　ふとしたはずみで、アレックスはSAS選抜課程を受けた。昇級をねたんだのだろうが、そのころには同僚のなかに冷たい目を向けるものがいた。はっきりとそしりはしないが、一匹狼だという噂がひろまっていた。〝しみ《フレックル》〟――ほやほやの糞をパブのテーブルの上でコースター二枚に挟んで叩き、かかったはねがいちばんすくなかったものがつぎの一杯をおごるというゲーム——に参加するのを拒んだからだという、あまりたしかでない噂もあった。

SAS選抜課程に落ちていたら、隊にはいづらくなったにちがいない。だが、落ちなかった。当時は火打石銃兵《フユージリア》連隊の伍長だったドン・ハモンドその他、受験した四十名のうち十数名とともに受かった。連隊徽章をもらってSASにはいると、異色の兵士たちがそこにいた——自分とおなじように、男らしい態度を誇示しなくても楽しむことができる、不屈の有能な若い兵士たちだ。これまでSASでできた最高の友だちは、おそらくハモンドだろう。ふたりとも独身で、ヘリフォードの兵舎の部屋をいっしょに使い、おんぼろの車を共有し、〝フロス〟・ドハティという陸軍歯科医隊の看護師とも——ややこしい気分の三カ月間——ふたりしてつきあった。

アレックスが士官辞令を受けたとき、いちばん喜んだのはドン・ハモンドだった。ふたりとも直感的に戦場を理解しており、階級のちがいにもまったく影響を受けることがなかった。そしていま、入営してから十数年、十数回の汚い秘密の戦争を経て、アレックスは士官になった！　士官学校へ行くことを告げたとき、父親はプラグ・スパナを置いて、ゲラゲラ笑った。「おまえは利口なやつだと、前から思っていたよ」信じられないというように首をふりふり、父親はいった。「いやはやぶったまげた」はじめて正装の軍服を着て、パブリック・スクール出の若者たちとならんでいるアレックスを見て、母親はうれし泣きをした。

M16のリアサイトを調整し、水筒の生ぬるい水を飲みながら、アレックスは皮肉な思いにとらわれた。まあ、これがつづくかぎり楽しむことにしよう。体制というのは、あたえたり奪ったりするものだ。ぴかぴかのシャベルから糞を落とすみたいに、あっというまに奪うこともある。それに、もともとこっちは体制側の人間ではないのだ。

3

三時半過ぎに、宿営地で動きがあった。鉤《かぎ》のように曲がったナイフのようなものを持った長身の兵士が、ぶっ倒れている兵隊たちのだらしなくひろがった手脚をまたぎながら歩いていた。宿営地の端のほうへ行くと、眠っている人影を蹴った。女のうちのひとりだということが、双眼鏡を覗いていたアレックスにわかった。女はひどくのろのろと身を起こしたが、兵士は髪をつかみ、ナイフをふりまわして、乱暴にジャングルのほうへひっぱっていった。女が恐怖におののき、あわてて歩調を合わせた。厄介なことになった、とアレックスは思った。非常に厄介だ。そのふたりは、まっすぐこっちへ来る。

「こっちへ来るよ、アレックス」横でリッキー・サットンがつぶやいた。

「わかってる」アレックスは答えた。今夜、マウザー・ナイフを抜くのは二度目だった。兵士と女は、もう五〇メートルと離れていないところまで来ていた。女をどうするにせよ、そこでやれ、とアレックスは心のなかで祈った。それ以上近づくな。

だが、兵士はなおも近づいてきた。なにをやるつもりにせよ――反りの大きなナイフがかかわりがあるにちがいないが――やかましい音をたてる。女が悲鳴をあげるだろう。だから、悪霊に取り憑《つ》かれたような叫びで宿営地の連中が目を醒まさないように、森の奥へ連れていくつもりなのだ。

あと二十数メートル。おびえた女の泣き声と、女を強いて歩かせている兵士の低いつぶやきが聞こえる。アレックスたちが脇へ這って逃れようとすれば、姿を見られるにちがいない。逆にじっとしていたら……

いざという瞬間がおとずれたときは、本能に支配されていた。アレックスは、ライフルで兵士の脚をすくい、女もろとも倒れた兵士のナイフを避けてのしかかった。決定的な瞬間、つまずいたのは木の根のせいで、女の体ともつれ合っただけだと兵士は思ったにちがいない。押し殺した悪態を漏らしただけで、なにも騒がなかった。アレックスのM16の銃床が骨を砕くほどの勢いで叩きつけられ、兵士は動かなくなった。

その間に、リッキー・サットンが女を捕まえた。口を手で押さえられたまま、女はひいひい泣き、苦しげな音がいつまでも細くつづいていた。サットンはゆっくりと自分の顔を射し込んでいる月光にさらし、黒いカムフラージュ・クリームの下の顔が西洋人だということをわからせて、必死で静かにさせようとした。ふたりの目が合った——サットンの緊張した水色の目と、女の涙を浮かべたおびえた目が——そして、女が一度うなずいた。女は、薄いコットンのワンピースにビニールのサンダルという格好だった。

兵士は始末しなければならず、アレックスは女の目の前でそれをやらなければならなかった。意識を失っている兵士の髪をつかんで頭を持ちあげ、喉にマウザー・ナイフの刃を叩き込むように突き刺すと、ぐいと引いた。頸動脈から熱い血がほとばしり、切断された喉笛からプチュッという音が漏れ、兵士の脚が一瞬痙攣《けいれん》した。三十秒ほどで放血は完了し、べとべとの黒い血があちこちにへばりついた。

サットンが、そのあいだに、呆然として抵抗しない女に汗取りバンドで猿轡《さるぐつわ》をした。手首と足首をパラコードで縛り、うしろの浅い窪みに転がした。二メートルほど離れたところで、彼女に惚《ほ》れた兵士が、固まりつつある血の海のなかで硬直しはじめていた。アレックスとサットンは、位置に戻って待機した。

〇三五〇時、東のロケル川の谷間の入口あたりの闇がほんのすこし変質していることに、アレックスは気づいた。その横に目を向けると、それまではなにもなかったところに、尾根と林のきわが見てとれる。数分が過ぎると、円形パノラマの色がさらに淡くなり、靄《もや》に包まれ、露でしとどに濡れた広大なジャングルそのものが、見えるようになった。壮麗なアフリカの夜明けよりすばらしいものはこの世にはないだろう、とアレックスは思った。

クラクトンの遊歩道も、とうていかなわない。

アレックスは、双眼鏡を構えた。指揮所があり、小屋があり、焚き火の燃え残りがある。そして——いたるところで——兵士が眠り、武器が転がっている。

斥候班の面々は、M203擲弾発射器付きのM16の照準を、静かに調整した。M16には、二〇〇ヤードで零点規正を行なってある望遠照準器にくわえ、象限儀《しょうげんぎ》に似た高低照準具《クアドラント・サイト》をキャリング・ハンドルにネジで取り付けてある。

〇三五五時、ピューマ・ヘリコプター一番機HA《ホテル・アルファ》のパイロットの音声が、UHF無線機から聞こえた。落ち着いた声だった。「予定どおり到着する、ズールー・スリー・シックス。三、四分で、こっちが見えるはずだ。どうぞ」

「受信している、ホテル・アルファ。いつでも用意はできている。どうぞ」

ライフルを構え、左手のシンダーブロックの建物、ハット1のドアに狙いをつけた。

〇三五八時。ふたたびパイロットが呼びかけた。「二分後に接地《タッチダウン》する、ズールー・スリー・シックス。くりかえす、二分後にタッチダウンだ」

「みんな、用意はいいか？」アレックスはささやいた。眠っているものがいるはずはないが、たまにはそういうこともありうる。

全員が、同時に聞いた。最初は遠い低音の脈動にすぎなかった。心臓の音のようにも思えた。やがて、愕然とするくらい突然に、ピューマ一番機が、ジャングルの灰色の樹冠の上を、すさまじい速度で迫ってきた。

カラシニコフを持った歩哨一名が、最初に身動きした。アレックスは高速弾を胸に一発撃ち込んで、歩哨を斃《たお》した。

「すげえ！」リッキー・サットンが左のほうで息を殺していい、曳光弾の長い条《すじ》を焚き火のまわりの番兵に向けて放った。あとの番兵たちは、建物の蔭に駆け込もうとしたが、スタン・クレイトンとドッグ・ケネルワースの狙いすました必殺の連射に捉えられた。ドン・ハモンドが冷静にヘリコプターの横から身を乗り出すのが見え、特徴のある五・五六ミリ軽機関銃の重い銃声が聞こえた。ハット1の壁からブロックの破片が飛び散ったかと思うと、RUFの兵士たちが荒れ狂う蟻みたいになだれをうって出てくるところを、アレックスは戸口に狙いをつけてすばやく何度か連射した。シンダーブロックの建物ふた棟のあいだの通り道にも兵士たちがいたが、人質に当たるのを怖れ、そこだけは撃たなかった。

もう激しい応射がはじまっていた。RUFの撃ちまくる大量のSLRの七・六二ミリ弾が林のきわを切り裂き、斥候班の周囲の葉叢がちぎれ、土くれが盛大に飛び散った。クレイトンとケネルワースは、動じるふうもなくM16で必殺の狙撃をつづけた。その後方では、アンディ・マドックの斥候班が、着実に射撃を浴びせている。

アレックスは、ライフルをおろして腕に抱え、小さな卵のような擲弾を予備弾帯《バンダリア》から一発はずして、銃身の下の発射器にこめ、宿営地のいちばん東側に銃口を向けた。クアドラント・サイトごしに一瞥《いちべつ》してから、発射した。二五〇メートルほど離れたところに落下した擲弾は、ヘリコプターを狙い撃とうとしていた兵隊たちのまんなかで、すさまじい音とともに炸裂した。ふたたびM16を肩に当てたアレックスは、単射をつづけて放って、生き残りを釘付けにした。

銃身覆いをスライドして空薬莢を出し、二発目を装塡すると、今度は発電機の小屋に狙いをつけた。ふたたび榴散弾《シュラプネル》弾子の小さな嵐が起こり、物蔭から数人がひらけた場所に駆け出すと、リッキー・サットンが落ち着いた狙撃で、つぎつぎとその連中を斃した。宿営地は、いまや大混乱だった。ピューマが着陸し、ローターを回転させたままにする。SASチーム十二名が跳び出し、物蔭に駆け込んで、周囲のRUF兵士に向けて狙いすました連射をきびきびと放っていた。

それに対し、RUFの兵士数名がSLRを投げ捨てて逃げ出した。何人かは、水に飛び込んで川に命を預けた。だが、多くのものは、そなえのなさと訓練の不足を補うほどの激しさと怒りをもって応戦し、戦い抜く決意で、シンダーブロックの建物ふた棟の蔭に退避しようとした。だが、まともな指揮統制システムが欠けているために、防戦している味方の扇状の射撃範囲に向けて撤退する格好になった。何人かが掩蔽物の蔭にはいれたのは、長いことクリーニングしていなかった味方のSLRが給弾不良を起こしたからにほかならなかった。

一瞬、アレックスは射撃を中断した。見守っていると、来襲したSASチームが分かれた。半分が人質の方角を目指し、建物の蔭に見えなくなった。半分はハット1を強襲した。ボンという手榴弾の破裂音と、長い連射、歯切れのいい単射がひとしきりつづくと、ハット1は確保された。つぎの瞬間、救出チームが全力疾走で現われ、敵の射撃をかいくぐって、ヘリコプターを目指した。そのうち三人は、ぐったりした様子の半裸の人間を肩にかついでいる。

「行け！」アレックスは祈った。「ヘリコプターまで運んでいって逃げ出せ！　早く！」

敵弾が鋭い音をたてて飛び交うなか、ピューマの機体が、切迫した状況に奮い立ったかのように、いらだたしげに躍った。ヘルメットをかぶったパイロットが、身じろぎもせず操縦しているのが見え、勇敢な男だとアレックスは思った――それに、人質をひきあげようと、あけ放したドアのところに立っているドン・ハモンドのシルエットもあった。

そのRPGは、発電機小屋の裏手あたりから発射されたにちがいない。シューッという音とともに、救出チームの頭上数メートルのところを通過し、ピューマの傾斜したプレクシグラスの風防に命中した。パイロットは、コクピットもろとも、白みがかったオレンジの火の玉となって消滅した。爆風が救出チームと人質のほうに押し寄せ、地面に伏せたSAS隊員たちがジャーナリストたちをとっさに自分の体でかばった瞬間、二発目がピューマの貨物室に命中した。ねじくれて燃えている機体の残骸が傾き、ドン・ハモンドがうつぶせに落下した——服、頭、ちぎれた片腕の残骸が燃えていた。

二〇〇メートル離れていて、それをどうにもできないアレックスは、呆然として、頭のなかが空っぽになり、立とうと必死で努力しているハモンドを見守った。人質を運んでいなかった救出チームの二名が起きあがって近づき、ハモンドの体の火を消そうとしながら、物蔭へひきずっていった。

だが、RUFは隊伍を整えつつあった。人質と救出チームの大半は、ハット1の蔭にいて銃撃から護られていたものの、ハモンドとそれを助けにいったふたりは、そこからだいぶ離れていたため、敵から丸見えだった。銃弾が鋭い音をたてて三人のまわりを飛び、肉に食い込むブスッという音が二度つづくのを、アレックスは聞いた。SAS隊員ひとりがよろけて倒れた。もうひとりが、傷ついたその仲間を片手で支え、ハモンドの無残に煤けた体をひきずって、どうにかハット1の蔭にはいった。手脚をひろげて倒れているRUFの兵士の上を乗り越えて、人質三人はなかに入れられていた。

SASチームがハット1に姿を消すのとほとんど同時に、ピューマの燃料タンクが爆発し、三度目のすさまじい轟音が鳴り響いて、どす黒い油煙が夜明けの灰色の空に向けて渦を巻いた。

「ズールー・スリー・シックス、こちらHB《ホテル・ブラヴォー》、状況は?」

予備のピューマのパイロットからの呼びかけだった。

「ホテル・アルファが撃墜された、ホテル・ブラヴォー。くりかえす、ホテル・アルファが撃墜された。こちらの合図があるまで待機しろ」

「そうする、ズールー・スリー・シックス」パイロットが、感情を消した声で応答した。短い間を置いてから、ドン・ハモンドのことは強いていまは考えないようにしながら、アレックスはすばやく状況を査定した。

RUF兵士二十名以上が、ひらけた場所で死に、さらに十数名がそのあいだで身もだえし、口をあけて呆然とし、血を流している。宿営地の東の小屋にも十数名の死傷者がいるはずだ。逃げたり川に飛び込んだりしたものを差し引いても、じゅうぶんに戦える敵兵が、まだ百名あまりいる。

「ドッグ」アレックスは、スロート・マイクにささやいた。「スタンといっしょに、さっき川にはいったところへ移動し、東から宿営地を攻撃しろ。予備のヘリを来させる前に、RPGを排除しないといけない」

「わかった」

「移動する」

　アレックスは、そのままUHFで強襲チームと救出チームを呼び出し、指揮官の軍曹に、東に二名を行かせたことを告げて、敵兵に頭を下げさせておくための掩護射撃を要請した。

「了解した」と応答があった。「こっちからも四名出す。そっちがジャングルから派手に撃ってくれれば、ヘリが着陸して離脱するあいだ、敵を抑えつけておけるはずだ」

　しかしながら、その直後に、SLRとカラシニコフの一斉射撃が、アレックスの陣地に襲いかかった。ピューマ一機を破壊して気勢をあげたRUFが、ジャングルから自分たちを悩ませている狙撃兵に敢然と戦いを挑んできたのだ。

　銃撃の嵐があたりを薙《な》ぎ払い、樹皮や木の葉のかけらがサットンと自分に降りかかるなかで、アレックスはコーヒーかすのような濡れた地面に顔と体を押しつけた。すぐ横で、まごうかたのない肉に銃弾の当たる音と驚きの声があがった。

「リッキー？」最悪の事態を怖れながら、アレックスは訊いた。

「やられた」歯を食いしばって、サットンがつぶやいた。「ケツを撃たれた」

　アレックスは暗澹とした。いったいどれだけ犠牲が出るのか。サリー・ロバーツと顔を合わせたら、この世に生まれてこなければよかったと思うような目に遭わせてやる。

　ふたたび一斉射撃が木立を襲い、背後のどこかで、縛りあげてある女が恐怖のあまり泣き叫んだ。サットンのスモックのポケットに手を突っ込んで、銃創用の包帯を出し、自分の折りたたみナイフを使って、血で濡れたサットンの迷彩服のズボンを切り裂き、包帯を当てて、じっとしていろと命じた。右手ではクレイトンとケネルワースが応射し、ハット2の周囲のRUF陣地を徹甲弾で着実に叩いている。

やがて、SAS隊員四名がハット1のドアからそっと出て、向こう側に姿を消すのを、アレックスは見た。発電機のある小屋のあたりから、クレイトンとケネルワースの発射したM203の四〇ミリ擲弾の炸裂する音が聞こえ、つづいてM16の聞きなれた乾いた連射が響いた。強襲チームが移動を終えたのだ。RUFはいまや三方から持続的な攻撃を受けており、銃声と榴散弾弾子の死の檻《おり》に押し込められた。RPGで正確に狙うためにあそこで立ちあがるような危険を冒すものは、ひとりもいないだろう、とアレックスは判断し、予備のピューマを急いで呼んだ。

パイロットが呼びかけに応じて、六十秒後、ずんぐりした機首のヘリコプターが機体を揺すり、急激に高度を下げて、一番機のまだ燃えているねじくれた残骸のそばに舞い降りた。ヘリが接地するかしないかというときに、救出チームがITN報道班の三名をかついで飛び出した。あけ放ったドアから三人を石炭袋よろしくほうりこむと、つづいて乗り込み、ヘリは数十秒後には上下左右に機体を揺らして、ジャングルの灰色がかったグリーンの林冠を横切り、安全な距離へと遠ざかった。

衛星通信装置で、アレックスはロスを呼び出した。「人質がヘリに乗ったが、われわれのほうに死傷者が出た」状況を手短に説明した。

「連絡を絶やすな」ロスがそっけなくいい、接続を切った。

RUFは静かにしていた――残存兵力はすべてハット2付近で釘付けになっている。上空は、ふたたび暗さを増しているように見えた。膠着状態だ。

アレックスは、三十発入りの新しい弾倉を、M16に叩き込んだ。最後までとことん戦うことになるのだろうか、と思った。昨夜の激しい期待は、いまではまったく消え失せていた。宿営所はいまや血みどろの殺戮の場と化しているし、RUFの兵士の死体には、ぞっとするくらい幼い感じの少年も混じっている。いま感じられるのは嫌悪ばかりだ――とにかく早く終わってほしい。

そのとき、ドッグ・ケネルワースのバーミンガム訛《なま》りの声が、イヤホンから聞こえた。

「やつら、戦うのをやめた。ライフルを投げ出している」

アレックスは、ほっと息を吐き、つかのま気をゆるめることを自分に許した。

「ライフルにつづいて兵隊は？」

「いや、まだだ……ああ、ちょっと待て。スタンに向かってひとりが叫んでる」

「なんといってるんだ？」

「わからない。〝撃つな！〟とかなんとかいってるんだろう。出てくる」

「気をつけてくれよ。いいな？」

「心配するな、アレックス」

RUFの兵士が、ひとりまたひとりと、ハット2と、宿営地の東端の建物から出てきた。武器を捨て、両手を高くあげた兵士たちが、ピューマ一番機のくすぶっている残骸に向けてとぼとぼと歩いてゆくのを、アレックスはジャングルから見守っていた。そこで、強襲チームの用心深い目とM16の銃口にさらされ、陰気にならんでじっと待った。

「アンディ」アレックスは命じた。「横に移動してスタンやドッグと合流しろ。捕虜が全員きちんと見張られているようなら、おまえたち三人が建物を手早く調べて、残っているやつがいないかどうかをたしかめろ」

「わかった」マドックスが答えた。

アレックスは、リッキー・サットンのほうを向いた。顔が蒼く、ショック状態に陥っているようだったが、サットンはゆがんだ笑みを漏らした。七・六二ミリ弾一発が、太腿のうしろで腿筋を浅くえぐり、包帯を二枚当てているにもかかわらず、ガーゼを通して血がどくどくとあふれていた。

「よし」アレックスは、きびきびとつぶやいた。「パトロール医療パックは？」

「おれの……体の下」

アレックスは、サットンの胸の下からそろそろと医療パックを抜き、モルヒネのスティック式注射器を出して、サットンの太腿にななめに刺した。恐怖がみなぎっていたサットンの双眸《そうぼう》が、たちまちぼんやりとした夢見るような目つきになった。

UHFに手をのばすと、アレックスは送信ボタンを押した。「みんな、調子はどうだ？」

「上々だ」アンディ・マドックの声が聞こえた。「残っているやつはいない。悪ガキどもは全員、武装解除した。武器はどうする？　SLR百挺ばかりと、AKが何挺か、RPG、その他の屑がある」

アレックスは、医療パックから生理食塩水点滴キットを出した。

「武器、弾薬、通信装置は、すべて川に投げ込め」RUFの兵士のような連中にレイプされ、痛めつけられ、腕を斬りおとされた女や子供が、続々とフリータウンにやってきていることを思った。「短刀、山刀《マチェーテ》、鎌、その他もろもろもだ。刃のついたやつはすべて捨てちまえ」

「わかった」
十六、七にもなっていないとおぼしい縛りあげた女のほうを向いて、猿轡をはずし、サットンの太腿の包帯をそれで補強した。それから、手首の血管を見つけて、点滴の針を刺した。その横で、うつろな目をした女が、うわの空で子供を慰めるような声を出していた。
占領確保された宿営地は、じきに秩序正しい見慣れた様子に変わった。歩哨が配され、SASの負傷者が担架に載せられ、弾薬の点検が行なわれた。雰囲気はひどく暗かった――いつも小生意気なリッキー・サットンまでが、担架に横たわり、モルヒネが効いて黙りこくっている。昨夜、焚き火が盛大に燃えていたところに、捕らえられたRUFの兵士が、後ろ手にプラスティックの手錠をかけられ、おとなしくならんでいる。それ以外の数人が、まるで夢のなかのようなのろい動きで、死んだ仲間の死体を積みあげている。その向こうでは、雨がザーッという音をたて、くすぶっているピューマの残骸に当たっては湯気をあげている。

アレックスは、衛星通信装置で、帰投の細かい手順をロスと打ち合わせた。チヌークを二機派遣すれば片づくだろう、とふたりは判断した――一機はSASチーム、もう一機はRU

Fの死者を政府軍司令部に運ぶのに使う。すこし離れたところで、スタン・クレイトンとドッグ・ケネルワースが、ドン・ハモンドの亡骸《なきがら》を黒い遺体袋に入れていた。

4

朝食は、ひどく暗い雰囲気だった。

午前六時過ぎに、一行はSAS基地でヘリをおりて、指揮所で熱いコーヒーをもらい、ロスがただちにアレックスの報告聴取を行なった。アレックスの話は事細かではあったが、感情が抜け落ちていた。ロスはときどき短く質問するだけで、ほとんど言葉を挟まずに最後まで聞いた。一時間ほどで終わると、痩せた顔に表情を浮かべずにロスがうなずき、しばし沈黙のうちに座っていた。ロスもみんなとおなじようにドン・ハモンドが好きだったのを、アレックスは知っていた。

「よくやった、アレックス。みごとな働きだ。みんなよくやった。あと何時間か遅かったら、イギリス人三人の死体を抱え込み、当然、間抜け呼ばわりされていたはずだ。そもそも危険の大きいDZ（降下地帯）だったし、どうやってもリスクのでかい作戦になっただろう」

アレックスはうなずいた。こういうときはとやかくいってもはじまらないというのを、ふたりとも承知していた。自分たちの職業では不慮の死は日常茶飯事だし、それを取り繕っても無意味だ。

「ドンの子供の名前だけ教えてくれるか、アレックス」

「キャシーだ。たしか先月が七つの誕生日だったと思う」

ロスは、くたびれた様子で自分のメモを見た。「わかった。ありがとう」

おれにこういう仕事ができるだろうか？　とアレックスは思った。部下たちが命を落とす危険を冒しているときに、じっと座って時計を眺めていられるだろうか？　デイヴィッド・ロスがきちんと書いているような悔やみの手紙を書けるだろうか？

D戦闘中隊長ロス少佐の右手の電話が鳴った。ロスは、しばし先方の話を聞いていたが、送話口を手で押さえて、アレックスのほうを向いた。「パラシュート連隊本部のヒュー・ガジョンからだ。テレビ局の連中は、みんなたいした怪我もなかったようだ。救出隊の指揮官に礼をいいたいといっている」

「正直いって、デイヴィッド、こっちは話をする気分じゃないんだ」

ロスがうなずき、顔をそむけて、電話口に戻った。「それは無理だ、ヒュー。それに今回の件にSAS《レジメント》がかかわっていることにも触れてもらいたくない。きみらの手柄にしてさしつかえないだろう？　そうしてくれるか。結構。わかった、それじゃまた」

アレックスは、シャワーを浴び、髭を剃《そ》り、蛭《ひる》を取ろうと、中隊長室を出た。『戦場にかける橋』のような映画に描かれているより、ずっと簡単だ。陸軍支給の虫除けをかけられると、どす黒い紫色にふくれた吸血動物はぽろりと落ちる。この虫除けは、ほかのものには効かない——蚊などは寄ってくるほどだ——が、これにだけはてきめんに効く。にわか作りのシャワー室で裸になると、アレックスは大きな蛭十二匹を始末した——これまでの最高記録だ。

食堂テントで、NAAFI（海軍・陸軍・空軍協会。軍の基地の売店や娯楽施設を運営する）のベイクト・ビーンズ、黄身の色が薄い地元の卵、モンキーバナナを先に食べはじめているパトロール班の面々にくわわった。もちろんビールもある。まだ朝の七時だが、任務のあとでは二、三本飲んでも大目に見てもらえる。

アレックスは、ベイクト・ビーンズをよそい、生焼けの感じの地元のパンを一枚と〈カーリング〉ビールを一本取った。テントの明かりが緑がかっていて、料理はあまり食欲をそそらなかったが、口にはいるものならなんでもいいという気分だった。「乾杯、みんな」プルタブを親指で起こしながら、アレックスはいった。「危険でいっぱいの救出作戦に！」

「だれがやったことになった？」ランス・ウィルフォードがたずねた。

「パラシュート連隊」アレックスは答えた。

「そうか」ドッグ・ケネルワースが、にやりと笑った。「優秀な連中だからな」

一瞬、沈黙が垂れ込めた。

「リッキー・サットンはどうしました？」アーセナル宿営地の偵察を担当したズールー・スリー・ワン斥候班《パトロール》の兵士がたずねた。

「だいじょうぶだろう。尻が痛くなったぐらいで」アレックスはいった。

「スティーヴ・ダウソンは？」ダウソンは、ハモンドを助けようとしたときに被弾したD戦闘中隊の伍長だ。

「肩をひどくやられたが、命に別状はない」

ほっとしたようなうなずきが見られ、つづいてだいぶ長い沈黙があったが、やがてスタン・クレイトンが、よく冷えて霜のついた缶ビールを掲げた。「ドン・ハモンドに」はっきりした声でいった。「くそ優秀な兵士、くそ最高の仲間だった」

一同がそれぞれの飲み物を掲げ、いっせいにしゃべりだして、雰囲気がすこし明るくなった。ドン・ハモンドがいかに優秀だったかを示す話はいくらでもあるし、任務としては非常な成功を収めた部類にはいるのだ。

黙って耳を傾け、ビールを飲むうちに、任務成功のよろこびは消えて、友人の死という重苦しい現実がアレックスを襲った。三本飲んでも気分はよくならず、まわりのものたちがせっかく楽しくやっているのをぶちこわしてはいけないと思い、ラムを一本そっと持ち出して、食堂テントを出た。

自分のテントにはいると、折りたたみベッドの上の蚊帳《かや》をめくり、腰をおろして、ラムをぐいとラッパ飲みした。ドンとの訣《わか》れは、ひとりきりで、自分なりにやりたかった。

ふた口目をあおろうとしたとき、テントの垂れ蓋をくぐって、兵士がはいってきた。「すみません。中隊長が呼んでいます」

またか、と思いながら、アレックスはよろよろと立ちあがった。くだらん。うらめしげにラムの罎をちらと見てから、兵士につづいてテントを出た。

さきほど話をしてから一時間になるが、デイヴィッド・ロスは、見るからに不機嫌になっていた。ほっそりした顔に、いらだちが刻まれている。「きみは国に帰ることになったぞ」と、いきなりいった。「理由はきくな。おれにもわからない。それに、イギリスに着いたらできるだけ早くロンドンへ行くようにといわれている」

アレックスは、わけがわからず、目を丸くしてロスの顔を見た。どういうことだ？　なんにせよ、この暑苦しいくそ壺にはもううんざりしていたところだ。「部下を二、三人連れていっていいかな？　ハーキュリーズに乗ればいい」

「どっちもだめだ」ロスがぴしりといった。「もっと早く帰国させたがっている。バンジュールまでヘリで行き、英国航空のヒースロウ行きに乗る。したがって、私服で、機内持ち込み用手荷物だけだ」

「持ってきていない……」アレックスはいいかけた。

「連絡将校がいま用意している。もうじき戻ってくる」

「昨夜の作戦と関係があるのかな？」アレックスは、探りを入れた。

「おれが聞いていないことがあるのならべつだが、ちがうだろう」

その可能性があるからロスはつむじを曲げているのだろうと、アレックスは察した。「支度をする」

ロスがうなずいた。

十五分後、フリータウンの市場で手に入れた花柄のブッシュ・シャツ、きつすぎるズボン、プラスティックのサンダル——連絡将校は、それだけのものを十分で用意した——というい でたちで、アレックスはリンクス・ヘリコプターの副操縦士席に座り、クルー湾とフリータ ウンの北側の弓なりの街衢《がいく》が眼下に遠ざかるのを眺めていた。早朝の雨がやんで陽が差し、 どこもかしこも熱して湯気をあげているように見えた。横で操縦しているのは特殊部隊に所 属するパイロットで、カーキ色のTシャツの腋《わき》の下とプラスティックの座席にくっついてい るところが、汗で黒ずんでいた。

「きょうも暑い」インターコムで、パイロットがぽつりといった。

「みたいだな」アレックスは座席に深く座りなおした。これからたっぷり二時間かかる。二 十分後にはギニア領空に達し、それから三十分後には首都コナクリの上空を通過する。さら に海岸線を北西にたどってギニアビサウを抜け、ガンビアのバンジュールには九時三十分に 着陸する。

景色を楽しもう、と自分にいい聞かせた。

バンジュールに到着すると、アレックスは英国航空便の乗客の最後のひとりだった。

「あなたはきっと重要人物なんでしょうね」777の搭乗口で出迎えた女性客室乗務員がい った。「この飛行機は、離陸を十五分も遅らせているんですよ!」渋いものでも口にしたよ うな笑みを浮かべて、プラスティックのサンダルを見おろした。「非難の視線を浴びながら 歩く覚悟をなさってね」

アレックスの姿を見て、まばらな拍手が起こった。周囲は敵意に満ちた顔の海だった。あなたを二十五分も待っていたのだ、と怒っている女が告げた。こんど旅行するときは、目覚まし時計を忘れないようにしなさいよ。

いうまでもないが、座席はいちばんうしろだった。トイレット・クラスだ。渋い顔の女性客室乗務員に先導させてそこへ行くあいだ、エコノミー・クラスの女性乗客のほぼ全員に白い目を向けられ、いらだちをあらわに示されるのに耐えなければならなかった。

客室乗務員は、日焼け用のココナツ・オイルのにおいをぷんぷんさせている五十がらみの豊満な女のとなりの席に、アレックスを案内した。

その女が、アレックスをじろじろ見まわした。「まあ」ズボンがたいそう窮屈なのを見てとって、意味ありげにささやいた。「わたしって、ついてるのかしら?」

アレックスはげんなりした。このフライトは何時間かかるのだろう? 八時間か? 「みなさん……ごいっしょなんですか?」ほかの乗客を示してたずねた。

「そうね。たぶん、来た目的はみんなおなじだというのが本音じゃないかしら」薄笑いを浮かべて、女がいった。

「というのは?」

「ガンビアの若い男に会うためよ。映画の『旅する女　シャーリー・バレンタイン』みたいにね」

「ああ。なるほど」

「アフリカの男は、豊満な体をちゃんと評価してくれるのよ。それに、日曜大工やサッカーの話をしないで女を口説くコツも知っているし」

「仕事の話もしないでね」アレックスは水を向けた。「ほんとうにね。そうそう、あたしはモーリーン」

「仕事の話もしないで」女が相槌を打った。「ほんとうにね。そうそう、あたしはモーリーン」

「アレックスです」

「ガンビアにはどうしていらしたの、アレックス？」

「ああ、仕事の話はしないんです。つまらないから」

「ここへ……仕事で来たの？」

しまった。気の利いたふりをしようとした報いだ。「いやその、観光ですよ」

「それじゃ……あちこち行ったの？」

「すこしは」肩をすくめた。

モーリーンと名乗った女はうなずいた。大きな777が弱い風に機首を向け、離陸のための長い滑走を開始した。

「アレックス、大柄な女性は好き？」

まいったな、とアレックスは思った。あけすけにもほどがある。「旅行は楽しかった、モーリーン？」ほんとうに興味を示しているように聞こえることを願いつつ質問した。

答える代わりに、モーリーンはハンドバッグから一枚のポラロイド写真を出した。サングラスをかけているだけであとは素っ裸の若いガンビア人が写っていた。齢は十七ぐらいで、腰を使うのに熱中しながらのけぞってバランスを保っている。777が空中に飛び出し、アレックスもモーリーンも座席に押しつけられた。「これがあたしの答よ、アレックス。あなたのも見せてくれない？　大柄な女性は好き？」

アレックスは、モーリーンのほうを向いて、痛そうなくらい日焼けした肌、ヘンナで染めた髪、期待に満ちた小さな目を眺めた。「モーリーン。大柄な女性は好きだけど、国で待っているひとがいるんだ」

「そう」納得していないようだった。

離陸してから一時間ほどたつと、朝食が出た。ヒースロウでなにが待ち構えているかわからないので、アレックスはたっぷり食べた。運がよければ、昼食も出るだろう。兵隊ならだれでも心得ていることだが、トラブルには腹いっぱいで立ち向かうのがいちばんいい。それに、頭もじゅうぶんに休ませてからのほうがいい。激しい行動の際のアドレナリンの噴出のあとには疲労がおとずれるものなので、ありがたいことにすぐ眠りに落ちた。この状況の利点は——唯一の利点かもしれない——ソフィーにもう一度会えることだし、疲労困憊した状態で会いたくはなかった。

昨夜のさまざまな光景が、しばらくまぶたをよぎっていた。腐ったマンゴーや川のにおい、切り裂いた喉笛の骨が当たる音、開豁地を渡る熱い曳光弾、重症を負ったRUF兵士の悲鳴、ピューマ・ヘリコプターをあやつる機長の不動の姿勢、濡れそぼった灰色のジャングルを照らす炎に呑み込まれたピューマ、ドン・ハモンドがつんのめり、スティーヴ・ダウソンの肩とリッキー・サットンの太腿にＳＬＲの銃弾が当たる……

映像が消えていった。アレックスの記憶の貯蔵庫に古くから位置を占めている悪夢の仲間入りをするのは、まだ早いようだ――数週間、あるいは数カ月を経てそうなる――だが、無視はしない。いつでも恐怖を友にしようと心がけてきた。

それが顔に表われている、とソフィーはいう。

5

ソフィー・ウェルズは、幹部候補生のときにアレックスと士官学校でいっしょで、いまは近衛歩兵第二連隊《コールドストリーム・ガーズ》中尉のジェイミー・ウェルズの姉だ。

ジェイミーとアレックスは、訓練課程の最後のほうで知り合った。金曜日の晩で、アレックスは十年前の型のカルマンギアが故障し、隊の友だちとビールを飲む約束をしているロンドンまで乗せていってくれる人間を捜していた。

ジェイミーは、ロンドンまで車で行くというだけではなく、チェルシーが目的の場所なので、アレックスにとってはじつに好都合だった。友だちというのは、第二一SAS連隊の常勤幹部教官になったばかりのデイヴ・コンスタンタインで、キングズ・ロードの国防義勇軍大隊本部のバーで待ち合わせる手はずになっていた。ジェイミーは、スローン・スクェア裏のカドガンの高級住宅街のパーティに行く予定だった。

ロンドンに着くと、アレックスはジェイミーに一杯おごろうとして、ヨーク公本部（国防義勇軍を含むいくつかの部隊本部が置かれている建物群）のバーに行き、そこで伝言を渡された。デイヴ・コンスタンタインは、ブレコン・ビーコンズで敵地および敵手脱出演習に参加するために、ぎりぎりになって呼び出されたとわかった。

　ジェイミーが、姉がやる自分たちのパーティに来てはどうかと誘った。アレックスは乗り気ではなかった。けたたましい上流子女《スローンズ》百人と一晩いっしょにいるというのは、願い事のリストの上のほうにはない。「お姉さん、なにをやっているんだ？」疑わしげに、アレックスはたずねた。

「自分できいてくれよ」ジェイミーは、にやにや笑った。

「なるほど」アレックスは苦笑した。「わかった。サバイバル演習だな。きみは殴られたり罵倒されたりするのを耐え抜けないといけなかった。こんどはおれがタラやタマラに耐え抜かないといけないんだ」

　ジェイミーは、強い視線を返した。「好きなようにとればいい」と、おだやかに答えた。

「でも、自分が楽しめばいいんだよ」

「ああ、たしかに」

「どうせやることがないんだろう？」

　アレックスは、敗北を認めた。

　パーティは、十九世紀の邸宅の四階で行なわれていて、階段やエレベーターも会場に含まれているようだった。コーデュロイの上着にトラクターのタイヤみたいな靴をはいた赤い顔をした若い男が部屋にひしめき、居心地の悪い思いをするのではないかと、アレックスは予想していた。しかしながら、そこで目にしたのは、大勢のすばらしい美女ばかりだった。

自分が場違いに見えるのではないか、とも思っていた。ところが、たしかに高価な服を着た男も何人かいたが、たいがいはアイル・オヴ・ドッグズの市場の露店で買ったような代物《しろもの》を着ているものがほとんどだった。その連中のコクニー訛《なま》りや映画のギャング役のような押韻俗語《ライミング・スラング》は偽物だったが、自分のいかにも兵士らしい短く刈りつめた髪やエセックス・ストックカー・レースのTシャツや古いリーヴァイスなら検閲に耐えるだろうと、アレックスは思った。

ソフィー・ウェルズの存在を最初にうっすらと感じたのは、香りとシルクと崇拝者の男性たちを曳いて金とターコイズ・ブルーのつむじ風がそばを吹き過ぎたときだった。ソフィーは、ジェイミーの前につかのま現われた——というより、弟にキスをして、シフォンのマイクロ・ミニスカートのあどけない顔をしたティーンエイジャーに紹介するあいだ、一瞬いただけだった——「この子、〈プラダ〉の新しい〝顔〟なのよ。だから、まちがいなく十時半には寝かしつけてよ」——そして、突然、アレックスの前にいた。「そう」にっこり笑う。「アレックスね。ジェイミーの士官学校のお友だちね？ ほんとうによくいらしたわね！」

一瞬、アレックスはソフィーの顔をまじまじと見つめ、かなり短くカットした栗色の髪、冷ややかな灰色がかった緑色の瞳、イタリア製のシルク、透けて見えている薄物の下着を見てとった。こういう女性には、どう切り出したらいいのか？

「わたしはソフィー」うながすようにいうと、ソフィーはちょうど通ったウェイターからシャンパンのグラスをふたつ取り、ひとつをアレックスに渡した。「それから、この不愉快な連中は」――まわりを曖昧《あいまい》に示した――「わたしのお友だち。おぞましいったらないでしょう？」

アレックスは、なんとか笑みを浮かべた。「おれの友だちはもっとひどいよ。このパーティは、なにかのお祝い？」

「わたしの二十六の誕生日」と、ソフィーがいった。「中年の仲間入り」

「うまく仲間入りしたようだけど」もっと気の利いたことがいえればいいのにと思いながら、アレックスは応じた。

「そうかしら？　お世辞がうまいわね。あなた……」いいよどんだ。「いくつ？」

「三十四」

「このひとたちよりも老けて見えるといいたかったの」――ソフィーは、まわりの男女を、手でざっと示した――「でも、そうじゃない。見た目が……ちがう」

ソフィーが、つぎの軽口を叩く相手や会話の糸口を探して視線をさまよわせるのではなく、こちらをじっと見つめていることに、アレックスは気づいた。視線をまったく動かさないので、まるでふたりきりでいるような――どことなく深い仲の男女のような――雰囲気だった。

「そう。軍人はあまり来ていないんだろうね」

ソフィーは笑った。「そのとおりだわ。でも、わたしも何人か軍人に会っているけれど、あなたみたいな感じじゃなかった――目の奥にそんな用心深い色はない」ささやくような声でたずねた。「どこで身につけたものかしら？」

アレックスは、一瞬居心地が悪くなり、ふたりでこしらえた繭《まゆ》を破ろうとして、目をそらした。ソフィーは辛抱強く待っていた。

「ジェイミーは、きみがなにをやっているか、教えてくれないんだ」ようやくアレックスはいった。「自分できけというんだ」

ソフィーが肩をすくめた。「ファッションの広告関係。ファッション雑誌にちっちゃな記事を書いてるの」

「そのちっちゃな記事に感謝するデザイナーもいるんだろうね」と、アレックスはいった。

「アレックス!」怒ったふりをして、ソフィーが甲高い声をあげた。ソフィーがカナリア色のバイク乗りの服装の男のほうを向いたのをしおに、アレックスはそっと離れた。窓のそばでジェイミーがグラスを手にプラダ・ガールと話をしているのが目にはいった。アレックスが視線をとらえてウィンクをすると、ジェイミーが顔を赤らめた。ふだんよりもちょっと赤いように見えた。まったく結構な連中だよ、とアレックスは思った。おれはこんなところでいったいなにをしているんだ?

レーザーみたいな小さいスポットライト、刷毛目《はけめ》仕上げのステンレス・ユニットその他の器具のある広いキッチンにぶらぶらはいっていった。以前に警備をしたことのある金庫室に似ていた。背の高い冷蔵庫をあけて、冷えたメキシコのビールを見つけた。シャンパンは流しに捨てた。

キッチンの端に、スローン・ストリートを見おろすピクチャー・ウィンドウがあった。アレックスは無言でそこにしばらく佇み、ナイツブリッジに向けてのろのろと北へ進む車のテールランプの列を眺めていた。しばらくのあいだ、自分の知る物事やひとびとから遮断されているような感じだった。SASの仕事のせいで家族と遠ざかり、昇進によって同僚の下士官の軌道より高いところを飛んでいる。年齢と出自からして、同時に任官した年下の士官たちともそう親しくはなれないはずだ。そうしたことを、別段悔やんではいないが、家族と疎遠になったのだけは残念だった。それは兵站《へいたん》上の理由によるものにほかならない。つまり、ヘリフォードはエセックスの沿岸部とは離れているし、そのあいだにロンドンがある。しじゅう帰ることはできないというだけのことだ。

それに、結婚もしなかった。永年のあいだに、ガールフレンドは何人もいたが、プロポーズするのにはつねにためらいがあった。SASのために世界中に行かされるようなことがなければ、きっとゆっくり家庭生活を楽しめたのだろう、といつも思う。結婚する気になれなかったのは、北アイルランドのせいでもあった。妻子のことで脅迫されて、勇敢な兵士が取り乱すのを、何度も見ている。ひとのために未来を設計するのはどんなものなのだろう？とアレックスは思った。それに、たがいに憎しみあうようなはめに陥らないためには、どんな相手がいいのだろう？

はるか下のスローン・ストリートでは、脇道に曲がろうとしたトレイラー・トラックが、くの字に曲がったまま道路をふさいでいた。その前後にかなりの距離におよぶ渋滞が生じて、厚い板ガラスを通し、抗議のクラクションの音がかすかに聞こえてくる。うしろで、冷蔵庫のあく音がした。

「あなた、ジェイミーのお友だちでしょう。ソフィーが、逃げられたと思っているわよ」

ふりむくと、ジーンズにふんわりしたトップというでたちのかわいい金髪の若い女が、メキシコのビールの栓を抜いていた。

「まだいるよ。あいにくだけど」アレックスは手を差し出した。「アレックスだ」

「わたしはステラ」値踏みするような視線を向けて、にやにや笑った。「まだいるとわかったら、ソフィーはよろこぶわ。いけない、彼、帰っちゃった。脅かしちゃったのかしら、っていうふうだった。でも、これはいっちゃいけないんだけど」

「秘密は守れるたちだ」アレックスはいった。

「ええ、でしょうね」ステラは、そばに寄ってきた。「おもしろいものが見えるの?」

夏の黄昏《たそがれ》のなかを、ふたりで覗き込んだ。

「ファッションは得意じゃないんだ」アレックスはいった。

ステラがうなずいた。「たいがいのファッション関係の女の子とはちがって、ソフィーは仕事以外にもいっぱいだいじにしていることがあるのよ」

「だろうね。きみも広告関係?」

「いいえ。ソフィーは私の会社の宣伝をロンドンでやっているの。わたしはデザイナー」

ふたりのうしろのほうで、かなり興奮したざわめきが起きた。アレックスが肩ごしに見ると、不安げな表情の長身の女が、アルミの水切り台の表面で白い粉に線を引いて分けていた。

モデルのような感じの若い男女が五、六人、そわそわした様子でまわりを囲んでいる。紙幣が一枚出され、かさこそという小さな音がした。どことなく見おぼえのある、むらなく日焼けした若い男が、キッチン・ペイパーを顔に当てて大きなくしゃみをした。周囲のものは神経質に笑ったが、六回目のくしゃみのときには、鼻血が出ているのがはっきりとわかった。

「非難しないの？」彼らを眺めているアレックスを見て、ステラがたずねた。

「おれが？　とんでもない」アレックスは、ビールを差しあげ、ラベルを睨んだ。「自分としては、ああいうふうではなく、こういうふうでいたいと思うけど、でも……」肩をすくめた。

「男はそれぞれということ？」

鼻に粉をつけたモデルたちを、アレックスは見やった。「女もそれぞれ」

キッチンが混み合ってきた。ステラが、ダニー・ビッグズという映画製作責任者にアレックスを紹介した。ビッグズの最近の企画で、ステラは衣裳を担当しているという。

「どんな映画になるんですか？」アレックスはたずねた。

「おかしなやつらが銀行を襲う」ビッグズがいった。「仮題は『犬の毛』（毒をもって毒を制すの意味）」

「銀行強盗の服装を決めるのに、どうしてデザイナーが必要なんですか？」アレックスはきいた。「おれが出会った悪党どもは、たいがい太った中年の白人で、金メッキかもしれないみたいな装飾品を身につけて、安物のスポーツ・ウェアを着てた――どこの繁華街にでも売っているみたいなやつを」

「ふむ、われわれは現実をもっとよくしていかなければならない」ビッグズが説明した。「襞《ひだ》飾りのついたシャツにグッチのスーツを着せて」

そのとき、ジェイミーがプラダ・ガールといっしょにやってきて、ステラと拳を触れ合わせる挨拶をした。「気をつけたほうがいいよ」アレックスのほうを示して、ステラにいった。「この男は、きのうおれたちに待ち伏せ攻撃や奇襲の講義をしたんだ。目を離しちゃだめだ！」

ステラが、片方の眉をあげた。「あなたは、あの……なんていうの？　学生？　幹部候補生？」

「そうだよ」アレックスは答えた。「でも、おれは下士官を十年やってきたから、こんな齢なんだ。おれたちみたいな年寄りは、たまに幹部連中《ルパート》――ジェイミーたちみたいな士官のことだ――に講義をして、汚いやりかたを教えるんだよ」

「汚いやりかた？　ふーん」ステラが、考え込む様子でいった。「おもしろそうね」

ジェイミーとプラダ・ガールが飲み物を持って出ていくと、こんどはソフィーが現われた。

アレックスはどきどきした。ソフィーが美しいことに気がついた。ドラッグでぼうっとした顔で手足が棒みたいに細いモデルなどとはちがう、好奇心をそそられる美しさだった。

「ねえ、お友だち！」ステラが、ソフィーに呼びかけた。「このひと、まだいたわよ！」

アレックスと目が合うと、ソフィーの口もとから笑みがひろがりはじめた。「まあ！　わたしたちが脅かしたから逃げ出したのかと思っていたのよ」

アレックスは、なんとか笑みで応じようとした。「きみが思っているほど怖がりじゃないよ」

水切り台では、不安げな顔のモデルが、コカインの最後の残りを歯茎にすり込んでいた。ステラが、目を剝《む》いて、その女にいった。「タッシュ、いいかげんにしておきなさいよ。あした舞台から落ちてほしくないから」

「わかってるわよ、ステラ。だって、あんまり忙しかったから。この新しいヴァージニティのキャンペーンの仕事をもらったら、エージェントでみんなにいわれるのよ。ちゃんとやれ、相手はでかいクライアントだからって。ちょっと待ってよ、あせらせないでよっていってやった。落ち着いてやりたいのよ」

「わかった」ステラはやさしくいい、ソフィーのほうを向いた。「お父さんが、どうしているかってきいてたわ」

「元気だっていって」ソフィーが答えた。

「お父さんはなにをしているの？」ふと思いついて、アレックスはたずねた。

「ミュージシャン」ステラはいった。「六〇年代にバンドでベースを弾いてたの。いまも歌を書いてるのよ」

アレックスはうなずいた。「おれのおやじは車に凝ってる。それが仕事なんだ」ソフィーのほうを向いた。「きみは？　お父さんはどんなことをしているの？」

「本人がいう地域侵入拒否システムを売っているの。世間では地雷といっているものよ」ソフィーが答えた。「得意先はほとんど第三世界の独裁者。それが仕事なの」

アレックスはうなずいた。どうも微妙な領域のようだ。「それで、業績のほうは、その、順調？」思い切ってたずねた。

「うなぎのぼりよ」ソフィーが、冷ややかにいった。

ふたりは一瞬、見つめ合った。

「あなたが消える前に」ステラがいった。「ちょっと思いついたんだけど、あすの夜のうちのディナーに、このすてきな男性を呼んだらどう？」

ソフィーは、アレックスの目の奥をまじまじと見た。灰色がかった緑の瞳から、強いまなざしが波のようにアレックスに注がれた。「空いてるの？」

「ええ」アレックスは答えた。

「よかった」ソフィーは、ほんのつかのま、アレックスの唇に強いキスをした。「それじゃそこで」

ソフィーが離れてゆくのを、アレックスは見送った。それをステラが見守っていた。「惚れたわね」にっこり笑った。「もうぞっこんだわね」

「だれが？」馬鹿みたいな笑いを浮かべて、アレックスはいった。

「よくいうよ」ステラは身をかがめて、ハンドバッグのなかをごそごそ探った。「はい。これがあすのディナーの場所」映画のプレミアの招待券の裏に、住所を書いた。「ちゃんと来てよ」びしりと命じた。「当てにしているわよ。わかった？」

「約束する」アレックスはいった。

十分後、アレックスはジェイミーといっしょにスローン・ストリートを歩いていた。ジェイミーは当初はプラダ・ガールを口説き落とせそうだったが、ダニー・ビッグズに奪われてしまった。

「あの男、彼女に、子供のころはドッグ・レースを覗いたり、車を盗んだりしたっていう話をするんだ」すっかり意気消沈しているジェイミーが、文句をいった。「ほんとうはぼくといっしょにイートン校を出てるし、おやじはシュロプシャーの州統監なんだ。馬鹿野郎が」

「あいにく、恋と戦争ではどんな手段も正当化されるんだよ」アレックスは教えた。「第二位に賞品はない」

「だろうね」ジェイミーが、暗い声でいった。

ふたりはしばらく黙って歩いていた。

「それはそうと」すこし意識しながら、アレックスはいった。「あすの夜も、きみのお姉さんと会うことになりそうだ」――時計を見た――「きょうの夜ということだな。その、ディナーで」

「ああ、そう」ジェイミーは、アレックスがもじもじしているのが愉快そうだった。「それじゃ、来てよかっただろう？」

「ああ、そうだね」

翌日の昼すぎ、アレックスはキングズ・ロードのデューク公本部で、デイヴ・コンスタンタインといっしょにリヴォルヴァーの試射を行なった。ステラの家のディナーにしゃれた服装で行くべきだろうか――場合によっては新しい服を買って――と思ったが、そうはせず、ジーンズとTシャツで通すことにした。

日暮れどきに、地下鉄でノッティング・ヒル・ゲートへ行き、ラドブローク・グローヴを北へ歩いた。ステラのフラットは、白い巨大なウェディング・ケーキみたいなヴィクトリア朝の建物の二階にあり、奥まった庭園が下に見えた。暗い廊下から、晩方の淡い光のあふれる広い部屋にはいった。床から天井までの窓が何面かあって、あけ放たれ、錬鉄のバルコニーが見えていた。その前に置いたテーブルで、のんびりした感じの笑みを浮かべた黒髪の男とステラが腰をおろし、シャンパンを飲んでいた。

「アレックス」ステラがいった。「まあ。来てくれたのね!」

「来たよ」アレックスは答えた。

それからの出来事をその後思い出そうとしても、記憶に空白の部分があった。ステラの恋人の仕事がなんなのか、どうしても思い出せない――音楽産業と関係があるか、ひょっとしてテレビ関係かもしれないが、もしかするとやはり広告関係かもしれない――バルコニーの前の長いテーブルで、なにを飲み、なにを食べ、なにをしゃべったのか、まったくおぼえていない。いつになく短い時間で大量の情報を忘れてしまったものだが、ソフィーにまつわるすべて――その肌、髪、におい、動く様子――が、意識に深く永遠に刻み込まれたからには、そんなことはどうでもよかった。

ソフィーに驚きをおぼえた。まずは服装――エレクトリック・ブルーで、おそらくとてつもなく高価なものにちがいない――それが、異国の珍しい鳥のような彩《いろど》りをあたえていた。それから、微妙な丸さを帯びたすらりとした肢体、海の波のような緑色の瞳。だが、外見よりも、その物腰、無頓着といってもいい自信に満ちた態度に驚かされた。アレックスがこれまで会った女性は、外見やそのときどきの印象を気にしながら、自分自身に目を配るというふうだった。ソフィーはちがう。まるで気にしない。淡い光に照らされた部屋のいっぽうの壁に馬鹿でかい鏡があったし、何度もその前を通ったのに、一度も見ていない。ソフィーはただそこにいて、美しいと思われようが思われまいがどうでもいいという様子だった。

アレックスは、美しいと思った。夢中になった。防御を潜り抜けてアレックスを捕らえたほんとうの理由は、ソフィーも夢中になっているように見えることだった。ソフィーは、アレックスをあからさまにうっとりと見つめていた。

「このにおいはなに？」部屋にはいったとたんに、ソフィーはきいた。アレックスに近づき、においを嗅いだ。「あなたの手ね。物が燃えるにおい……」アレックスの指に鼻を押しつけ、髪に顔をくっつけた。「でも、煙草は吸わないんでしょう？」耳のうしろでささやいた。

「火薬の滓《かす》だ」なにをいわれたのかを悟って、アレックスはいった。「無煙火薬だよ。狭い場所で火器を使用するとつくんだ」

「また人を殺していたのね」ステラが、なじるようにいった。「ほんとうに、あなたたち男ときたら！」

アレックスは、頬をゆるめた。「射撃場で新しいおもちゃを試していただけだ」

「男がみんなやるように」ステラの恋人がいった。「どういう銃？」

「ムーアサイス五〇口径スーパー・マグナム」

「ああ」わかっていないようだった。「そう」

「お食事にしましょう」ステラがいった。

ディナーのあとで、カップル同士になった。コーヒー・カップの底に残った砂糖をスプーンですくうと、ソフィーはアレックスといっしょに散歩がしたいと宣言した。暖かな晩で、道路もカフェも歩道も混雑していたため、バラバラにならないようにソフィーがアレックスの腕を取るのは、ごく自然なことだった。一度、騒々しいポートベッロ・ロードのパブの表で、ソフィーが立ちどまり、アレックスのほうを向いて、両手を肩に載せた。だが、強いまなざしをアレックスが受けとめると、謎めいた笑みを浮かべて、また歩きつづけた。

十分ほどして、突然ソフィーが一軒のバーにはいった。狭い店で、壁が煙草の煙で黄ばみ、ボクサーやサッカー選手の古い写真が壁にびっしり貼ってあった。「急いで！」とバーテンにいった。「モルト・ウィスキイがほしいの。早くして。緊急事態だから」

「きみはいつもほしいものを手に入れるのかな？」ラフロイグのタンブラーをバーテンがふたりの前に置くと、アレックスはたずねた。

ソフィーは眉をひそめた。スモーキイな味わいのウィスキイが、ふたりの喉を流れ落ちていった。「そうね……まあ、だいたいは」ソフィーは認めた。「あなたは？」

「ほんとうにほしいと思うようなことは、ずっとなかった。こんなに……」

テーブルの下で、ソフィーはアレックスの太腿をつかんだ。「そんなに……わたしがほしい？」

「ほしい」アレックスはいった。

ソフィーの目が輝き、うれしそうに唇を結んだ。

ウィスキイを飲み終えると、ふたりはノッティング・ヒル・ゲートの交差点を渡って、ケンジントン・チャーチ・ストリートへ行った。そこで、まるで示しあわせていた合図でもあるかのように、いっしょにおなじタクシーに向かって手をあげた。

乗り込むと、シートベルトは無視して、アレックスはソフィーの肩に腕をまわし、首にキスをした。ソフィーが激しく体を密着させ、アレックスのもういっぽうの手を取って、胸に触《さわ》らせた。アレックスが指でまさぐると、乳首が硬くなっているのがわかった。

「ああ！」ソフィーがささやいた。

笑っていたが、ふたりともだんだん燃えてきて、ソフィーのフラットの階段を駆けあがった。ドアを閉めたとたんにキスをした――長いキスだったが、ふたりがほしいものや必要なものの代わりにはならないと、すぐにわかった。

ソフィーは、アレックスを奥にいざないながら、ベルトをはずし、自分もブルーのシルクのトップを脱いだ。アンティークのベルベット張りのソファがいいあんばいにそこにあり、そのときはもうソフィーはジッパーをおろしてスカートを落としていた。アレックスの手がソフィーの股間の湿った三角地帯へと動き、ソフィーの手はアレックスのズボンのジッパーをおろしていた。アレックスが腰かけると、ソフィーが優美なしぐさで乗ってきて、硬いものがぎゅっと押し込まれるとあえいだ。ソフィーが背をそらし、色白の卵形の顔に髪がかかった。「まだ火薬のにおいがする」あえぎながら、熱く濡れた部分を押しつけ、締めつけては放し、高まっては落ちていった。

6

アレックスは寝ぼけてソフィーのほうに手をのばした。目を閉じたまま、指で彼女の体をぼんやりと探り、ふたたび欲望をかきたてられるのを感じた。

だが、ソフィーは変わってしまったようだった。まず、乳房が記憶にあるよりもずっと大きく重く、ゆるいナイロンのブラジャーに支えられて、暖かな肉の襞《ひだ》の上に垂れさがっていた。鼻にまとわりつくのはゲランの香水や高価な整髪用化粧品の香りではなく、汗と機内食と循環している空気のにおいだった。

アレックスは、用心深く目をあけた。すぐ前にあった顔と、それまでまさぐっていた胸は、バンジュールから乗り合わせたモーリーンという女のものだった。それに、アレックスの股間をぎゅっと押さえているのも、モーリーンの手だった。

「あなた、ほんとに大柄な女が好きなのね」飢えたように、モーリーンがささやいた。アレックスのその部分を、指でつかんでいる。「それに、息子さんもずいぶん大きいわ！」

アレックスは、目を丸くしてモーリーンの顔を見た。白目が黄ばみ、歯も黄色くなっている。ヘンナで染めた髪の根元一センチぐらいが灰色だった。向かいの通路の男の乗客がひとり、アレックスと目が合ったときに、横目でウィンクをした。「ちっちゃな小鳥が、わたしとあなたはマイル・ハイ・クラブに入会する（高度一マイル以上でのセックスを経験すること）ところだっていってるわ」

アレックスは、もぞもぞと座りなおした。「その小鳥はまちがっているよ」女の名前を思い出そうとした。「すみません。眠っていて……寝ぼけて」

モーリーンが、不思議そうにアレックスの顔を見た。「だって、あんなに……」

「夢を見ていたんだ」アレックスは、きっぱりといった。「恋人の夢を」

「ああ」モーリーンが、体を起こして、前の座席の背もたれの雑誌を取った。「そうなの」

モーリーンの態度は、すっかり傷つけられ、がっかりしたことを示していた——これまで何度となくそういう思いをしたのだろう。アレックスは時計を見た。ロンドンでは午後二時四十五分だ。あと三時間。体が汚れ、疲労の極みに達していた。向こうでなにが待ち構えているにせよ、いまの状態よりましなものであってほしい。

待っていたのは、三人の男だった。

ＥＵ国籍の入国審査のところで、税関職員ひとりとともに立っていた。ひとりは真新しいブレザーにスラックスという格好で、盛りを過ぎたボディビルダーのような体つきだった。役所に雇われたボディガードか、とアレックスは思った。元兵士、年給一万八千ポンドに衣服支給。ふたり目は、バーブァーのコートを着た赤ら顔の男で、日和見《ひよりみ》主義の公務員らしく、疲れのにじむ辛抱強い視線を据えている。三人目はもっと若く、いかにも軍人らしい風采で、近衛旅団のネクタイを締め、襟がベルベットの上着を着ている。なんとなく見おぼえがあった。MI5《ボックス》だろう、とアレックスは思った。

「テンプル大尉」その若い男がいった。「こちらへどうぞ」

一行は、急いで税関を抜け、石段をおりて、駐車場に出ると、新車に近いフォード・モンデオのそばに集まった。

「アレックスだったね？」ベルベットの襟の上着を着た男がいった。「ジェラルド・ファーミロウだ。テムズ・ハウス（MI5本部）で会ったことがある。わたしはMI5《ファイヴ》のSAS連絡官だ」

やっと思い出した。最初にRWW（対革命戦ウィング）を引き継いだとき、保安局の背広組多数に紹介された。このファーミロウという男は、そのなかにいたのだ。

「思い出した、ジェラルド」アレックスはいった。「すまない。長くつらい夜だったもので」

「それはそうと、おめでとう」ファーミロウがいった。「すばらしい成果だった」

アレックスはうなずいた。喉がからからだし、シャワーを浴びたい。それに、もうちょっとまともな服がほしい。

ファーミロウが、ウエハースみたいに薄っぺらい金とエナメルの時計を見て、バーブァーを着た男に顎をしゃくった。

「アレックス、このジョージが事情をすべて説明する」手を差し出した。「わたしはミルバンクに戻らないといけない」

手短に握手しただけで、ファーミロウは立ち去った。本人であることを識別した、任務完了。

「ジョージ・ウィドウズだ」バーブァーを着た男は、モンデオの後部ドアをあけた。「こいつはトム・リッチー」

リッチーが、無言で片手をあげた。

「ジェラルドのおめでとうに、わたしも追加しておきたい」ウィドウズは語を継いだ。「昨夜はたいへんな成功を収めたようだね」

アレックスは、どうとでもとれる視線をウィドウズに向けてから、モンデオに乗った。この連中にSAS《レジメント》の仕事の話をするつもりはない。

ウィドウズが、それでよしというようにうなずいた。「唇に封をする。まさに正しい。さて、テンプル大尉、われわれはこれからたっぷり一時間ほどドライブをする——バークシャー州のゴーリングへ行く——途中で全体像を説明しよう。煙草は吸うか?」

アレックスは、かぶりをふった。

若いリッチーが運転し、ウィドウズがアレックスといっしょにうしろに乗った。アレックスのオーバーナイト・バッグは、フロントシートのラップトップ・コンピュータの横に置かれた。夕方のラッシュアワーの車の群れに混じって、空港を出る道路をM4自動車道に向かうあいだ、だれも口をきかなかったが、やがてウィドウズがアレックスのほうを向いた。

「念を押すまでもないとは思うが、これからわたしがいうことは、たとえ単語ひとつでも、だれにも漏らさないように。同僚、上官、保安局の他のものにも……」

アレックスは、答えなかった。目を半分閉じて、モンデオのシートにもたれていると、肩のこわばりがすこし和らぐような気がした。

「よし。いいな。いちおういわないといけなかった。事情はわかるだろう」

アレックスはうなずいた。

「さて……えー、こういうことだ。二週間前、チャートシイで殺人があった。サリー州のM25環状自動車道のすぐ内側だ。知っているか？」

「国防省の武器公売場があるのでは？」

「そのとおり。だから、被害者は――保安局のかなり上の人間で、バリー・フェンという人物だが――たまたまそこに泊まっていた」

アレックスはうなずいた。不意に自分の身なりが気になった――花柄のシャツにサンダルで、いかにも滑稽な感じだ。相手が不利な状態のときに攻めるという、MI5の典型的なやりかただ。「それで」落ち着いてうながした。

「もちろん、きみはイギリスにいなかったわけだが、いたとしても、それについて見聞きすることはなかったはずだ。われわれが彼を発見し、痕跡が残らないようにして、遺体を始末した。バリー・フェンは、公式にはチャートシイの聖ペテロ病院で心臓麻痺のために死んだことになっている。事実は、午前零時から早朝までのあいだに、ホワイト・ローズ・ロッジの四階の寝室で、未詳の単数もしくは複数の犯人によって殺された。殺人犯は――単独犯だとわたしは思う――建物の表の警戒照明システムが作動しないようにしてから、裏手を登り、窓から侵入して、被害者を殺し、はいってきたのとおなじ経路を通って姿を消した」

「殺しの手口は？」

「ひどいやりかただ」ウィドウズは、目を閉じた。「バリー・フェンは、親しい友人だった。二十年以上のつきあいだった」

アレックスは待った。ウィドウズが、指をそろえて掌《てのひら》を合わせた。

「犯人は、被害者の手首を縛り、頭の横に長さ一五センチの釘を打ち込んだ。それから舌を切り取った」

アレックスは沈黙を守った。ウィドウズの話が、警戒を呼びかける信号弾をいくつも頭のなかで発していたが、顔には出さなかった。SASは、他の保安組織に対する警戒心が強い。人的資源の管理に、どうしようもない欠陥があると見ているからだ。デイヴィッド・シェイラーは、カダフィ大佐暗殺計画にMI5がかかわっていたのをあばくのに協力したし、リチャード・トムリンソンも同様に、MI6（正式にはSIS〈情報局秘密情報部〉）が対革命戦ウィングの支援を受けてスロボダン・ミロシェヴィッチを暗殺するという計画の概要をばらした。要するに、MI（軍情報部）と名のつく組織と同衾《どうきん》する気分になれるような時期ではなかった。

「気の毒に」アレックスは、あたりさわりのないいいかたをした。「いい人間だったんだろうな」

「そうだった」ウィドウズがいった。

アレックスは、自分のプラスティックのサンダルと日焼けした爪先をちらりと見て、アフリカ、ドン・ハモンド、負傷して悲鳴をあげているRUFの兵士たちのことを思った。腕と脚と股間の蛭の跡はまだ生々しいが、昨夜の血なまぐさい出来事は、もう遠い昔のことのようだ。「さっさと本題にはいろうじゃないか、ウィドウズ。なにをしろというんだ？」

ウィドウズが、アレックスのほうを向いた。「これから行くところは、第二の殺人の現場だ。被害者はやはりＭＩ５の管理職で、クレイグ・ギドリーという男だ。殺しの手口はまったくおなじだが、今回、犯人は被害者の両眼をえぐりとっている」

一瞬、沈黙が流れた。

「それで」アレックスはうながした。

「それで、犯人がわれわれの側の人間だと思われる理由がある。ありていにいえば、きみらのうちのひとりだと思われる。ＳＡＳで訓練を受けた潜入工作員だ」

アレックスは、窓の外に目を凝らした。水が溜まっている砂利採取場、雑木林、野原のそばを通っていた。

「この男をなんとしても見つけなければならない、テンプル大尉。それも早急に」

殺された男の家は、テムズ川沿いのゴーリングの町からすこし離れた郊外にあった。燧石《すいせき》の高い塀が敷地を囲んでいる。家そのものは、ジョージ王朝時代の農家を改造したもので、きちんと手入れされた芝生、数本のイチイ、一本のボダイジュが正面にあった。玄関前の砂利のドライブウェイに、車が何台かとまっていた。

リッチーが空いた場所にモンデオをとめ、ウィドウズの側のドアをあけてから、運転席に戻り、ポケットを叩いて煙草を捜した。ウィドウズが先になって、アレックスを家の裏手に連れていった。男ふたり、女ふたりが、鉄のガーデン・テーブルを囲んで座っていた。だいぶ前からそこにいるような感じだった。

ウィドウズは、アレックスを連れてテーブルをまわり、まず明らかに上司とおぼしい年上のほうの女性のそばへ行って、〝われわれの副長官〟と紹介してから、男ふたり——それぞれ病理学者と法医学鑑定人——に引き合わせた。最後に紹介されたあまり特徴のない若い女性は、ドーン・ハーディングという名だった。

こうした型どおりのやりとりが終わると、病理学者と法医学鑑定人は断わりをいって、家のなかに戻った。副長官がうながしたので、アレックスとウィドウズは空いた椅子に座った。

「急なことなのに来てくださってありがとう、テンプル大尉」副長官がいった。五十がらみとおぼしく、髪は灰色で、飾り気はないが整った顔立ちの女性だった。

アレックスは、用心深くうなずいた。

「事件については、ジョージから説明を受けたと思うけど？」

「おおよそのところは聞きました」

「わたしたちがあなたにやってもらいたいことも」

「察しはつきましたよ」

「それで？」

「さっき答えたのとおなじことを申しあげます。わたしは軍人です。警察官ではない。ジャングルや山のなかで人間を追跡することはできますが、犯罪記録データベースや保安局のコンピュータのファイルから捜すことはできない。人選をまちがえましたよ」

副長官は、部下ふたりを見てから、アレックスに視線を戻した。「ファイルも記録も必要ないのよ」静かにいった。「フェンとギドリーを殺したのがだれなのか、われわれは知っている」

アレックスは目を丸くした。「知っているというのは……」

「そう。とにかくほぼ見当がついている。そして、その男を捜すのは、われわれの得意な分野よ。あなたを必要とするのは、処分というようなことのほうなのよ。でも、その話をする前に、思いあたるふしがないかどうか、死体を見てほしいの。ジョージ」

ウィドウズが立ち、先に立って裏口からアレックスを家のなかに入れた。石畳の廊下を進むと、オークの床の玄関ホールに出て、その先に本がびっしりとある狭い書斎があった。サンダルでぺたぺたと歩いていったアレックスの見るところ、かなり金のかかったしつらえのようだった。家具は古く黒ずみ、壁にかかる金縁の額入りの肖像画は模写ではない。

処分。MI5《ボックス》の典型的な欺瞞だ。処刑を意味する。

この家の主は、書斎の絨毯にうつぶせに倒れていた。身長はさほどではないが、がっしりした男で、ディナー・ジャケットとズボンが一サイズ小さいように見える。黄色っぽい紐で後ろ手に縛られた両手が黒く膨《ふく》れ、いましめから抜けようと激しくもがいたらしく、手首にひどいすり傷ができて、紐がゆるんでいる。顔の下に血の池ができて、磨り減ったペルシャ絨毯がどす黒くなっている。血に似たにおいが充満している。

ウィドウズが、戸口のところからアレックスに、死体のそばに行くようにと合図した。

「写真は撮ったし、鑑識作業は終わっている。動かしてもかまわない」

気が進まなかったが、アレックスは両手を死体の下に差し入れて押した。重い死体がごろんと仰向けになった。そうすると、いかに恐ろしい暴行がくわえられたかということが、あからさまになった。顔は血がこびりついて固まり、目鼻立ちも定かでない仮面と化していた。目があったところは、血がこびりついた黒い穴になっている。被害者の右のこめかみには、長さ一五センチの平たい釘の頭が突き出し、皮膚がすこし盛りあがっている。よく見ると、釘には錆《さび》が点々とあった。丸一分ほど、アレックスは死体をじっと見ていた。そうするのが当然のように思われた。

「もういいか？」ウィドウズがたずねた。

アレックスは肩をすくめた。「一部始終を話してくれ。ギドリーはパーティをやっていたんだな？」

「ディナー・パーティだ」ウィドウズがいった。「保安局の同僚四人が夫婦で招待された。きみらがＲＵＦと会う約束を果たすためにフリータウンを出発したのとおなじころに来たはずだ」

「あんたは来なかったのか？」アレックスはきいた。

「ああ」すこし不愉快そうな口ぶりになっていた。「たまたまだが」

「副長官は？」

「副長官は来た。ギドリーと細君のレティティアも含めて十人が、食事をした。午前零時半に客が帰り、ギドリーは正面の門を閉め、ドーベルマン二頭を放した」

「ドーベルマンがいたのか？　戦闘犬じゃないか？」

「そうだ。客がいるあいだは、犬小屋に閉じ込めてあった。ふだんは敷地内を自由にうろついている――二エーカーほどの広さだ。想像はつくだろうが、警報装置よりたしかだ」

「今回はそうではなかった」アレックスは、暗い声でいった。

「ああ、たしかに。今回はだめだった」ウィドウズは、両眼をこすった。こちらとおなじように苦しい一日だったのだと、アレックスは気づいた。

「夫が玄関の鍵をかけたのを見届けたあと、レティティアは寝室へ行った――ふたりの寝室はべつだ――ギドリーは、スコッチを一杯飲み、コンピュータを一時間ほどいじるといって、書斎へ行った。生きているのを見たのは、それが最後だった。けさ九時半にここで夫を発見したレティティアが、副長官に電話した」

「その――レティティア・ギドリー夫人は、いまどこに？」

「ロンドンの同僚のところだ。察しはつくだろうが、ひどく動揺している。表に出よう」

アレックスは、ほっとしてウィドウズのあとから玄関ホールに行き、そこからポーチに出た。玄関の扉は、鋼鉄で補強した分厚いオークだった。「犯人はここからはいったのか？」

「そうだ。ピッキングで錠前をあけた。専門家の腕だ。こっちへ来てくれ」

ウィドウズは、車の列を過ぎて五〇メートルほど進み、電柱を指さした。

「家に向かってのびている線の途中のあの箱が見えるか？」

ひと目見て、アレックスはなんであるかがわかった。「作動停止音波発信機だ。警備システムの監視基地に偽の〝安全〟信号を送る」

「そうだ。使ったことはあるか？」

アレックスは、その質問を黙殺することにした。「警報装置があるのは家だけだな？」

ウィドウズが、考え込む様子でしばしアレックスの顔を見てから答えた。「家だけだ。庭は二頭のかわいいべっぴんさんが見張っていた」

ウィドウズは芝生を歩いていった。縁取りの花壇のルピナスとヒエンソウのなかに、ドーベルマン二頭の丸まって硬直した死骸があった。

アレックスは、感心したように口笛を鳴らした。「犯人は相当腕が立つな。被害者の夫人は物音を聞かなかったんだろう？」

「なにも聞いていない」

アレックスはうなずいた。玄関前に戻ると、病理学者と法医学鑑定人が、遺体袋を車のトランクに積み込んでいた。くわえ煙草のリッチーが手伝っている。

「きみならギドリーをどんなふうに殺《や》る？」ウィドウズがきいた。

「この犯人と、ほぼおなじやりかただ」アレックスは答えた。「みんなが家にはいって、パーティがはじまるのを待ち、電柱に登って、警報装置が働かないようにする。その段階では、犬がいるので敷地内にははいらない」

「どうして犬がいるのがわかったんだ？」

「見たんだろう。何日も、いや何週間も監視していたはずだ。餌をやるときに犬の名前など、なにもかもわかる」

「そのあとは？」

「そのあと、目標《ターゲット》地域から離れて、パーティが終わり、車が帰っていくのを見張れる場所に移動する。野原か、あるいは木の上に。双眼鏡を持っているはずだ。ギドリー夫妻だけになったとわかると、戻って塀を越える」

「犬はどうする？」

「倒れている格好を見ただろう？」アレックスは、よじれた死骸を示した。「毒を使ったことはたしかだ。肉にストリキニーネをふりかけたんだろう。口笛で犬を呼び、肉を投げ落として、地べたに顔を伏せる服従の姿勢をとる。犬は喉に食らいつかず、小便をかけるだけだ。相手を支配する形になると、もう脅威ではないと見なし、肉が食べられる」

「それが大きなまちがいだった」ウィドウズが、冷ややかにつぶやいた。

「とんでもないまちがいだ」アレックスは相槌を打った。「あっという間に犬は死ぬ。そこで犯人はすばやく玄関へ駆けていって、錠前をあけ……」肩をすくめた。「まあ、そんなところだろう。動機については、そっちから聞きたい」

「副長官のところに戻ろう」ウィドウズがいった。

ふたりが家の裏手にひきかえすと、副長官は小さなリング綴じのノートにメモを取っていた。ふたりは腰をおろした。すぐに副長官が顔をあげた。「それで、テンプル大尉、この殺人の犯人について、あなたの評価を聞かせてちょうだい」

アレックスは口ごもった。「どうしてわたしを選んだんですか？」と、きき返した。「ヘリフォードから朝のうちにヘリでだれかを来させればよかったのに、わざわざシエラレオネのジャングルからわたしを呼び戻したのは、なぜですか？　丸一日近く無駄にした理由は？」

副長官が、ほんのかすかな笑みを浮かべた。「〝だれか〟ではなく、あなたが必要だったからよ、テンプル大尉。あなたが最高だと思ったから」

アレックスは、視線をそらした。「だれから聞いたんですか？」冷笑するようにたずねた。

「十年間、兵士の鑑《かがみ》となるような勤務成績を収めて、士官に任命された。大尉という階級でありながら、対革命戦ウィング指揮官に任じられた。そういう事実そのものが示している」

アレックスは肩をすくめた。これまでずっと、どういうわけか上官とことを構えることもなくやってきた。しかも、おべっかをつかわずにそれを成し遂げた。それがいちばんの成果だと、自分ではひそかに思っていた。「はっきりした話をさせてください」と切り出した。「そちらではフェンとギドリーを殺した犯人のいどころを突き止めようとしている。突き止めることができたとして、わたしが攻撃し、始末することを望んでいる」

「まあそういうところね」

アレックスはうなずいた。「わたしがそれをやるには、犯人についてつかんでいることを、すべて知る必要があります」

「それで問題ないわ」

「それに、いくつか微妙な質問をしなければならないでしょうね」

「できるだけ答えるようにします、テンプル大尉。おたがいに秘密のないようにしましょう。われわれはこの男を早急に排除したい。理由は説明するまでもないと思うけれど、警察が嗅ぎつける前に万事解決したいの。あるいはマスコミに知られる前に。つまり、勝負は何日かで決まるのよ、テンプル大尉。何週間ではなく。非常に切迫した事態なの」

うなずいて了承したことを示すと、アレックスは静かな夜陰に包まれた庭を見渡した。香りのよい空気のなかをユスリカの群れがくるくる舞っている。〝大尉〟という言葉を副長官が強調したと思ったのは、気のせいだろうか。成功に昇進がともなうことをほのめかしているのか。あるいは、拒めば降格するという意味かもしれない……もっとも、これから脱け出すことはとうてい望めない。

「わかりました」アレックスはうなずいた。

副長官は、さっさと書類をまとめた。「結構」きびきびといった。「明朝九時にわたしの執務室に来てちょうだい。それまでに写真や法医学情報の大半を用意するし、この一件の背景も説明するわ。それまで、ドーンを連絡担当につけるから、ロンドンにいっしょに行って。必要なものがあれば、ドーンに頼みなさい」立ちあがり、さっと手を差し出し——アレックスはおずおずと握ったので、礼儀正しいとはいえなかったかもしれない——家のなかにすたとはいっていった。

「わたしが後始末をしておく、ドーン」ジョージ・ウィドウズがいった。「大尉を連れて出発したらどうだ？　もちろん」——アレックスのほうを向いた——「きみがまだなにか見たいのならべつだが」

「もういいでしょう」アレックスはそこではじめて、テーブルの向こうの隅に無言で座っていたドーンという女に注目した。

7

アレックスのドーンに対する第一印象は、したたかな感じだ、というものだった。したたかな灰色の目。したたかな気構えや物腰。特徴のないブロンドの髪、化粧はしておらず、黒い半袖のセーター、黒いズボン、脇にゴムの部分のあるヒールの低いブーツといういでたちだった。

その印象は、長くはつづかなかった。服は簡素かもしれないが、見るからに高価な品物で、体のなめらかな曲線を隠さずに強調している。化粧をしていないのは、化粧なしでもきれいに見えるのを承知しているからだ。それに、したたかといっても、アレックスがベルファストにいるころに知っていた第一四情報中隊（デト）の女性たちとは見るからにちがう。テロリストをみごとに殺したあとでＳＡＳの男たちと対等に飲み、ヘッケラー＆コッホ狙撃銃《スナイパー・ライフル》とともにすさまじい寒さの潜伏地点に潜んで任務を果たすのをいとわない、キャロル・デニー、デニーズ・フォーリといった女性がいた。デニーズは、デトかＳＡＳがＩＲＡのテロリストを始末するたびに、十字架の形のケーキを焼いたものだった。

ドーン・ハーディングは、北アイルランドで出会ったＭＩ５《ボックス》のどの女性ともちがっていた。

そうした女性はたいがい、容貌は平凡だが頭がよく、デトの同僚とはちがってデスク・ワークや秘書に向いている感じだった。しゃれたことをいうのが上手なドン・ハモンドが以前に、あの女たちはたいがい、「SASの縦笛をしゃぶりたくてうずうずしている」といったものだ。

だが、このドーンという女はちがう。SAS隊員にこうして会っても、惚れ惚れとした様子はない。こっちが西アフリカのヒモみたいな格好をしているせいではない。成り上がりのSAS士官と出世株のMI5事務職とでは、身分がまったくちがうのだということを、はなから印象づけようとしているからだ。彼女が視線を向けるとき、礼儀正しくはあるが、MI5の幹部になると決まっているものが遅かれ早かれ身につける、目下に対するような態度がかすかに感じられる。「では」ドーンがいった。「ロンドンに戻るわ。泊まるところはある？」

的を射た質問だった。ヒースロウの税関を通過したときから、一瞬たりともひとりきりになったことがないし、このスパイ連中がそばにいるときにソフィーに電話するわけにはいかない。MI5が遠ざかったことが確信できるまでは、携帯電話でソフィーに電話することすらできない——携帯電話は簡単に盗聴できるし、ギドリー邸にとまっていた車が無線スキャナーを作動させていたとは考えられないにせよ、危険は冒したくなかった。

とはいえ、一本だけかけてもいい電話があるし、かけるつもりだった。そっけなく断わりをいうと、大股で悠然とドーンから二〇メートルほど離れて、第二二SAS連隊長ビル・レナード中佐の番号にかけた。ウィドウズの指示を破ることになるが、かまうことはない。

レナードは、ヘリフォードに近いクレデンヒルのSAS基地でまだ執務中だった。「きのうの晩はよくやった」と、静かにいった。「全体として、みごとなショーだったな。きみはバークシャーにいて、友人たちがいっしょなんだろう」

秘話ではない回線で話をするとき、SASではできるだけ軍に関係のある言葉はつかわない。"サー"や"ボス"や部隊名などは口にしない。

「そうです。わたしに……ちょっとした片づけをやってもらいたいとのことで」

短い沈黙があった。ようやくレナードが口を切った。「今回は手を貸してやってくれ、アレックス。去年きみが受けたような昇進には、ときどきまずいサンドイッチを食うのがつきものだし、これもそのひとつだ」

「はい、でも……」

「"でも"はなしだ、アレックス。彼らのこの問題は処理しなければならないし、きみ以上に最適な人間はちょっと思いつかない。すまないが、どうしても必要なんだ。終えたら好きな職務を選べるように約束する。まちがいなくそうしよう」

アレックスは黙っていた。心のなかでは思っていた。終えたころには――終えられるかどうかはべつとして――事情が変わっているだろう。好きな職務を選ぶ機会は、いつものように消えてしまう。

「カレンはどうですか?」アレックスは、死んだドン・ハモンドの妻のことをたずねた。

「がんばっているよ、スーとおなじように。何人もが駆けつけている。葬式のことは、だれかに連絡させよう」

スーというのは、死んだ特殊部隊パイロットの妻だろう。

「われわれの友人たちに力を貸してやれ、アレックス。この件に逃げ道はないぞ」

そこで電話が切れた。


ドーン・ハーディングは、二年前の型のホンダ・アコードを運転し、制限速度に敬意を払っているのか挑んでいるのかわからないような走らせかたをした。レディング郊外で信号にひっかかったときは、ほとんど速度を落とさずに相手の車と衝突寸前ですれちがういっぽう、時速一三〇キロメートルがあたりまえのM４自動車道では時速一〇〇キロメートル前後でおとなしく走った。

「エンジンをかばっているのか？」アレックスが、途中でたずねた。

「いいえ。免許をきれいなままにしておきたいの」ドーンが答えた。追い抜いてゆく車の流れを指さした。「それに、ストレスでまいっている通勤者相手に腕前を披露してもしかたがないわ。ロンドンのどこへ行きたいの？」

アレックスは、さきほどソフィーに電話したが、ボイスメールの応答になっていた。もう一度かけたが、おなじだった。理由は自分でもよくわからないが——たぶん帰ってきたのにどう反応するか、たしかめたいからだろう——メッセージを吹き込みたくはなかった。「スローン・スクェア」アレックスは答えた。「そのあたりならどこでもいい」

「夜遅くにキングズ・ロードでお買い物？」アレックスの服に、いたずらっぽい視線を投げた。

「いや、基地に友だちがいる」アレックスは答えた。うるさいんだよ、と心のなかでつぶやいた。

「わかった。スローン・スクェアね。もしよければ、地域防衛軍のお友だちと、きょうの出来事についておしゃべりをしないでくれるとありがたいんだけど」

アレックスは、ドーンを睨んだ。「きみがいうような〝おしゃべり〟をする習慣はないんだ。相手が同僚だろうがだれだろうが。おれがSASの徽章をもらったころ、きみはまだ……」そこでつかえて黙り込んだ。この女はいくつだろう？　二十五か？　二十六か？「……中等教育卒業資格試験も受けていなかったはずだ」

ドーンが、にっこり笑った。「そう、人を殺害したことは、大尉？」

「何人かの気分を害したことはある！」

ドーンが、取り澄ましてうなずいた。「それに、ずいぶん齢のことを気にしているのね。苦になっているの？　たいがいの大尉は、あなたより十歳は若いでしょう。わたしぐらいの齢よ」

「いいか。きみの上司が」――その言葉を強調した――「人選をまちがえたと、きみが思っているんなら、おれはよろこんでおりる。車をとめてくれれば、おれは消える」

「消える……ですって？」

アレックスは、リアシートのバッグに手をのばした。

「そうだ。消える」意味ありげに、ドーンの顔をじっと見た。「このプロジェクトには、楽しみなところはまったくない。テムズ・ハウスの仕事は前にもやったことがあるが、そのたびに嫌な思いをした。だいたいきみらは自分たちのくそから自分たちで脱け出せばいいんだ」

「そう。それで事情がよく呑み込めたわ。大尉、あなたはわたしたちが味方同士だというのを考えたことはないの？　おなじ目的を追求しているというのを」

アレックスは黙っていた。そのときには、ドーンばかりか自分にも腹が立っていた。この女にいいようにあやつられて、ぜんまい仕掛けのネズミみたいに暴走してしまった。おまえは阿呆だよ、テンプル大尉。落ち着け。

バロンズ・コートの信号でとまるために、ドーンが車の速度を落とした。ドーンがハンドブレーキを引くとき、前腕の筋肉が緊張するのをアレックスは眺めた。指が長く、爪を四角く切り詰めてある。

「つまりあなたは」ドーンが語を継いだ。「どこかの……頭のおかしな男が、わたしたちの仲間を拷問して殺しているのに、平気でいられるわけ？」

「どうして万事を局内で処理できないのかと不思議に思っているだけだ」

「そうしないという決定がなされたのよ」ドーンが、そっけなくいった。

そういわれると、もう議論にはならなかった。ドーンが携帯電話と保安局の自分の番号を教え、泊まる場所が決まったら知らせてほしいといった。知らせるものかと、アレックスはひそかに思った。

「テムズ・ハウスの場所はわかるわね？」

「前に行ったときは、ミルバンクにあった」

「では、明朝九時に。受付で待っているわ」

「約束《デート》だね」

当然ながら、ドーンは笑わなかった。しばらくして、キングズ・ロードのヨーク公本部の前にホンダがとまると、アレックスは礼の代わりにうなずき、バッグを持った。

「ではあした」ドーンがくりかえして、細長い茶封筒を助手席に置いた。

アレックスは、一瞬ためらってから、それを取った。

「経費」ドーンがいった。「こちらの記録によれば、あなたはロンドンには住まいがない。それに、ミス・ウェルズのところに服を置いているならべつだけど——まあ、あなたは家庭でくつろぐような男じゃないとわたしは思う——いまから明朝九時までのあいだに、それ以外の服を手に入れる必要があるでしょうね。簡素なものにしなさい、というのがわたしの助言。齢相応にね。〈ハロッズ〉が、あと二時間ぐらいはあいているわ。じゃあ、またね」急発進せず、そっと路肩から離れていった。

激しい嫌悪にかられ、アレックスはしばしドーンのホンダが走り去るのを見送っていた。

ドーンがソフィーに言及したことが、意図したとおりの効果をあげていた。ドーン・ハーディングとその所属する組織は、いつでも好きなときにアレックスの鎖をひっぱることができるというわけだ。「また会いたいものか」とつぶやいたが、無意味だとわかっていた。好悪には関係なく、ドーン・ハーディングとはしばらく密着することになるはずだ。アレックスは、ノキアのリダイヤル・ボタンを押した。

五分後、シルバーのアウディTTカブリオレが、弧を描いて道端に寄り、急停車した。

「ヘイ、セクシー！　仕事を捜してるの？」

きょう一日ではじめて、アレックスはにっこりと笑った。ソフィーは、とてつもなく派手な柄のイタリアン・プリントのシャツを着て、もう夜だというのにサングラスをかけていた。ソフィーの姿を見て、胸が高鳴った。「乗って」ソフィーが命じた。

その瞬間から、なにもかもが楽しくなった。アレックスが洋服を急いで買わなければならないと説明すると、ソフィーがたてつづけに何本か電話をかけ、五分後には革ズボンのひょろりとした若い男が、チェルシー・ハーバーの倉庫の鍵をあけていた。照明がぱっとつくと、十数本のレールから紳士服が吊るされ、靴箱が肩の高さまで積みあげてあるのが目にはいった。「なんでも好きなものを取っていいよ」若い男が、ソフィーとアレックスに向かっていった。「袋を持ってくる」

「これはなに？」アレックスはきいた。

「大半は、ファッション・ショーや雑誌の撮影に使った服よ」ソフィーが答えた。「袖を通していないものも多いの」

ほどなくふたりは、アレックスには少々ファッショナブルすぎると思え、ソフィーががっかりしたように「退屈とまったく目立たないの中間」と評した品物に決めた。

「おれの世界では」アレックスは弁解した。「目立たない人間——灰色の男《グレイマン》が王様なんだ。いくら払えばいい？」

「ああ、あのひとに二百ポンドあげて」

「嘘だろう？」

「心配しないで。傷がついて処分したことにするから」

「きみは陸軍の兵站係下士官よりたちが悪いな」

ソフィーは、ほっそりした人差し指からアウディのキイをぶらぶら揺らした。「うちに来る？」

スローン・ストリートを見おろすフラットで、ふたりは〈セインズベリー〉（食品を中心とするスーパーの海老入りカレー）を温め、クローネンブルク・ビールをラッパ飲みし、『グッドネス・グレシャス・ミー』（インド系イギリス人の製作したコメディ）を見た。何週間も男ばかりのなかで携帯口糧を食べてきたアレックスにとっては、極楽のような一夜だった。

アレックスがすこし緊張を解いたのを見て、ソフィーはソファへ行ってアレックスにもたれかかった。「帰ってきたのはいい知らせ？」おずおずとたずねた。「しばらくゆっくりできるの？」

「そうかもしれないし、そうでないかもしれない。帰ってきたのは……やることがあって」

「わたしにいえるようなこと？」

アレックスは首をふった。「悪いけどいえない」

「危険なの？」

アレックスは肩をすくめた。「どうかな。人を捜すだけだ。頭を使うだけで、弾丸は使わない。だから、しばらくぶらぶらしているけど、行ったり来たりすることになるよ」

ソフィーはうなずいた。「これからも、ずっとこんなふうでしょうね。わたしが質問して、あなたが話せない」

「辞めないかぎりは、そうだね。恨まないでほしいな」

「恨んだりしないわよ」ソフィーは一瞬むっとしたが、すぐにこらえた。「ただ、こうやってもう一年くらい、いっしょにいたり離れたりしているけど、あなたの人生に……すこしははいり込んだという気持ちになりたいの」

「きみはおれの人生に完全にはいり込んでいるよ」アレックスは、やさしくソフィーにいった。「立ち入りできないのは、おれの仕事のほうだけだ。そっちはなにも知らなくても損はしないといいきれるよ」

「でも、仕事があなたの人生そのものじゃない」ソフィーは反論した。「顔を見れば、それがわかるの。北アイルランドやボスニアでの任務、死んだ男たち……それがあなたの瞳の奥に見えるの」

アレックスは、肩をすくめた。詳しい話は、それまで一度もしたことがなかった。もうほとんど受け入れているさまざまな悪霊は、この仕事につきものなのだ。

「わたしはあなたのすべてがほしいの、アレックス。燃え尽きた滓《かす》ではなくて」

アレックスは、眉をひそめてクローネンブルクの壜を見た。視界の隅で、血にまみれてショックに陥ったRUFの兵士が見える、撃たれて顎がなくなっている。そのうしろに、真っ黒に焼け焦げてよろめいているドン・ハモンドの姿がある。もう一個中隊分ぐらいの人数のそうした男たちが、アレックスの意識に住み着いている。

目をしばたたいて彼らを追い払い、ソフィーの灰色がかった緑色の瞳を見据えて、アレックスはにっこり笑った。「おれはぜんぶここにいる。なにからなにまできみのものだ」

8

アレックスは、九時二分前にテムズ・ハウスの受付に着いた。ブリーフケースを持ったドーンがそこにいて、アレックスを手招きした。「おたがいにきょうの服はイタリアンね」グッチのローファーに目を留め、グレーのチェルッティのスーツをじっくりと品定めして、ドーンがいった。「ヘリフォードのみなさんは、〈ミスター・バイライト〉あたりで売っている服のほうが気楽に着られるのかと思っていたわ」

「きみら公務員が外見を重視するのがわかっているからね」外来者バッジをラペルに留めながら、アレックスは落ち着いて応じた。「きみらの期待を裏切ったら申しわけないじゃないか」

ドーンにつづいてエレベーターに乗ると、ドーンが五階のボタンを押した。「それで、泊まるところは見つかったのね」

「なんとか眠れたよ」

「でしょうね」ドーンは、無表情でエレベーターの磨きこまれたアルミの表面を見つめた。前の日とおなじ黒一色のよそおいで、化粧はせず、香水も宝飾品もつけていない。アクセサリーといえるのはブリーフケースだけだ——それに軍の支給品のパイロット用クロノグラフ。とはいえ、そうした飾り気のなさは、女らしさを隠してはいなかった。ドーンのうなじのあたりをじろじろ見ながら、アレックスは思った。奇妙なことに、それがかえって女らしさを強調している。とにかく、不思議な気持ちにはなる。

「エレベーターが、がくんと揺れてとまった。「ひとこと忠告するわ」時計を見ながら、オフィスがならぶ灰色の絨毯の廊下をすたすたと歩くとき、ドーンがにべもなくいった。「副長官に対する正しい呼びかけは、マームよ」

アレックスは、頬をゆるめた。「それじゃきみはなににする？　婦長さんか？」

ドーンが、険を帯びた視線を向けた。「ドーンで結構よ」

副長官室は、廊下の突き当たりだった。ドーンは、革張りのソファとKGBを創設したフェリクス・ジェルジンスキーの肖像画のある控えの間にアレックスを残し、表札がなにもないドアの奥に姿を消した。

五分後に、ドーンが出てきた。アレックスは、立ったままだった——革のソファは滑りやすく、とても座っていられなかった。ブラインドをいくぶんおろしてなかったら陽射しで明るいはずの部屋に、ドーンが招き入れた。コンピュータのモニターが見にくくならないように、強い光線をさえぎっているのだろう、とアレックスは思った。コンピュータを置くように作られた広いデスクに、三台が置いてあり、ほかにテレファクスのコンソールと、新聞の切抜きらしきものが高く積まれているトレイがあった。地図、本、平面スクリーンの大きなモニターが、壁の大部分を占めていたが、フローレンス・ナイチンゲールの肖像画と、ピーター・マンデルソン北アイルランド担当相が犬と遊んでいるサイン入りの写真が、実用一点張りの執務室の雰囲気をすこしは和らげていた。湯気をあげているカフェティエールと官給品のカップとソーサー四客のトレイを置いたテーブルがいっぽうの隅にあり、まわりに革とスチールの椅子が六脚ならべてあった。

デスクの奥、なかばおろしたブラインドの手前の副長官のシルエットを見て、アレックスはあらためて、整った容貌やすっきりした肢体や品のいい外見に感心した。きょうは、鋭敏な青い目や高級な美容院で手入れした砲金色の髪とあいまって完璧な効果をあげる、チャコール・グレーのスーツを着ている。

かつては体によく合っていたにちがいないスーツのポケットに両手を突っ込んで、ジョージ・ウィドウズがその横に立っていた。周到にざっくばらんな態度をとっているのは、自分の地位が低いのを強調して、ことさらに卑下するのが目的ともとれる。

副長官が、デスクの奥から出てきて、手を差し出した。「これからいっしょに仕事をするわけだから、テンプル大尉」わざとらしい笑みを浮かべた。「本名を知っておいたほうがいいでしょうね。わたしはアンジェラ・フェンウィック、正式な肩書きは、工作担当副長官。ドーン・ハーディングとジョージ・ウィドウズはわかっているわね。テムズ・ハウスへようこそ」

一同がテーブルを囲んで座ると、フェンウィックは身を乗り出し、カフェティエールのプランジャーを押し下げた。

「ドカーン！」ジョージ・ウィドウズがささやいた。だれもにこりともしなかった。

アンジェラ・フェンウィックが、アレックスのほうを向いた。「あなたが希望しないかぎり、ここで口にされることはなにひとつ記録されないというのを知っておいてほしいの。あなたがいうことも、いっさい記録には残さない。基本的に、あなたは自由に意見をいえるし、いってほしい。当然ながら、これからわたしがいうことは、この保安局の内部でも外部でも、だれにもいってはならない——あなたのＳＡＳの過去の同僚や現在の同僚も含めて——わたしがいっていいといわないかぎりは。そのことに、なにか問題はある？」

「いいえ。問題はないでしょう」

「結構。みんな、コーヒーはどう？　ジョージ、お願いできるかしら」

ウィドウズがコーヒーを注ぐと、アンジェラ・フェンウィック副長官は、椅子に背中をあずけ、カップを手に、アレックスのほうを向いた。「クレイグ・ギドリー殺しだけど、なにか思い当たるふしはない？」

アレックスは、他のふたりに視線を投げた。みんな期待するふうでじっと見ていた。

「ジョージとドーンの前では、ざっくばらんに話していいのよ」

アレックスはうなずいた。「ＰＩＲＡ（ＩＲＡ暫定派）です。ベルファスト旅団が、ＦＲＵ（武力研究部隊）の二名の頭に釘を打ち込んで殺した。一九九六年の初めのころ——カナリー埠頭の爆弾事件の直後だったと思います。死体はダンガノン郊外の交差点に捨ててあった」

「そのとおり」フェンウィックがいった。「当時どこにいたか、おぼえている？」

アレックスは考えた。「一九九六年二月にはボスニアにいました。マキシム・ズキッチとその部下の大佐二名をハーグの戦争犯罪裁判所に送り込むために身柄を拘束するチームにくわわっていたんです。でも、カナリー埠頭の爆弾事件のことは、事件が起きたときに知りましたが、FRUの二名のことはあとで聞きました」

「レイ・ブレドソウ」ウィドウズがつけくわえた。「それに、コナー・ウィーンだ」

「ああ、そう。ブレドソウとウィーン。SASのチームが北アイルランドに行っても、FRUの連中にはあまり会わないが、そのふたりには何度か会っているはずです」

アンジェラ・フェンウィックが、眉間に皺《しわ》を寄せた。「たしかあなたは、ニール・スレイターがフォーキルでデラニー家の少年をあやまって撃った（『特別執行機関カーダ』参照）ときの狙撃チームのナンバー2だったわね」

「ええ。それは一年ほどあとの話です」

「デラニー家の農場に武器が隠されているという情報を伝えてきたのは、レイ・ブレドソウが育てた情報提供者だったのよ」

「そうですか」アレックスはいった。「われわれは、そういうことはあまり知らされないので」

「どうして昨夜は、二件の殺人がPIRAとかかわりがあると思ったことをいわなかったの？」ドーンが、とがめるようにきいた。

「きみはきかなかった」アレックスは、おだやかに答えた。「でも、ウィドウズが長さ一五センチの釘といった瞬間に、そうにちがいないと思った」

フェンウィックがうなずいた。「ブレドソウとウィーンの件をあなたが知っているかどうかを、たしかめたかっただけよ。それに、あなたの思っているとおり、この事件の根はまちがいなく北アイルランドにある。ただし、一九九六年よりも前にさかのぼる。さらにいうなら、一九八七年の英霊記念日曜日に」

「エニスキレンか」アレックスは、暗い声でいった。

「そのとおり。エニスキレン。一九八七年十一月八日、その町の戦争記念碑の近くで、一発の爆弾が破裂し、十一人が死亡、六十三人が負傷した。ＩＲＡ義勇兵《ヴォランティア》がいつもやっている陰惨な仕事よ」

アレックスはうなずいた。話からはずされたウィドウズとドーンは、辛抱強く宙に視線を据えていた。

「爆発の翌日、六人による危機対策会議が行なわれた。そのうちふたり――前長官と前副長官は、もう引退している。あとの四人は、わたし、ジョージ、それにクレイグ・ギドリーとバリー・フェン。わたしは当時三十九で、ほかのひとたちよりもすこし若かったし、北アイルランド課長になったばかりだった。

われわれが痛感していた事柄、つまりＩＲＡ上層部になんとかしてこちら側の諜報員を送り込まなければならないということを検討するのが、会議の目的だった。あなたはむろん知っているはずだけど、当時もわれわれは広範に及ぶ情報プログラムを実施していたのよ。情報提供者がいて、第一四情報中隊（デト）があって、密告者もいた。でも、意思決定の段階にはいり込めるような人間がいなかった。エニスキレンのような事件が起きる気配があるとき、上層部にだれかいれば、情報を流すことができるが、それがいなかった。それに、エニスキレンのようなことが二度とあっては困る。

そこで、われわれにはふたつの選択肢があった。ＩＲＡ幹部を寝返らせるか、長期潜入工作員《スリーパー》を潜り込ませ、徐々に上の地位に昇るのを待つか。時間という面から考えれば、前者のほうが望ましいけど、長い目で見ると、あまり当てにはできない。だいいち、偽情報を流されないともかぎらない。でも、いちおうはやってみたのよ。デトが目をつけたＩＲＡ幹部にＦＲＵ要員が接近し、たいして重要ではない情報に多額の現金を出すと持ちかけた。欲で釣って、容疑が固まった暁には搾《しぼ》りあげるという狙いだった。お定まりの罠にかけるやりかたよ。

でも、こっちもなかば予想していたとおり、だれもひっかからなかった。たとえ主義に疑問を感じていたとしても――エニスキレンの虐殺の余波で、確信がぐらついていた幹部も、たしかにひとりかふたりいたのよ――密告者がどういう運命をたどるかということを、重々承知していたから。ほかのことはともかく、わたしたちが渡したお金を使うことすらできない。だから、こっちの手のものは追い払われ、ＩＲＡ機関紙《フォブラフト》に人相書きまで掲載されたこともあった。想像はつくと思うけど、わたしたちはたいそう間抜けに見られたものだった。

そこで、スリーパーを潜入させることになった。運がよければ組織の末端を出はいりして、バーで聞いた断片的な噂を報告する、というような人間ではなく。要するに、使い物にならないまがい物の密告者ではなく、じわじわと昇進してゆく長期潜入工作員——いわゆるモグラよ。IRAというきわめて高度なテロ組織のトップにのしあがるだけの信用がある人間。しかも、勇気と献身と、一貫してこちら側の人間でいるためのとてつもない精神力がそなわっていなければならない。たぐいまれな人間が必要だし、そういう人間を捜すこと自体が大事業だった。

われわれ四人——わたし、ジョージ、ギドリー、フェン——が、機密に区分される〝合言《ウォッチ》葉《ワード》作戦〟を立案し、実行した。特別予算と専用オフィスが用意され、保安局の他の人間はいっさいアクセスを許されなかった。作戦は、三段階に分けられた。選抜、潜入、起動。われわれが見出した人間は、〝夜警《ウォッチマン》〟と呼ばれるようになる。

選抜が開始されたのは、一九八七年十月。われわれが最初にやったのは、コンピュータで国防省の記録を検索することだった。北アイルランド生まれの未婚のカトリックで、年齢は二十八歳以下、できれば一人っ子で、両親が死んでいる人間。三軍の記録をすべて調べた。両親やきょうだいが生存しているものも含めたリストから、士官と軍曹以上の階級のものを除き、飲酒、喧嘩、不規律など、勤務評定に問題のあるものも除いた。

残ったリストは二十名ほどで、さまざまな部隊におよんでいた。そこで、われわれはデンジル・コナリーという曹長を対革命戦ウィングから借りた」

アレックスはうなずいた。会ったことはないが、コナリーの評判は聞いている。あらゆる面でしたたかなやつだという。

「コナリーが、各部隊の指揮官や総務幕僚を訪ねた。われわれが関心を抱いている本人のことをじかにきくのではなく、簡単なプレゼンテーションをやり、特殊任務の志願者を応募する掲示を出したいと告げたのよ。特殊任務といえば、だれでも北アイルランドでの情報活動だとわかる。そのあとで、紅茶かビールを飲みながら、総務幕僚に、だれか適当な人間はいないだろうかときく。自分で自分の面倒を見ることができ、特殊技能をそなえ、冷静な順序だった思考ができる人間がほしい、というように。目当ての人間の名前が出なかったときは、その人間が含まれているリストを出す。じつは候補が十数人いるが、いまいったような能力に関して、指揮官にAからDまでランク付けしてもらえないだろうか、と頼む。

クリスマスまでには、十人に絞られた。全員が選抜の要件にかない、AもしくはBにランクされていた。その十人は、トレガロンに送られ、第一四情報中隊の幹部選抜課程に参加した。そのせいで、その年の選抜参加者の人数は七十名に急増した。第一四情報中隊の選抜課程のことは、わたしよりあなたのほうが詳しいはずね、大尉。でも、非常に厳しいものだというのはわかる」

「厳しいですよ」アレックスは答えた。「潜入工作員になった場合に遭遇するようなことにそなえるには、格好の訓練でしょう」

アンジェラ・フェンウィックはうなずいた。「それで、二週間後に、選抜課程に送り込んだ十名のうち四名が、教官によって不合格とされて、原隊に戻された。残った六名は、われわれがおなじ時期にトレガロンから引き抜いたけれど、通常の訓練の一環だと彼らは思っていた。六人はさほど離れていないべつの場所に移されて、保安局の精神分析チームが数日にわたり面接し、適性を評価した」

「どうしてそのまま第一四情報中隊の選抜課程を受けさせなかったんですか？」アレックスはたずねた。

「それは、われわれが望むことが、まったくちがうからよ。第一四の秘密調査は、孤独な単独作業だけれど、チームの一員ではある。勤務中の一兵士であることに変わりはないし、秘密調査中の兵士の生活には、警戒をゆるめて、偽装を脱ぎ捨て、仲間と親しんだり、ひとりになったりする時間がいっぱいある。でも、われわれが求めている人間には、そうした機会は望めない。それまで知っていた物事や人間をすべて捨てなければならない。そういう能力があるかどうかを、見きわめる必要があったのよ」

「それに、ほかにもいくつかの要素があった」ジョージ・ウィドウズがいい添えた。「そのものが選抜課程を無事に修了したのがわかってはまずい。偽装のための作り話の一環として、落第したことにしなければならなかった。また、選抜課程のあとの六十数名の顔をおぼえていないという話に信憑性《しんぴょうせい》を持たせるために、最初のほうで落第させなければならなかった。

われわれの作戦のために、合格者を危険にさらすわけにはいかない」

アレックスはうなずいた。「そうか。よくわかった」

「その段階で、共通の知識をつなぎ合わせて真相を推測するのを避けるために、六名をべつにした。大きな危険とはいえないが、その時点でも秘密保全を一〇〇パーセント確実にしておきたかった」

「なるほど」

「わたしたちは六人を面接した」フェンウィックが、話を再開した。「それで、ジョージがいま説明したように、六人はそれが第一四の通常の選抜課程の一環だと思っていた。四人がわれわれの眼鏡にかない、あとのふたりはトレガロンに送り返された。気に入った四人を、ひとりずつちがうヘリコプターで、北西ハイランド地方のラス岬にちかい国防省訓練場に運び、基本的なサバイバル・キットと通信機器をあたえて、潜伏するよう命じた。そのときはもう一月になっていて、ブリザードに深い雪という、最悪の状態だった。

それから三週間以上、たがいに数キロしか離れていなかったにもかかわらず、四人はおたがいはおろか、ひとりの人間も目にしなかった。無線機か投函所のメッセージで指示を受け、不可能に近い作業を果てしなくやらされた――徹夜の強行軍で食料投下地点へ行くと、そこに食料はない。とうていこなせない分量のデータの処理や修繕不可能な装備の修理を命じられる――といったことよ。つまり、精神的な持久力を試験するのが目的だった。それから、四人は気づいていなかったけれど、SAS訓練ウィングの三名が、たえず監視していた。

三週間が過ぎると、四人はそれぞれ敵地および敵手脱出演習をやらされた。そのなかでいちばん厳しかったのは、捕らえられて、殴られ、アルトナハーラ近くの基地へ運ばれて、統合訊問ウィングのチームに四十八時間にわたり過酷な戦術取調べを受けるというものよ。

それが終わったところで、教官たちが四人の評価を行なった。ひとりは、それまでにひどい状態に陥っていて、明らかに使い物にならなかった——たしか、神経衰弱になって陸軍を辞めたと思う。二名は耐えられるだけのしぶとさはあるとわかったけれど、基本的に単独行動ではなくチームワークに適していたので、トレガロンに戻し、第一四情報中隊の選抜課程をつづけさせた。残ったひとり——教官たちが推した男——は、ジョーゼフ・ミーアンという工兵隊伍長だった。

ミーアンが、うってつけの素材だといいと、その前からわれわれは期待していた。ウォッチマン選抜が開始されたとき、ミーアンはまだ二十三で、まったくの一匹狼だった。というより、連隊の生活に長期間順応していけるかどうかを連隊長があやぶむほどだった。それに、ミーアンはきわめて知力が高く、意欲もじゅうぶんで、電子関係や爆破の才能もずば抜けていた。そして、たまたまSAS選抜課程の補欠名簿に載っていた。

われわれの目的にとって申し分のない存在のように思えた。若いほうがありがたかった——IRA内部で権力のある地位につくには、数カ月ではなく何年もかかるから。それに、もちろん孤独に耐える人間でなければならない。ミーアンはすべてを兼ね備えていると、わたしたちは考えた。

とにかく、じっさいにミーアンはそうだったのよ。アルトナハーラからヘリコプターでロンドンへ運ばれたミーアンは、ストックウェルの隠れ家に入れられた。そこでわたしとジョージが会ったのが、一九八八年二月。本人はまだ第一四の選抜課程の最中だと思っていた。全員がスコットランドの高地で一ヵ月のあいだ孤絶した状態に置かれるものだと思っていて、おもしろかったとまでいった。

わたしたちは、ミーアンに真実を告げた。なにを望んでいるかということを、詳しく説明した。この仕事を引き受ければ、兵士としての生活はほぼ終わりを告げると教えた。陸軍の仲間には、二度と会うことはない。ミーアンは、一ヵ月前に精神分析チームにいったのとおなじことを、わたしたちにいったわ。IRAを全身全霊で憎んでいるから、そいつらを破滅させるためなら、なんでもやるしなんでもいう、と。

ジョー・ミーアンの経歴を知っていたわたしたちは、それを信じる気持ちに傾いていた。ミーアンは、ロンドンデリーの電気工事店のひとり息子だった。ミーアンが十二のときに、父親は地元の陸軍兵舎の配線工事を請け負ったためにIRAに目をつけられ、膝を銃で撃ち抜かれて、店を焼かれ、北アイルランドから追い払われた。そしてドーセットに移り住んだ。ミーアンは父親についていって、十六の年に学校をやめ、父親から仕事を習った。でも、そのころには父親はひどい状態になっていた。脚が不自由なうえに、深酒をして、急激に衰えていった。そして二年後に死んだ」

「母親は？」アレックスはたずねた。

「ロンドンデリーに残った」ウィドウズが答えた。「夫が膝を撃たれたあと、完全に関係を絶った。父親が出ていったとき、息子に残るようにいったが、いうことをきかなかったので、肩をすくめ、家を出た。ボグサイドでビリヤード場を経営しているPIRAの用心棒と再婚した」

「ひどいな」アレックスはいった。

「ひどすぎる」ウィドウズが相槌を打った。「父親が死んだとき、ミーアンはイギリス陸軍に入営した。どうにかして父親の受けた仕打ちに復讐しようと決意していた。IRAに対するミーアンの憎悪は、病的といってもいいほどだった――IRAは害虫とおなじだから即座に抹殺すべきだと、われわれにいった」ウィドウズは瞬《まばた》きをして、目をこすった。「われわれとしても、それは結構なことだった。憎悪は持続的な力になるし、ミーアンも憎悪を糧にその後の歳月を生き抜いてくれるだろうと思った。われわれが望んでいることをおおよそ説明すると、ミーアンはためらわず応じた。いいとも、ぜひやりたい、といった。われわれはウォッチマンを手に入れた」

9

「ジョーゼフ・ミーアンの訓練に、六カ月かかった」アンジェラ・フェンウィックが、テムズ川のくすんだ茶色の流れを見渡しながらいった。「もっと時間をかけたかったんだけれど、それが精いっぱいだったから、六カ月間になにもかも詰め込んだのよ。ミーアンは何カ所もの隠れ家を移り住み、つねにひとりでいて、教官がそこへ通った。どの教官も、それぞれの分野で最高の人間で、特殊部隊か軍情報部の本土の施設の常勤者ばかりよ。秘密保全のために、使用人は近づけないようにした。最初はトレガロンの地下掩蔽壕の宿泊施設に入れた。もちろん、ひとりきりで、部屋と電話機には盗聴器を仕掛けた」

アレックスは、トレガロンをよく知っていた。二〇〇エーカーにおよぶ吹きさらしのウェールズの谷間、赤錆びた砲床、崩れかけた掩蔽壕、それらすべてが、鋭い刃状の有刺鉄線の柵に囲まれている。爆破訓練の際に、そこで古い車を何台か爆破したことがあった。ひとりきりで過ごすにはあまりにもひどい場所だし、まして冬場はきつい。「だれに監督させたんですか？」アレックスはたずねた。

「対革命戦ウィングの曹長に、進捗状況などを報告させた。まず、ヘリフォードの訓練ウィングの下士官に、武器を持たない格闘訓練を指導させ、それから上級射撃術と運転テクニックを磨かせた。三度目の授業には、ミーアンは格闘訓練の教官を打ち負かしたようね」

「すごいですね」アレックスはいった。「あの連中を倒そうなんて、夢にも思わなかった」

フェンウィックはうなずいた。「それと並行して、トレガロンの教官に、監視と対監視の技術を指導させ、諜報活動の手順——降車、投函所といったこと——に慣れるようにした。つづいて、たてつづけに専門家を派遣し、秘密写真、ピッキング、盗聴、盗聴防止、爆破といった個々の技術を教えた。こういう専門家は、あなたもたいがい知っているんじゃないの」

「鍵ならステュ」アレックスは答えた。「爆破なら爆弾屋ボブ」

「ええ、わたしが紹介された名前とはすこしちがうけれど」アンジェラ・フェンウィックが、笑みを浮かべていった。「でも、おなじひとたちなんでしょうね。保安局の人間も行かせて、コンピュータの扱いも指導したのよ。当時はいまほど進んではいなかったけれど、それでも、情報戦が現場だけではなくサイバー・スペースでも激しく戦われることになるだろうというのは目に見えていた。

ミーアンはむろんじつに呑み込みがよく、ことに技術的なことは得意だった。保安局の記録によると、電子関係ではつねに天性の才能を発揮したし、SASの爆破担当は、これまで教えたなかで最高の生徒だと褒《ほ》めているわ。午前中は体術の訓練をやり、午後は教室で学ぶという日課だった。トレガロンのひとたちは、付近の地理情報を詳しく説明し、お酒を飲めるところ、社交クラブ、ＩＲＡ活動家の自宅、隠れ家その他をすべて教えた。ミニキャブの運転手ができるくらいにね。そして、一日に一度は、偽装のための作り話のさまざまな面を徹底して叩き込んだ。すぐれた偽装はすべてそうだけど、これも九九パーセントまでは事実だという強みがあった。でっちあげるのはわずか九カ月だけでよかったのよ。九カ月と、一生持ちつづけられる信念だけを築きあげればよかった」

　作戦のきわだった詳細をフェンウィックが掌握していることに、アレックスは感銘を受けた。これまで出会ったＭＩ５の現場諜報員の大半よりも、ずっと物事に通暁《つうぎょう》している。それに、ミーアンに同情をおぼえはじめていた。この元工兵隊伍長が一九八七年に二十三だったとすると、おれよりひとつ上だ。ほぼおなじ時期に、おなじことを学んでいたわけだ。ちがいは、おれが仲間たちといっしょに学び、金曜日には町に繰り出していたのに対し、ミーアンはトレガロンの掩蔽壕にひとりで閉じ込められ、電話には盗聴器を取り付けられていたということだ。かわいそうに。

「とにかく」フェンウィックが話をつづけた。「教官たちは、休日もあたえず、ほぼ二十四時間態勢で、ミーアンを仕込んだ。統合訊問ウィングの連中が来て、ミーアンが寝言でとなえるようになるまで、偽装のための作り話について徹底して質問した。もちろん、ありきたりの心理ゲームもやった。複雑な書類を暗記させる、真夜中に目を醒まさせて、偽装の細かな部分を追及する、といったようなことよ。どの部屋にもＩＲＡ活動家の写真が貼ってあったから、訓練を受けていないときでも、ミーアンは情報を吸収していたわけよ」

フェンウィックは言葉を切った。その左右では、ジョージ・ウィドウズとドーン・ハーディングが、催眠術にでもかかったように無言で座っていた。

「三カ月後、われわれはミーアンをストックウェルに移し、ウォッチマン・チームと引き合わせるために二日間滞在させてから、クロイドンで保安局の教官による上級諜報技術訓練を二カ月にわたり受けさせた。その段階では、軍隊での習慣を捨てさせ、プロフェッショナルの兵士らしいところを取り除くことに集中した。そのために、クロイドンでの生活は、できるだけ統制を取り去ったものにした。ジャンク・フードや菓子パンを食べさせ、ビールを飲ませ、新陳代謝を鈍くさせ、パブでぶらぶらするというような練習もやらせた。保安局では現場諜報員にやらせるテストがあって、それには公共の場所――パブやコインランドリーなど――で、まったく知らない人間をひとり選び、どれだけ情報を引き出せるかというものも含まれているの。こっちにはチェックリストがある――氏名、住所、電話番号、車のナンバー、職業、生地、配偶者の旧姓、クレジットカードの番号……けっして簡単な技術ではないけれど、もちろんミーアンはそれにも長《た》けていた――それに、つねに自分が質問をしていると相手が思い込むように仕向けた。ミーアンはあらゆる面で天才だった。狂気の天才」咳払いをして、喉を軽く叩いた。「ごめんなさい。わかると思うけれど、長いことしゃべるのには慣れていないのよ」

フェンウィックは立ちあがり、デスクの横の小さなテーブルに近づくと、エビアンを注いだ。ジョージ・ウィドウズが、フェンウィックの背中をさすりそうな気配で腰を浮かしかけたが、ドーンの視線に気づいて、座りなおした。居心地の悪いほど窮屈な雰囲気になっていることに、アレックスは気づいた。

「クロイドンのあと」ウィドウズはいった。「ミーアンははじめて本物の試練を経ることになった。第一四情報中隊の選抜課程が終わる二週間前に、工兵隊に送り返した――じっさいには数カ月前に選抜課程から引き抜いていたわけだがね――そして、連隊から叩き出されるようにしろと命じた。どうやるかは、本人に任せた。

ミーアンは、第一四の選抜課程で落第したのは、自分がカトリックで北アイルランド生まれだからだと、あちこちで吹いてまわった。ひどい打撃を受けたふうを装った――大酒を飲むようになり、喧嘩を売り、懲罰の対象になる、といったように。見るからに体重が増え、工兵隊からトレガロンに送られたときの痩せた強靭でしぶとい戦闘機械の面影はまったくなかった。抗命の告発が一件、侮辱的な態度をとられたという民間の仕出し業者からの苦情が一件、チャタムのパブの用心棒とのいさかい――どれも坂道を転げ落ちる兆候だ。部屋の点検の際に、曹長がミーアンのロッカーから導爆線《デト・コード》を見つけて、ついに終わりが来た。うっかりしていた、教習目的のために借り出したが、返却を忘れただけだ、とミーアンは主張したが、連隊長は認めず、ミーアンは蹴り出された」

アレックスがそっと口笛を鳴らすと、ウィドウズは肩をすくめた。「ほかに方法はなかった。すべて信憑性《しんぴょうせい》があるようにしないといけない――連隊長に不名誉除隊をでっちあげてくれと頼むわけにはいかなかった。事情を知る人間をことさら増やすことはできない。

不名誉除隊になったあと、ミーアンはロンドンに戻り、キルバーンの作業員用宿舎に寝泊まりした。二週間以内に、トニー・リオーダンという地元のごろつきがやっている緊急の配管工事や電気修理を請け負う工務店に雇われた。リオーダンのところで詐欺やごまかしの手口をおぼえると、臨時雇いの電気工事屋という役どころに染まり、夜は二十三歳の若い男ならだれでもやるようにバーへ行った。あの地区ならじきにそうなるはずだとわれわれが狙ったとおり、ベルファストやロンドンデリーから逃亡してきた連中に出会い、北アイルランドに仕事があるかどうかと、そいつらの知恵を借りた。政治に興味はないが、親戚が向こうにいるし、ロンドンには飽きた、と説明した。

それで、いくつか名前を教わった。ミーアンの仕事ぶりを見たものは、みんな即座に推薦した。それで、ついに海を渡って北アイルランドへ行った。

現地で最初にやったのは、親戚をまわることだった。もちろん、母親はまだボグサイドのビリヤード場にいたし、おじ、おば、いとこが、あちこちにいた。ミーアンはひとり残らず訪ね、ちゃんと挨拶をした。陸軍にいたことを吹聴はしなかったが、隠しもしなかった。相手がだれだろうと、嫌になったから辞めた、とだけいった。

母親には十年以上会っていなかったが、自分と父親を捨てたのをどう思っているかを心に秘めはしなかった。母親のいまの夫はもう六十前で――わたしぐらいだな――みっともないじいさんになっていた。そいつがミーアンに共和主義を吹き込もうとして、会ったほうがいい人間がいるといったが、ミーアンは乗らなかった。知りたくない、とミーアンはいった。

興味はない。

秋にはもうベルファストで暮らしていた。公認建築士のいとこが——たいへん尊敬され、結婚し、子供がいて、ダンマリーに家がある——足がかりが見つかるまでと、引き受けてくれた。ミーアンは二カ月ほどそのいとこの家にいて、街の中心部の小売店の保守点検修理課に職を得た。〈エド・エレクトロニクス〉という、ちょうどアメリカのチェーン店の〈タンディ〉みたいな店だ。そして、いとこの家から通りを何本か隔てた貸間に越した。ティナ・ミラッツィオという名前の美容師ともつきあいはじめた。じつに慎重に選んだ相手だ——むろんカトリックだが、IRA活動家とのかかわりはいっさいない。家族は移民で、アンダーソンタウン・ロードでカフェをやっている。ミラッツィオ家のことをわれわれが知っていたのは、ティナの兄のヴィンスが、名ドライバー気取りで、自分はぶっそうな男だと空想し、IRA活動家の出入りする場所によく来ていたからだ。ヴィンスは口が軽いので、本物の仕事をやらせられることはぜったいになかったが、うろうろしても大目に見られていた。

あとは待つだけだった。バリー・フェンを調教師《ハンドラー》として派遣し、待っている期間を利用してバリーがいくつもの連絡手段を試した——可能なかぎり、われわれはやるようにしている。システムが機能すると、現場の諜報員が安心するからだ。それで、同化してゆく流れを、われわれはかなり綿密に知っていた」

「フェンは、ほかにもだれかを調教していたのか？」アレックスはたずねた。

「いや。ミーアンの専属調教師だった。だが、ミーアンにそういう話はしなかった」

「なぜ？」

「ＰＩＲＡが他の人間を調べている可能性があるというようなことをいって、不安がらせたくなかったからだと思う。もちろんそんな可能性はないが、そうした問題で片時も不安になるようなことがあっては困る。とにかく、ミーアンが配置につくと、今後、投函や会うのは、こっちの主導ではなく、自分のほうからやるようにと命じた。確実に接近できたという報告があるまで、バリー——ミーアンの前では〝ジェフ〟と名乗っていた——も撤退させる。共和主義に関して、ミーアンは完全に〝興味ない〟態度を取るという方針が最初から決まっていたので、数週間ではなく数ヵ月かかるだろうと、われわれは予想していた」

「ＰＩＲＡがそれを鵜《う》呑《の》みにしてミーアンをほうっておく危険性はなかったのか？」

「どうしてもほしくなる存在にミーアンを仕立てたつもりだった。店で働くいっぽう、自宅でもよろこんで修理を引き受けるということを、ミーアンは周囲に知らせていた。無線機やコンピュータなど、他人が修理できなかったようなものだ。直すのが厄介なほうがミーアンは好きだった。〈エド〉にいるある男は電気回路については天才だという噂がひろまるのは時間の問題で、そうなればこっそりと調査が行なわれる。それに、口の軽いヴィンス・ミラッツィオが、妹の新しい彼氏は陸軍にいたが、頭にきて辞めたという話をべらべらしゃべってくれる」

「やつらは食いついたのか？」

「やがて食いついた。想像はつくだろうが、われわれはほっとしたよ。エニスキレンの事件から、一年半以上たっていたし、その間にわが軍は、バリゴーリイで八名、リズバーンで六名、バンクラナ・ロードで二名、兵士を失っている。三十五名余が重症。それは陸軍だけの数字だ。その期間に殺された一般市民や北アイルランド防衛連隊（北アイルランド防衛のために発足した準軍事組織。このあと一九九二年にイギリス陸軍アイルランド・レインジャー連隊と統合された）の隊員の数は、正直いって思い出せないが、適切な場所に諜報員を送り込めという、保安局に対する圧力は、すさまじいものがあった。

　そして、ついにことが起きた。一九八九年六月のある晩、退勤しようとしたミーアンを、ふたりの男が待っていた。静かに飲もうかと誘って、IRA義勇兵《ヴォランティア》がよく来ることが知られている〈マクナマラ〉という店に、車で連れていった。内緒の仕事をしないか、とふたりが持ちかけた。やってもいいが、政治に関係があるのは嫌だ、とミーアンがいうと、ふたりは納得したようだった。ひとりが駐車場へ連れ出し、陸軍のクランズマン無線機を見せて、直せるかときいた。

　もちろん、ミーアンは眠っていても直せるが、断わって、触《さわ》りたくないといった。どうしてかとふたりがきくと、これは陸軍の無線機だとわかったし、そういう仕事にはかかわりたくないとミーアンは告げた。それから、おごってもらった礼を丁重にいって、その場を去った。ふたりはとめようとしなかった。

　だが、もちろんまたやってきた。こんどは六人いて、バーではなく、バリマーフィ地区の家の二階に連れていった。おまえのことを調べさせてもらった。いくつか答えてもらいたい質問がある、と彼らがいった。言葉は丁寧《ていねい》だが、きちんとした答をしないと厄介なことになるのは明白だった。

何千回もミーアンが予行演習したことが、ついにはじまった。ああ、イギリス陸軍にいた、とミーアンはいった。隠すつもりはない。親戚も恋人も雇い主も知っている。父親の身になにがあったか、どうして十年前に北アイルランドから追い出されたかということも話した。父親が死ぬと、本土にはもう身寄りがいなくなったから、故郷に帰ってきた、と説明した。正直な話、いまやっている仕事をつづけて、ちゃんとした給料がもらえるようになって、だれにも邪魔されず人生を送りたい。

彼らは話をすっかりきいてから、工兵隊にいたから、爆破はやったことがあるだろう、とたずねた。

ああ。ミーアンは答えた。そこではじめて、かすかに苦々しい口調になった。爆破の教官の資格があり、陸軍を辞めたら砕石業関係に就職しようと思っていた。ところが、不名誉除隊になって、そのもくろみはついえた。

不名誉除隊について話せときかれて、ミーアンは話した。酒びたりになっていた。それに、たかが導爆線二本ばかりのことだ。教官はみんなロッカーに入れている——毎日のように借り出しては返却するのは手間ひまがかかるからだ。麻薬や実弾を隠していたわけでもないのに、おれがアイルランド人だから罰したんだ。まあ、イギリスの支配階級なんてそんなものだ。だからどうした。技術はいまも身につけている。技術を奪うことはできない。

話をきくと、彼らはミーアンを車で貸間に送っていった。あまり言葉は交わされなかったが、今回は、クランズマン無線機を渡されると、ミーアンは受け取った。修理したら連絡するようにと、電話番号を教えられた。

自宅近くの公衆電話から、ミーアンはその出会いの詳細をバリーに報告したが、その後、バリーを経由するミーアンの連絡は、ばったりとだえた。四六時中監視されていることに気づいたからだ。まちがいなく試されていた。修理した無線機を返してから何日かたつと、ポリ袋にアムストラッドのコンピュータを入れた女が、朝の七時に訪ねてきた。壊れたので、データを取り出す専門家を捜している、と女がいった。

ミーアンはコンピュータの残骸をばらして、データをダウンロードし、市の中心部の銀行の警備システムの詳細が含まれていることを知った。明らかに罠だった。その銀行の警備が強化されるようなことがあれば、ミーアンが敵方の回し者だとわかる、だから、われわれはなんの手も打たなかった——銀行に知らせもしなかった。それに、もちろん襲撃は行なわれなかった。

二週間後、最初のふたりが土曜日の朝に、ミーアンの貸間にやってきた。われわれの調べたかぎりでは、どうやら街を一周するツアーのようなものだったらしい。あちこちで紹介され、最後は酒の飲めるクラブへ行った。

それから数カ月にわたって、徐々に思想教育が行なわれた。ミーアンが引き合わされるのは、ほとんどが下っ端の活動家で、おそらくおだてられ、もてなされたはずだ。いわば甘言攻撃というところだな。バリーを通じてわれわれがあたえた指示は、ざっくばらんになれ、というものだった。つきあいの面でも政治面でも〝活気づいてきた〟という印象をあたえるようにしたかった。

ティナ・ミラッツィオが、それにたいへん役立った。ティナはナイトライフや秘密めいた雰囲気や女の友だちとのつきあいを楽しんでいるように見えると、現地の情報源が知らせてきた。みんながミーアンを尊敬し、なにかをしてやろうとしているのを察したんだろう。それが自分のためにもなると思ったんだ。とにかく、ティナははまり役だった。おかげで物事が順調に進んだ。

そのあと数カ月、ミーアンからはなんの連絡もなかった。しっかり潜り込んで共和主義に没頭してほしかったから、連絡はほんとうに重要なことを報告しなければならないときだけにかぎるようにと指示してあった。

重要なことは、なにも起こらなかった。兵士その他の殺害はあいかわらずつづいていたが、そうした計画の検討がなされる実力者グループにミーアンがすこしでも近づける可能性はほとんどないだろうと、われわれは考えていた。そうなるには何年もかかる。だが、ミーアンは進みはじめた。一九八九年のクリスマス直前に、デレク・モーンという十七歳の若者が車を盗んで、街の郊外で暴走行為をしたあとで、IRAのチームに拉致された。それがはじめてではなかったので、制裁する必要があるという決定が下され、モーンは廃棄物置き場に車で連れていかれて、九ミリ口径弾で膝を撃ち抜かれた。まだ子供なので、うしろからではなく、前から撃たれた。たまたまそのなかにFRUの密告者がいて、二日後に拉致にくわわったものの名前が判明した。

運転手はジョー・ミーアンだった。その年、保安局は内閣官房に、格別のクリスマス・プレゼントを贈ることができた。ベルファスト旅団に長期潜入工作員《スリーパー》を潜り込ませたと言明したのだ。ようやくＭＩ５はＩＲＡに手先を送り込んだ」

10

かなり長い間があった。無言のうちに自律を強調するかのように、ドーン・ハーディングが無表情でぴくりとも動かずに座っていた。ジョージ・ウィドウズは、椅子にもたれて、脚を組みなおした。アンジェラ・フェンウィックは、立ちあがってすたすたとデスクへ行き、受話器を取って、四人分のサンドイッチを注文した。デスクの引き出しから透明なプラスティック・ホルダーを出した。束ねた写真を収めたそれを、アレックスに渡した。

アレックスは、一枚ずつじっくりと眺めた。キッチンで撮ったミーアン一家の昔の写真。シャツ姿の父親が立っている。髪を金髪に染めている赤ら顔の肥《ふと》った母親が、ガスコンロのそばで煙草を吸っている。神経質そうな痩せた少年――当時から父親似――が、背中を丸めて宿題をやっている。学校の写真のちゃんと顔を洗って髪をくしけずったミーアンも、やはり楽しそうではないが、旅行に行ったときのものらしい十一歳ぐらいのミーアンはちょっとうれしそうで、母親といっしょに川のそばで折りたたみテーブルに向かっている。うしろにトレイラー・ハウスが見える。おなじ旅行のときに撮ったとおぼしいもう一枚では、ミーアンが自慢げに鱒を差しあげている。笑みを浮かべているといってもいいような表情だ。

それから、十五ぐらいのミーアンがクロスカントリー・レースに参加している写真があった。またやつれた真剣な面差《おもざ》しに戻っていて、そこになにかがくわわっていた——粘り強さ、目的に真剣に打ち込む態度のようなものが。体が弱っているのがありありとわかる父親といっしょにバン（〈ローレンス・ミーアン、電気・修理全般〉と書いてある）の前に立っている十六歳ほどの写真のおだやかなまなざしの奥にも、おなじものが見られた。

そしてようやく兵隊の写真。シャツ姿で大隊が勢ぞろいした正式の着席写真。私服のミーアンが、装甲兵員輸送車の前で同僚の二等兵ふたりとポーズを取っている。支給品のオーバーオールを着て、作業台ではんだごてを使い、なにやら難しい作業をしているところ。演習中に、仲間と岩壁の下で紅茶を淹《い》れているところ。

それだけしかなかった。ひとりの人間の人生に、写真がたった十枚。ありきたりの美男子とはちがうが、知的な顔立ちだ。SAS隊員の資質はないが、勝負に耐えられると信じることができる男。生まれつきしぶといわけではないが、呑み込みが早い。それに、疑いの余地なく手強い敵だ。色白の細面と曇天のような灰色の目の蔭に、冷酷非情なものが潜んでいる。

「これがその男か」アレックスはようやくそういったが、ドーンが軽蔑するような顔をしたので、たちまち無意味なことを口にしたのを悔やんだ。

「これがその男よ」アンジェラ・フェンウィックがいった。「ウォッチマン。われわれがIRAに送り込んだモグラ」

「いまの話には、不幸せな結末があるんでしょうね」

「あなたには、すべてを知っておいてもらいたいの。わたしたちが相手にしている男がどういう人間なのか、明確に知ってほしい。わたしたちにわかっていることを、すべて教えるつもりよ」

　アレックスはうなずいた。小便がしたくてたまらなかった。そういうと、ドーンが立ちあがった。トイレに行くあいだに、ドアのあいているオフィスの前を通るとき、ドーンはいちいち足を速めるようにいった。いいかげんにしろよ、とアレックスは思った。

「はいってくるか？」男性職員用トイレと書いてあるところに来ると、アレックスはきいた。

「おれが見ちゃいけないものを見ないように」

「見ちゃいけないものはそこにはないわ」ドーンが応じた。

　副長官室に戻ると、サンドイッチが届いていた。アレックスの席の前は、写真の上にファイル二冊が乗っていた。バリー・フェンとクレイグ・ギドリーの殺害現場で撮られた二五×二〇センチの写真と、病理学者の報告書が収められていた。

「持ち出しは禁止なの」フェンウィックがいった。「ここでの話が終わったら、じっくり見られる場所にドーンが案内するわ」

　アレックスの向かいでは、ウィドウズが、サンドイッチをさげられてしまうのではないかと怖れてでもいるように、大急ぎで食べていた。

　アレックスは、自分のサンドイッチを取って、食べようとしたところで、ふと思いついた。動きをとめたので、ドーンが片方の眉をあげた。「いま気がついた。きのうの朝、十歳ぐらいのRUFの歩哨を、木に縛りつけた。撤退するときに、放してやるつもりだった」

「生きていられただけでも運がよかったんじゃないの」と、フェンウィックがいった。

「生きていられるかどうかは疑問ですよ。強襲で生き残った連中が、スケープゴートを捜すにちがいない」

「卵を割らないと、オムレツは作れない――なにごとにも犠牲はつきものだよ」ベーコン・レタス・トマト・サンドイッチを黄ばんだ歯で嚙みながら、ウィドウズがいった。「アフリカはどのみち手のほどこしようがない状態だ。世界各国になにをしてもらうかではなく、自分たちでなにをするかが問題なんだ。いまさら目新しいことじゃない」

「サリー・ロバーツは、耳を貸す相手には、自分はSASのたくましい腕で安全なところへ運び出されたといっているそうよ」

「われわれはパラシュート連隊だといっておいたんですがね」アレックスはいった。「SASだというのを、どこから聞いたんだろう?」

「《テレグラフ》の通信員に、自分を救出した兵士たちは何日も顔を洗ったり髭を剃ったりしていなかったようだし、ヘリコプターの機内で話しかけなかった、とロバーツはいっているわ。パラシュート連隊の兵士なら、いつもなれなれしく話しかける、と」

かすかな笑みがアレックスの顔に浮かんだが、言葉は発しなかった。

「よし」ウィドウズが、サンドイッチの皿を絨毯に置き、しみのついたハンカチで口を拭った。「あとはわたしがやろうか?」

フェンウィックがうなずき、ドーンのほうをちらりと見た。ふたりのあいだには感情の流れがあり、そこからウィドウズが疎外されていることに、アレックスは気づいた。

当初は順調のように思われた、とウィドウズは説明した。ミーアンがときどきバリーに送る短い報告と、密告者や情報提供者からの情報によって、ミーアンが加入儀式《イニシェーション》の時期を終えかけていることは明白だった。一定の間隔で運転手を命じられ、IRA義勇兵をあちこちに乗せていき、懲罰隊や罰を受ける人間を、殴打や膝を撃ち抜くための場所に運んだ。IRAは、命令に従わないものは罰を受けるということを、義勇兵に徹底させるようにしている。

ミーアンは、街路に立って、治安部隊の示威活動を監視する〝見張り《ディッカー》〟にも使われた。もっと経験豊富な見張りであれば〝実戦〟で使われるということを、アレックスは知っていた。国境検問所に対する攻撃が計画されているような場合、徒歩で下見が行なわれ、見張りは目立った兆候——歩哨が増える、パトロールが頻繁になる、防御が固められているといったこと——はないかと調べる。密告者がしゃべるかもしれない。なにか手違いが起きるかもしれない。しかし、秘密保全に手落ちがあれば、かならずおなじ結果を招く。SAS抹殺チームが待ち伏せ攻撃を行ない、ゲイリー・アダムズやマーティン・マッギネスのようなシンフェイン党幹部の出席する葬式がたてつづけにいとなまれる。だから、見張りという仕事はPIRAにとってはきわめて重要なのだ。通りの角に何千回も立って直感が鋭敏に研ぎ澄まされた見張りの、〝どうも様子がおかしい〟というひとことで作戦が中止されることも多い。

ジョー・ミーアンが、テロリストの昇進の梯子《はしご》を昇りはじめた最初のしるしは、一九九〇年八月、クリフトンヴィル・ロードの銀行襲撃の見張りをやるように命じられた、という調教師《ハンドラー》への報告だった。北アイルランド課は、その地区を管轄する治安部隊には知らせず、銀行強盗は実行された。非常警報ボタンを押そうとした女性窓口係が顔を殴られて、鼻の骨が折れる重症を負い、現金八千五百ポンド余りが奪われた。

その銀行強盗のあと、しばらくは平穏だった。翌朝、公衆電話からの二十秒間の通話で、ミーアンはバリーに、自分は二十四時間態勢で監視されているが、仲間の義勇兵に対しては、気づいたことをいっさい知られないようにふるまっている、と伝えた。大物活動家は、こちらをまだ試用の段階だと見なしている。もとイギリス軍兵士を信用する気になれないものも多い。

しかし、信用する気になった人間がいたようで、ようやくミーアンに出番がめぐってきた。カースルブレイニーの教会墓地の隠匿所から武器を回収するために三名のチームが組まれ、ミーアンがくわえられた。そのときも作戦が差し迫っているのをバリーに連絡することができたが、MI5はやはり妨害しなかった。通常であれば、SASチームがそれらの武器を掘り出して、追跡装置を取り付けたり、使用できないようにして――特殊部隊の隠語でいうと〝いじくりまわして〟から、埋めなおし、IRAに回収させる。

だが、今回は、いじられたことにPIRAが気づいて、秘密保全に穴があると疑う危険性が大きかった。ほんの小さな疑惑であっても、ウォッチマンに汚点がつく。どれほど代償が大きくても、武器をいじるわけにはいかなかった。

しかも、その代償は人命にかかわるものだった。二日とたたないうちに、ウェールズ・フュージリア連隊のパトロールが、アンダーソンタウンで銃撃を受け、小隊長のSA80ライフルの銃床が高速弾によって砕けた。パトロールは応射したが、銃撃を行なった犯人は、屋根伝いに逃げた。空薬莢から、アメリカ陸軍の標準装備であるM16アサルト・ライフルが使われたことが判明したが、発見できなかった。MI5は黙したままで、武器が隠匿所に戻されるときも監視は行なわれなかった。

「われわれは、きわめて危険なゲームをやっていた」ウィドウズは認めた。「しかし、たとえ事件のだいぶあとであろうと、ごく小さな疑惑がつきまとっただけで、ウォッチマンを失うことになったはずだ。いわば、そのM16は、われわれの入場券だった。いまもどこかにあるはずだ」

様子をよく知っているような口調だったので、ウィドウズはその地域の現場で活動したことがあるのだろうと、アレックスは推測した。「その小隊長が死んでいたら、どうなんだ?」

「ついさきほど、シエラレオネの黒人の子供についていったのとおなじことをいおう。卵を割らないとオムレツは作れない。われわれは、PIRAに手先を送り込まなければならなかった。そのものは、ぜったいに怪しまれてはならない。われわれは、いずれかの段階で、損《ロ》耗《ス》を乗り切るつもりでいた」ウィドウズは、ぎこちない苦笑いをした。「感心しないと思っているんだな、テンプル大尉？」

「そうじゃない」アレックスはいった。「ただ、そのいいかたが」

「われわれはおなじ稼業にいそしんでいるんだ、大尉。あらゆる手段を用いて、おなじ敵と戦っている。言葉など関係ない」

アレックスはうなずいた。シエラレオネのことを考えていた。痣《あざ》みたいにどす黒い空のもと、ピューマ・ヘリコプターがジャングルの林冠の上に舞い降りる。ドン・ハモンドの家族は、ハモンドの死《ロス》をどう乗り切るのだろう、と思った。

「大きな進展だった」ウィドウズが、きっぱりといった。「M16回収が、ミーアンの見習いの身分を終わらせた。そして、ゆっくりと確実に情報がはいりはじめ、ミーアンが昇格するにつれて質が向上した。一九九三年から九五年にかけての二年間は、ほんとうに有益な情報が得られた。われわれが行動に出られるようなものは、ほとんどなかった。ほとんどなにもしなかった——ミーアンの正体がばれるおそれがあるから——しかし、すべて第一級の情報だった」

「内閣官房は満足した？」アレックスは、冷ややかにいった。

「おおいに満足したとも」ウィドウズがいった、「われわれもだ。たとえば、ミーアンはアイルランド共和国内のクレア県にある訓練基地の場所を教えた。われわれは、そこを出入りするものをすべて識別するための秘密監視所を設けた。また、ロンドンのケンティッシュ・タウン・ロードにあるPIRAの隠れ家の詳細を伝えてきたので、われわれはとなりの家に監視チームを配置し、訪問者と通信をすべて監視することができた。いずれも情報活動として飛躍的な成果だった。それに、ミーアンはそのほかにも、名前、車のナンバー、監視のターゲット、騙《だま》されてFRUに偽情報を流している密告者など、いろいろなことを伝えてきた……あふれんばかりの情報で、はいってくるあいだは、こっちもむさぼるように吸収した」

「はいってくるあいだは？」アレックスはきき返した。

「そうなんだ。悲しいことに。二年ほどのあいだ、ウォッチマンは二四カラットの基準を満たす情報を供給してくれた。そして、その後数カ月、われわれは質が落ちたことに気づきはじめた。最初はほとんど気づかないくらいだった。情報ははいっていた――最初はバリー経由で、その後は秘話回線の電子メールを介してここへ――なにもかも変わらず順調のようだった。名前、暗殺のターゲットになる可能性のある人間、イギリス本土での運動計画のデータ――ちゃんとそろっていた。だが、微妙に細部がぼかされるようになっていた。〝政策〟に関する情報は山ほどあった。来なくなったのは、行動に出られるような具体的な情報だ。

とうとうアンジェラ、クレイグ・ギドリー、わたしが集まって、メッセージのファイルを徹底的に検討し、意見を闘わせて、遺憾な結論に達した。下世話ないいかただが、われわれはおちょくられている、と。三人が最初に下した判断は、ミーアンは度胸を失ったというものだった。生々しい情報を伝えてくることもたまにあったが、そういうときは、届くのが遅く、われわれにはなんの手も打てなかった。たとえば、RUC（北アイルランド警察庁）の警察官を殺す計画を知らされたのは、実行の四十分前だったために、その警察官は殺されてしまった。指揮官に緊急連絡をしたが、警察官は車で家に帰る途中で、ビリー・マクマーンの配下に酒屋の外で射殺された。きみもこの事件は記憶しているだろう」

アレックスはうなずいた。そのRUCの警察官は、ストーリイという名前で、毎晩ベンソン&ヘッジズをひと箱買うためにその店に寄る習慣になっていたために、悲運に遭った。

「そんなふうに、対応が間に合わないか、あるいは二次供給者《セカンドソース》の情報ばかりだった」ウィドウズはつづけた。「セカンドソースといったのは、どのみちべつの情報源から入手できるという意味だ——密告者などから。書類上は、申し分のないように見えるが、現場では役に立たない情報だから、われわれはウォッチマンを失ったようだと考えざるをえなくなった。考えかたからなにから土地の人間になってしまったか、あるいは勇気を失ったか——いずれにしてもおなじだ」

「離脱させることはできなかったのか?」

「そうしようとしたが、連絡が途絶えた。連絡しろという要求にも応じない。一九九五年の末に、それまで住んでいた貸間を出て、車を売り、行方をくらましたことがわかったので、われわれは店じまいをはじめた。バリー・フェンの正体がばれているかもしれないので、引き揚げさせ、交替要員は送らなかった」

「実質的に、ミーアンは野放しになったんだな?」

「電子メールのリンクだけはあけておいた。いつでも向こうから連絡できるように。だが、連絡はなかった。一九九六年のなかばには、ミーアンは寝返ったのだとわれわれは確信した

――一〇〇パーセントPIRAの人間になったのだと。爆弾事件が二件あった。一件はシャンキル・ロードのイギリス帰属派のパブで、もう一件はバリシランのスーパーマーケットで起きた。FRUの密告者から、爆弾を仕掛けたのはジョー・ミーアンだったという情報がはいった。死者はあわせて七人だ。ウォッチマンが活躍していた初期のころも、人命が救われたかどうかは疑問だったかもしれないが、いまや確実に損耗が増えている。しかも、PIRAの根城のバリマーフィやフォールズ・ロードのバーでは、腹をかかえて笑い転げるようなジョークが口にされているはずだ――イギリスが訓練したやつが爆弾をしかけているわけだから、やつらはさぞかし愉快だろう。PIRAきっての電子・爆破担当が、イギリス陸軍工兵隊で訓練を受けた元伍長だというわけだからな」ウィドウズは、首をふった。「一九九六年二月にFRUのブレドソウとウィーンがどういう目に遭ったかは知っているな。ふたりはパードリグ・バーンの命令で殺された――それはだれでも知っている。ふたりの頭に釘を打ち込んだのが――われわれの知るかぎりでは――ジョーゼフ・ミーアンだということは、聞いていないだろうな」

アレックスは、顔をゆがめた。「証拠があるのか？」

「大勢が知っている。そのとき、まわりに十数人いたようだ。若い連中に血の味を教えるためだという」

「それで、ミーアンは、そのころにはもうあんたたちの手の届かない存在になった」

「ああ、手の届かない存在になった。できることはひとつしかない。われわれはそれをやった。ＰＩＲＡの狂信者どものあぎとにぶち込んでやったんだ。第一四情報中隊ベルファスト分遣隊に所属して秘密調査を行なっていた元兵士が書いたものと称して、《サンデー・タイムズ》に送った。もろもろの情報にくわえ、その自称兵士は、ＭＩ５が数年にわたってＰＩＲＡ上層部にモグラ（長期潜入工作員）を送り込んでいたという話を書いていた。そのモグラのおかげで、三度か四度、情報面での飛躍的な成果があったと。いずれも事実だし、それも問題の情報はミーアンが知っていたはずのものだった。

そこでわれわれは即座に、《サンデー・タイムズ》に対する記事掲載禁止命令を出すように働きかけた。もちろん演技で、禁止命令が発効しないように手をまわしていた。数日後、われわれはフォールズ・ロードで、ジョー・ミーアンがＭＩ５とＰＩＲＡの両方を騙していたという噂を流し、イギリス本土のミーアンの銀行口座の明細書をシンフェイン党の事務所に送った。われわれは諜報員にきちんと報酬を支払うので、毎月三千五百ポンド近くが、ミーアンの口座に振り込まれていた。

そのあと、ミーアンの消息はまったく聞いていない――本人からも連絡はなく、噂もない。忽然と姿を消した。密告者がティナ・ミラッツィオと話をしたが、何カ月も会っていないという。ティナは、彼が〝気が変になって〟から一度も会っていない、といういいかたをした。一九九六年の春に処刑されたのだろうとわれわれは推測していた。二週間前までは。訊問され、射殺されたのだろうと」

「バリー・フェン殺しまでは」アレックスは、そっとつぶやいた。

「そのとおり。その時点で、ミーアンは生きているとわかった」

「その時点で——あんたらはミーアンがやったという確信があったのか？」

「そうとしか考えられない」ウィドウズはいった。「ミーアンはフェンとギドリーを知っていた。犯人はハンマーと釘を使った。きわめて高度な訓練を受けたものだけが駆使する手順で、侵入し、脱出した」

「それで、正確にいうと、おれはなにをやればいい？」答はわかっていたが、アレックスはたずねた。

ウィドウズは、アンジェラ・フェンウィックの顔を見た。しばし間があって、フェンウィックが口を切った。「ウォッチマン・チームは、われわれ四人だった」緊張のにじむ声でいった。「そして、フェンとギドリーは、すでに殺された」

アレックスはうなずいた。プロフェッショナルらしく自制しているが、フェンウィックの声には恐怖がにじんでいた。

「要するに」フェンウィックがいった。「ジョーゼフ・ミーアンがわたしたちを殺す前に、ミーアンをなんとしても殺してもらいたいのよ」

11

「では、筋の通った理屈をひとつでも聞かせてもらおうか。どうして、万事を警察に任せ、そいつを捕らえて、殺人罪で裁判にかけるということをしないんだ」アレックスはいった。

アレックスとドーンは、テムズ・ハウスのカフェテリアにいた。一階の防弾ガラスの窓の向こうでは、茶色く濁ったテムズ川が、海に向けて重たげに流れている。四時のお茶の時間に客が押し寄せるのにそなえて従業員が立ち働き、カウンターの端にあるコーヒー・紅茶ディスペンサーが湯気をあげている。この建物はどこもそうだが、息苦しいくらい暖房がききすぎている。

「大勢の偽装があばかれてしまう」子供に対するような口調で、ドーンが答えた。「わからないはずはないわよね？」

「きみの保安局《サーヴィス》にとってさんざんな結果になるというのはわかる。マスコミにめちゃめちゃに叩かれるだろうな」

「あなたのＳＡＳ《サーヴィス》もね」ドーンが、辛抱強く応じた。「ウォッチマンをスパイに仕立てたのはわたしたちよ。でも、殺人者に仕立てたのはあなたたちだし、われわれが追っているのは殺人者よ。好むと好まざるとにかかわらず、わたしたちはいっしょに取り組むしかないの。わたしたちが倒れれば、あなたたちも倒れる」

「いずれはばれる。こういうことは、そうなるものだ」

「そうとはかぎらない。ここ数年、ミーアンに会ったり噂を聞いたりした人間はひとりもいない。われわれが見つけ、あなたが殺《や》る——おしまい。一巻の終わり。彼がこの世からいなくなったことを、だれも悲しみはしない」

「見つけられると思っているんだな？」アレックスは、そっとたずねた。

ドーンの灰色の目が、ほんのすこし鋭くなった。「だめだと思うの？」

「きみらに見つけられたくないと思ったら、やつはどこかにじっと身を潜めるはずだ」

ドーンが、皮肉をこめて、片方の眉をあげた。「あなたたち特殊部隊の人間だけが見つけられる場所に、というわけ？」

アレックスは肩をすくめた。「やつの考えを読む、という点では、力を貸せるかもしれない。どういう場所を捜そうとするか、というようなことだ」

ドーンが、溜息を漏らした。「ねえ、わたしたちは局で最高の心理分析チームに、彼の考えかたを推理させ、最高の捜査官たちに捜させているのよ。助言してもらえればとても役に立つでしょうけれど、はっきりいって、わたしたちだけでじゅうぶんにやれるわ。あなたはただ待って、肝心なときが来たら攻撃し、抹殺すればいいのよ」

「おれたちがそんなことだけが得意だと思っているんじゃないだろうな？」

「今回は、あいにく、あなたにやってほしいのはそれだけよ」

ふたりは、居心地の悪い思いで沈黙していた。窓の外のテムズ川では、連結された艀《はしけ》が、流れに逆らって上流へ向かっていた。自分が依頼しているのがほんとうはどういうことなのか、この女にはわかっていない、とアレックスは思った。相手の目を見て殺すのがどういうことなのか。そういう瞬間は、数秒が永遠にも思えるのだ。

あなたにやってほしいのはそれだけよ。

遅ればせながら、懸念がドーンの顔をよぎった。眉根を寄せた。アレックスの思考の流れを察したような感じだった。「わたしが決めることじゃないのよ」ドーンがいった。「わたしは仲介役」

アレックスはうなずいた。これでも謝罪のつもりなのだろう。「それで、保安局にはいったのはいつ？」

「六年前」ドーンが、無理に笑みをこしらえた。「たまたま、デイヴィッド・シェイラーとおなじ広告を見て応募したの」

「なんて書いてあった？　〝スパイ募集〟？」

「〝ゴドーは来ない〟と書いてあった」

「ゴドーってなんだ？」

「サミュエル・ベケットの『ゴドーを待ちながら』という戯曲から取ったのよ。その登場人物は、ゴドーを待っているの」

「でも来ない」

「そう」

「その芝居をぜひ見たいね。それだけで、MI5の応募広告だとわかった？」

「いいえ。でも、いずれにせよ、そのたぐいの……巧妙な組織だということはわかった」

「ふーん。ゴドーと書いてあっただけで」

「そうよ」

「ヘリフォードでは、サミュエル・ベケットの芝居もどきのことはしじゅう目にするよ。応募してよかった？」

「ええ」

「きょうの夕方は空いている？」

ドーンが、疑わしげにアレックスのほうを見た。「いいえ。なぜ？」

「写真と病理学者の報告書を見たあとで、ギドリーの家にもう一度行きたい。たしかめたいことがいくつかあるんだ」

「そういうことはわたしたちに任せると決まったんじゃなかったの？」

「ドーン、おとといのミーアンの動きを、正確に知る必要があるんだ。やつと戦うには、どういうふうに作戦を行なうかを知らなければならない」

「見るようなものはないと思うけど」

「それは見る人間による。時間を無駄にはしないから、頼むよ」

ドーンは、無表情でちょっとアレックスの顔を見てからうなずいた。「わかった。でも、いまいったように夕方は用事があるのよ。あすの朝にしてもらえる」

「しかたないだろう。あまり深く考えないで答えてもらいたいことがあるんだが」

「なに？」

「ジョーゼフ・ミーアンは、どうして自分を管理していたＭＩ５幹部を殺したんだ？」

「あなたはアンジェラ・フェンウィック副長官にもおなじ質問をしたわね。わからないといわれたんじゃなかった」

「そうだ。だが、きみはどう思う？」

「ジョージがいったとおり、考えかたからなにから土地の人間になってしまったんだと思う」ドーンは肩をすくめた。「テロリストがなにかをやるのに、理由なんかあるの？　武装闘争なのよ。われわれは敵なんだから」

「だが、人を殺すのに、どうして極端なやりかたをする？　それに、フェンやギドリーがもう現役ばりばりではなかったのを忘れてはいけない。そういうふたりをなぜ殺した？」

「顔を知っている人間を殺したのよ。ミーアンにとって、フェンとギドリーは、イギリス支配階級の中核の代表だった。ウィドウズとアンジェラ・フェンウィック副長官もそうじゃないの」

アレックスは、かぶりをふった。「象徴的な理由から殺したのではないと思う。民衆を抑圧しているイギリス人というようなことではない。特定の理由があって殺したんだ」

ドーンの目が鋭くなった。「どうしてこの男の頭のなかが見えると思っているの？」

アレックスは肩をすくめた。「やつもおれもおなじ兵士だ。兵士は方法論で考える。原因と結果を重んじる。だれにも知られないのに、手の込んだ儀式的な殺人を犯す必要がどこにある？　すぐに隠蔽工作が行なわれるとわかっているのに」

「頭がおかしいのかもしれない」

「いいことを教えようか」アレックスはいった。「ほんの短いあいだだが、会話になっていたじゃないか」

ドーンが、一瞬アレックスの視線を捉え、床に置いたブリーフケースにつと手をのばした。背すじをのばしたとき、いつものきびきびしたそっけない態度に戻っていた。「フェンとギドリーの写真と報告書にくわえて、鍵を預かっているの。ピムリコウのセント・ジョージ・スクェアにある最上階のフラットの鍵よ。必要な場合はそこに泊まって。それとも――」ほんの一瞬、口ごもった。「自分で手配してもいいけれど」

「ありがとう」アレックスは、どっちつかずに応じた。

生前のバリー・フェンは、肩幅の狭いイタチみたいな感じの男だったようだ。写真のフェンは、血まみれのパジャマ姿で仰向けになり、ベッドから体が半分はみ出している。眠っていたところを起こされたのだとわかる。病理学者の報告書によると、すこし抵抗したが無駄で、棍棒のようなもので後頭部を殴られ、意識を失いかけたところをこめかみに一五センチの釘を打ち込まれたようだ。舌を切ったのは、どうやら犯人があとで思いついてやったらしいという。死斑ができたそのおぞましい代物《しろもの》は、ベッド脇にブックマッチといっしょに置いてあった使われていない灰皿に載せてあった。血は意外なほどすくなかった。

　写真を見ているうちに、さきほどミーアンを自分と同一視したのは、危険だしおろかでもあると気づいた。受けた訓練と年齢はほぼいっしょでも、この常軌を逸した殺人者と共通点はなにもない。ドーンのいうとおりだ。こいつはなにをするかわからない殺人者だし、なんとしても阻止しなければならない。

　クレイグ・ギドリーに関する病理学者の報告書は、被害者の目がくりぬかれたのは、フェンの舌の場合とおなじように、こめかみに釘が打ち込まれて死んだあとだと示唆していた。つまり、こうした行為は、被害者を苦しめるのが目的ではなく、べつの意図によるものだと、アレックスは結論づけた。メッセージのたぐいなのか？　だが、だれに対するメッセージだ？　MI5全体か？　ジョージ・ウィドウズとアンジェラ・フェンウィックだけに対するものなのか？　メッセージがどんなものであれ、ウィドウズとフェンウィックがウォッチマンのリストでつぎのターゲットになっていることはまちがいない。

　ウォッチマンは、ふたりを殺《や》れるだろうか、とアレックスは冷静に考えた。ふたりを捕らえて殺すことができるだろうか？　こうして警告を受けたわけだし、ふたりはMI5の資源（人的・物的資源、資金などすべてを指す）をすべて使って防御するはずだから、フェンやギドリーの場合とはちがい、はるかに手強いターゲットになる。

とはいえ、ウォッチマンは悪賢い。最高の教官に訓練されている――こちらを教えたのとおなじ人間の場合も多いはずだ――そして、教わったことをひとつも忘れていない。ウォッチマンの具象化したプロフェッショナリズム、サディズム、狂気という組み合わせは、とてつもない恐怖を呼び起こす。

なにが狙いだ？　この男は、なにを達成しようとしているのか？

アレックスは、強い視線を向ければ写真の表面を貫いて、そこに写っている男のことを解き明かせるかもしれないという気がして、写真を見据えた。だが、何枚もの写真をめくりながら見れば見るほど、解明は遠のくように思われた。皮を剝いだウィペット犬のような色白の顔と用心深く鋭い凝視のほかには、なにもない。

したたかそうに見える。恐ろしげだというわけではなく、打ち砕くのが難しい男ではないかと思える。身をかわしたり姿を消したりするが、どうにかしてやりつづける。ベルファストの街には、こういう男がごまんといる――記憶に残らない地味な風采で、防水ジャケットを着て背中を丸めている。完璧な潜入工作員になった理由がよくわかる。

MI5は、この男を見つけることができるか？　それはミーアンが重大な過ちを犯した場合だろうし、そういうことが起こりそうな兆候は見られない。狂気に犯されているとしても、まず注意を怠《おこた》ることはない。

壁の大きなイギリスの地図に視線を向けた。ミーアンはどこに隠れているのだろう？　いや、その質問を逆から考えよう。自分がミーアンの立場だったら、どこに隠れるだろう？　都会の群衆にまぎれるか？　だめだ、ロンドンで昔なじんでいた場所に舞い戻るのは危険だ。アイルランド人のコミュニティがあるところへは行けない。ＩＲＡは執念深く、影響力の及ぶ範囲も広い。

ＭＩ５の捜索が徹底していることと、完璧な新しい身許をこしらえないかぎり見つかってしまうはずだということを、ミーアンは知っている。新しいパスポート、運転免許証、社会保障番号――あらゆるものが必要になる。Ｂ＆Ｂを寝泊まりしているのでは、身を隠せない。どこかにアジトが必要だ。隠れられるような場所が。

つぎの殺人の計画を練れるような場所が。

ドーンとの翌朝の待ち合わせを九時に決めて、アレックスは午後七時前にソフィーのフラットに戻った。昨夜おろした場所――キングズ・ロードのヨーク公本部前――に迎えにいく、とドーンはいった。

ソフィーは着替えているところだった。「出かけるわよ」といって、くるりと背を向け、カクテル・ドレスのジッパーをあげさせた。「クライアントの――コーデイが、新しいラインの香水を発表するので、パーティを手配してあげたの。香水の名は〈ギロチン〉。女性はみんな、首を斬り落とされたみたいに、首に赤いベルベットのリボンを巻かないといけないの」

「行かなくてもかまわないだろう？」アレックスは、ネクタイをゆるめながら、疲れたようにたずねた。「そんな気分じゃないんだ」

「つまらないこといわないでよ、あなた！　あなたがずっとやってきた秘密作戦とかなんとかで、きょう一日たいへんだったのはわかるけど、わたしだっておなじだったのよ。広告の仕事の現場なんて大嫌い。コーディの経費でシャンパンをちょっと飲んで、そのあとは……」

「そのあとは？」

「そのあとはあなたに任せるわ。それでどう？」

アレックスは同意した。MI5は、捜査をつづけるあいだ、こちらをぶらぶらさせておくつもりだというから、せいぜい楽しんでいよう。それに、泊めてくれているソフィーを楽しませたい。あすの朝も運転しなくていいのだ——おそらく例のいらいらするくらいのろい走りかただろうが、ドーンが運転してくれる。だから、のんびりしたほうがいい。「どこへ行くの？」

首にベルベットのリボンを巻くために、ソフィーが顎をあげた。「ホクストン・スクェア」

「どこなんだ？」

「アレックス、どこかの惑星で何年も暮らしていたんじゃないの？　ホクストンというのは、ロンドンでいちばんのあこがれの地区《カルチエ》なのよ。石を投げれば、有名なアーティストやモデルやデザイナーの頭にぶつかる。有名人《セレブ》の街よ！」

「わかった。それじゃ、おれを弟の友だちというふうに紹介してくれないか。警備関係の仕事をしているとかいって」

ソフィーは眉をひそめ、口をとがらして鏡を覗き込んで、化粧の具合をたしかめた。「警備というのはちょっと貧乏たらしいわね。なにかもっと高級なのを考えられない？　なんとかドット・コムとか」

「わかった。考えるよ」アレックスは目をこすった。潜在意識に残るいくつもの心配事に、いまなおさいなまれていた。「きょう、ぞっとするようなことを思い出してしまったんだ。反乱軍の歩哨を――十歳にもなっていないような子供だ――二日前にシエラレオネのジャングルのなかの木に縛りつけたままにしてきた」

ソフィーが、ローシルクの靴のなかで爪先を動かして、具合をたしかめた。「わかっているわ。人間って、ぞっとするくらい忘れっぽいものよ。その件で、だれかに電話する？」

アレックスは、信じられないというように、ソフィーの顔を見た。「いまごろは死んでいるよ。あるいは片腕を斬り落とされているだろう」

「出かけましょう」

ソフィーが幅寄せをしようとする向こう見ずな車の前にシルバーのアウディTTを割り込ませ、車の流れをジグザグに縫って走るあいだに、アレックスは気分を直そうとつとめた。これはましなほうだ、と自分にいい聞かせた。金をもらって、ロンドンでぶらぶら時を過ごしている――たいがいの兵隊が、どんな犠牲を払ってでもやりたいと思っているようなことだ――しかも、あなたは最高の男だと、あらゆるしぐさで示してくれる、金持ちで美人でセックスがものすごく好きな女と寝ている。二時間後には、ベッドに転がり込んで、おたがいにむしゃぶりついているはずだ。

では、なにがむしゃくしゃするのか？　女にふりまわされて毎日を送っているように思えるからか？　アレックスは、女性といっしょに働くのはやぶさかでないが、いまの生活はすべて女性に牛耳られている。これまでは、つきあっている女性が恒久的な関係や約束を要求すると、軍隊と結婚生活は両立しないと反論した。本気でそう思っていた。同僚がつぎつぎと陥落して、ささやかな独立が欲求不満の不機嫌な妻の要求によって損ねられるのを、目の当たりにしてきた。妻たちは、最初から不機嫌で欲求不満なわけではないが、軍隊という体制が妻子を脇役にしてしまうことを知ると、すぐにそうなった。スタン・クレイトンがかつて説明したことがある。海外派遣の前に女房を妊娠させるのは、便所に行く前に、自分のビールに唾を吐いておくようなものだ。

その結果を見るがいい――苦労でやつれた妻は復讐心に燃え、疲れ果てた夫は朝から晩まで金策と家族の安全の心配をしなければならない――そんなことはぜったいに避けたい、とアレックスは誓っていた。するつもりもない約束はせず、つづいているあいだだけ楽しみ、悲惨なことになる前に逃げ出す、という方針をとっていた。女が結婚して子供を作りたいと最初に明言したときには、つきあっても無駄だとわからせる、というようなルールを自分に課していた。そうでなければ口説く。

しかし、ソフィーとのことは、どうもそんなふうにいきそうにはなかった。だいいち、手綱を握っているのは自分ではない。これまでとはちがい、即座に采配をふるう、という段取りにはならなかった。正直いってこちらが足もとがおぼつかないような世界を、ソフィーはすいすいと楽に動きまわっている。また、ソフィーはこちらの技倆に敬意を表していて、このおれがべつの暗い世界をすいすいと動きまわっているのを知っている。しかし、その世界にソフィーはけっして敬意をおぼえないはずだ。

結局のところ、ソフィーのことがよくわからない。それに興奮をおぼえるとともに……やりにくい。

ソフィーが急ハンドルを切って車の島をまわり、TTのタイヤが鳴ったとき、アレックスは、ヘリフォードへ電車で行って、車を取ってこようと思った。カルマンギアのハンドルを握っていれば、せめて自分の人生を制御しているつもりになれる。ほんの短いあいだだけでも……

やれやれ。

12

ホクストン・スクェアに着くと、ソフィーは黄色い二重線を無視して、会場の真ん前にTTをとめた。そこはギャラリーに改装した元電機メーカーのショールームで、入口の両側に早くもパパラッチが集まっていた。アレックスとソフィーが足早にはいるとき、フラッシュがたかれた——まだだれも顔を知らない名士の可能性もあると思ったのだろう。

パーティの会場は二階で、もうだいぶ混み合っていた。奥のほうでステラがモデルの一団と談笑しているのが、ちらりと見えた。音響装置《PA》からジュリエット・グレコの歌が流れ、トリコロールの帽子をかぶった女性ふたりが、すばやく身をかわすことができなかったものに香水を吹きかけていて、〈ギロチン〉のきつい香りが立ち込めていた。

「シャーロットを紹介するわ」ソフィーはアレックスの手を取り、一九七〇年代の壁紙みたいな服を着ているほっそりした黒髪の女性にすたすたと近づいた。「コーディ姉妹の長女よ。コーディ・ファッション・ハウスは聞いたことがあるでしょう?」

「おれは飲み物を取ってくるよ」といって、アレックスは手を放した。

たちまちひとだかりに呑み込まれた。周囲では短い会話の断片や甲高い笑い声が、音楽にかぶさって波のように大きくなっては、また聞こえなくなった。声はなんとなくおぼえているが、会ったことはないがらがら声の女性アナウンサーが、首に抱きつき、口にキスをして、開店したレストランの調子はどう？　とたずねた。いまも人肉を出していると答えて、ぽかんと口をあけたアナウンサーを尻目に、アレックスは進みつづけた。

ひとびとが押しのけるようにそばを通り過ぎて、知り合いになったほうがいい相手かどうかを見定めようと通りすがりに一瞥《いちべつ》をくれては、またいなくなった。アレックスは、だれとも口をききたくなかった——好奇心を抱かれては困る。ソフィーとつきあうようになってから、こうしたパーティに何度も出て、ロンドンの社交界は馬鹿ばかりだという結論に達した。表から見ていると、深夜までやっているレストラン、美しい女性、シャンパンなど、魅力的に見えるが、じっさいは退屈きわまりないとわかった。ほんものの成功者ひとりに対し、流行を追うジャーナリストや、ファッション業界に寄生しているものや、なんとか注目を浴びたいと思っているコカインで頭のいかれた上流階級の人間が百人いる。いずれも自分の小さな囲い地の外の世界のことをよく知らない。彼らの服やアクセサリーやドラッグやパーティに関する、のびたエンドレス・テープみたいな会話を聞いていると、頭がおかしくなりそうなほどうんざりする。

例外もある。ステラのことは好きだし、もちろんソフィーも好きだ——いや、ソフィーのほうは、ただ好きだというだけでは足りないくらいだ。

不思議なものだ、と思った。ソフィーがかかわっている場面すべてが、自分には奥底まで生気のないものに思える。それなのに——これも重要だ——ほんとうの死がかかわっている状況は、鮮烈なまでに生き生きしているように思える。こうした事実と身を固める——先の話だとしても——という考えとを、どうやって適合させればよいのか？

「ブラディマリー？」

見ると、トリコロールの帽子をかぶった胸の大きい小柄な女が、トレイを差し出していた。くすくす笑った。「それとも、ブラディマリー・アントワネットかしら。〈ギロチン〉にちなんで」

アレックスは、グラスを取って飲んだ。半分がウォトカで、タバスコで辛《から》かった。「どっちにせよ、ずいぶん強いな」

女は笑った。「知ってる。このパーティをもっとお気楽にしようと思って。革命になったら、彼らはみんなクビよ」

「たしかに不良品ははねないといけない」アレックスは、ブラディマリーをぐいと飲み、不機嫌にいった。そのすぐあとに、暗い考えに陥りすぎていたと気づいた。この連中もそう捨てたものではない。ブラディマリーを飲み干し、もう一杯取って、ごくごく飲んだ。だいぶ明るい気分になってきた。人生を取り戻せ、テンプル、と心のなかでつぶやいた。たまには楽しんだらどうだ！

「お相手しましょうか？」女がきいた。「それとも当てがあるの？」

アレックスは、にやりと笑った。小柄で胸の大きい女イコール勃起だ。「おもてなしありがとう。ケータリングで来ているの？」

「そんなものね。パートタイム。ほんとうはファッション業界にはいりたいと思っているの」

「ソフィー・ウェルズと話をしたら？　入口近くにいるよ。さっき見たときはいた」

「偉そうにしてる嫌な女よ」アレックスが三杯目を取るときに、女がいった。「知り合い？」

「うーん。ちょっと」

「どこをちょっと、なの？」

「仕事をしたら」アレックスはにやにや笑った。「ふたりとも厄介なことになる前に、消えたほうがいいよ」

「ヘイ、クラクトン出身のアレックス！」

「ステラ！　元気？」

ステラが、顔をゆがめて笑った。「まあね。香水のにおいは嫌だけど。引き潮で打ち上げられた魚のはらわたみたい」

「ほんもののギロチンも、さわやかなにおいではなかっただろうよ」アレックスはいった。

「なにをしていたの？　しばらく会わなかったけど」

「アフリカへ行ってた」

「そう。どうしてまた？」

アレックスは肩をすくめた。「ステラ、教えてほしいことがあるんだ」

「いいわよ」

「きみがもし隠れるとしたら——生きていても死んでいても、完全に身を隠さなければならないとしたら——どこへ行く?」

「いつも行くところ」この世でもっともあたりまえの質問だとでもいうように、ステラは答えた。「過去」

アレックスは、目を丸くして、ステラの顔を見た。だれかがステラの名を呼ぶのが聞こえた。

ステラがにっこりと笑い、ひとだかりに連れ去られていった。「ほんとうよ」手をひらひらふりながら、ステラがいった。「そこはまたとない場所なのよ」

ソフィーを見つけて、飲み物を渡そうとしたとき、アレックスは視野の端で異常な出来事を捉えた。

入口のガラス戸のそばで、がっしりした長身の男ふたりが、警備員たちを押しのけていた。警備員は精いっぱいやっていたが、高笑いしている赤ら顔の新来の客ふたりの敵ではなかった。ひとりは目が小さいががっしりした大男で、身長が一九〇センチくらいあり、ラガーシャツを着ていた。スーツ姿のもうひとりも、それよりちょっと背が低いぐらいだった。客たちは、不安そうにふたりから遠ざかった。

「まずいわ」ソフィーが、アレックスのそばでささやいた。「パーティ荒らしよ」

ソフィーは、自信たっぷりの態度で、ふたりの行く手に立ちはだかった。「あなたたち……ここはプライベートな……」

「チャーリー」背の高いほうの男が、太い腕でソフィーを抱き寄せた。「おれが捕まえた女をみろよ……」

だが、もうひとりは、そばを通る客の尻をひっぱたいていた。「あんた――ひょっとして――ホモかなあ?」

ふたりのパーティ荒らしの発音がパブリック・スクールのものだということに、アレックスは気づいた。いかにも金持ちらしい傲慢な態度だ。ここへ来た目当てのものをくれてやろう。

「それで、ダーリン」大男のほうが、酩酊した様子でソフィーに手をのばした。「なんていってたんだっけ……」

大男の手がソフィーの胸に触れるほんの一瞬前に、拳がその鼻にめり込んだ。特権階級に対するアレックスの恨みのすべてが、その一撃にこめられていた。

「アレックス!」ソフィーが悲鳴をあげるのが聞こえた。「やめて!」

大男は、呆然として、アレックスのほうを向いた。ぺしゃんこになった鼻から、まるで蛇口から噴き出すように血が流れ出て、ラガーシャツの前にかかっていた。もうひとりは、体を揺らしながら立っていた。一瞬、完全な沈黙がおとずれ、やがて鼻から血を流している男が、ボウリングのボールほどもある拳をくり出そうとした。

アレックスはかわし、その一撃の風が頬をなでるのを感じ、半身《はんみ》になって、相手ののびた腕の手首をつかんだ。腋の下に肩を押しつけ、相手の体重と勢いを利用して、背負い投げをくらわした。巨体が宙でくるりとまわったかと思うと、シャンパンの木箱の上に落ちた。

「アレックス！」ソフィーが、また悲鳴をあげた。

もうひとりが突進してくるのは見なかったが、気配で察した。ボランジェの罎《びん》の首をつかむと、ふりむいて思い切りふった。罎が男の頭に激突してグシャっという音がしたと思うと、炭酸の低い溜息とともに白い泡が噴出した。まるで演出効果のように派手な感じで、頭が血で真っ赤に染まり、男は白目を剝《む》いて床に倒れた。割れたガラスの散らばる音と、ケータリング業者が組み立てたテーブルの下に倒れている最初の巨漢のうめきに、何人もの悲鳴がくわわった。

押し合いがはじまり、やがてそれがパニックに変わった、飲み物のテーブルがつぎつぎと倒れて、床はたちまちこぼれたシャンパンやカナッペや割れたガラスの破片に覆われた。だれかが火災警報を鳴らした。そうしたすべてをしのぐ〈ギロチン〉の鼻を刺激するにおいが漂っていた。

「アレックス！」ソフィーが三度目の叫びを発し、アレックスに向かって拳をふった。「なんのつもりよ？」ふたりのまわりでは、客たちが入口へ殺到していた。

「なんだって？」割れた罎を放り出して、アレックスはいった。「きみはこの酔っ払いに体をいじられても平気だったというのか？」

「たかが飲みすぎた若い男の子じゃないの。パーティをだいなしにしたのはあなたよ！」帰ってゆく客の群れに絶望のまなざしを向けてから、倒れているふたりを見おろした。「だれか救急車を呼んでもらえる？」

「男の子？」アレックスは愕然とした。「あの大男たちが。あいつらの味方をするなんて信じられない」考え込むふうでソフィーのほうを向いて、口もとをほころばせた。「ああそうか。好みのタイプなんだな」

「馬鹿なことをいわないでよ。あなたの反応は大げさすぎるわよ。わかっているでしょう。まかりまちがえば、あなた……」怒りのあまり、わけがわからなくなって、ソフィーは首をふった。そのそばで、ケータリング業者のひとりが999をダイヤルしていた。

「こいつらを殺していたかもしれないっていうのか？」アレックスは、血まみれで倒れているふたりに醒《さ》めた視線を向けた。最初の巨漢は背中をひどく痛めたようで、まだうめいている。ふたり目は身動きせず、頭からだらだら血を流している。「残念だけど、死なないだろう。でも、きみの香水の宣伝にはなったんじゃないか」空気のにおいを嗅いだ。「ステラのいうとおりだ。ちょっと魚くさい」

　目に怒りをたぎらせて、ソフィーはアレックスに食ってかかった。「なにも知らないくせに。あなたなんか……ぶちこわし屋のフーリガンじゃないの」

　アレックスは笑い出した。笑わずにはいられなかった。「すまない！」ようやく、どうにかそういった。「ほんとうに悪かったよ、ソフィー」

ソフィーは手をうしろに引いて、アレックスの顔に思い切り平手打ちをすると、憤然と離れていった。

アレックスは追いついた。「頼むよ。ほんとうに悪かった、ソフィー。すまない。きみのことを笑っているわけじゃないんだ。この顚末全体がおかしいんだ」

ソフィーが肩をゆすって、アレックスの手をふりほどいた。怒りに声をふるわせていた。

「あなたがいうこの顚末全体はね、くそになったのよ。あなたにわたしの人生をひらいて見せて、お友だちに紹介したのに、あなたは……あなたは、みんなにくそをかけたのよ。さっさと故郷に帰って、二度とわたしに電話しないで。ほかのだれかを見つけて、そのひとの人生をめちゃめちゃにするといいわ」

ふたりが向き合って言葉を失い、じっと立っていたちょうどそのとき、例の胸の大きい小柄なウェイトレスが、階段の下に現われた。「お仕事の話をするには、あまり都合がよさそうじゃないわね？」と、明るい声でソフィーにたずねた。

ソフィーは、よく意味がわからないようで、ちらりとウェイトレスを見た。「ええ。都合が悪いわ」

ウェイトレスは肩をすくめた。「だからあなたに、嫌な女だっていったでしょう！」

アレックスは、ソフィーがアウディのドアを叩きつけるように閉めるのを見ていた。マフラーのうなりが聞こえなくなると、シャツのポケットに手を入れた。隠れ家の鍵がそこにはいっている。

13

ドーン・ハーディングのホンダでゴーリングに向かう車の旅の最初の一時間、ほとんど言葉は交わされなかった。アレックスは軽い宿酔《ふつかよ》いで、きのうの出来事にいくぶん罪の意識をおぼえていた。笑ってはいけなかった、と自分にいい聞かせた。

問題は、あのいさかいがふたりのちがいをまざまざと示したことだった。結局のところ、こっちはソフィーの友だちの大部分を歯牙にもかけていないし、彼女の世界の人間が従っているルールなど屁とも思っていない。ソフィーはこちらのことを、頭の切り替えのきかない時代遅れのマッチョだと見なしている。いっぽうこちらはソフィーを、わがままで、底が浅く、特権を享受しすぎていると思っている。たがいにいちばん悪いところを引き出している。

それでも、たがいに惹《ひ》かれあう。それもしじゅう。

ピムリコウでの一夜は、暗いものだった。オレンジ色の絨毯は汚れてかび臭く、下宿屋特有の悪臭が漂っていて、一九七〇年代のブルガリアからの亡命者なら、なじみがあってくつろげたかもしれないが、アレックスとしては、冷戦とは縁のない場所のほうがありがたかった。

花を買おう、と心のなかでつぶやいた。すまなそうな顔で、大きな薔薇の花束を抱え、ソフィーの家の玄関に現われる。薔薇は効果があるだろうか？　効果はあるはずだが、ソフィーの所属する、固定観念にとらわれている小うるさい狭い社会では、古臭いと見なされるかもしれない。

「薔薇は好き？」アレックスは、ドーンにたずねた。

ドーンが、怪しむような顔をした。「なぜ？」

「だれかに薔薇をもらったら、どんなふうに思う？」

「男に、ということ？」

「仮の話として、まあそうだ」

「わたしからなにかを得ようとしているか、それとも謝っているんだと思う」

「なるほど」

「でも、ほんとうに特別のものなら……つまり、地下鉄の駅でセロハンを巻いて売っているような平凡なぐんにゃりした半分凍りかけの薔薇じゃなくて、ちゃんと香りのする昔ながらのイギリスの庭に生えている薔薇なら、とにかくそのひとの話だけは聞くわ」運転席から、横目でアレックスのほうを見た。「厄介なことになっているわけ？」

「いや。ふと思っただけだ」

「へえ。ふと思っただけ。あのね、わたしの経験では、ほんとうのところ、女の子はたいてい薔薇をもらうのが好きよ」目を細め、前方の道路を睨んだ。「ソフィーみたいな上流階級でもね」

アレックスはうなずいた。MI5《ボックス》の仕事をしているかぎり、私生活には別れを告げるしかないのだろうと思った。

「ウォッチマンのいどころをつきとめるために、きみらが具体的になにをやっているのか、聞かせてもらえないか？」

ドーンの表情は変わらなかったが、目がひどく冷たくなった。「こういっておきましょう。写真がある。DNAのデータもある。指紋や筆跡がわかっている。音声と顔を識別するシステムが作動している。かなりの範囲を網羅していると思わない」

「で、ウィドウズは？　彼を保護するために、きみはどんな手を打っているんだ？」

「ジョージ・ウィドウズは、経験豊富な情報官よ」

「フェンやギドリーもそうだった。例の暗い男が現われたとき、そんなことは役に立たなかったじゃないか」

「前もって警告されれば、前もって武装しているのとおなじよ」

アレックスは、がっかりして目をこすった。「わかっていないな」と、静かにいった。

「ミーアンはウィドウズを殺す。殺すと決意しているし、殺す」

ドーンは、しばし沈黙していた。

「いいわ。教える。替え玉を自宅に配置してあるの。警視庁特別保安部《スペシャル・ブランチ》の警察官。警察の狙撃手が家を取り囲んでいる。ジョージは仕事に行っていない」

「それでうまくいくと思うか？」

「ねえ、たしかにギドリーのときは、わたしたちが頭を働かせるのが遅かったけれど、いまでははっきりとメッセージが読めているのよ」

「メッセージが読めている。そうかな」

「このウォッチマンは」ドーンが、辛抱強くつづけた。「たったひとりなの。単独犯なのよ。支援システムもろくにない。そういう相手を怖れてもよい結果にはならないわ」

「こいつは殺人者だ」アレックスはいった。「SASで訓練を受けている。しかも、世界でもっとも複雑なテロ組織に属して、何年も現場で経験を積んでいる」

「まるで尊敬しているみたいな口ぶりね」

「プロフェッショナルとして、そういう人間は尊敬する。おれが北アイルランドで労働者階級のカトリックとして生まれたら、おそらくIRA義勇兵になっていただろう。SASの連隊《レジメント》中は、たいがいおなじことをいうはずだ。だからといって、仕事をやってやつらをおおぜい殺すのが嫌だというわけじゃないが、弾丸を撃ち込んで、死にかけているやつの目を覗き込んだとき、場合によってはそうなっていたかもしれない自分自身をそこに見る。それは事実だ」

　対監視活動を永年やってきて習慣になっているアレックスは、バックミラーをちらりと見た。そのちょっとした動きと、写っている車がぐらついて見えたことから、血中にウォトカのアルコールがまだだいぶ残っているのを思い出し、助手席の窓をあけるボタンを押した。

新鮮な空気がどっと流れ込んだ。太陽はまだ野原の露を乾かしていない。「ＰＩＲＡは優秀だ」アレックスは言葉を継いだ。「しかも、秘密保全にかけては、どこの組織にもひけをとらない。なんとなく様子がおかしいという、たったひとりの見張りの直感によって、百名が参加する作戦をためらわず中止する――ほんのちょっと車の往来が多い、ひとりの男の上着の裾の垂れ下がりかたがおかしい、鳥がいつもいる生垣にまったく鳥がいない、といったことだ。このミーアンという男は、そうしたすべてを吸収してきた。必要なだけ待つだろう。だから尊敬する。だから、きみたちもミーアンに敬意を表するべきだ」

「敬意は表する」前方の道路に視線を据えたまま、ドーンが同意した。「怖れはしない」

「怖れと驕《おご》りのどちらをとれといわれたら」アレックスは、おだやかにいった。「おれはいつだって怖れをとる。驕りはあっという間に命取りになる」

「どうなるか、いずれわかるわ」

「あいにく、いずれわかるだろうな」

意見が対立したまま、ふたりは不快な沈黙に陥った。

ゴーリングに着くと、アレックスはドーンに、家の数百メートル手前でとめてくれと頼んだ。「ウォッチマンが踏んだはずの手順どおりに接近したい」と説明した。「やつがはじめてここに来たときに目にしたとおりにやる」

「よそ者に気づいたひとは、この集落にはいなかった」ドーンがいった。「それも聞き込みをしたのよ」

「目に留まるようなことはしなかったはずだ」アレックスは教えた。「おれの推測では、最初は徒歩で、おそらく雨の土曜日にハイキングの装備でやってきたはずだ。あるいは自転車だったかもしれない。アノラックのフード、素通しのレンズの眼鏡、自転車用ヘルメット——すべて有効な変装になる。田園を歩く格好の通りすがりの人間は、こういうなかば観光地になっているようなところでは、まったく目につかない。道路脇でサンドイッチを食べたり、ソフトドリンクをごくごく飲んでいるのを見ても、だれもちゃんと見てはいない。二時間たったらもう特徴をいうこともできない」

ドーンがうなずいた。ふたりは道路脇を黙って歩きつづけた。

ドーンが眉をひそめた。「でも、彼はどんなふうに……」

「ちょっと黙っていてくれ」アレックスはさえぎった。ギドリーの家が見えはじめるところで、ちゃんと見たかったのだ——ウォッチマンの目を通して見なければならない。そのために五感や直感を結集している自分のそばで、ドーンがいらいらしているのが、なんとなく感じられた。

まったく女というやつは、と思った。

ミーアンは監視所がほしかったはずだ——姿を見られずに観察できるような場所が。道路からある程度の距離があり、犬に勘づかれず、なおかつ具体的な事柄を探れるようなところ。最低でも一週間の監視を予定したはずだ。一日か二日で妥協するということはない。食料と水と、大便を入れる袋を用意し、あらゆることを頭に入れる。どこから見張っただろう？建物か？　見える範囲に建物はあるか？　ない。農家の納屋も車庫も離れ家もない。そもそもそういうものがないから、ギドリーはこの家が気に入ったのだろう。では、地面に身を隠すような場所があるか？　なさそうだ。どこに伏せても、敷地を囲む塀が視野をさえぎる。どこでも必要な高さが得られない。地形が監視には向かない。

人工物を監視所に使うというのは？　道路沿いに電柱があって、そこから敷地内に電線が引き込まれているし、ブリティッシュ・テレコムのバンとオーバーオールを盗んで、作動停止音波発信機を取り付けたことは、じゅうぶん考えられる。だが、計画を構築できるまで長くいるのは無理だ――バンが現われたとたんに、MI5の警備担当がテレコムに問い合わせる。

では樹木だ。ミーアンは木に登っただろうと、アレックスは最初から推測していたが、他の可能性をきちんと消去したかった。マロニエとスズカケノキがそれぞれ一本、ギドリー邸の塀の左右で道路の上に張り出しているが、それは考慮からはずした。いかにも具合がよさそうだが、家に近すぎるし、犬の守備範囲内だ。それに、警備上の危険を考慮して、塀のそばの木はすべて下のほうの枝を落としてある。木登りの用具が必要だし、登っている最中に家と道路の両方から見られる危険性がある。

道路の反対側は、まだ苗木《せいぼく》のトウモロコシ畑で、遊歩道がそこを二分している。その遊歩道の脇に、不規則な感覚で成木が生えている。アレックスは、道路からそれらの木を見ていった。観察に理想的なのは、一本のブナの大木だった。その大枝から家の敷地までは一五〇メートルほどで、障害物のない視野がひらけている。溜息をついているドーンを尻目に、アレックスは道路をすたすたと歩いていって、踏み越し段をまたぎ、畑にはいると、かなりの速さでブナの木に向かった。いまや頭脳は明晰で、追跡の楽しさに意識が高揚していた。

「見つけたぞ、この野郎！」声を殺してつぶやいた。「おまえを捕まえてやる！」

ブナの木の下に着き、アレックスは象のような灰色の根の上に乗った。ミーアンは道路に面していない側を、ロープと木登りの用具を使って登ったはずだ。慎重に幹を調べた。なにもない。傷跡や目につく印はない。くそ！ この木でまちがいないはずだ。だが、幹には何の痕跡もなかった。一カ月以内につけられたような傷や剝離の跡は見られなかった。目の細かい銀色がかった表面を二十分以上も調べたあとで、ミーアンがこの木を登ったとしても、幹を伝ってはいないという結論に達した。かといって、地面に近いような大枝はなかった。

ドーンは無表情のままだったが、アレックスは、自分のいらだちに彼女が静かな満足をおぼえているのを察した。とうとうドーンが、意味ありげに時計を見た。

「行くぞ」といって、アレックスは遊歩道を大股に進みはじめた。

ギドリー邸の敷地が見えるつぎの木は、マロニエだった。大きな葉と蠟燭《ろうそく》に似た白い花が邪魔になって見にくいはずだが、それは姿を隠しやすいということでもあると、アレックスは思った。

ひょっとして、これかもしれない。用心深く、幹のまわりをめぐった。くだんのブナとおなじで、樹皮の目がつんでいるから、小さなかき傷があっても目立つはずだ。だが、やはりなにもなかった。

「ひょっとして」ドーンが取り澄ましていった。「獲物もいない木に向かって吠えているんじゃ……」

「ちがう！」アレックスは、語気鋭くさえぎった。「ぜったいにちがう。やつはここにいた」

「たしかなの？」

「たしかだ。頼むから……」枝がひろがっているあたりを躍起になって調べてゆくうちに、鋭い目つきになった。ほんの一カ所、地面から三メートルほどのところに跡があった。「いっしょに来てくれ。おれの足跡を踏むようにして」

ドーンを従えて、アレックスは露に濡れた日陰の叢《くさむら》にはいっていった。枝のいちばん低くなっている個所の真下に達すると、動かないようにとドーンを手で制して、しゃがんだ。半眼になって、目の不自由なもののように濡れた地面を慎重に手探りした。五分かかったが、目当てのものが見つかった。煙草のパッケージぐらいの大きさの押し固められた土があった。

「おまえを捕まえたぞ」息を吐きながらいった。

「なんなの？」ドーンがきいた。

答える代わりに、すばやく周囲を手探りし、三〇センチ離れた地面からもうひとつの土の塊をそっと掘り起こした。「梯子《はしご》を使ったんだ。木登りの用具で幹に登って跡を残すのを嫌い、梯子とロープでここから登った。それから」――土の塊を見せた――「梯子の脚がめり込んだ個所を埋めた。そのあと雨は降らなかったから、それで……」

「どうしてそんな手間をかけるのよ？」ドーンがきいた。「こっちは彼だとわかっているし、それを彼も知っているのに」

「やつは完全主義者だ」アレックスは答えた。「どんな場合もきちんとやる、というようなことだ。痕跡を残さずに」

「サムライの掟みたいなもの？」ドーンは考え込んでいた。

「そんなところだ。ここで使ったのは、室内装飾の職人が使うような梯子だと思う――アルミで、もたせかけなくても立つやつだ――ロープを端に結んでおき、もういっぽうの端を枝にかけてひっぱり、枝がしなったところでロープを固定する。それから枝をつかんで登る」

「梯子はロープに結んだままひきあげる。みごとなものね。あいにくわたしたちにはロープも梯子もないけど」

「おれがいる」アレックスはいった。「きみもいる」

「だめよ！」ドーンは、きっぱりといった。「ぜったいにだめ！」

「だめじゃない、ベイビー！」アレックスはにやにや笑った。「靴を脱げ」

「木登りはわたしの仕事じゃないわ、ベイビー！」

「同僚の命を救うのは？　それは仕事だろう？　こっちはどうでもいいんだ。でも……」

「ひとりで登れないの？」

「登れるが、それにはきみの肩に乗らないといけないし、とても無理だろう」

「やってみてよ」

「ぜひやりたいね」

「本気よ」

ふたりはやってみた。ドーンが片膝をついた。アレックスはドーンの手を取り、裸足で肩に乗った。

「このセーター、いくらしたと思うのよ？」渾身の力をこめているためにふるえながら、ドーンがいった。

「脱げよ」アレックスは陽気に応じた。「ショックを受けたりしないから」

「馬鹿！」

ドーンは立てなかった。精いっぱいがんばったが、結局は無理だった。

「逆にしてやったらどうだ」アレックスが、もっともな提案をした。

「家から梯子を取ってくればいいじゃないの」

「だめだったらそうする」

ドーンが無言で靴を脱ぎ、まるでワードローブの棚に置くように、濡れた草の上にきちんと揃えて置くと、アレックスの手を取り、肩に乗った。

「よし……立つぞ」アレックスは立った。「用意ができたら、手を放して、枝をつかめ。よし。体を引きあげるんだ。脚をかけて」

「これはあなたの専門じゃなかったの」ドーンはあえいだ。それから、心配そうに見おろした。「こんどはどうするの？」

「できるだけ枝の端に向けて進むんだ。枝がしなうように」

ドーンが指示に従った。アレックスはシャツを脱ぎ、ドーンに向かって投げ、枝に結びつけるようにといった。ドーンが結んだ。「これもだ。鎖の輪をつなぐように、裾を結んでつないでくれ」ズボンも投げた。ドーンがそれをシャツとつないだ。アレックスは、ボクサー・ショーツだけの半裸になっていた。「馬鹿みたいに見えるだろう？」

「ここから見て？　すごく馬鹿みたい」

「結び目はだいじょうぶだね？」

「ヨットをすこしやったことがあるのよ。だいじょうぶ」

縄梯子を登るようにして体を引きあげると、アレックスはズボンとシャツの結び目をほどき――片方はソフィーといっしょに買いにいったものだ――すばやく着た。「よし。ここにいる？　それともいっしょに登る？」

ドーンがためらった。顎の小さな筋肉が動くのが見えた。「登る」と、ややあって、ドーンがいった。

「よし。なにを捜せばいいか、わかっているな。要するに、あらゆるものだ」

「なにかわかると、ほんとうに思っているの？」

「調べないといけないと思っている」

ふたりは十分ほど登りつづけた。地面がしだいに遠ざかり、ふたりは深緑色の葉叢《はむら》に包まれた。登るにつれて、最近登ったものがあったことを示すかすかな痕跡がたしかに残っていた。よく捜せば、地衣類にぼんやりと筋ができ、押した跡や、踏み潰されたキノコがあった。

「上を見ろ」アレックスがときおり命じた。下を見るなという意味だと、ドーンは解釈した。

ついに息を切らして、ドーンがアレックスにいった。「あそこには登れないわ」〝あそこ〟というのは、地上から一〇メートルほどの高さのところで幹から突き出している分岐した枝のことだった。

「やつは登った」アレックスはいった。

「でも、わたしには無理」ドーンは息を継いだ。「手が届かない」

「おれが押しあげる」

「どうしてもやらなきゃならないの」

「ああ。やつはあそこから見張ったにちがいないと思う。おれが持ちあげて座らせるよ。いいな？」

「わかった」自信なげに、ドーンがいった。

アレックスは、ドーンと向き合って体を支えると、両手で彼女のウェストを持ち、必死で恐怖の色を見せまいとしている灰色の瞳を覗き込んだ。だが、思わずかすかにふるえているのが、手に伝わってきた。持ちあげると、もうちょっとで届きそうになった——気難しい女にしては、馬鹿に軽かった——しかし、薄手の黒いウールのセーターはつかみにくく、ドーンはアレックスの腕のなかに滑り落ちてしまった。その拍子にセーターがめくれた。

「すまない」真っ赤なサテンのブラジャーのなまめかしい曲線を見つめながら、アレックスは心から謝った。「わざとじゃないんだ」

ドーンがセーターを引きおろした。こいつはたまげた、とアレックスは思った。怒りっぽい意固地な女にしては、いい体をしている……「もう一度やる？」

こんどは、怒りが勢いをつけて、手が届いた。姿勢を安定させると、ドーンは畑のほうを見やった。

アレックスはドーンのうしろに登って、おなじ光景を見た。幹とまわりの枝に厚く囲まれ、たいして居心地の悪い思いをすることなく、何時間もじっとしていることができる。前方には葉の茂ったマロニエの枝が何本もあって、ギドリー邸の敷地をやや遠距離から余すところなく見通せる。見えないのは家の裏手だけだった。

「やつはここにいた」アレックスはいった。「何日もいた。ほら、この枝の叉に脚をつっぱったところが磨り減っている。それに、この光っているのは、やつが座っていたところだ。ここでやつはギドリー殺しを計画した」

「高いのがものすごく怖くなかったら」まわりを見ながら、ドーンが小声でいった。「さぞかしきれいな眺めでしょうね」

アレックスは、目を丸くした。「ほんとうに高いところが怖いのか？　高所恐怖症か？」

ドーンが、率直にアレックスの視線をまっすぐ受けとめた。「いったでしょう。怖いって。

家の外で、こんな高いところに登ったのははじめてよ。高層ビルに登るとめまいがするの。エッフェル塔にも登ったことがないのよ」

「どうしていわなかったんだ？」

ドーンは、アレックスの目を覗き込んだ。「いえる雰囲気じゃなかったじゃない」

アレックスは、一瞬黙り込んだ。「たしかに。悪かった。きみは勇敢なひとだ、ドーン・ハーディング。そしておれはくそ野郎だ」

考え込むふうで、ドーンはうなずいた。「そうね。大賛成よ。ついでに、〝偉ぶってる〟と〝女性差別主義者〟もつけくわえるわ」

「ごもっとも」

「それから、今後、いっしょに仕事をやっていくのなら、気に入らない命令を受けたときや、上流子女《スローンズ》の彼女に冷たくされたり、セックスできなかったり、なにかあったときに、わたしにいらだちをぶつけないようにしてほしい」

「わかった」

「それから、いちばん重要なのは、わたしを無事に地上におろすこと」

「約束する」

ミーアンが残したものがないかどうか、ふたりは精いっぱい周囲の枝を捜した。結局、見つけたのはドーンだった。二、三センチの長さの鉛筆が、足もとちかくの瘤《こぶ》の穴に落ちていた。ポケット・ナイフでほじくりだしたアレックスは、手で触れないようにしてシャツのポケットに入れた。

「鑑識が調べたいでしょう」ドーンがいった。「まだなにかあると思う？」

細かく調べていったが、ほかにはなにもなかった。十分後、ふたりは地面から三メートルの高さの最初の枝に戻っていた。

「パラシュートの訓練を受けたことは？」

ドーンは首をふった。

「わかった。おれが飛び降りて、きみを受けとめる」

アレックスは飛び降りて、転がり、立ちあがった。まもなくドーンが枝からぶらさがり、素足をアレックスの肩に乗せていた。アレックスは、ドーンの手を順繰りにつかんだ。

「よし。それじゃ、おれの手を腋の下に入れてくれ」

「変なことはしないわね？」

「まさか！」

アレックスは、ドーンをそっと前におろした。顔の高さがおなじになり、口がすぐ目の前に来たところで、アレックスは動きをとめた。ドーンの目を覗き込んだ。かすかな笑みが覗いたような気がしたが？

ふたりは、近くのパブで昼食をとった。パンとチーズにサラダ、ピクルスといった定食で、アレックスはビールを、ドーンはミネラル・ウォーターを飲んだ。朝は肌寒かったが、昼間になって暖かくなったので、表のベンチに腰かけた。

「きょうは、まさか自分にできるとは思わなかったことをやったね」と、アレックスは切り出した。

「兵士の激励の言葉はやめてよ。けさ木に登ったのは……」

「田舎者の兵隊に負けるというのに耐えられなかったから。高いところが怖いということよりも、そのほうが嫌だった」

ドーンは肩をすくめ、にっこり笑った。「かもしれない。でも、田舎者なんていったことはないわよ」

「そうかな」

「そうよ。たしかに田舎者だけど。それに、それが自慢でしょう――だって、SASにいれば、若い女の子が群がってくるんじゃないの？」

「きみのほうは、きのうは最後までいかなかったのかな？」

「いったわよ」ドーンが、おだやかにいった。

動悸ひとつ分の沈黙があった。

「で、その果報者はだれかな？」アレックスがきいた。意図したよりも鋭い声になっていた。

答える代わりに、ドーンは笑って首をふった。「あの鉛筆を見つけたのはよかったわね」

ピクルスのオニオンを半分に切りながらいった。「鑑識が色めき立つわ。指紋が残っているはずだから」

「残っていないだろう」アレックスはいった。「われわれに見つけさせるのが目的だ。あれはメッセージだよ」

「どうしてそんなことがわかるの？　過ちを犯したかもしれないじゃないの。うっかり残して」

「やつはそんなことはしない。過ちは犯さない」

「あなたのエゴがそういわせているのよ。あなたも彼もSASで訓練を受けている。自分は過ちを犯さないと思っている。だから彼も過ちを犯さないと」

「おれはただ、彼のような訓練を受けたものは、作戦手順に関することでは過ちを犯さないといっているだけだ。監視所に行ったときに鉛筆を持っていれば、そこを去るときには鉛筆を持っていく。それだけのことだ」

「わかった。それじゃ、あなたの考えでは、メッセージとは？」

「釘と本質的にはおなじだと思う。潜入工作員だった時代に通じている。あの瘤の穴は、投函所みたいな感じだとは思わないか？　鉛筆を返すのは、物事は言葉では表現できない段階に達しているといいたいからかもしれない。意思を伝達する手段は、もう殺人しかない、という具合に」

ドーンが、目を丸くしてアレックスの顔を見た。

「おれの推測では、やつはつねにわれわれに先行しているようだ。きみらがおれみたいな人間を使うのがわかっていて、そういう人間に見つけさせるために、鉛筆をあそこに置いたんじゃないか」

「見つけたのはわたしよ」ドーンがいった。

「おれのいう意味はわかるはずだ。あれはおれに対するメッセージだ。こういっているんじゃないか。やあ、きょうだい、いつ来るかと思っていたよ」

「捕まりたがっているのだと思う？」

「それはわからない――しかし、その前にだいぶ殺したいはずだというのはわかっている」

ドーンが、眉間に皺を寄せた。「これはいってはいけないことになっているんだけれど、あなたが渡された報告書にはおそらく書かれていないだろうと思われることがあるの。フェンとギドリーを殺すのに使われた釘を分析し、ものすごくおかしなことがわかったの」

アレックスは、ドーンの顔を見た。

「五十年以上前のものだったのよ。使われている合金も、作りかたも、第二次世界大戦より前のものだった」

「鉛筆」アレックスは、紙ナプキンを使って、シャツのポケットから鉛筆を出した。艶のない木の表面には、商標のたぐいがまったくなかった。

ふたりはそれをしげしげと見た。「これもおなじころのものだというほうに、あなたの好きなものをなんでも賭けるわ」

「いったいどういうことなのか、見当はつくか？」

「知るもんですか《サーチ・ミー》」ドーンは、かすかな笑みを浮かべた。「捜索《サーチ》なら、きょうあなたはもうやったわね」

「もっと徹底してやりたかったところだが」アレックスはいった。「ほかにもびっくりするようなことが隠されているにちがいない」

「想像もつかないことがね」と、ドーンが応じた。

14

その日の夕方、アレックスは電車でヘリフォードへ行き、修理のために預けてあった車を整備工場から受け出して、フラットに服を取りにいってから、クレデンヒルのSAS基地まで走らせた。連隊長ビル・レナード中佐のところへ即座に行った。レナードは来るのを予測していて、総務幕僚がスチールの調度、壁にはモノクロ写真という実用一点張りの質素な連隊長室にアレックスを案内した。

「で、MI5《ボックス》の捜査の進捗はどうだ？」おそるおそる使っていたラップトップ・コンピュータを押しのけて、レナードがたずねた。レナード中佐は、乱れた茶色の髪、じっと問いかけるような青い目、冷凍のチキンぐらいでかい拳の持ち主の、肩幅の広い小柄なヨークシャー人だ。何年か前には陸軍のラグビー選手で、敵チームの多くのものに、レナードを思い出すよすがの傷跡がある。これまでのパブリック・スクール出の連隊長たちとは雲泥の差だと、アレックスは思っていた。だからこそ、ウォッチマンの事件についてSASの同僚と話をしてはいけないというアンジェラ・フェンウィックの指示をないがしろにして、話をすることにしたのだ。

「いっこうに核心に近寄らせてもらえないんですよ」アレックスはいった。「おれの仕事は、基本的にサイドラインで待っていて、問題の人間が見つかったら襲いかかり、始末するというものです」

「彼らに見つかるだろうか？」

「どうですかね。やつは頭がおかしいが、脚は連中よりもずっと早い。つぎに狙われる可能性のある男の家に替え玉を配置してあるそうですが、一キロ以上離れていてもやつは見破るでしょう」

レナードはうなずいた。「その男のファイルを見た。ずいぶん切れるやつのようだ。すくなくとも、以前はそうだったにちがいない。つぎの男も殺《や》るだろうか？」

「手配りをこっちに任せてもらえれば、そうなる確率を引き下げられるでしょうね。でも、知っておられるとおり、あの連中ときたら」

「それはよく知っている。いま、きみはなにをやっているんだ？」

「まあ、いわれたとおりにやっていますよ。つまり、なんにもしていません。厄介なのは、おれみたいな人間に追われるだろうというのを、やつが予測していることです」

「予測しなかったら、よっぽどの馬鹿だろう」レナードは、太い指をじっと見つめた。「そいつに狙われると思っているんだな？」

「おれが邪魔をすれば、そうなるでしょうね」

「武器庫からSIGザウアーかなにか、持っていくか？」

「そのほうが賢明かもしれません。ほんとうはやつを訓練した人間と話がしたいんです。いまでも連絡のつく相手はいますか？」

レナードは眉根を寄せた。「かなり前のことだからな。でも、フランク・ウィズビーチに電話してみるといい。ウォッチマンの教官のリストに載っていた」

「どこで会えるか、知っていますか？」

「前に消息を聞いたときには、町でミニキャブの運転手をしていた。あわれなものだ。クラリオン・キャブという会社だったと思う」

「話を聞けば、役に立つかもしれませんね。ミーアン本人と意識の働きについて、すこしでも観点がつかめれば」

「相手に先んじることができれば、いろいろなことがわかる。諜報員のストレス、どの時点でくじけるかといったことだ。そういう事柄に関する情報が足りない」

「では、面と向き合ったときに、どうして連続殺人犯《シリアル・キラー》になったのか、きいてみますよ」と、アレックスはいった。

「何人殺したら連続殺人犯と呼ばれるんだろう？」レナードが、疑問を口にした。

アレックスは肩をすくめた。「四人だと、どこかで読みました。それまではただの殺人犯です。四人目から連続殺人犯になる」

レナードが、凄みのある笑みを浮かべた。「われわれみたいに」

フランク・ウィズビーチがアレックスのかけた電話に応じて電話してきたのは、一時間後で、空港まで客を乗せていったのだと、すまなそうに弁解した。午後七時半には非番になるとウィズビーチはいい、郊外の小さなパブで待ち合わせることになった。

車で町に戻るとき、ソフィーのことをどうしようかと、アレックスは考えた。まず電話をしようと思って、携帯電話で自宅にかけた。呼び出し音が鳴りつづけた。留守番電話に切り替えていない。つぎに携帯電話にかけたが、メッセージ・サービスにつながった。

メッセージは残したくなかった。じかに話がしたい。午前中のドーン・ハーディングとのやりとりがきっかけで、なんとか仲直りがしたいという気持ちになっていた。

あとでいい。あとだ、と自分にいい聞かせた。

〈ブラック・ドッグ〉というパブは、SAS隊員があまり行かない店で、だからアレックスはそこを選んだのだ。ジュークボックスの音がやかましく、こぼれたビールとチーズ・オニオン・チップスのすえたにおいがしている薄汚い暗いパブだった。フランク・ウィズビーチは、八時前にやってきた。最初の近接戦闘教官だったウィズビーチの、安物のウィンドブレーカーを着た痩せ衰えた姿を見て、アレックスは愕然とした。

「元気か、若いの？」短くなったよれよれの手巻きの煙草を、握手をするあいだだけ左手に持ち替えて、ウィズビーチがきいた。「士官にしてもらったそうだが」

「士官にしてもらいました」アレックスはいった、「これから何年かは、書類をめくって過ごすことになりそうですよ」

「断わるんじゃないぞ——年金のことを考えろ。この稼業は、齢より早く、めっきり体が衰える。膝はいいが、背中にくる。大型背嚢《ベルゲン》を背負って走るせいだ」

最初の一杯を買いながら、ウィズビーチはたしかにだいぶ衰えているように見えると、アレックスは思った。よくある話だった——目に見えることもあり目に見えないこともある陸軍の支援システムがないと、ほんとうはやっていけない精鋭の兵士の、典型的な身の上だ。フランク・ウィズビーチは、下士官として、オマーン、フォークランド戦争、北アイルランド遠征数回で、秀でた軍歴を重ね、一九八〇年代の末にSASを辞めて、中東で訓練を行なう契約をとった民間の警備会社に就職した。アレックスは詳しいことは知らなかったが、噂では大手の得意先が何カ月分もの未払い金や経費の支払いを怠ったために、会社が破産し、従業員も何人か破産したという。

そのあとはボディガードの仕事を何度かやったが、ウィズビーチはもう若くはなく、わがままなポップ・スターや退屈したアラブ人の妻たちの扱いをおぼえられなかった。気短なうえに、馬鹿な連中に我慢するつもりもなく、酒の味をおぼえて、プロフェッショナルとして下降の一途をたどった。一九九〇年代のなかごろには、トレイラー・ハウスで暮らし、地方のナイトクラブのドアマンをつとめていた。

「それで、どうしてヘリフォードに帰ってきたんです?」ウィズビーチのビールを前に置きながら、アレックスはたずねた。「ラトンにいるそうですが」

「結婚だよ。結婚して戻ってきた。連隊協会の友だちに会うためにきたんだが、そのうちに

——細かいことは忘れたが、パブの立てこもりかなにかがきっかけだったと思う——いつのまにかデラにプロポーズしていた。四トン積みのトラックみたいにでかいケツだが、笑顔が感じがよくて、フォーテスキュー・ロードの美容院をふたりで共同経営している。フランク、おまえ、そろそろ腰を落ち着ける潮時だぞ、と自分にいったんだ。小便を漏らすぐらい飲んだことはあるか？」

「いや、ないと思いますね」

「おれは毎晩そんなあんばいだった。しかも週末はひどかった。だれでも考えかたを変える転機があるもんだ」

アレックスは、同情するようにうなずいた。

「それで、デラと結婚した——おれのどこが気に入ったのか、さっぱりわからないが、そうなった——それで、家計を助けようとタクシーをやってる。生まれてはじめての賢明な選択だよ。結婚したことはあるか？」

アレックスは、かぶりをふった。

「助言しておこう。やめておけ。陸軍が面倒を見てくれるあいだは、ずっと面倒を見てもらい、それから、さわり心地のいいおっぱいと小金を持った女を見つけて、そこでブーツを脱ぐんだ」

「よさそうですね」アレックスはいった。

「それがいちばんだ」ウィズビーチは、片手でもう一本煙草を巻いた。「いちばんだよ」

器用な指先を見て、アレックスはかつてウィズビーチが優秀な戦闘教官だったことを思い出した。「あんたにはずいぶん教わりましたよ、フランク」

ウィズビーチは肩をすくめ、マッチの火を煙草に近づけた。「おまえは優秀な兵士だった。ひと目見てわかった」

「あのころは、そんなことはいわなかった！」

「まあ、こっぴどく叱らなきゃならなかったのさ。訓練ウィングはそのためにあるんだからな」

アレックスは、頬をゆるめた。「そうですね。ジョー・ミーアンという男をおぼえていますか？」

ウィズビーチの目に、用心深い色が浮かんだ。煙草の煙のなかに沈み込んだように見えた。「その名前はずいぶん長いあいだ聞いていない。ほんとうに長いあいだ」

「あんたが訓練したんでしょう？」

「だれが知りたがってるんだ？」

「ビル・レナードが、あんたから話を聞けっていいました」

ウィズビーチが、ゆっくりとうなずいた。「なるほど。おまえのいうその男について、どんな噂があるんだ？」

どこまで話したものだろうかと、アレックスは迷った。しらふのとき、ウィズビーチは秘密を守るという特殊部隊員の習慣をきちんと守るはずだ。ミーアンを知っていることを認めもしないだろう。しかし、酔っ払ったら……「噂では、彼は海を渡り、そして売り渡されたという」

ウィズビーチがアレックスの目をまっすぐに見た。しだいにこわばってゆく表情が、アレックスの受けた命令を推察していることを物語っていた。ミーアンを捜して殺すようにと命じられているのを察したのだ。

しばらくのあいだ、ふたりとも沈黙を守っていた。ふたりの頭上では、ヴィクトリア朝風の扇風機が、悪臭を漂わせる紫煙を天井のあたりでかきまぜている。ジュークボックスではオール・セインツが悲しげなハーモニーで歌っている。

「おまえたちは、ふたりとも気の毒だな」ウィズビーチが、やがて口を切った。心底疲れきった様子で、ニコチンに染まった指をじっと見つめた。「まったくいつになったら終わるんだ」

「終わらない」アレックスは相槌を打った。「終わらないんですよ」

「どうやって……」

「わからない」アレックスはいった。「やつを見つけないといけないだけです」

ウィズビーチは、なにやら決意したようだった。「ジョー・ミーアンは非常に優秀だった」きびきびした口調でいった。「技術面では、あいつにはかなわない。武器を自在にあやつる人間がいるものだが、あいつがそうだ。おれもそうだからよくわかる。精神面も、非常にしぶとい。笑って切り抜けるようなSASのたいがいの連中とはちがう――どちらかというと、パレスチナ・ゲリラやタミルの虎の自爆テロリストに近い。揺るがぬ信念を抱いているといってもいい」

「それは強みかな、それとも弱み？」

「そうだな、連れションをしたくなる相手ではない、とでもいっておこう。あいつはまったくの一匹狼で、つねに真剣そのものだ。だが、われわれはお笑い芸人を育ててるわけじゃないからな。秘密諜報員や暗殺者を訓練しているんだ。じつのところ、あいつのことは気の毒だと思う」

「なぜ？」

「ああいう男は、最後には自滅するものだからだ。けっしてあきらめず、がんばりつづけて、最後にはなにも残らなくなる」窓ぎわで背を丸めている常連のほうをじっと見て、ビールをぐいと飲んだ。「あすの朝、ハモンドを埋葬するそうだな」

「そうです」アレックスは答えた。

ウィズビーチは首をふった。「アフリカか。なにもそんなところで死ななくてもいいものを。

「ええ。もう一杯どうだ？」

「ええ。おなじものを」

ウィズビーチは、カウンターへ行った。ビールをなみなみと注いだグラスを持ってひきかえすとき、ピアスをつけて派手なスポーツ・ウェアを着たティーンエイジャー三人が、荒々しく押しのけて通り、ビールを両方こぼした。目も向けなければ、謝りもしなかった。

「失礼だが、若いの」ウィズビーチが、三人のほうを向いて、おだやかにいった。「ちょっとした事故だ。こいつを注いできてくれるか」

　三人が、信じられないという顔でふりむいて、せせら笑った。「失せろ、じいさん」たるんだしまりのない顔をして、べとべとの整髪料をつけた髪をまんなかで分けている、体がいちばん大きな若者がいった。

　なんてこった、とアレックスは思った。喧嘩がはじまる。「やめておけ、フランク」アレックスは大声で制した。

　だが、ウィズビーチはやめる気はなかった。グラスを慎重にカウンターに置いた。「さあ、若いの」かすかな笑みを浮かべてうながした。「マナーの悪さでせっかくの夜をだいなしにするなよ」

　たとえバーテンが見ていたとしても見えない腰の高さで、ナイフがギラリと光った。

「聞こえたろ」べとべと頭がいった。「さっさと失せろ！」

　ウィズビーチが、がっかりしたように眉をひそめた。と、節くれだった手が突き出され、ナイフを出した若者の喉をつかんできつく握った。一瞬、完全に話し声がやんだ。ジュークボックスではバーハ・ボーイズががなっている。

　ウィズビーチの手に力がこもった。ナイフが床に落ちて、持ち主の若者の口がひくひくふるえながらあき、食べかけのポテトチップスと痰《たん》の混じったしぶきが、ウィズビーチの袖にかかった。

ウィズビーチが、にやにや笑った。「いや、楽しいじゃないか、え？」と、あとの若者ふたりにいった。愛想のいい口調だった。今夜はじめて見る心底うれしそうな顔だと、アレックスは思った。

酸素が欠乏して、べとべと頭が目を閉じた。アディダスの光沢のあるナイロンのトラックスーツのズボンが小便でどす黒くなり、べとべと頭は意識をなかば失って膝をついた。ウィズビーチがようやく放したときには、カウンターの下の床ですすり泣きながら、ひくひく動いていた。バーテンは見ていたとしても、なんの反応も示さなかった。

「二杯とも頼む、若いの」ウィズビーチが、無事だったふたりを指さして静かにいった。「おれたちのテーブルに持ってこい」

リーダーが完全にへこまされたのに啞然として、ふたりはうなずいて承諾した。

「気分はよくなったか？」ビールが運ばれてきたあとで、アレックスはにっこり笑った。

「だいぶ」ウィズビーチが身を乗り出した。「いいか、おれから聞いたことを触れまわっては困るが、ジョー・ミーアンのことが知りたければ、デンジル・コナリーに話を聞け。デンジルは、対革命戦ウィングがやった例のクメール・ルージュ訓練計画で、おれといっしょだった——すこぶる優秀な教官だ——ミーアンが北アイルランドへ送られたのかどうか、その後のことは知らないが、とにかくトレガロンから連れ去られるまで、デンジルがミーアンの専属教官だった。ふたりは二カ月か三カ月、密着して生活していた。だから、ミーアンのことを知っているものがいるとすれば……」

「コナリーがどこにいるか、見当は?」

「すまんな。皆目わからない」

アレックスはうなずいた。ふたりは無言でビールを飲んだ。

「もう一杯どうですか?」やがてアレックスがきいた。

「結構だ。ありがとう」ウィズビーチは答えた。「あと二時間ばかり運転しないといけない」痩せこけた長軀を起こして、アレックスに手を差し出した。「まったく嫌な稼業だよ」

「あんたの仕事が? それともおれの仕事が?」

ウィズビーチはにやりと笑った。「用心するんだぞ。いいな?」

15

五分後、アレックスはヘリフォードの町の中心部に向けて歩いていた。ウィズビーチと会って落ち込んでいるうえに、あすはドン・ハモンドの葬儀なので、慰めが必要だった。

郊外から町にはいると、街路がにぎやかになった。霧雨が降っていたが、わめいたり笑ったりしながら給料をさっさと飲んでしまおうと思っている、遊び好きな連中ややかましいグループは、その程度では濡れて光っている歩道沿いのバーをはしごするのを思いとどまりはしない。ビールと安香水の混じった土曜日のにおいと騒音に呑み込まれると、元気になるのがわかった。太ったブロンド娘がウィンクして、その友だちがくすくす笑ったり、甲高い声をあげた――その若い女のグループには見おぼえがあった。若いSAS隊員に〝捕まる〟のを願って〈インカーマン〉あたりにたむろしている兵隊グルーピーだ。

「おい、アレックス」D戦闘中隊のアンディ・マドックスと、対革命戦ウィングのランス・ウィルフォードが、外出用の私服でめかしこんでいた。

「おう！」歩道をよろけながら歩いている連中の邪魔にならない場所に移動しながら、アレックスはいった。「伊達男さんよ、どうして舞い戻ってきたんだ？」

「人質救出のあと、大きな方向転換があったんだ」と、アンディ・マドックスがいった。

「来週、べつの中隊が送られる」

「対革命戦ウィング・チームは？」

ランス・ウィルフォードは、肩をすくめた。「あんたは消えた。ドンは死んだ。リッキー・サットンは、病院で尻の怪我を治してる……上の人間は、新手《あらて》を送ったほうがいいと思ったんだろう。シエラレオネ政府の予算に見合う扱いでじゅうぶんだ」

アレックスはうなずいた。「おれは連絡担当の仕事で引き抜かれたんだ」ふたりが口に出してはいわない質問に、そう答えた。「あすのドンの葬式のために戻ってきた」

アンディとランスが、沈痛な面持ちでうなずいた。やがてぱっと顔を輝かせたアンディが、アレックスに向かっていった。「いっしょに飲まないか？　色情症《ニンフォマニア》の看護師トリオと天気の話でもしよう。できれば制服のままのほうがいいな」

「それにガーターもつけたまま」ランスが、物欲しげにいった。

「いいね」アレックスは答えた。

ほどなく、三人は煙い端のテーブルに窮屈な格好で座り、ビールを飲んでいた。時間を無駄にしたくないアンディが、首をのばして、相手のいない女を捜した。

「結婚してるんじゃなかったのか？」アレックスはつぶやいた。

「別れた。中隊がコソヴォから帰ってきたあとで、ウェンディに捨てられた」

「とくに理由はあるのか？」

「精神的苦痛、と彼女は弁護士にいった。サッカー選手とやりまくるのに都合のいい口実を見つけたもんだぜ」

「サッカー選手？　冗談だろう？」

「ほんとだ。ウェンディと、補欠とつきあってるウェンディの友だちは、ユナイテッドのホーム・ゲームにぜんぶ行ってたんだ。そのあとはセックスに決まってるじゃないか」

「マンチェスター・ユナイテッドか？」ランスがきいた。

「いや、馬鹿だな。ヘリフォード・ユナイテッドだよ」

ランスが、考え込む様子だった。「おれがいいたいのは、マンチェスターの選手だったらいいかもしれないっていうことなんだ。ライアン・ギッグズなら、おれは女房を貸してやってもいい」

「おまえは女房なんかいないだろうが。ギグジーはおまえと結婚するような女とはやらないぜ。だいたい、そんなブスとだれが……」

「おれの未来の女房がブスだっていうのか？」

「そうじゃないか？　そうだろう。正直いって」

三人とも笑った。ランスがことに馬鹿笑いした。

いい気分だ、とアレックスは思った。生きている実感がある。

「で、おまえは、ヘリフォード・ユナイテッドの切符を手に入れられるんだろう？」しばらく飲んでから、ランスがいった。

そして、さっと身をかがめ、アンディの拳をすれすれのところでかわした。

「どうして精神的苦痛なんていわれたんだ？」アレックスはきいた。

「ウェンディに、子供はほしくないといったんだ」アンディが答えた。「父親を亡くした息子や娘のことを思うと耐えられない。自分が死ぬのはいいが、子供が悲しむだろうって思いながら死んでゆくのが嫌なんだ」

「それなのに、どうして結婚したんだ？」

「彼女が自分の貞操につけた値段だよ。ウェディング・ドレスもいらない。やきもちも焼かないって」

アレックスはうなずいた。「新婚旅行はどこだ？」

「ベルファスト。中隊といっしょだ……ランス、チャンスだぞ。あの三人を呼んでこい。ブルーのトップの女と連れのふたりだ」

「どうしておれが行くんだ？　おまえが行けよ！」

「おまえはまだ伍長だろうが。さっさと行け」

あと三人もこのテーブルを囲むのは無理ではないかとアレックスは思ったが、三人の女は窮屈なところにどうにかはまり込んだ。フランク・ウィズビーチならまちがいなく〝さわり心地のいいおっぱい〟をしているというにちがいない丸顔の明るい女が、ほとんど膝に乗るような格好になった。

「これなに？」もぞもぞと体を動かしながら、女がきいた。

「携帯だよ」アレックスは、わびるように答えた。「きみの名前は?」

「ゲイル」キングサイズのポールモールの下でライターをつけながら、女がいった。化粧品とペルノーと合成の香水のにおいがして、アレックスの顔にくっつきそうな髪は麦藁《むぎわら》色に近いブロンドで、アイロンでもかけたようにぴたりと頭に張りついていた。その向こうでは、アレックスが、三人ともゲイだと、ブルーのトップの女に真顔で話している。

「嘘!」ブルーのトップの女がいった。「あなたたちの正体はばれてるのよ。日焼けしてるから、十分前からわかってたもん」

「それに筋肉」ゲイルが、テーブルの向かいに手をのばし、ランスの刺青《いれずみ》を彫った腕の二頭筋をつねった。

「それにダサい髪型」三人目の女が、ふたりの甲高い話し声にくわわった。「あたしたち、そんな馬鹿じゃないのよ」

「はずれ。惜しかったね」アンディがいった。「おれたちをヘテロセクシャルに転向させてみてくれっていおうとしたんだけど」

「どうやればいいの?」ブルーのトップの女がきいた。

「それは……」アンディが話しはじめた。

一時間ばかり、六人で飲み、笑った。自分がだんだん酔っ払うのがわかったが、アレックスはいっこうに気にならなかった。そもそもパブにしじゅう行くようなことはなかったのだが、これほど楽しいことはないという気分になっていた。生きていることが実感できる。紫煙の立ち込めたバーの片隅、仲間の笑い声、こちらの太腿に押しつけられたゲイルの太腿、テーブルを覆う空のグラス。士官という立場を真剣に受け止めるなら、こういうことは減らさなければならないと思うと、暗澹《あんたん》とした。

では、どうすればいい？　上を目指すのか、それとも辞めるのか。いちばんすばらしいものに背を向けていることを知りながら陸軍にとどまるか。あるいは脱け出して民間で運を試すか。あとのほうに気持ちはそそられるが、自分が知っている稼業は軍事だけだから、いったいどういう生活になるものやら、見当もつかない。金を儲けている有名人のボディガードをすれば、金で買ったアクセサリー程度の扱いを受けると決まっている。ソフィーやその友だちが行くような流行の最先端のレストランの表の雨のなかで待つのか。自分がそういう道をたどっているところは、想像できなかった。非行少年に鬱憤《うっぷん》をぶつけたフランク・ウィズビーチのようにはなりたくない。

では傭兵か。高く払う人間のために働く。シェル石油やモンサント社のような多国籍企業の代理として、第三世界の市民の生活を踏みにじる。

つまるところ、クラクトンに帰って、自動車修理工場を父親から引き継ぐほうが、ずっとましだろう。だが、ソフィーが海風に向かって背を丸めて、フィッシュ・アンド・チップスを袋から食べたり、ゴムの骨を犬に投げてやったり、『イーストエンダー』をテレビで見ているところは、とても想像できない。

ソフィー。電話しないといけない。

「あなたはおとなしいのね」ゲイルがいった。「十分間、ひとこともいわないじゃない」

「ごめん。考え事をしていた」

「なんの？」

「未来かな」

「じゃあ、一杯飲み直しましょう」アンディやランスと微妙にくっつきつつあるのが見てとれる友人ふたりのほうを、ちらりと見た。

「おなじもの？」アレックスはゲイルにきいた。「ペルノー&ブラックカラント？」

「ええ。いっしょに行くわ」

すこしよろけながらカウンターに向かうとき、アレックスはいつのまにかゲイルの腰を抱いていた。ゲイルの体が拍子を合わせて揺れ動いた。骨組みが掌《てのひら》に感じられ、重くやわらかな乳房が脇に当たるのがわかった。

「士官なんですってね。あのひとたちがいってた」

「ああ、そうだ」

「士官みたいじゃないわね」

アレックスは、にやりと笑った。「それじゃ、なにみたいなんだ？」

ゲイルは眉をひそめ、口をとがらせた。「さあ……わからない。みんなと似てるみたいだけど」

「そう、そうだよ」

「でも、ちがう。あのひとたちは、完全に兵隊ぽくて、愉快にやりたがってるのに、あなたはぜんぜんそうじゃない。愉快なふりをしてるだけ」目が鋭くなり、体を寄せて、声をひそめた。「あなたって、ひどい男だと思う。彼女いるの？　答えないで——いるに決まってる。そのひとのことをいわないでよ」

「きみが彼氏のことをいわなければ」

「彼氏なんていない」ひとだかりがふたりをカウンターのほうに押した。「夫がいるだけ。最悪」

アレックスは目を丸くしてゲイルのほうを見たが、そのときバーテンが前に現われて、片方の眉をあげた。アレックスは六杯目のビールとチェイサーのジェイムソンを注文し、ゲイルは五杯目のペルノー＆ブラックカラントを注文した。「結婚してるって？」アレックスは、がっかりしてきき返した。

「出かけてるの。よその女と」ゲイルは、アレックスのほうをちらりと見た。「きかないで。やさしくしてね」

きれいだ、とアレックスは思った。目がきれいだ。それに、亡霊を追い払ってくれるような唇と体。セーターの下に手を滑り込ませ、ジーンズのきついウェストバンドと、その上の暖かな肌に触れた。

飲み物が出てきたので、ふたりはカウンターを離れた。

「どこに住んでいるの？」アレックスはたずねた。

「うちへは行きたくない」ゲイルは、手の甲でアレックスの頬に触れた。「あなたは？」

「歩いていけるところだ」

フラットにはいると、アレックスは閂《かんぬき》をかけ、ゲイルがゆっくりと歩きまわりながらいろいろなものに触《さわ》っているあいだに、カーテンを閉めた。

「どこもかしこも埃だらけ」ゲイルが、にっこり笑った。

「しばらく留守をしていたんだ。コーヒーは？　ブッシュミルズもどこかにあるよ」

「いいわね」

キッチンの蛍光灯は、ちらついていた。アレックスは、ゲイルを壁に押しつけてキスをした。ゲイルがアレックスの背中をなでているうちに、薬缶《やかん》の湯が沸いた。

寝室の壁ぎわには、緑色のものばかりの装備が雑然と積んであった――防水装備、寒冷地用装備、医療パック、浄水器、寝袋、装備の袋――そのなかに、クレデンヒルの武器庫で昼間のうちに借り出したショルダー・ホルスター入りのグロックとその付属品を放り投げてあった。

それに気づいたとしても、ゲイルはなにもいわず、ただ飲み物を置いて、靴を脱いだだけだった。「音楽は？」

答えるかわりに、アレックスはミニコンポとCDの山のところへゲイルを連れていった。家のなかのすべてとおなじで、棚でそれらも埃をかぶっていた。

「こんな奇妙な取り合わせは見たことがない」ゲイルが、不思議そうにいった。マイルス・デイヴィス、ブリトニー・スピアーズ、ヨハン・セバスチャン・バッハ、テレタビーズ、『ブリジット・ジョーンズの日記』のサントラ盤……」

「それは去年死んだやつの持ち物だったんだ。家族へのプレゼントが混じっていたんじゃないかな」

ゲイルは首をふった。「あなたたちの暮らしぶりときたら」ミニコンポのスイッチを入れて、ブリトニー・スピアーズのCDをかけた。

ベッド——というより、アレックスがベッド代わりにしているダブルのマットレスで、ふたりはたがいの服を脱がせた。ゲイルはぴっちりしたライラック色のセーターを着ていて、アレックスが脱がせるとき、化粧がつかないように顔から離した。その下の黒いレースのブラジャーは、たっぷりした乳房を支えていた。にっこり笑って、一瞬、アレックスに背中を探らせたあとで、フロントホックを指さした。アレックスはそれをはずし、顔をうずめた。ゲイルがアレックスの髪に指をからめた。

ようやくふたりは裸になった。ゲイルはアイスクリームみたいに色白でやわらかく、うっとりとした目で受け身になるので、アレックスは、ソフィーとしばらくつきあったあとだけに、ほっとする感じだった。ゲイルは無条件で——望むかぎりいつまでも——自分のものになる。

麝香《ムスク》系の合成の香り——パブと〈ブーツ〉の香水売り場の入り混じった香り——にひたり

ながら、アレックスは信じられないくらいやわらかな乳房を愛撫した。股間に手をのばすと、ゲイルはあえぎ、股をひらいた。

不思議なことに、ゲイルは子供のころ——人を殺す前の時代——の記憶の味がした。汗、包み込まれる感じ、潮のしぶき。動きも海に似ている——ゆっくりと、彼女自身の奥のほうから動く。やがて、アレックスは彼女の体の上に乗って、ゆっくりと挿入し、ソフィーのことを完全に忘れた。

16

アレックスが眠っているふりをしているあいだに、ゲイルは朝早く帰っていった。つぎに目が醒めたとき、枕にメモが置いてあって、昼間連絡できる番号が書いてあった――勤務先の番号だろう、と思った。

どうして帰ったのだろう？　快楽の一夜を過ごしたあとの後悔のために気まずい思いをして、雰囲気をぶちこわすのが嫌だったのか？　アレックスは頬をゆるめた――いろいろな面で、ゲイルとの結びつきは申し分ないものだった。

首をふり、ふったとたんにしまったと思った。頭のなかを砲弾が転げまわっているみたいな心地がした。口が渇き、まずい味が残っていた。胃がむかむかして、ものすごく喉が渇いていた。酩酊する程度の酒量ではこんなひどいことにならないというのを、あらためて思い知った。じゅうぶんに酩酊しているのに、そのうえまた飲むからいけないのだ。とどめとなったウィスキイを飲んだのは、蒸留酒のグラスを手に夜をしめくくるのがふさわしいと、なんとなく思ったからだ。

ウィスキイのことを考えると、吐き気がこみあげ、バスルームの洗面台へ急いだ。途中で古いカシオ・ネプチューンを踏んづけた——それでなくてもひどい状態になっている時計だ——洗面台に着いたとたんに吐いた。もっとパブで飲まないとだめだと、いつも説教していた大酒のみのドン・ハモンドが知ったら、きっと自慢に思ってくれたことだろう。

シャワーを浴び、服を着たときに、ようやくグロックのことを思い出した。ありがたいことに、九ミリ口径弾の重い小さな箱とともに、ちゃんと置いたところにあった。パブでひっかけた女に持ち出されていたらどういうことになっていたか、考えるだけでぞっとした。これまでは、車に置いてあったラップトップを盗まれたＭＩ５《ボックス》の間抜けを、まっさきに馬鹿にしたものだが。

アレックスが選んだグロックは、モデル34だった。これまでは、九ミリ口径のグロックとしてはもっとも一般的な17を使っていた。十九発装弾でき、めったに給弾不良《ジャミング》を起こすことがなく、じつに理想的な拳銃だ。競技用に開発された34も、基本的にはおなじ構造だが、銃身が二・五センチ長いため、より精確な射撃ができる。隠し持つのは難しいが、それでもフルに装弾した状態で九〇〇グラムたらずだし、照星と照門の間隔が二・五センチ長いことが役に立つはずだと判断したのだ。じっさいに射撃場で弾倉何本分か撃って、性能のよさに驚嘆した。ふつうのセミ・オートマティック・ピストルだと、二〇メートル離れたら、よっぽど運がよくないと、玄関のドアより小さなものには当たらない。

武器庫から、サイレンサーとレーザー・ドット・マーカー照準器を借り出した。それでたいがいの場合は間に合うはずだ。

それにナイフを一口《ひとふり》。標準装備の刃渡り一六センチのガヴァメント・レコン・コマンドウ・ナイフ。ミーアンは銃器を多用する人間ではない、とアレックスは感じていた。銃器を使うのは荒っぽすぎる。大きな音をたてるし、近づけなかったということでもある――そういうやりかたは失敗だと見なすはずだ。これまでの手口からして、ミーアンは格闘を好む男のようだ。ナイフ使いだ。

時計を拾うと、もう九時半近かったので、ドーンに電話した。ドーンは酒を飲んで騒ぐほうではない。もう起きてベッドを出ているだろう。

携帯電話の呼び出し音が二度鳴ったところで、ドーンが出た。

「もう起きてるかな、ハーディング嬢?」アレックスはきいた。「元気いっぱいかな?」

「テンプル大尉?」てきぱきと早口でき返したので、ひとりではないとわかった。

「そうだ。話ができるかな、それとも……」

「だめなの。どんな用事?」

「楽しんでいるかどうか、ききたかっただけだ」――カーテンごしに表を覗いた――「この雨模様の朝を。ベッドでぐずぐずしていないで。ところで、彼氏の名前を教えてもらえるかな?」

「いいこと、テンプル大尉。用があるのならさっさと……」

「いどころを教えておこうと思ったんだ。おれがいなくて淋しがってるといけないから」

「あなたの夢のなかでね。どこなの?」

「ヘリフォード。例の男の以前の教師を捜している」

「役に立つと思う？」

「いまはそれしか手がかりがないと思う。また連絡するよ」

「そうして。そうそう、えー、わたしたちが見つけたものだけれど。思っていたとおりの年代のものだった。それに指紋も合っていた。おめでとう、大尉」

電話は切れた。どうしてドーン・ハーディングを怒らせるようなことをやりたくなるのだろう、と思った。あまりにも生真面目だから？　組織にべったりだから？　それはそうと、いったいだれと寝ているのだろう？　テムズ・ハウスの仕事熱心な若いコンピュータ通にちがいない。オリエンテーリングかマウンテンバイクのクラブの中心人物だ。青白いひょろりとした男が、枕にもたれ、セックスのあとのけだるい気分にひたってダンヒルを吸っているのが見えるようだった。いや、煙草は吸わないだろう。ベジタリアンかもしれない。絶対菜食主義者だ。コーヒーは飲まず、ドングリを挽《ひ》いた代用品を飲む。

十時になり、冷蔵庫にあったビール半パイントをグラスで飲むと（ドン・ハモンドに教わった、快楽の一夜の翌朝の治療法だ）、気分がだいぶよくなった。それどころか、宿酔《ふつかよ》いの特効薬の第二段階であるイギリス式のたっぷりした朝食を食べる気になった。

だいぶ気持ちが明るくなり、ちびた鉛筆の指紋によってミーアンと二件の殺人が決定的に結びついたことにほっとして、アレックスはカフェに行った。鉛筆の発見には、それがミーアンの仕組んだものだという、不愉快な面もある。追跡者に対するミーアンの挨拶のようなものだ。

ウォッチマンのことは、勘ではいろいろわかっているものの、どこに潜んでいるのか、皆目わからない。そのことが気にかかった。短期の滞在者や身許不詳の人間の多い大都市の周辺を移動している可能性もある——空き家を不法占拠しているか、安宿やB&Bを転々としているか、観光客にまぎれて移動しているのだろう。厄介なことになりそうなときは、うしろめたいことのある人間を捜せばいい。だが、ウォッチマンは、本土に渡ってきたPIRAのテロリストが動きまわっている可能性のあるカトリックのアイルランド人のコミュニティは避けなければならないはずだ。となると、大都市は避けるだろう。

つぎの可能性は、完全な偽装身分をこしらえたというものだ——運転免許証、銀行口座、その他——そして、小さな地方の町のフラットを借りて住み、セールスマンなど旅行の多い職業の人間を装う。

だが、そういうやりかたはしないと、なんとなく思った。フランク・ウィズビーチの話は、ミーアンが誇大妄想に近いものに取り憑かれていることを裏付けている。つねに真剣そのものだと、ウィズビーチはいっていた。ユーモアのセンスがまったくない。〝揺るがぬ信念を抱いている〟。そういう人間には何度も会っている。おのれの使命は純粋であり自分は人類のなかから選び抜かれた人間なのだと信じている兵士を描写する言葉だ。彼らは〝戦士の道〟という理想を口にして、〝一般市民の生活は凡庸である〟とする。パラシュート連隊では、彼らを〝緑色の瞳の男たち〟と呼んでいる。だから優秀になれないわけではない——むしろ優秀なことが多い――しかしながら、野放しにしておくと、異様なふるまいをする。ウォッチマンの殺人計画は、たしかに〝揺るがぬ信念を抱くもの〟の仕業の様相を呈しているし、だからこそ、フォード・エスコートに乗っている平凡な男に化けるとは考えられない。それはウォッチマンの黙示録まがいの行動とは一致しない。こうした事件を起こす頭のおかしな男の例に漏れず、ウォッチマンが自分を謎の復讐者と見なしているとすれば、その周辺はゴシック的で原始的に近いものだろう。森のなかかもしれない。そんなようなところだ。

車は持っているか？　たぶん持っているだろうが、ごく限られたときにしか使わないはずだ。車は監視カメラで写される。人が見て種類をおぼえる。法医学的な証拠が多く見つかる。身を潜めていようとするなら、盗難車はなおさらまずい。

アレックスは、朝食に集中した――ブラッドソーセージ、牛肉とキャベツの炒《いた》め物、卵、豆、マッシュルーム、揚げパン（ソーセージ料理などの残り油で揚げるもの）二枚、マグカップの紅茶。申し分ない。

殺しだけをやればいいのだ、とあらためて自分にいい聞かせた。しかしながら、ＭＩ５《ファイヴ》が身辺に迫るのは、ミーアンは殺すだけ殺して、降伏するつもりになったときだろう。その時点でミーアンを殺しても、それはうわべを飾ることでしかない。

いまごろミーアンはウィドウズを見張っているにちがいない。フェンやギドリーを見張っていたのとおなじように。替え玉が使われていることも、ＭＩ５のその他の戦略も見抜いていて、近くに潜み、襲撃は行なわれないとＭＩ５が思い込む瞬間を待ち構えているはずだ。勝ったと彼らが思い込む瞬間を。そこで、目もくらむような猛烈な勢いで攻撃する。

ウィドウズの警護を自分に任せるように——せめて参加させるように——と、MI5のチームを説得しなければならない。ウィドウズを家に戻せば、ミーアンはつながれたヤギに惹《ひ》かれる虎のように獲物に引き寄せられる。これがまともな戦術だ。うまくいくはずだ。ドーンに話してみよう。また口論になるだろう。それが楽しみになっているのに気づいた。

ドン・ハモンドの葬儀は、案の定重々しいものだった。警察官が目につき、交通規制が行なわれ、士官の多くは着装武器《サイドアーム》を身につけていた。周囲の交差点でレンジローバーに乗り、ヘッケラー&コッホMP5サブマシンガンを持って待機している予備中隊だけは、目立たなかった。

アレックスは、SASでの葬式とロンドンでの監視任務のときに使う黒い〈プリンシプルズ〉のスーツで出席し、やはりスーツ姿の総務幕僚の会釈を受けて通された。教会には百五十人から二百人くらいが集まっていた。クレデンヒル基地の兵士の席が数列あり、二級軍装姿で、みんないつになく垢抜けていた。その前が少数の友人や親類の席で、やはり制服姿の兵士数人がドン・ハモンドの寡婦カレンと娘のキャシーを囲んでいた。

おずおずと進んでいったアレックスは、カレンと目が合った。カレンがにっこり笑って、手招きし、一列うしろにアレックスの席が用意された。無言でカレンが手をのばし、おなじように無言でアレックスがそれを握った。国旗をかけて通路に置いてある棺のほうを見ながら、カレンはドンに似て勇敢だ、とアレックスは思った。棺の上にはハモンドの勲章、紺の安定《ステーブル》ベルト、砂色のSASのベレーがあった。

危険に敢然と挑むものが勝つ《フー・デアズ・ウィンズ》。

かならず勝つとはかぎらない。悲しみにやつれた八歳のキャシーの顔をちらりと見て、アレックスは思った。かならず勝つとはかぎらない。

墓地に行き、いまとなっては暗記してしまったような言葉を牧師が唱えはじめると、注意が散漫になっていった。帽子を脱いで手に持っている、勲章をつけた軍服姿の男たちや、黒い上着やスーツの親類などに視線を走らせた。カレンとキャシーはいまでは泣いていて、家族のものがそれを護るように寄り固まっていた。兵士たちはたいがい視線を伏せていた。アレックスは、からっぽになった感じだった。ドン・ハモンドに涙を手向《たむ》けたくはない。

そのとき、墓穴の上で散発の銃声が鳴り響くと同時に、さまよっていたアレックスの強い視線は、伏せていない視線とぶつかった。不思議なくらい年齢不詳で、特徴のないスーツとネクタイを身につけたその男は、墓穴の向こう側にいるカレンの家族のうしろに立っていた。アレックスは、その細面《ほそおもて》と瞬《まばた》きひとつしない水色の目の凝視に見おぼえがあることに気づいて、愕然とした。あの男の写真を、テムズ・ハウスで見た。三メートルと離れていないところに立つあの男は、ジョー・ミーアン、ウォッチマンだ。

視線が強く絡み合ったとたんに、頭皮が粟立ち、心臓が胸から飛び出しそうになった。いや、そんなことがあるはずがない。

あるはずがないが、事実だ。あれはミーアンだし、追跡者の姿を見にきたのだ。その冷たく燃えるまなざしは、あたかも馬鹿にするように、非情と侮蔑を放っていた。おれはどこへでも好きなところへ行き来できる、とその目が語っていた——いま、こういうところへも、おまえの世界の秘密の核心へも——おまえにはそれを防ぐ手立てはない。

たしかにそのとおりだった。いまのアレックスにできる手立てはなかった。カレン・ハモンドに対する思いやりと葬儀の厳粛さゆえに凍りついていた。墓穴を飛び越えてミーアンの喉首をつかむことはおろか、声を出すこともできなかった。

頭上でバタバタという大きな音が響き、編隊を組んだチヌーク・ヘリコプター三機が通過した。アレックスは、ミーアンの水色の目から視線を離さなかったが、出席者たちが空を見上げて列が乱れ、ややあってならびなおしたときには、冷たい目をした顔は消えていた。

回転翼で空気を切り裂きながらヘリコプターが飛び去るあいだ、アレックスは墓穴の向こうに必死で目を凝らした。だが、ヘリコプターの上空通過が、葬儀の終わりを示していたようだった。ハモンド一家とその友人たちが墓を離れるあいだ、SAS隊員たちはじっと待っていた。アレックスもそのなかにいた。制服の男たちを押し分けて進むわけにもいかず、動きがとれなかった。

ようやくひとがまばらになりはじめた。場所柄をわきまえつつ、できるだけ急いで強引に進み、アレックスは教会墓地の出入口に達した。ミーアンらしき人物は、墓地の外にもなかにもいない。道路の突き当たりまで駆けていって、そこで勤務についていた制服警官二名に語気鋭くたずねた。三十代なかばの男が通らなかったか——色白で、髪は黒、身長一七八センチくらい、グレーのスーツ……いかつい感じで……

言葉がつぎつぎと出てきたが、警官はかぶりをふった。そういう人間は見ていない。連れのいない男は見ていない。

墓地から出てくる弔客の不審の目を無視して、アレックスは道路封鎖点のさらに先の、もっとも近いレンジローバーへ走っていき、おなじ質問をした。

答はおなじだった。そういう特徴に符合するものは見ていない。

くそ。くそ。ミーアンを見たと思ったのは、気のせいだったのか？　あの男の映像が意識を苦しめ、ついに幻影を見るようになったのか？　ミーアンはいまやおれを付け狙っているのか？

道路脇にひっこむと、アレックスは携帯電話でドーンを呼び出し――秘話ではない回線なので言葉遣いに気をつけながら――さっきの出来事を報告した。

「彼にまちがいないと思うの？」ドーンがきいた。

「一〇〇パーセントとはいえない。それに、そうだとしても、いまごろはどこにいてもおかしくない」

「どうしてそんなふうに姿を見せたりするのかしら？」

「おれを調べにきたんだろう。自由自在に行き来できることを示すためだ」

ドーンは黙った。ミーアンだったというのを納得していないのだとわかった。

「なあ」アレックスは語を継いだ。「SAS《レジメント》に手がかりになりそうなものがあるんだ。たいしたことはないが、見込みはある。やつを知っている人間がいる。ひょっとしてやつが話をした可能性もある」

「わたしたちの助けが必要？」

「いや。任せてくれ」

「わかった。また連絡して」

ドーンが電話を切った。アレックスは、周囲を見まわした。じろじろ見ているものがいたので、わざとらしくスーツの汚れを払うようなそぶりをした。ドーンにいったのはほんとうだ。ミーアンはいまごろどこにいてもおかしくない。ヘリフォードとウスターの警察が全力をあげないかぎり捜索は難しいし、それでも見つからないにちがいない。それに、自分に正直になってみれば、たしかにミーアンだったという一〇〇パーセントの確信はなかった。

それよりも、ミーアンの基地を突き止める作業に専念するほうが、よい結果を生む可能性がある。殺人のあいだに帰る秘密の場所がぜったいにある。スラム街のフラットか？　安宿かB&Bか？　トレイラー・ハウスか？　その場所がどういうところなのか、手がかりを——非常に見込みは薄いが——握っている可能性がある唯一の人物は、デンジル・コナリーだ。フランク・ウィズビーチによれば、ミーアンを訓練した教官のなかでは、コナリーだけがほんとうにミーアンと親しくなったという。コナリーを見つけられれば、ミーアンを見つけられるかもしれない、と思った。すくなくとも、自分が追っている人間について、なにかしら知ることができるだろう。

「基地まで乗っていきますか？」

レンジローバーの運転手がきいたので、アレックスはよろこんで乗せてもらうことにした。クレデンヒル基地に着くと、下士官用食堂へ行き――もはやそのままはいる権利はないので――士官として正式に請じ入れられた。

SAS隊員の葬式のあとは、つねにみんなが酔っ払う。もう思い出せないくらい何度もそういう機会に参加してきたものだし、SASがほんとうに家族のようなものであるとするなら、まさしくそういう機会こそがその事実を物語っている。

食堂は、バーのカウンターとくすんだ深紅のソファのある広い部屋だった。床はSAS連隊の色のブルーの絨毯が敷かれ、壁には元SAS隊員の絵、鹵獲《ろかく》した旗や武器、外国の軍隊の楯が飾ってある。なかなかみごとな銀器のコレクションも展示されている。

三々五々、隊員たちがはいってきた。しめやかでいかめしい葬式が終わったので、ほっとして、活気づいている。退院したばかりのリッキー・サットンが、ばつが悪そうににやにや笑いながら、松葉杖をついて現われ、荒々しい歓声に迎えられた。たいがいのものは、まっすぐバーのカウンターへ行き、ハモンド一家と親類と他の隊員の女房たちが案内されてくるころには、だいぶパーティの雰囲気になっていた。

葬儀の最中の例の出来事でまだ動揺していたアレックスは、すぐには仲間にはいれなかった。ビル・レナード中佐を見つけて、そばへ行き、デンジル・コナリーのいどころについて見当がつかないかどうかたずねた。

たくましい体つきの連隊長は、それを質問されたのが、いかにも気に入らないふうだった。SAS《レジメント》はデンジル・コナリーとはいっさい接触していないとそっけなくいうと、断わりをいって離れていった。

ハモンド一家がはいってきたので、アレックスは出迎えの一団に混じった。

「ドンは、ほんとうにあなたたちといっしょに揉《も》め事に飛び込むのが好きだった」目に涙を浮かべ、動揺しながらも、なんとか笑みを浮かべているカレンがいった。「ドンをそういうことから遠ざけようとしても、ぜんぜんだめだった」

「彼は最高だった」アレックスは、やさしくいった。「最高の兵士。最高の戦友さ」

カレンはアレックスの胸にすがってしばらく泣いてから、涙を拭き、けなげに笑ってみせた。「あなたの上流階級の彼女はどこ？　すごい美人だっていう評判じゃないの」

「来られなかった」アレックスはいった。「仕事でロンドンを離れられない」

カレンが、口もとをほころばせた。「そう、あまり長いことほうっておいてはだめよ。あなたが将軍になったら、頭のいいきちんとした奥さんが必要なんだから」

「ああ、その。まだそこまではいってないんだ」

「ほんとうにほうっておいたらだめよ、アレックス。約束して」

アレックスは、にっこり笑った。「ほうっておかないよ、カレン。約束する」

まだやることが残っていたので、アレックスはバーで連隊付准尉のまわりに集まっている古株の隊員たちの一団のほうへ向かった。

「こんちは、アレックス。戦争好きの阿呆。いや、大尉《サー》どのだっけ」連隊付准尉が、ビールのグラスに向かっていった。「きのうはだいぶ楽しんだって聞いてるぞ！」

　まわりの連中が、薄笑いを浮かべた。

「一杯ぐらい飲んだかもしれないな」アレックスは認めた。「二杯だったかな」

「女も交えて」

「当然そうなるだろう」

　連隊付准尉はうなずいた。「きょうはひどい顔をしてるな。当然の報いだ。ドンのやつ、かわいそうに」

「かわいそうに」アレックスは、おうむ返しにいった。「ひどい最期だったから、カレンに詳しいことを知られたくない。それにしても、ＳＬＲやカラシニコフが四方でうなりをあげているなか、例によって五・五六ミリ軽機をぶっ放しながらヘリから跳び出す姿を見せたかった。死の天使が舞い降りたみたいだった」

　連隊付准尉は、感心したようにうなずいた。「あんたもなかなかの働きだったようじゃないか」

　アレックスは、肩をすくめた。「おれたちはついてた。もっと多数を失う可能性もあったんだ。このつぎは人質が食われようが切り刻まれようが、ほうっておけばいい」

「まったくだ」連隊付准尉は黙ってグラスを戻して、お代わりを注がせた。アレックスのスーツをちらりと見た。「先にフリータウンから引き抜かれたそうだな。スパイ仕事なんだろう」

「そんなところだ。捜している人間がいるんだが、あんたが連絡をとれないかと思って。デンジル・コナリーだ」

下士官たちが、顔を見合わせた。

「その名前はずいぶん聞いてなかった」スティーヴォという狙撃チーム指揮官がつぶやいた。用心深い声だった。

アレックスは黙っていた。イギリス軍の下士官のあいだには、目につかないきわめて複雑な秘密の連絡網が存在する。かつては自分もそこに所属していたが、士官となったいまは締め出されてしまった。要望を差し出して、あとは待つしかない。

「デン・コナリーの件では、おかしなことがあった」連隊付准尉が、アレックスのほうをちらりと見ながらいった。「それに、あんたのグラスは空じゃないか。士官はみんなに手本を示すものだろう」

いまはこれ以上聞き出すのは無理だと、アレックスは悟った。いっぱい注ぎすぎたグラスが渡されるときに、ビールがこぼれた。談笑の声よりひときわ高く、だれかがマイクでしゃべりはじめた。ドン・ハモンドの装備がオークションにかけられる。売り上げは、カレンとキャシーのものになる。

二時間後、アレックスの頭はベルギー・ビールのステラ・アートワのせいでがんがん鳴っていて、葬儀でミーアンを見たショックはだいぶ収まっていた。晩方の霧雨のなかに出ると不意に静けさに包まれた。アレックスは舗装道路を警衛詰所に向けて歩いていった。もとのヘリフォードのスターリング・ラインズ基地とはちがい、新しいクレデンヒル基地はハイテク設備が整った広大な施設だ——軍事基地ではなくソフトウェア会社の企業団地か空港のように見える。警衛詰所に首を突っ込み、ヘリフォードに戻るのにミニキャブを呼んでくれないかと頼んだ。当直の警察官がちょうどそちらに帰るところで、乗せてくれることになった。

デンジル・コナリー。その名前が、アレックスの意識のなかであちこちに跳ね返った。だれかがなにかをおぼえていた場合のために、スティーヴォと連隊付准尉に携帯電話の番号を教えてある。

ミーアンのような捕食者を捕らえる方法はふたつ。ひとつは、餌を置き、見通しのいい場所におびき寄せるというものだ。もうひとつは、塒《ねぐら》を見つけて、見張るというものだ。必要とあれば、その両方をやろうと考えていた。

フラットに戻ると、ソフィーに電話をかけた。自宅の電話は話し中で、携帯電話は電源を切られていた。午後の出来事で気が滅入り、アルコールで頭がぼんやりしていた。ゲイルに電話しようかと考えた。ぴたりと寄り添う体のやわらかく抗しがたい感触を思い、しばし誘惑にかられそうになった。

ぎりぎりになって、やはり電話しないことにした。スウェットシャツとおなじ素材のショーツに着替え、表に出て、町の郊外に向けてジョギングをした。雨が激しくなり、明かりが消え、商店はほとんど閉まっていた。歩道にはほとんど人影がなかったが、見られているのではないかという不快な疑念がまたしても頭をよぎった。

しっかりしろ、と自分にいい聞かせた。妄念は邪魔になるだけだ。

ほどなく、南に向かうがらんとした道路に出た。冷たく爽やかな雨が顔や手に叩きつけ、呼吸が安定し、リズムが定まると、頭が明晰になった。一歩一歩に用心しなければならない、と心に刻んだ。とにかくもっと慎重にやることだ。昨夜の行動は、親友が死んだばかりだし、だれでもときどきははめをはずすものだから、大目に見られただろう。しかし、そういうことばかりやっていると、仕事に対する情熱が薄れたのかと思われるようになる。そうなった場合、優秀な兵士がだめになったときにどういう末路をたどるかは、フランク・ウィズビーチを見ればわかる。

あらたな決意に燃え、アレックスは自分を叱咤して、ヘリフォードへの帰路の八キロメートルを走った。雨はやまず、明かりが消えるにつれて、突き刺さりそうな勢いで降り注いだ。踵《かかと》に肉刺《まめ》ができはじめるのがわかった。

フラットに戻ると、シャワーを浴び、もう一度ソフィーに電話した。やはりおなじだった。自宅は話し中、携帯電話は電源を切ってある。すばやく服を着ると、スーツケースに荷物を詰め、フラットの戸締りをして、パールホワイトのカルマンギアに乗った。車首をレドベリー・ロードに向け、ロンドンを目指した。車が戻ってきたのがうれしく、フロント・ウィンドウを雨に激しく叩かれながら、一八三五CCエンジンの陽気なうなりを楽しんだ。二年前に、父親が貸した金の代わりに三十年前のこのボディを受け取り、車輪からなにから作り直したものだ。それを五千ドルという安値でアレックスが買った。

そのカルマンギアは、かなりの速度で走れるのだが、制限速度を破らないように気をつけた。最近の飲酒運転のアルコール許容限度は知らないが、検査されれば超えているにちがいないので、不安だった。葬式のあとで飲んだのは二杯――ひょっとすると三杯――だが、昨夜飲んだ分が、まだ血液中にだいぶ残っているはずだ。車に乗る前に一六キロメートル走ったことを、そこで思い出した。あれでだいぶ燃焼されたのではないか？

危険は冒さないほうがいい。ドーン・ハーディング自動車教習所のパンフレットの文句に従おう。サイアランセスター郊外で信号が変わるのを待つあいだに、ドーンの番号をダイヤルした。「で、なにをやっているんだ？」とたずねた。

「あなたの知ったことじゃないでしょう」

「彼氏の名は、ハーディング？」

「子供っぽいわよ、テンプル」

「あすのあさデートできないか？」

「格別な理由でもあるの？」

「この電話ではいえない。朝食はどう？」

「わかった。わたしのオフィス・ビルの外で八時に」

電話が切れた。

ロンドンの中心部にはいる手前で、ウェスタン・アヴェニューの待避所に薔薇売りの屋台がいた。もう花屋はあいていないはずなので、一二ポンド分――店の薔薇の花束すべて――買った。ドーンの言葉が頭にあったので、セロハンを取り、花束をぜんぶひとつにまとめた。だいぶくたびれた感じの薔薇だし、ほとんど香りがない。いかにも道端の屋台で売っている薔薇に見える――しかし、なにもないよりはいい。

三十分後、スローン・ストリートからパヴィリオン・ロードに折れて、カルマンギアをとめた。雨はやんでおり、歩道と道路が街灯の光を浴びて銀色に輝いていた。薔薇を片方の脇に抱え、反対の手で髪を梳《す》いて、ソフィーのフラットのある建物に向かった。

窓を見あげると、パリのクリヨン・ホテルから勝手に持ってきた白いバスローブ姿のソフィーが見えた。寝室にいて、東の街のほうを見ている。そのとき、やはりガウン姿の人物がもうひとり、その脇に現われて、ソフィーの肩を抱いた。

いったいあれはだれだ、とアレックスは自分にたずねた。一気に落胆した。ステラか？そうではないことは、とっくにわかっていた。車に駆け戻って、旅行用のバッグに手を突っ込み、ツァイスの双眼鏡を出し、ふたつの人影に焦点を合わせた。

男だった。流行の無精髭まがいの髭を生やしたくそ野郎だ。しかも、いまいましいことにたいそうくつろいで、クリームをなめた猫みたいになっているソフィーを抱いている。まったく変わり身の早い女だ。

間抜け野郎、と思いながら、薔薇の花束をパヴィリオン・ロードのまんなかに投げ捨てた。

間抜け野郎！

17

「それで」カフェの店主が前に置いた濃い紅茶をかきまぜながら、ドーンがいった。「長い話になるの？　それとも短い話？」

「こっちのおごりだから長い話」アレックスはいった。

やれやれというように、ドーンがアレックスの顔を見つめた。葬儀のあとでかけた電話で、マイナス点がついたにちがいない、とアレックスは気づいた。頭が変になって、幻影を見はじめていると思っているのだ。

「ねえ、仕事が山ほどあるのよ。いったいなんの用？」

「ジョージ・ウィドウズのことで話がある。替え玉を使うという思いつきは、うまくいかないと思う。ミーアンを阻止するには、罠を仕掛けるしかない。ウィドウズを自宅に戻して、餌に使うんだ」

「だめよ。その件はわたしたちが万全の態勢を敷いている。替え玉はほんとうにジョージそっくりなのよ。ジョージの服を着て、ジョージの車を運転し、毎日ロンドンまで出勤している……」

「ミーアンは、きみらがそういうことをやるのを予測していただろう」アレックスは、いらだたしげにいった。「本人かどうか、確認するはずだ」

「遠くからね。ギドリー邸で発見したことによれば。あの木は、家から一〇〇メートルか一五〇メートル離れている。それだけ離れていたら、ちがいはわからない」

「あの木は、警備体勢や犬のことを調べるための、全般的な監視所だ。クレイグ・ギドリーを殺す前に、もっと近くから確認したはずだ。おそらく当日に道路脇に潜み、ギドリーが門をはいるのを見届けただろう。やつはギドリーの顔を知っていた。ウィドウズの顔も知っている。ちらりと見るだけでじゅうぶんだ。とっくにひと目見て、替え玉だと気づいたにちがいない。だからなにも起こらないんだ。おまけに、狙撃銃《スナイパー・ライフル》を持ったMI5《ボックス》の手のものが、あちこちにいるはずだ。やつがベルファストやサウス・アーマーで任務を果たしていたことを忘れるな。そういうことには鼻がきくんだ」

ドーンの沈黙は、狙撃手についていったことが図星だったのを裏付けていた。

ドーンが、ティースプーンをゆっくりとソーサーに置き、眉を寄せた。「あのね、とにかく現状ではジョージ・ウィドウズは生きているのよ」

「きみらがウィドウズを隠しているところを、ミーアンは遅かれ早かれ突き止めるだろう」アレックスはいった。「退勤時に尾行すればいいだけだ。テムズ・ハウスには出入口が何カ所もあって、地下駐車場やトンネルもあるのは知っているが、遅かれ早かれミーアンは尾行に成功するはずだ。一カ所ずつ順繰りに見張るだろう。一カ月、いや一年かかるかもしれないが、いずれは尾行できるときが来る。ウィドウズがビルを出るところを捉えて、きみらがかくまっている場所までつけてゆく。ところで、ウィドウズの自宅はどこなんだ?」

「ハンプシャー」ドーンが答えた。

「ウィドウズが、眉間に弾丸を打ち込まれるのを待って、ドックランズかアルパトンかガンツ・ヒルの狭苦しい隠れ家で頭がおかしくなりかけているあいだ、何人もがハンプシャーから動けないわけだ。その間、ミーアンが主導権を握っている——われわれは撤退をやめて、事態を掌握しないといけない」

ドーンが、考え込む様子で、口を引き結んだ。

「とにかくおれの意見をフェンウィックに伝えてくれ」アレックスはつづけた。「大筋で合意してもらえれば、いっしょにウィドウズの家へ行って、待ち伏せ攻撃を仕組めるかどうかを調べる」

「なにも約束できないわよ」ようやくドーンがいった。「でも、あなたのやりたいことをいってくれれば、副長官に話す」

「スピードを落としてもらえない」ドーンがいった。「地上走行の世界最高記録を目指しているんじゃないんだから」

ふたりは今回はカルマンギアに乗り、ハンプシャーに向けてM3自動車道を走っていた。きみの運転で行くのは嫌だとアレックスがいうと、ドーンは、運転しなくてすむのはおおいに結構──気分が変わっていい──とやり返した。

意外にも──ドーンはさぞかし機嫌をそこねただろうが──アンジェラ・フェンウィック副長官は、ウィドウズを自宅に戻してミーアンを誘う罠を仕掛けるという前提で自宅の下見に行くことを承諾した。

ジョージ・ウィドウズは、イチン谷のビショップストロークという集落のすぐ外側に住んでいた。ウィドウズが独居しているロングウォーター・ロッジは、いまは経営大学になっている広壮なロングウォーター・ハウスの一部だった。林や低木の茂みに囲まれ、道路から五〇〇メートルほど奥まっていて、裏手は母屋の敷地を流れるイチン川の放水路の小川に区切られている。

ロッジの四〇〇メートル手前、集落のメイン・ストリートの〈パイド・ブル〉というパブの表に車をとめて、アレックスとドーンは、ふとした勢いで一日休みをとった若いカップルとでもいうふうに、ロッジに向けてぶらぶら歩いていった。昨日の雨で野原は夏の爽やかさを漂わせ、遠くの幹線道路の響きよりひときわ高く、ミツバチのうなりが間断なく聞こえていた。

ロッジはいかにも無人の感じだった。カーテンが引かれ、表に車はとまっておらず、門には新しい〈売家〉の看板が立っている。看板を立てたのはドーンの考えで、一時間以内に立てるように手配したのだった。そこに書かれているロンドンの不動産会社に問い合わせが行った場合は、物件の持ち主は近い将来に売りたいということだけを宣伝してくれといったが、まだ詳しい指示は受けていない、と返事する手筈《てはず》になっている。

ドーンの案があっという間に実行されたことにアレックスは驚いた。ウィンチェスターの不動産会社が、よく保安局の言葉に乗せられたものだ。「ええ、わたしたちの友人はどこにでもいるのよ」ドーンは、べらべらと説明した。「なにしろ不動産業界ではいい顔だから」

看板を立てたのは、そのほうがアレックスとドーンが偵察しやすいからだ。じっくりと見たいなら、楽なやりかたをして、ドライブウェイから堂々とはいっていけばいい、とドーンはいった。だれかが見ていても、当然、買うことを考えている夫婦だと思うはずだから。

ロングウォーター・ロッジに背を向けると、アレックスは周囲の山野をじっくりと眺めた。まだ青々としているトウモロコシ畑を生垣が囲み、高みにはオークの林がある。谷間は湿地の採草地で、柳やポプラが川に日陰をこしらえている。数百エーカーの範囲が見渡せ、経験豊富なものが隠れられそうな場所が無数にある。ウォッチマンがあのどこかにいて、ロッジを監視していたとしても、犬を連れた一個パラシュート大隊を送り込んだところで、発見できないだろう。捜索の気配がしただけで姿を消すにちがいない。

道路の向こうの太陽を浴びている緑の谷間を見やった。双眼鏡のレンズのきらめきのようなわかりきったものは、ぜったいに見られないだろうと思ったが、それでもいちおう希望を持って、しばし目を凝らした。

川の太鼓橋から、ふたりはロッジとその周囲をじっくりと観察した。敷地は合計で一・五エーカーある。ふたりが立っている道は、右手に弧を描き、庭の正面を通っている。一・五メートルほどの高さの刈り込んだばかりのイチイの生垣が、庭と道路を隔てている。

「夜間は、こっちの手のものは、あそこにはいるの」ドーンが教えた。「暗くなったら生垣を越えて、暗視ゴーグルで家を監視する」

「ここまでの交通手段は？」

「ランドローバー。一〇〇メートル離れた角を曲がったところにとめる」

「一夜目からやつは監視を見つけただろう」アレックスはいった。「まずまちがいない」

ドーンは肩をすくめた。「そうかもしれないわね」

「そうとも。いまもわれわれを見守っているにちがいない。キスしよう！」

「夢でも見てるの」

「冗談じゃない。家を見ているふつうの夫婦がやることだ。手を握ったり、キスしたりする。だって、ふたりは……」

「いっていることはよくわかるわ」ふりむくと、ドーンはアレックスの左の頬にかすめるようなキスをした。

アレックスは、顔をしかめた。「おいおい、バニキンズ（ウサギのキャラクター）、もっとちゃんとやらないとだめだ。ここに来たのがどんなにうれしいか、考えてみろ。土曜日の朝、幼いベサニーやジョーダンやカイリーが花を摘んで家《うち》に走りこんできて、おれたちのベッドで跳ねまわるんだ。きみはパンを焼いたり、床を磨いたりするときに、歌を口ずさむ。ジャムもこしらえる」

「あなたって変よ、テンプル」

「変じゃない、バニキンズ。ちゃんとキスしてほしいだけだ。いまの段階ではおしゃべりはしなくてもいいが、そのほうがいかにもそれらしく見える」

「むかつくわ。だいいちバニキンズと呼ぶのはやめてよ」

「いま、最低五秒だけ、口と口でキスしてくれたらやめる。そうでなかったら、これからずっとバニキンズだ」

うんざりしたような長い溜息をつくと、ドーンがアレックスのほうを向いて、首に腕をまわした。「ほうら」アレックスは、ようやくいった。ドーンは目まで閉じた。

「ほうら」アレックスは、ようやくいった。ドーンは目まで閉じた。

ドーンは、一瞬黙っていた。「これよりひどいのもあった」

アレックスがドーンの腰に腕をまわすと、身をこわばらせるのが伝わってきた。やがて、気乗り薄にドーンが応じて、アレックスの腰に腕をじわじわと巻きつけた。

「狙撃手の数は？」アレックスはきいた。

「夜はたいがいふたりだと思う。ひとりは家の正面のこちら側、もうひとりは裏手。ふたりに見られずに家に近づくことはできないでしょう」

「そうとはいいきれない。庭を歩いてみよう。地面を何度も指さすんだ。ここにスイートピーを植える、クロッカスの球根はここに、そうそう、こういう白亜質の地面では椿はぜったいに育たないんだ」

「あなた、徹底してわたしを馬鹿に見せようという魂胆ね」ドーンがつぶやいた。

「そうじゃない。ＭＩ５の事務職みたいに見えないようにしたいんだ――ミーアンにひと目で見抜かれるようでは困る。さっきもいったとおり、十中八九、ミーアンはおれたちを見守っている。おれがやつの立場ならそうする。裏を見にいこう」

「はっきりいって、なにを捜しているの？」

「やつはここを偵察し、夜間に侵入できるルートを捜す。警備している人間と鉢合わせすることなく敷地内にはいれる経路だ。おれもそれを捜している」

「どうやればいいか、わかっているのね？」

「はっきりわかっているが、それよりちょっと歩いてみたい。きみならどうする？　どうやって侵入する？」

「警備している人間を射殺するというのは？　夜間照準器とサイレンサーをそなえたライフルで」

「確実な方法だな」ロフトの改築を話し合っているふうを装って、家のほうを指さした。

「でも、やつはこれまではターゲットしか殺していない」

「ギドリーの犬を殺した」

「犬は警備手段のひとつだ。だれでも犬は殺す。しかし、ミーアンは余分な死体を点々と残すのは望まないと、おれは見ている。仕事に対する誇りがそうさせるんだ」

「あなたはまた彼を自分と同一視しているんじゃないの？　殺人をそんなふうに思うの？

誇れるような仕事だと」

アレックスは笑った。「おれを暗殺者《ヒットマン》に雇ったのはそっちだ。よくいうよ。この小径を行こう。川岸をよく見たい」

「川から来ると思うの？」

「おれならそうする。さあ、ここに、しだれ柳にもたれよう」

「どうしてもやるの？」

「そうだよ。ロマンティックな場所だから、格好の機会じゃないか」

「あら、そう。あなたの考えでは、どういうところがロマンティックな場所になるの？」

「どこだってそうなんだ。いっしょにいる相手が、ほんとうに……ほんとうに……」

ドーンが腕組みをした。「なんなのよ」

「キスしてくれ、ハーディング」

ドーンが、蛇みたいに生気のない目つきになった。ゆっくりとアレックスの首に腕をまわして、唇を押しつけた。乳房が軽く押しつけられる感触がシャツを通して伝わった。やがてドーンが体を離した。

「たいしたマグニチュードじゃなかったな」アレックスは文句をいった。

「わたしたちは結婚しているのよ」家のほうをふりかえりながら、ドーンがいった。「恋してるわけじゃないの」

川岸に沿って、ふたりは歩きつづけた。川は深く、ゆっくりと流れていた。光る水面が陽光を受けてどろりとした感じに見え、岸辺の樹木がきれいに映っていた。二メートルほど下では、つややかな小石と白亜の川底で、エメラルド色の水草がなびいていた。

ミーアンはおれたちを見守っている、とアレックスは疑いの余地なく確信していた。そして、こうつぶやいているにちがいない。あの感じのいい若夫婦は、見た目どおりの夫婦なのか、それともおれを追いつめて殺すためにやってきたのか。「ここだ」アレックスはいった。「やつはここから来る。とまるな。歩きつづけろ。やつは二〇〇メートルほど上流から、音もなく接近するだろう──日が沈んだら、黒いウェットスーツ姿のミーアンはだれにも見えない──そして、この葦《あし》の生えている洲《す》のあいだを通って水からあがる」

「確信があるの？」

「まちがいない。おれならそうする。岸の藪と川に生えているイグサに隠れて見えないし、家までの距離もごく短い──だれだって広い芝生を横切りたくはないだろう──おまけに、水中に白亜が階段みたいに突き出しているところがあって昇りやすい。やつはもう昇っている。ひきかえすときに、白亜に生えている藻《も》にブーツでこすったあとがあるし、川からあがったときに葦の茂みがよじれた形跡がある。やつはもう予行演習をやっている」

ドーンが身をかがめて、黄色いアヤメの群生を観察した。「どうして彼だとわかるの？」

「ジョージ・ウィドウズの家の庭にある川から、ほかのだれがあがってくるというんだ？ ウェットスーツの浮力に対抗するためにウェイトをつけて、水中に潜ったまま、近づいたはずだ。暗闇でウェイトベルトをかけたときに折れ曲がった根があるかもしれない。ウェイトをつけたまま水中から出るはずはない」

「岸をちょっと歩いて通っただけで、それだけのことを見つけたの？」

「なにを捜せばいいか、わかっていたからだ。当然あるはずのものを」アレックスは、シエラレオネのことを考え、ロケル川の泡立つ茶色の奔流を思い出していた。「川からの接近は、おれも何度かやったことがある。これよりもっと流れの速い川だったが、基本はおなじだ」

「それで、どういうことを提案するつもり？　狙撃手を木にあげて、ミーアンが川からあがるのを待ち伏せるの？　カバを撃つみたいに」

「狙撃手がいるあいだは、ミーアンは来ない」アレックスはいった。「決まりきったことだ。しかも、替え玉だというのは見抜いている。いまごろは住所氏名と自宅の電話番号まで知っているはずだ」

「それじゃ、どうしろというの？」

「狙撃手と替え玉を引き揚げろ。なにもかもだ。全員をどかし、ジョージ・ウィドウズを帰らせる。おれも応援一名といっしょにいて、待ち伏せ攻撃を仕組む——ちゃんとした抹殺チームで。そのうちにミーアンは来るはずだし、そうしたらおれたちが始末する」

「応援というのは？」

アレックスが即座に頭に浮かべたのは、スタン・クレイトンだった。「ヘリフォードの人間だ。おれたちの仲間」

「あいにく、MI5《ファイヴ》でない人間を関与させるのは問題外よ。これはあなたたちの基地の親睦会じゃなくて、機密作戦なの」

「いいか」アレックスは、静かに説いた。「彼らはただの基地の仲間じゃない。この手の近接監視に関しては、練度も経験も世界最高の人間なんだ。ＩＲＡの武器隠匿所の近くの藪にぶっつづけで何日も隠れたこともある。ボスニアでおなじようにして戦争犯罪人を待ち伏せしたこともある。きみらのほうの人間を馬鹿にするわけじゃないが、作戦を行なっているのを見ると、犬のきんたまみたいに目立っている。対革命戦ウィングからひとりだけ借りてほしい。おれの希望はそれだけだ」

「あなたの要求は伝えるけれど、どういう答が返ってくるかは、いまからわかっているわ」

アレックスは、首をふった。「この期におよんでもわかっていないんだな」

「わかりすぎるぐらいわかっているわよ。あなたはこれをＳＡＳの作戦にしたいんでしょう。これは極秘の事件だから、そんなわけにはいかないのよ」

「それはつまり、こいつがきみらの保安局の歴史上最大の悲惨な大失態だというのを暴露されないともかぎらないから、だれも信用できないということだな。きみらが育てた工作員が、ＰＩＲＡの最優秀テロリストになったばかりか、保安局の幹部職員のえりすぐりを拷問して殺し、その輝かしい経歴に花を添えているということが噂にでもなれば、保安局は北アイルランドで情報活動を運営する能力がないのではないかと、疑問を投げかける声が生まれる。となれば、大蔵省は予算をもっと活用するために、べつの部門にまわすかもしれない。たとえば秘密情報部《ザ・ファーム》に」

テムズ・ハウスの忌むべき宿敵である秘密情報部《SIS》の名があがると、ドーンは牙をむき出しそうな顔をした。「分際《ぶんざい》を超えたことに口出しするものじゃないわよ、テンプル大尉。あなたはわたしの局の権限に従っているんだから、その権限を尊重しなさい」

「その命令が違法なときでも？」

ドーンの表情がこわばった。「大人気《おとなげ》ないことをいわないで。おたがいにやるべきことはわかっているはずだし、理由もわかっている。さっきもいったように、あなたの要求は伝えるけれど、反応はわかっているのよ。あなたが応援が必要なら、ＭＩ５が応援する。それもあなたの計画に同意すればの話よ」

アレックスは、無表情でうなずいた。「家を調べに行こう」

ドーンがうなずき、アレックスに従って、ロッジに向かった。

アレックスが、冷ややかにつけくわえた。「さてと、子供が遊ぶ場所の余裕があるかどうか、たしかめないといけない」

三十分後、ロングウォーター・ロッジの購入を検討中の若夫婦を装ったふたりは、〈パイド・ブル〉の静かな片隅に座っていた。地元のクリケット・チームの額入りの写真が壁に飾られ、真鍮《しんちゅう》の馬具、唐箕《とうみ》、麦芽をすくうスコップ、鎌の柄《え》その他、雑多な田舎の道具があった。アレックスとドーンのあいだで、休戦が成立していた。

「ふと気がついたんだけど」サンドイッチと飲み物が置かれると、アレックスはいった。

「副長官は身の危険はないんじゃないか。ウォッチマンのターゲットの可能性はなさそうだ」

ドーンの目が鋭くなった。「どうしてそういえるの？」

「フェンは舌を切り取られていたんだね？」

「ええ」

「ギドリーは目をえぐられていた」

「そうよ」

「ウィドウズがやられたとしたら、耳を切り落とされるだろうな」

「どうしてそういえるの？」

「つまりその、例の三匹の賢い猿と関係があるかもしれないと思ったんだ。見ざる、いわざる、聞かざる」

ドーンがうなずいた。「クレイグ・ギドリーがなにをされたかを見て、わたしもすぐにそれを考えた。生きているとき、三人はそれぞれ、悪事を、見たり、いったり、聞いたりした。でも死んでしまえば……」

アレックスはうなずいた。自分としてはかなりの明察のつもりだったので、ドーンがだいぶ前におなじ結論に達していたと知って、いくぶんがっかりした。

「おれがいいたいのは」それでもひるまずいいつのった。「この猿は三匹だけだということだ。だから、ウィドウズが三人目だとすれば、フェンウィックは心配ない」

「反論の根拠がふたつある」ドーンがいった。「ひとつ、われわれが相手にしているのはなにをやるか見当もつかない殺人鬼なのよ。そういう人間の行動に理屈や統一性をあてはめ、この理屈や統一性に基づいて行動すると想定するのは、失敗のもとよ。彼は自分のやることをやる。以上。ふたつ、これを見て。わたしは〝賢い猿〟についてインターネットで検索したの」

ジャケットのポケットから、ドーンはたたんだ紙片を出した。ロンドンのオークション・ハウスのウェブページのプリントアウトだというのを、アレックスは見てとった。

品目番号四二……〝四匹の賢い猿〟。根付。十三世紀

このきわめて希少で貴重な品物に彫られているのは、ありきたりの三匹ではなく四匹の賢い猿である。この猿は、八世紀に天台宗の僧侶により中国から日本に伝えられたといわれ、帝釈天の使者である青面金剛《しょうめんこんごう》とつながりがあるとされる庚申《こうしん》塔によく見られる。元来は猿は四匹で、それぞれ見ざる、いわざる、聞かざる、思わざると呼ばれていた。この品物を見ればわかるように、思わざるは胸に両手を置いている。だが、十四世紀ごろから、この四番目の猿はほとんどの像からはずされるようになった。この三猿《さんえん》のもっとも有名な例は、日本の日光東照宮神厩舎の彫刻である。四番目の猿が含まれる初期の作品の存在は、この伝統的な教えがそもそも多義的なものであることを強調している。見ざる、いわざる、聞かざるという段階によって魂が護られる半面、べつの段階では、

修行僧は――思考をやめるのは――倫理の束縛から逃れることであるという非難にさらされる。

アレックスは、プリントアウトを読んで、ドーンに返した。「では、猿は四匹か」とつぶやいた。「ウォッチマンは四匹目のことを知っていると考えたほうがいいな？」

「これをインターネットで見つけるのに、一分とかからなかった」

「きみのいうとおりだ」

「もうひとつあるの」ドーンは、なおもいった。「テムズ・ハウスで見たミーアンの写真をおぼえているわね？」

アレックスはうなずいた。

「ロンドンデリーの家のキッチンの写真をおぼえている？　両親が写っている写真。拡大すると、棚に真鍮の装飾品が置いてあるのがわかるの。オランダ娘の形のベル、ミニチュアの駱駝《らくだ》、それにもうひとつ四角いものがある。一カ月分の給料を賭けてもいいけど、賢い猿の小さな像にちがいない」

アレックスはうなずいた。「それでつじつまが合う。しかも、フェンウィック副長官は、四番目の猿の特徴にまさしく合致する」

「そうではないかと、わたしたちは怖れているの」

「話してくれればよかったのに。前にもいったように、やつのことがわかればそれだけ、対処するのに役立つ」

「わたしたちは、彼が殺そうと予定している人間の数が……問題になる前に、あなたが始末してくれることを願っていたのよ」


その晩、アレックスがピムリコウの隠れ家でトラックスーツに着替え、ランニングに出かけようとしていると、携帯電話が鳴った。ドーンからだったが、名前はいわなかった。「あなたの要求が通ったわよ」と、高飛車にいった。「わたしたちのお友だちは、あさって自宅に帰る」

「こっちの人間は呼べるのかな?」アレックスはたずねた。

「いいえ。こちらの人間を使うか、それともなしでやって」

「わかった」アレックスは、眉根を寄せた。「ねえ、一杯つきあわないか?」

「それじゃ、薔薇はだめだったのね? きくのを忘れてた」おもしろがる口調だった。

アレックスはいいよどんだ。深く息を吸った。「つきあうのか? どうなんだ?」

だが、もう電話は切れていた。

18

「では」ジョージ・ウィドウズがいった。「ほんとうに確信があるんだな？　ミーアンが来たときに捕らえる自信があるんだな？」

「ああ」アレックスは答えた。「自信がある。これまでずっと、やつはなにもかも自分の好きなやりかたでやってきた。時間も場所も選ぶことができた。こんどはわれわれがやりかたを押しつける」

ウィドウズとアレックスは、テムズ・ハウスの副長官室の控えの間にいた。

「説明しろ」

「要するに、罠に餌をつける。知っているだろうが、あんたの家の表には売り家の看板が立っている。あんたはいったん家に帰り、三日目に引越し用トラックへの積み込みを監督する。荷物はいっぱいあるのか？」

ウィドウズは、首をふった。「たいしたことはない。ほんとうにこんな引越しの真似をする必要があるのか？」

「きちんとやる必要がある。それに、ミーアンも納得する。あんたは孤立感に襲われ、怖くなって、ロンドンに帰る。ひょっとして、命令でロンドンに越すことになったのかもしれない。いずれにせよ、離れがたい場所だし、警官が敷地内をパトロールしているので、最後にふた晩ぐらい泊まってもだいじょうぶだと考える」

「それが、やつが襲撃を開始するきっかけになるというわけか？」

アレックスはうなずいた。「なるはずだ。それに、四十八時間たっても襲ってこない場合でも、引越しトラックを見れば、かならず襲ってくる。最後の機会だと悟り――いまやらなければ、せっかく監視をつづけたのが無駄になる。もう一度最初からやらなければならない」

「やつがびびって逃げないように万事整えることはできるだろうか？」

「それが問題だ。なにが臭っても、やつは来ない――ＰＩＲＡでそういうことが身についている。たとえば、警備もつけずに家に戻ったら、怪しいと思って、すべてをあきらめるはずだ。だが、武装した警官がいるのを見たら、あんたがそれで安全だと思っていると判断するだろう」

「武装警官がいても引き下がらないというんだな？」

アレックスはにやりと笑ってうなずいた。

「夜まで待って引越しのトラックを尾行するんじゃないか。わたしの新しいフラットもしくは家とおぼしいところまで」

「そうはならない。トラックはどこへも行かない。積み込みが終わるのは六時ごろで、トラックは二〇〇メートルほど道路を進み、待避所にとまって、出発は翌朝になる。田舎の引越し会社はよくそういうことをする。運転手や作業員に残業手当を払わなくてすむからだ」

「それなら、翌朝まで待って、トラックを尾行すればいい」

「それでも、引越し先に行くとはかぎらない——たとえば倉庫に行くかもしれない——そうなると、あんたの新しい家を一から捜さないといけない。それに、どこへ越すにせよ、あの家と比べれば警備はずっと厳重なはずだというのが目に見えている。ハンプシャーのあんたの家よりも襲いやすい場所はないと思うはずだ」

「で、きみはやつを待ち伏せるのか？」ウィドウズが、疑うようにきいた。

「そんなところだ。川のそばに隠れ、やつが来たときにサイレンサー付きの銃で至近距離から撃つ」

「きみが待ち伏せしているのがわからないという確信はあるのか？」

「わからないだろう」アレックスは、そっといった。「まあ任せておけ。待ち伏せ攻撃は何度もやったことがある」


約二十四時間後、テムズ・ハウスの地下駐車場で、アレックスはウィドウズの車に似せた車の窮屈なトランクにはいっていた。そのBMWのセダンは、トランクに監視レンズがあり、窓は防弾ガラスだった。

「そこでだいじょうぶだな？」ウィドウズがたずねた。

「ああ、だいじょうぶだ。おれの装備を渡してくれ。自分の荷物はリアシートに置け」

到着するまで一時間半かかり、最後のほうでは、排気ガスのためにアレックスは頭がぼうっとして、吐き気を催していた。ウィドウズがようやくトランクをあけたときは、ロングウォーター・ロッジのガレージのなかで、まわりはほとんど真っ暗だった。時計のバックライトをつけると、五時すこし前だとわかった。「よし」といって、しばらく脚を屈伸した。

「あのドアは家のなかに通じているんだな？」

「ああ」

「窓がひとつもない部屋はあるか？」

「地下室がある」

「ちょうどいい。そこで装備を準備する。窓のそばをできるだけ通らないようにして、そこに案内してもらえるか？」

ウィドウズはうなずき、家のなかに通じるドアをあけた。バーブァーのコートを着た長身の男のあとをよつんばいでついていくのが、アレックスにはちょっと滑稽に思えた。ドアの前に来ると、ウィドウズがあけた。アレックスは階段に飛びおりて、バッグを受け取った。ウィドウズが明かりのスイッチをつけて、あとから地下室におりてきた。

そこはかなりの広さで、湿り気もなかった。正面には大型のポッタートン製のボイラーがあったが、作動していなかった。反対の壁ぎわにワイン・ラック、木工用作業台、干草をくくる紐で束ねた雑誌、イーレイ製の散弾の実包がひと箱、ぼろぼろのトランクがあった。

「折りたたみベッドがある」ウィドウズがいった。「持ってこよう」

ウィドウズが上に行っているあいだに、アレックスはバッグをあけた。服はそのままにして、武器と装備を木工作業台にならべた。レーザー・ドット・マーカー照準器を遊底《スライド》の上に取り付けたグロック34、サイレンサー、照準器用の予備のリチウム乾電池、九ミリ口径ホローポイント弾二十五発入りの箱ふたつ、レコン・コマンドウ・ナイフ。寝袋と、ユーストンのサバイバル用品店で買った黒の防水カムフラージュ・クリーム、ペルメルの〈ファーロウ〉で買った釣り用のフェルト底のウェーディング・シューズ、フラムのダイビング用品店で買った黒一色の〈リップ・カール〉ウェットスーツ、ウェイトベルト、ジェットフィンもある。ふだんはあまり買い物好きではないアレックスは、MI5の金を浪費できるというのが愉快だった。

折りたたみベッドを持って現われたウィドウズは、それらの品物を見てうろたえたようだった。それどころか、かなりおびえていた。顔が真っ赤になり、不安げに目をきょろきょろさせた。無理もないと、アレックスは思った。狂暴そのもののミーアンの同類だというのを見せつけられたのだから、おびえるのはしかたがないだろう。

「だいじょうぶか？」アレックスはたずねた。

ウィドウズはうなずいた。「ああ、だいじょうぶだ」落ち着きのない笑い声をあげた。

「武器庫から一式持ち出した感じだな」

「相手が相手だけに、気をゆるめるわけにはいかない。やつも徹底的にやるはずだ。武器はあるか？」

ウィドウズは、ジャケットのポケットに手を入れて、三八口径のコルトのリヴォルヴァーを出し、回転弾倉をまわしてから、ショルダー・ホルスターに収めた。

アレックスはうなずいた。内心では、ミーアンと一対一になればまちがいなくウィドウズは殺されるだろうと考えていたが、コルトの重みは自信を深めるのに役立つだろう。ウィドウズに向かって、こういった。「あんたが経験豊富な現場工作員だというのは知っているし、腹を立ててもらっては困るが、しばらくいくつか規則に従ってもらうよ。いいね？」

ウィドウズはうなずいた。

「窓ぎわを避ける。狙撃はしないと思うが、泣きを見るよりは用心だ。どうしても窓のそばを通らなければならないときは、動きつづける。家のなかにいるときも外にいるときも、絶対に静止したターゲットにはならない。なにがあろうと、おれに話しかけたり、大声で呼んだりしない——警戒を呼びかける必要はない。やつが近くに現われたときは、あんたより先におれが見つけている。おれがやつを射界に収めている。二十四時間ずっと、家には自分ひとりしかいないというふりをしろ。警察官二名に会ったか？」

「ああ。じつはMI5職員だ。警察の制服を着ている」

「結構。だいたいにおいて、そのふたりには、家の正面を巡回させてほしい。家の前と道路のあいだだ。それに、裏をしじゅう覗かせる。ほとんどふたりいっしょにいるようにして、ときどき煙草を吸うというようなことをする。怠け者で無能で融通がきかないように見せる。

引退前で、だれにとっても脅威ではない、という感じに。そういうことを、ふたりに徹底させられるな？」

ウィドウズが、ふたたびうなずいた。

「それ以外は、ふだんどおりの生活をつづける。毎晩、酒の空き壜を一本か二本、外に出してもいいだろう――ワインを飲んでいると思わせる。そうすればやつは……」

「いいたいことはわかる。度胸をなくした、攻撃しやすい目標……」

アレックスは、ウィドウズの様子を見た。目をせわしなく動かし、顔が赤くまだらになり、唇がぱさぱさに乾いていることから、ひどくおびえているのがわかる。アレックスは、ウィドウズの肩に手を置いた。「ジョージ、おれたちはいっしょに取り組むんだ。あんたの役割が厳しいものだというのは、よくわかっている。ほんとうだ。やつを斃《たお》すのにもっといい方法があれば、そっちにしたいところなんだ」

ウィドウズは、口を引き結んでうなずいた。

「引越しの真似をさせるのも申しわけないと思うが……」

「いいんだ」ウィドウズが、笑みともいえないような笑みを浮かべた。「どうせガラクタを片づけようと思っていた。生活をきちんと立て直すとするか。食事はどうする？」

「八時ごろには暗くなるし、それまでには位置につきたい。七時あたりに食事したらどうだ？」

「なにかこしらえよう。川のなかでやつを待つんだろう？」

「そのつもりだ」

「やつに見られないで、どうやって位置につくつもりだ？　だって、家の周囲は見張られていると考えなければならないんだろう。それも近くから」

「どこか下流まで車で運んでもらって、そこで川にはいり、ここへ戻るしかないだろう。おれが車をおりるのを見られないような場所だ」

「問題ない。橋が架かっているところまで行けば、地上を歩いてロングウォーター・ハウスまで戻れる。いまはだれもいない。閉鎖されている」ウィドウズは眉をひそめた。「しかし、ミーアンがいないともかぎらないだろう。ばったり出くわさないといいきれるか？」

「だいじょうぶだ。やつがやみくもに来るはずがない。家と警備の人間が見える方角から来る。つまりは上流側だ。おれがここに近づく下流側からは、木しか見えない」

　ウィドウズは、ゆっくりとうなずいた。「なるほど。わかった」

「下流にパブかなにかないか？　そっちへ行く口実になるようなものは？」

「マーター・ワーシーに酒屋が一軒ある。十分後に〈スレッシャー〉（酒類販売のチェーン店）の袋を乗せて戻れば……」

「それでいい。さて、そろそろ上に行ったほうがいい。警官に紅茶でも出してやれ――そのついでに、無能に見せかけるように指示するんだ」

「きみはどうする？」

「おれならだいじょうぶだ。心配するな。では七時に」

ウィドウズがうなずき、苦笑いした。「ひとつ教えておこう。ミーアンがわたしを殺すのに成功した場合、テムズ・ハウスの連中は、さぞかし浮かぬ顔をするだろうな」

アレックスは、ウィドウズの顔を見た。

「まず、アンジェラ・フェンウィックだ」ウィドウズが語を継いだ。「長官候補の最右翼だから、フェンとギドリーが殺されたことに激怒しているわけだ。幹部職員がこれ以上殺されれば、不注意のそしりを受けるだろう。フェンウィックの星、フェンウィックとねんごろなものの星は、墜ちはじめる」

「ねんごろなもの？」毒のこもった辛辣《しんらつ》な口調に、アレックスは驚いた。

「ドーン・くそハーディングだよ。ズールー・ドーン（圧倒的多数のズールー族の攻撃で英兵が壊滅的打撃を受けた一八七九年の戦闘を描く映画『ズールー戦争／野望の大陸』の原題）。死者の夜明け《ドーン・オブ・ザ・デッド》（映画『ゾンビ』の原題）。保安局に就職したとたんに、あいつはアンジェラの力を利用しはじめた――だから流星みたいに目ざましい昇進を遂げたんだ。アンジェラの星が昇りつづけるあいだは、いっしょに昇ってゆける。アンジェラが墜ちれば、ドーンも墜ちる。今回の事件の政治的な側面を見逃してはだめだぞ。きみは秘密政治結社の上昇志向を護るために雇われたんだ」

「おれはあんたを護るためにここにいる、ジョージ。それ以外のことは興味ない」

ウィドウズは、達観したようにうなずき、肩をすくめた。「悪かった。きみのいうとおりだ――きみが心配することではない。年をとると、どうもシニカルになってね」

ウィドウズが出てゆくと、アレックスは折りたたみベッドに寝袋を敷き、横になって漆喰《しっくい》の天井を見つめた。やがて目を閉じた。長い夜になるだろうし、すこし休んでおいたほうがよく動ける。ポケットの携帯電話がぶるぶるふるえた。

「はい」

「ドーン・ハーディングよ」

「ズールー・ドーン！」

沈黙が流れた。「どこでそれを聞いたの？」とがめる口調だった。「もしかして……」

「好きな映画でね」アレックスは、陽気にいった。「元気？」

「元気よ」ドーンが、そっけなく答えた。「そっちは万事順調？」

「これまでのところは」

「ジョージはがんばっている？」

「ストレスがひどいようだが、耐えているよ」

「ミーアンは今夜に来ると思う？」

「かもしれない。確実なものを掌中に握っているうちに、と」

しばし間があった。

「あなた……だいじょうぶ？」ドーンがきいた。

「おれのことを心配してくれているのかな？」つい笑いそうな声になるのを我慢できなかった。

「そんなわけないでしょう！」ドーンが、吐き捨てるようにいった。「あなたの体調がいいかどうか、知りたかっただけよ。病理学者の解剖室にまた死体を送り込むのはごめんだわ」

「心配するな」アレックスはいった。真っ赤な下着姿で高いところに吊るされているドーンの姿が、脳裏をよぎった。「きみのためにも、体調を整えておくよ」

ドーンが電話を切った。アレックスは天井に視線を戻し、笑みが消えた。あと九十分休める。目を閉じた。

七時ちょっと前に、ウィドウズに揺り起こされた。ウィドウズは、チーズとハムのサンドイッチ、青リンゴ、チョコバーを載せた皿と、二リットル入りの炭酸入りではないミネラル・ウォーターを一本持っていた。「悪いな。ミシュランの星はもらえない。ハムにはマスタードを塗っておいた」

「ああ。それはありがたい」

「きこうと思ったんだが、洗面はどうする？」

「しない。歯磨きや石鹸のにおいは風に乗って伝わる。ミーアンを殺すまで、そのどちらも使わない。それから、できればそれまで大便もしたくない。小便のほうは、このエビアンのペットボトルをときどき階段の上に出すよ」

「わかった」ウィドウズが、気乗りのしない声でいった。

アレックスは、五分のあいだ無言で飲み食いしてから、グロックの弾倉《マガジン》に十九発装弾して、グリップに押し込んだ。銃口を壁に向けて、レーザー照準器のスイッチを入れた。小さな赤い点が壁に映り、グロックを動かすと、光の細い線で走り書きしているような感じに揺れた。

満足したアレックスは、親指でスイッチを切った。それから服を脱ぎ、ウェットスーツを着て、鞘入りのレコン・コマンドウ・ナイフをくるぶしに固定した。グロックは紐をつけてプラスティック製の太腿用ホルスターに収めた。顔と手に黒いカムフラージュ・クリームを塗り、ネオプレーン製のウェットスーツのフードをかぶった。ブーツとフィンは、小物袋《スタッフザック》に入れた。「よし」アレックスはいった。「はじめよう。表の明るさは？」

「すぐに暗くなる」ウィドウズが答えた。

ふたりは車庫にひきかえした。アレックスがトランクにはいり、ウィドウズが車を出して、門のところで制服警官と手短に話をした。それから三分たらず走ると、家を見張っているものがあっても完全に見えないところに達した。車の往来がないのをたしかめると、ウィドウズはすばやくアレックスをトランクから出して、スタッフザックを渡し、走り去った。それだけやるのに、ものの十秒とかからなかった。

川岸のノラニンジンの茂みにしゃがみ、消えゆく黄昏《たそがれ》のなかで、アレックスは周囲に目を配った。上の道路は狭く、いまから朝方まで、車はほとんど通りそうになかった。左手に道路が通っている橋がある。その下に細い歩道があったが、道路とのあいだはイラクサやニワトコなどの道端の植物にふさがれている。岸まで滑りおりると、下生えを通って橋の下の暗がりにはいり、スタッフザックと衣服をそこに隠した。ウェイトベルトを腰に巻き、フェルト底のブーツを脱いで靴紐でベルトにくくりつけ、ジェットフィンをはき、水にはいった。

小川は端のほうが一八〇センチほどの深さで、おそらく中心のほうはもっと深いはずだった。水面はなめらかなのに、かなり流れが強かった。アレックスは用心深く進んだ。腰のブーツがいくぶん抵抗になったが、ジェットフィンの推進力は非常に強いので、どうということはなかった。ウェットスーツの浮力は、ウェイトが相殺《そうさい》していた。そのため、頭だけを出して音をたてないように進むことができる。ウェイトをつけないと、水面でばたばたして、モーターボートみたいな航跡を残す羽目になる。

水路の端のほうの位置を保ち、両腕を脇にまっすぐのばして、できるだけ水を乱さず、音をたてないようにして進んだ。五〇メートルほど行くと、高いフェンスの横を通った。ロングウォーター・ハウスの敷地の境界にちがいない。数百メートルだと、ウィドウズはいっていた。アレックスは音をたてずに泳ぎつづけた。水深が五、六〇センチ程度で、でこぼこの底の上を水が流れている浅瀬が一カ所あった。流れる水の力に抵抗しながら、一度に一五センチずつ、豹のように這って進まなければならなかった。しかし、ありがたいことに、ほどなく川底はどんどん深くなった。

一〇〇メートルほど進んだところで、上から垂れている木の根をつかみ、岸に体を寄せて、あたりの様子を見た。まもなく暗視装置で監視されていると考えなければならない地域に達する。ミーアンが数百メートル以内のところで身を隠し、敷地内を偵察しているかもしれない。いや、もっと近いかもしれない。わずか五〇メートル上流にいるのかもしれない。ここからは、極端なまでに神経を遣いながら動くようにしなければならない。

数メートル先で、かすかな水音がした。ほんの小さな音だったが、鼓動が速くなった。なにかが水に落ちるか、あるいは投げ込まれた。ミーアンが上の岸で待ち構えているのか？　姿を見られたのだろうか？　泥と白亜の川岸の下のもつれた木の根のなかに潜り込み、凍りついた。心臓が早鐘のように打つ。ほんの数センチずつ、ゆっくりとナイフに手をのばし、剃刀《かみそり》のように鋭い刃を鞘から抜くと、水面のすぐ下で構えた。そのとき、かすかな光の輪のなかに、カワウソが周囲をうかがいながら頭で水を切って鏃《やじり》のような航跡を描くのが見えた。獲物を追っているのだろう、と思い、気が遠くなるくらいほっとした。

息がつけるようになるとまた進みはじめ、できるだけ岸に寄って、フィンの力でぐんぐん遡《さかのぼ》っていった。左手の木立を透かして、ロングウォーター・ハウスの大きな輪郭がぼんやりと見え、いまでは前方にロッジの明かりがあった。ウィドウズはどうしているのだろう？　と思った。ともに過ごした短いあいだに、同情をおぼえるようになっていた。いまの様子《ボック》からはとても考えられないが、おそらく盛りのころは優秀な工作員だったにちがいない。MI5《ス》がベルファストに配置する調教師《ハンドラー》は、だいたいが馬鹿や臆病者ではつとまらない（とはいえ、ひとりやふたりは例外もあるだろうし、ソ連のためにスパイ行為をして刑に服したマイクル・ベタニーのような人間もいる）。しかしながら、フェンとギドリーの身に起きたことを見れば、怖れるのも当然だ。

突然、ミーアンに対する激しい憎悪がこみあげた。おたがい汚い世界に生きている。それはしかたがない。だが、ああいうことをやるというのはべつだ。人間の顔を切り刻んだり、釘を打ち込んだりするというのは……それに例のFRUのあわれなふたりの最期の数時間がどんなふうだったかは、想像を絶している。

川岸の下の深い影のなかを、アレックスは静かに上流へと進んでいった。いまや目に見えない夜の生き物と化していた。しなっている細い柳の幹の下で動きをとめた。ドーンと下見に来たときに目に留まった場所だ。上のほうにはロッジの黄色っぽいぼうっとした明かりがあり、五、六メートル前方には葦の生える洲と、ミーアンが川からあがる経路に使うとおぼしい藪のシルエットが見える。

水中を手探りして、しっかりした木の根を見つけると、すばやくフィンからフェルト底のウェーディング・シューズにはき替え、フィンをストラップで根に固定して、水面下三〇センチで流れのなかにぶらさがるようにした。あとで見つけられるか？　だいじょうぶだ。柳の根の真下にある。ウェイトベルトを取ったほうがいいだろうか？　取ろうとすると、たちまち体が浮きあがったので、あわててまた締めた。どこへ行くか？　そろそろと進み、体重をかけられる棚を見つけた。釣り用シューズのフェルトの底が、滑りやすい白亜をしっかりと捕らえたので、ほっとした。最初に考えたように戦闘ブーツで我慢していたら、夜のあいだひどく気を遣うことになったはずだ。右腕をひっかけるのにころあいの、肘のように突き出した柳の根が見つかった。いまでは流れに面し、ミーアンが来るはずの方向を向いていた。ミーアンが川からあがるはずの場所とのあいだに、スゲの茂みと柳の突き出した枝葉がある。たとえミーアンが暗視装置を使っていたとしても、動きさえしなければ見えないはずだ。

自分は暗視装置を使わないことにした。水中で扱いにくいからでもあるが、光を増幅した緑色の画像を見ていると夜間視力が損なわれるからでもあった。捜すものも、どこを捜せばいいかもわかっている。家の明かりが消えても、月は満月に近い。それに、ミーアンが来るのは明かりが消えてからだ。

一時間ほどアレックスはそこでじっとして、前方の川に目を凝らしていた。光源がとぼしいときは、まっすぐ前方より周辺のほうが夜目が利《き》く。ものすごくゆっくりと、水中で手脚を一本ずつ動かし、筋肉の緊張をほぐした。寒さをしのぐとともに、攣《つ》るのを防ぐためでもある。ウェットスーツを着ていても、そういう危険性は大きい。それに、機敏でいるようにするためでもあった。

これまで行なってきた待ち伏せ攻撃のなかでも、今回のものは非常に不満足なところが多い。そもそも単独で、応援なしにやらなければならない。ミーアンが水からあがるとき、両手がふさがっているあいだに、心臓を狙って撃とうと考えていた。サイレンサー付きのグロックで二発速射《ダブル・タップ》を撃ち込めば、ミーアンは頭脳がなにが起きたかを悟る前に落命するはずだ。膝が折れ、ウォッチマンの恐怖の統治は終わりを告げる。

アレックスが最初に人を殺したのは、一九九一年の湾岸戦争中だった。バグダッドの西のアルアンバルにあるスカッド・ミサイル集積場を破壊する任務を負った四名のセイバー・チームに参加していた。ニール・スレイターという下士官の指揮下で、夜間、ヘリに運ばれ、遮蔽物を自分たちで捜さなければならなかった。すさまじい寒気だった——薄手の砂漠用迷《チョコレートチ》彩《ツプ》戦闘服とシャツ一枚だけで送り込まれた――しかも、風雪をしのぐものがなにもない。一時間ほどたつと、骨の髄まで凍えた。アレックス、ニール、ドン・ハモンド、アンドリアス・ヴァン・ラインの四人は、すばやく偵察を行ない、ニールが、ミサイル集積場の二〇〇メートルほど手前の使用されていない崖径《がいけい》に夜のあいだ隠れるという決定を下した。だれも眠らなかった。身を寄せ合って、風が容赦なく叩きつける雪と寒気をしのいだ。

翌朝、体が凍りそうな状態で、自分たちに向かって驀進してくるイラク軍のT‐55戦車部隊が見えた――アレックスはもとより、ほかの三人も、そんな恐ろしい光景を見るのは、生まれてはじめてだった。四人はがむしゃらに崖径の底のゴミのなかに潜り込んだ――イラク軍の携帯口糧の空き缶、弾薬箱、破片、古タイヤ、破れたカムフラージュ・ネット、腐りかけたヤギの死骸――そして祈った。イラク軍の戦車の乗員たちは、T‐55に長時間乗っていたために小便がしたくてたまらず、崖径を囲んで用を足した。セイバー・チームはさんざん小便をかけられ、ひどい目に遭った。アレックスは捨てられた煙草で太腿に火傷を負って、激しい痛みを味わったが、チームは発見されなかった。そして、恐ろしい四時間が過ぎると、戦車部隊は轟然と砂漠に向けて走り去った。

動いても心配はないと判断すると、ニールが戦車の位置と進行方向を無線で知らせ、アルアンバルに対する航空攻撃を要請した。目的はふたつあった。移動式ミサイル発射機に輸送するためにそこに集められたミサイルを破壊することと、〝マルワーン〟と呼ばれる男を殺すことだ。

サウジアラビアに基地を置く多国籍軍の情報班は、数週間にわたり、〃マルワーン〃という言葉を敵の雑然とした無線交信でときおり耳にしていたが、ありきたりの暗号名ではないと見ていた。それが出てくる文脈からして、幹部の科学技術者の名前ではないかと思われた。アルアンバル基地とバグダッドの司令部との交信を傍受した結果、〃マルワーン〃は多国籍軍には〃ガピー〃として知られる人物の可能性があるようだった――〃ガピー〃は、イラン・イラク戦争の最中にイラク側に寝返ったイラン人科学者で、イラク北部のサード16のミサイル研究所の所長をつとめている。ロシアのスカッド・ミサイルの射程をのばして生物化学兵器弾頭を搭載できるようにした改良型のアル・フサイン・ミサイルを開発したのは、そのサード16だった。その交信によれば、〃マルワーン〃はその夜、アルアンバルを訪れることになっていた。つまり、ミサイルが点検され、近々分散されることを示していた。

〃マルワーン〃が事実〃ガピー〃だとすると、ミサイルが一カ所に集まっているときに破壊し、なおかつ〃マルワーン〃を殺すことが肝要だった。ニール・スレイターが受けた命令は、航空攻撃を呼び、攻撃後の損害を査定し、イラク人の生存者がいないようにするというものだった。

その航空攻撃もまた、アレックスが見たこともないような激しく恐ろしい出来事だった。トーネード戦闘爆撃機が甲高い爆音とともに襲来し、搭載ミサイルが、見ているものを騙すかのように、ほんのすこし斜めに煙を曳いて飛んだと思うと、スカッド・ミサイルの推進薬が、目の玉の焦げそうなすさまじい光を放って爆発し、車輛、機械、武器、人体の一部が、四方に飛び散った。爆発につづいて恐ろしい悲鳴が起こり、焼け焦げた地面で、手脚をもぎとられた人間がのたうちまわった。そして、人間の肉の焼けるにおいがひろがった。

「行け！」ニール・スレイターが叫んだ。「行け！　行け！　行け！」

四人は突撃した。頭上の空は煙で真っ黒で、まるで日食がはじまったみたいだった。アレックスは、はじめは抵抗は皆無に近いだろうと踏んでいた。イラク軍兵士は航空攻撃ですべて死ぬか動けなくなっているだろうと思った。ところが、そうではないことが、たちまちわかった。四人が散兵線を敷いて、真昼間の薄暗いなかを進むと、各個掩体からの持続的な射撃を浴びた。イラク軍の一部が掩蔽壕に潜んでいて、トーネードの起こした火事嵐を避けられたにちがいない。

SASチームの四名は、爆風で車体側面を吹っ飛ばされたパナール四輪駆動車の蔭に飛び込んだ。真正面にイラク軍火器チームがいて、たちまちカラシニコフの七・六二ミリ弾を肝が縮むほど雨あられと浴びせられた。彼我のあいだには、焼け焦げ、ねじくれ、煙をあげているミサイル部隊の支援要員が転がり、まだ死んでいないものの悲鳴が、刺激臭をともなう空気を切り裂いて、いつまでもつづいていた。SASチームの三〇メートル前方に高射砲の砲座があり、砲側員の死体がまわりにあった。本格的な戦場に出たことのなかった二十六歳のアレックス・テンプル伍長にとっては、まさに地獄のような光景だった。

「射程はどれぐらいだと思う？」カラシニコフの銃弾がうなりをあげ、パナールの黒くなってねじれた車体に当たり、跳ね返る間に、ニール・スレイターが落ち着いてたずねた。

「五〇メートルというところですかね」声がふるえないように気をつけながら、アレックスはいった。

ニックがうなずき、弾帯から擲弾を一発はずした。金色の先端《ゴールド・トップ》なので、対人弾や焼夷弾ではなく、高性能爆薬弾だとわかった。

パナールの向こう側から、ロシア製の擲弾の破裂する乾いた音が聞こえた。手榴弾だろうとアレックスは思ったが、そう遠くはない。

ニックは落ち着いてM16のキャリング・ハンドルに取り付けた高低照準具《クアドラント・サイト》をたしかめ、擲弾を銃身の下のM203擲弾発射器にこめた。「五〇メートルだな。掩護しろ、みんな。ゴールド・トップ牛乳をお届けする時間だ」

「やつらを低温殺菌してやれ」ニックの指揮権上《セカンド・イン・コマンド》の次級者のアンドリアス・ヴァン・ラインがつぶやいた。

三人がそれぞれM16でイラク軍陣地に正確な射撃を浴びせるあいだに、ニックが冷静に物陰から身を乗り出し、六分儀照準器を一瞥してから発射した。

卵形の擲弾が、塹壕の一メートルほど向こうの地面に落ち、一度はずんで激しい音をたてて爆発したが、そこは砂漠の地面で、なんの被害もあたえられず、茨の藪を引きちぎっただけだった。

ニックがすばやく二発目を装塡した。今回は手前だったが、砂と藪のちぎれた枝葉が二、三〇キロぐらい塹壕に降り注ぐほど近かった。

イラク軍の塹壕からの射撃が激しさを増した。自分たちが相対しているのが精鋭部隊で、〝マルワーン〟はおそらく塹壕内にいるにちがいないと、そのときSASチームの面々は悟った。全滅するのが目に見えているのにイラク軍が降伏しない理由は、ほかには考えられない。命を懸けてミサイル科学者を護れと命じられているにちがいない。

二発目のロシア製のパイナップル型手榴弾が、パナールめがけて転がってきて、耳を聾する音とともに車体のまぎわで炸裂した。カラシニコフのふぞろいな連射がつづいた。

「こんどはこっちの番だ」ニックが、爆発音で耳がおかしくなった頭をふりながら、非情にいい放った。今回はM203から発射された擲弾は敵の塹壕にまともに落下し、アサルト・ライフルの破片が、それを持っていた腕といっしょに空中に吹っ飛ぶのが見えた。

「こってりと濃厚!」アンドリアス・ヴァン・ラインが、感心したようにつぶやいた。「ゴールド・トップ牛乳はこってりと濃厚です!」

応射はやまなかった。三名以上のイラク軍兵士が、まだ武器を操作でき、果敢な抵抗をつづけていたので、SASチームはめちゃめちゃになった車の蔭に伏せていなければならなかった。アレックスもほかの三人も、ときどき数発を放ったが、さして効果はなかった。小火器だけの戦いでは、膠着状態といえた。だが、SASチームには、M203擲弾発射器がある。

ニックは容赦なくあらたな擲弾をこめた。射程は把握しているので、四発目は塹壕内に落下した。今回は、爆発すると射撃がやみ、低いうめき声が聞こえた。

ニックが、手で音をたてるなと合図した。SASチームの四人は、ぴたりと動きをとめた。

なにも起こらない。うめき声がつづいているだけだ。まもなく応援のイラク軍部隊が集まってくるはずだというのが頭にあり、四人は不安だった。アルアンバル基地が航空攻撃を受けたのが、見過ごされるはずはない。

アレックスはすばやく弾倉《マガジン》を交換し、そのときに左手の高射砲の砲座の蔭にぼんやりした動きを捉えた。つぎの瞬間、カーキ色の戦闘服を着た背の高い人影が、パナールに向けて駆け出した。カラシニコフを持ち――まるでスローモーションを眺めているように、アレックスは見てとった――さらに、黄緑色の円筒形のロシア製手榴弾を握っていた。

折り敷いた姿勢で、アレックスはM203擲弾発射器付きの重いM16アサルト・ライフルを構えた。一瞬が、ものすごく長く感じられた。イラク兵の目に勇気と燃える意志を見てとり、荒い息と必死で動かしている足の音を聞いた。近づいてくるその男の胸に照星を向け、手榴弾を投げるために上半身がねじれるのを見て――もう二五メートルまで接近している――狙いを定め、なめらかに息を吐きながら、イラク兵の胸骨に五・五六ミリ高速弾六発を送り込んだ。

五〇〇グラムほどの骨と筋肉と胸の組織の破片がイラク兵の背中から飛び出したその刹那《せつな》、イラク兵とアレックスの目が合った。驚きと、多少の失望がそこにあったが、ほかの感情は宿っていなかった。

あれだけなのか？　アレックスは不思議に思った。ひとを殺すのは、たったあれだけのことなのか？

M16の連射で、イラク兵は走りながら安全ピンを抜いた手榴弾を持ったまま仰向けにひっくりかえった。手榴弾の爆発までの秒数はだいたいが不正確だし、ましてロシアの輸出用の製品はばらつきがあるのだが、めずらしく完璧に作動し、正確に四秒の間を置いてイラク兵の肋骨を吹き飛ばし、心臓をずたずたに切り裂いた。

全身をふるえが走り、アレックスはウェーディング・シューズのなかで爪先に力をこめたりゆるめたりした。ウィドウズ邸の外の小川にもう三時間もいて、闇に慣れた目で前方の空間を部分に区切って観察するという作業を、数え切れないくらいくりかえしていた。この場にそぐわない音やにおいがあれば即座に探知できるほど、五感が鋭敏になっている。寒かったが、危険なほどではなかった――皮膚とウェットスーツのネオプレーンの裏のあいだに、体温とおなじ温度の水の層ができている。じっとしているほうが、かえって冷えずにすむ。

警官に化けているMI5職員ふたりは、役割を申し分なく演じ、煙草をくわえ、懐中電灯を持ち、大きな音をたてて敷地内を巡回していた。観察しているものがいれば、足音でいるのがわかるほどだった。双子の刑事トンプソンがいるのを知るには、暗視装置など必要ない。

だが、ウォッチマンがいる気配はまったくなかった。九時過ぎに翼の大きい優美な姿の鷺が、空から舞い降りて、ウォッチマンが川から出ると思われる葦の生えた巣に陣取った。完璧な早期警戒システムだと、アレックスは思った。いくらジョーゼフ・ミーアンでも、鷺を驚かさないように鳥のダンスを踊りながらそばを通ることはできないだろう。

イラク兵を殺したとき、アレックスはなにも感じなかった。そのあとで生き残りを殺したときも、おなじだった。トーネードの焼夷弾頭ミサイルやスカッドの推進薬の爆発によってひどい火傷を負っていたものがほとんどだったので、二発速射《ダブル・タップ》で安楽死させてやったようなものだった。

〝マルワーン〟だったかもしれないし、そうではなかったかもしれない人物は、塹壕のなかで発見した。頭に手榴弾の弾子を受け、爆風で裂傷を負って、死んでいた。武器は持っておらず、兵士たちとはちがってカーキ色のオーバーオールを着ていた。ポケットに〈タンディ〉の電卓、身分証明書、家族の写真を入れた財布があった。アレックスのチームは、そうしたものにくわえ、高射砲の砲座のそばで見つかった半分溶けた東芝のラップトップ・コンピュータをバッグに収め、基地に持ち帰った。作戦は一〇〇パーセント成功と判断された。

アレックスは、なにも感じず、無傷で帰還できたことをよろこんだ。

19

ウォッチマンは結局現われず、夜が明けるとアレックスは音をたてないように下流の橋まで泳ぎ、水からあがって、隠しておいた服を着た。水の冷たさと、八時間におよぶ緊張した徹夜の警戒のために、疲労のきわみに達し、長いことふるえがとまらなかった。つぎの夜もおなじことをやれるとは、とうてい思えなかった。

じつのところ、そもそもウィドウズが帰ってきた最初の晩にウォッチマンがやってくる可能性は薄かった。ウォッチマンは、見張り、待ち、この全体が罠ではないかどうかを検討したいはずだ。自分がミーアンの立場なら、まず最初の晩にはやらない。

しかし、うまくすると、ミーアンはもうこの状況を、こちらが見せかけたとおりのものだと判断しているかもしれない。不安に駆られた公務員が、手ぎわがいいとはいえないまでも優秀な警官二名の護衛を受けている、というように。ウィドウズ邸のこの警護は、刑事裁判の重要証人か北アイルランドで勤務した部隊の幹部士官に対するものに相当する。

アレックスは、橋の下に二時間ほど座っていた。闇がしだいに灰色の雨の夜明けに変わり、午前六時に上で車がとまる音がして、そっと名前を呼ぶのが聞こえた。装備を持って急いで出てゆくと、特別装備のＢＭＷのトランクに飛び乗って、ウィドウズが早朝のドライブをしているふうを装うあいだ、じっと横になっていた。

車庫に戻ると、ウィドウズが心配そうにアレックスを見た。「ひどく疲れた様子だな。だいじょうぶか？」

「死にはしない」アレックスは答えた。「そっちは？」

「いわれたとおりにした。食事をこしらえ、『ニューズナイト』を見てから寝た。どうにか眠れたよ」ウィドウズはいいよどんだ。「このことには感謝しているんだ、アレックス」静かにいった。「男と男、部内の馬鹿げたことはいっさい忘れられる。ほんとうに感謝している。きみはたいへんな危険を冒している。じつにありがたいことだ。お返しにできることはあるか？」

「ああ」アレックスは、うんざりして答えた。「生きつづけてほしい。それから、朝食を頼む」

「好みは？」

「ぜんぶ。たっぷりしたやつだ」

「いいとも。風呂は？」

「ミーアンが死んでからだ」

ウィドウズはうなずいた。砂利のドライブウェイを走る車の音が聞こえた。ＭＩ５の〝警察官〟が新手の二名と交替するのだ。

地下室に行くと、アレックスは疲労にまっこうから立ち向かい、強いて厳しいエクササイズをやってから、ストレッチで締めくくった。ウェットスーツ、ウェーディング・シューズ、その他の装備は、ひろげて乾かした――じっさいは無駄だが、現状に日常を加味する儀式のようなものだ。

淹《い》れたてのコーヒーにつづいて朝食が運ばれてくると、アレックスは無言でさっさと食べた。

「わたしが仕事に行っているあいだ、ほんとうにここにいたいのか？」ほどなくウィドウズがきいた。

「車に乗っているあいだに殺そうとはしないはずだ」アレックスは、確信をこめていった。「それに、尾行もしないだろう。行き先はわかっているし、警官が門のところにいるから、帰ってくるはずだとわかる。ただ、窓を閉めて、ドアをロックし、寄り道せずにテムズ・ハウスに行くんだ。心配はいらない――やつも睡眠をとらないといけないんだ」

ウィドウズはうなずいた。「そろそろ出かける。あんたはだいじょうぶだな？」

「心配するな」

ふたりは握手を交わし、ウィドウズは出かけた。グロック34を折りたたみベッドの脇の床に置くと、アレックスは寝袋に潜り込んで目を閉じ、眠った。

そのあとふた晩、ウォッチマンは来なかった。ふた晩ともアレックスは橋のところで小川にはいり、上流へ泳いでいって、徹夜の長い張り番を開始した。毎回おなじ位置に行って、水中の根に腕をかけ、白亜の棚に足を置いて、じっと待った。

時間の流れが、現実とは思われないほど遅かった、なにか動きはないかと前方の暗がりを目で捜すあいだ、意識は肉体を離れてそれだけで旅をしていた。ときどき、自分は川にいるのではなく、飛んでいるか、眠っているか、あるいは運転しているのではないかと思えた。おなじみの亡霊の群れがやってきた――顔が焼け焦げ、胸にあいた大きな穴から煙が流れ出ているイラク兵、銃弾でずたずたになったIRA義勇兵、血みどろのコロンビア人やRUF兵士、硬直し霜に覆われたセルビア兵。そういったものたちが周囲に群がって、延々と変わりつづける活人画《タブロー》を演じ、重々しく傷口を示しては、死の瞬間をいつまでもくりかえす。人を殺すのは、時のある一瞬を固定することであり、その瞬間は死ぬまでつきまとうというのを、アレックスはだいぶ以前に悟っていた。

そしていま、かなり厳格な手順で、ふたたび死をもたらそうとしている。心の目では何度となくその死を見ている。ウォッチマンが流れに運ばれて下ってくる。三、四メートル離れた月光の降る水面に浮上し、音もなく岸にあがりはじめる。アレックスは右手でレーザー照準器のスイッチを入れ、赤い点をターゲットの胸に合わせて、引き金を引き、撃ちつづける。サイレンサー付きのグロックの咳き込むような音は、ほとんど聞こえない。死体が水中に仰向けに倒れ、暖かな血の流れとともにこちらにぐるりとまわる。そんなふうになるはずだ。

だが、ウォッチマンは来なかった。アレックスは待ち、殺す身構えでいたが、川は川のまま変わらず、蚋《ぶゆ》と藻《も》とアヤメがあるばかりだった。灰色の朝が訪れるたびに、自分の正気を疑い、豊富な経験にもかかわらず自分は判断を誤ったのだろうかといぶかった。BMWはちゃんと迎えにくるだろうか？　それともこんどばかりは勘が狂ったのか？　ウィドウズは、いまごろは切り刻まれてロングウォーター・ロッジのベッドに横たわっているのではないか？

だが、毎朝ちゃんと車が来て、手順にはひとつも狂いがなかった。朝食、コーヒー、そして眠る。熱波がやってきて、窓のない地下室は昼間のあいだは息苦しかった。昼間の光をアレックスはまったく浴びなかった。いつも夕方三時ごろに目を醒まし、エクササイズをして、グロックをクリーニングし、支度をする——すべて地下室でやる。ドーン・ハーディングが、ウィドウズがテムズ・ハウスを出るのを見届けて、五時半ごろに電話してくる。やりとりは短い——ウィドウズの気分の変化について話し合うほかに、さして話題はなかった。

ウィドウズが帰ってくると、ふたり分の食事をこしらえ、アレックスの分を地下室に運ぶ。まるで中世の地下牢の囚人の食事を運ぶように——そして、アレックスの厳しい指示に従って、自分はふだんどおり上の部屋でテレビを見ながら食べる。

四日目に引越しトラックが到着し、積み込みがはじまった。真上で悪態をつきながらがたがたやっているあいだ、アレックスは眠ろうとしたが、二時になってもまだ眠れなかった。

今夜だ、と思いながら、グロックの長さ一三・五センチの銃身を覗き、旋条のなめらかな渦模様に目を凝らした。やつは今夜来る。

もし来なかったら？

来なかったら、手を引く。謝る。ドーンの靴のスティレット・ヒールにキスする。ドーンと保安局が押しつけるどんなつらい仕事にも従う。

その晩は満月だった。アレックスが獲物を待つあいだ、空には雲ひとつなかった。午前零時を過ぎても、昼間の暑さが川面《かわも》に残っていて、暖かな大気のなか、頭の上のほうで昆虫が群れをなして飛びまわっていた。黒く塗ってフードをかぶったぴくりとも動かない顔の前で、水虫が水面の油膜の上をちょろちょろ動いていた。

ロッジの明かりが消えてから二時間以上たったとき、かすかにしか見えない黒い影が流れを下って近づいてくるのが目にはいった。距離は三〇メートルたらずで、岸から四、五〇センチ離れている。カワウソか？　と思った。それにしては大きいし、動きが遅い。動きがなさすぎる。では丸太か？　そうかもしれない。あるいは大きな藻の塊か。川を管理している連中が上流の養魚場で切り取った藻が、先刻も筏《いかだ》のような塊になって流れてきた。

だが、藻なら、もっと水中に沈んでいるはずだ。アレックスは、すばやくその左右に視線を走らせ、周辺視でよく形を捉えようとした。近づくと、大きな枝だとわかった。小枝が広がり、葉もついている。だが、枝にしては、岸近くから離れず、着々と近づいてくる。

木の根と葦が籠のようになっている蔭で、アレックスは目を細めた。あの枝はこっちにぶつかるだろうか？　風もない真夜中に、どうして木の枝が川を流れているのか？　アドレナリンが徐々に分泌された。フェルト底のシューズで白亜をしっかりと踏みしめ、水中の根を握っていた手をそっとひっこめた。いまやグロックを握り、いつでも撃てる態勢を整えていた。

葦の向こう、数メートル上流で、枝がなにかにひっかかってとまったようだった。心臓が飛び出しそうになり、左手をグロックのグリップに添え、じりじりと持ちあげた。

なにも起こらない。

なんの動きもない。

人間が岸にあがろうとするような気配は、まったくない。

あるいはただの枝だったのかもしれない。たまたま見張っている場所にひっかかっただけなのだろう。

アレックスは、目をしばたたいた。闇に慣れた目の前で、月光を浴びている小波が騒ぎ、揺れた。

そのとき――目がくらみ心臓がとまるかと思うほどの勢いで――輝く黒い姿が、目の前の水面から飛び出した。それが類人猿のような凶暴さで歯をむき出し、握りしめたナイフが風を切ってふりおろされた。

反射的にアレックスはナイフから逃れたが、つぎの瞬間、岩のような拳が顎の横に叩きつけられ、目に閃光が走って、口に血の味がした。倒れてグロックを落としたが、どうにかコマンドウ・ナイフをくるぶしの鞘から抜いた。水を切り裂く相手のナイフから身をよじって逃れ、必死で主導権を握ろうとして、喉もとにつかみかかった。

相手の反応もおなじだった。攻撃によって防御する。ふたりはナイフを突き出し、手足をふるって、獰猛《どうもう》な格闘戦をくりひろげた。太腿に冷たく鋭い感触がひろがるのをアレックスは感じた。戦いに負けつつあるのを、意識のどこかで冷静に悟っていた。新奇な経験だった。敵は速度と決意と猛々《たけだけ》しさでは、まったく同等といってよかった。

だが、こっちをしのいではいない。アレックスはナイフを持った腕を水中からようやく出して、顔に切りつけたが、相手はその手首をつかみ、人間離れしたすさまじい力で押し下げた。月光を受けたナイフがギラリと光り、懸命にかわしたとたんに、ネオプレーンのフードの側頭部がすっぱりと切れて、頬が血で熱くなった。ふたりの脚がからみあって力がこもった――膠着状態だ――と、ふたりは水中で揉み合っていた。アレックスは頭を引いて、相手の鼻に頭突きをくらわし、鼻の骨がぐしゃっと折れるのがわかった。

アレックスは、折れた鼻を懸命に掌《てのひら》の親指の付け根でぐいぐいと押し、折れた骨の破片を相手の脳まで押し込もうとしたが、手がかすっただけだった。つかのまふたりの視線がからまり、鏡に映った自分の姿とおなじものを認めた。フードをかぶり、血にまみれ、狼のようになっている男がそこにいた。

こんどは水に潜り、全体重をかけて、ナイフを握った手をがむしゃらにふりほどこうとしたが、手首を握っている相手の手は、まるで鋼鉄の万力のようで、まったくゆるまなかった。アレックスは歯をむき出して、拳に噛みつき、歯が軟骨に食い込むのがわかったが、それでも握る力はゆるまなかった。それどころか、ふたたび顔めがけてナイフがふりおろされ、首をねじってよけたものの、冷たい刃が頬を切り裂くのがわかった。叫んでM I 5の二名を呼ぶべきだ、と朦朧《もうろう》としながら思ったが、そのときまた閃光が炸裂した。相手のナイフの柄が、首のうしろに叩きつけられ、顔を水中に沈められて、もう叫ぼうにも息ができなかった。

ほどなく肺が悲鳴をあげはじめ、足の力が抜け、紐に吊るされたグロックを蹴っていた。相手のナイフを持った手をつかもうとしたが、届かず、つぶした鼻のあるあたりを殴り、目をえぐろうとした。だが、頭をつかんでいる手はびくとも動かず、ナイフを持った手は握られたままだった。息がつづかなくなり、口をあけたとたんに、一気に水を飲んでしまった。たちまち酸素が欠乏し、手がだらんとして、コマンドウ・ナイフを放した。

意識を失いかけて目の前が暗くなったそのとき、上にひっぱられているのがわかった。咳き込んで一リットル近い水を吐き、空気をもとめてあえいだとき、フードをかぶった顔が上から覗き込んでいるのに気づいた。

「そうか」その顔が、小声でいった。「おまえだったのか」かすかにベルファストの訛《なま》りがあった。

アレックスは黙っていた。胸が痛く、目の前で光の点々が踊っていた。「やれよ」かすれた声で、精いっぱい侮蔑するようにいった。「おれを殺して、さっさと行け」

「おまえは殺さない」ウォッチマンが、手にしたナイフを逆に持ち変えてつぶやいた。「おれ自身を殺すようなものだ」

ウォッチマンの腕がぼやけて、三度目の鞭でしたたかに叩かれたような激痛が、アレックスの目の奥でひらめき、こんどこそ完全に意識を失った。

20

ドーン・ハーディングが、保安局の医師と、クレイグ・ギドリーの死体を調べた鑑識・法医学チームとともに、午前五時にやってきた。一行が階段を駆けあがってジョージ・ウィドウズの寝室へ行き、おぞましい殺戮の現場を目にしたとき、アレックスはその物音を下で聞いていた。

アレックスは、血みどろのシーツ一枚にくるまれて、例の折りたたみベッドに裸で横たわっていた。岸で意識を失っているのをＭＩ５の二人組が見つけて、ウェットスーツを脱がせ、ファーストエイド・キットの包帯で精いっぱい傷口を処置したが、結局、あとは医師に任せると告げた。左頰に骨の輪郭に沿って斜めの深い切り傷があり、右の耳がほとんどまっぷたつに切れかかっていた――二時間たってもまだ、顔の両側から血が流れ落ちていた。左腕に関しては、とてつもなく幸運だった――傷は深かったが、皮膚の下の筋肉をそれていたので、手の機能はまったく損なわれていなかった。左腿の傷は三〇センチ以上の長さで、おびただしく出血していたが、やはり重要な筋肉の機能は損なわれていなかった。二重構造の厚いネオプレーンのウェットスーツが、重症を負うのを防いでくれたのだろうと思った。

頭のほうは、もっと心配しなければならない。だいたいが頭は鈍感なほうだ——父親や教官数人にそういわれた——しかし、激しい打撃を二発もくらっているし、頭を動かそうとすると激痛が走る。顔の裂傷とはまたちがう悲惨な状態だった。

だが、ジョージ・ウィドウズの命を護れなかったという失敗のひどさを考えれば、後頭部の痛みなど、どうでもいいことだった。ウィドウズはいま、直径一メートルの血の海のなかで、猿轡《さるぐつわ》をかまされ、長さ一五センチの釘を右のこめかみに打ち込まれて横たわっている。切り取られた両耳は枕に置いてあった。

動けるようになると、アレックスは警備のふたりに頼み込んで、二階に連れていってもらった。流れている血の量が多いことからして、ミーアンがハンマーと一五センチの釘で命を奪う前に耳を切り取ったことは明白だった。

最期の瞬間はどんなふうだっただろう？　アレックスは言葉を失ったまま考えた。ミーアンとそのナイフを目の前にして、ウィドウズはどんな恐怖を味わったのだろう？　それに、耳をそぎ切られるときの痛みは？　そのあとのおぞましい殺されかたもわかっていたわけだし、どんな気分だっただろう？

想像もできない。それがどういう経験であったにせよ、自分の——アレックス・テンプルのせいで——ジョージ・ウィドウズはそういう目に遭ったのだ。

うぬぼれが用心をしのいでいた。応援もなしで前線に身を置き、そのために他人の命を危険にさらした。自分の行動は競争心から出たものだったとはっきり悟り、背すじが冷たくなった。保安局の考えがまちがっていることをドーンに証明したい――たったそれだけのためだったのだ。

おれが危険に敢然と挑んだために、ジョージ・ウィドウズは敗北を喫した。

個人としても、また兵士としても、完全な過ちを犯した。

これほどの落胆を味わうのははじめてだ。こんなに癒《いや》されない冷たい怒りを味わうのははじめてだ。

ドーンが医師とともにおりてきた。Tシャツ姿の四十代の医師は、かすかに南アフリカの訛《なま》りがあり、マックスと名乗った。ドーンもマックスも、二階の惨状に愕然としていた。

マックスは即座にアレックスの体からシーツをはがし、体を調べていった。

血みどろの裸体をドーンはちらりと見てから、壁のほうを向いた。「ずいぶんひどくやられたわね。あなたも耳を切り取られるところだったじゃないの」

「切り取るつもりはなかっただろう」アレックスは、ぼんやりといった。「目を狙って切りつけてきた。

「それで耳が助かったのかもしれない」マックスがいった。「ぜんぶナイフの傷だね？」

「ああ。コマンドウ・ナイフのたぐいだ」

「最近、破傷風の予防注射はしたか？」

「三カ月前に」

「エイズのテストは？」

アレックスは目を閉じた。「やつはおれを殺そうとしたんだ。犯したわけじゃない」

「テストは受けたほうがいい。ほかに傷は？」

「首のうしろを二度こっぴどく殴られた。たぶんナイフの鋼鉄の柄で」

マックスが、アレックスの頭の下に手を入れて、そっと探った。「痛いか？」

「気持ちいいとはいえないな」

「骨折しているかもしれない。レントゲンの予約を取っておこう。まずは、縫ったほうがいいだろう。しゃべっているほうが痛くないし、時間のたつのが早いんじゃないか」

アレックスは、ドーンに向かって片方の眉をあげてみせた。

マックスが、その目配せに気づいた。「わたしの前で話をしてもだいじょうぶだ。この一カ月のあいだに、自然死したとされている殺された幹部職員三人の死亡証明書を出している。医師としてたいへん危険な立場にあるわけだ」

ドーンが深く息を吸い、マックスがケースの縫合針を選んでいるあいだに、二歩ばかり近寄ってきた。「なにがあったの？」冷たい目でアレックスのほうを見おろしてきいた。

「いきなり襲いかかられた。そもそも、あんたたちが応援をつけるのを拒んだのに、ここで罠を仕掛けるという計画を続行したおれがいけなかった」

ドーンがマックスの視線を捉え、首を小さくふって、上で待つようにと合図した。マックスは刺した針をぶらさげたままにして、出ていった。

「それじゃ、ジョージ・ウィドウズの死は、わたしのせいだったというわけ？」ドアが閉まったとたんに、ドーンが詰問した。

「そうじゃない」アレックスは平静に答えた。「おれのせいだ。おれの判断がまちがっていた。責任を回避するつもりはない」

「それで、あなたはグロックを持っていて、彼は銃器をなにも持っていなかったのね？」

「そのとおりだ」アレックスは認めた。「仮に銃器を持っていたとしても、揉み合いの最初のころに取り落としたんだろう。それで、おれたちはナイフを抜いた」

「それで」

「おれはやつの鼻を折り、左手の甲を深く嚙み、上半身を二度ほど刺した。やつがやりたいことをやめさせるには不足だったようだが、かなり痛めつけたはずだ。いまごろは不愉快な思いをしているはずだし、顔と手に見ればわかるような怪我を負っている」

「その戦いはどれくらいつづいたの？」

「そうだな、三分か四分だろう」

「プロフェッショナルとして、どのぐらいの段階だと判断する？」

アレックスは肩をすくめ、たちどころに後悔した。「おれよりは上だな」みじめな思いで答えた。「それが妙なんだ。ものすごく攻撃的だったのに、でも……」

「でも？」

「でも、いざという瞬間に、おれを殺すのをやめた」

「なぜだと思う？」

「それは、おれの頭を殴って気絶させる前に、なにかをいっていた。だいたいこんなふうな……おれを殺すのは自分を殺すのとおなじだ、というようなことを。頭のいかれたやつらしい台詞《せりふ》だ」

「顔をはっきりと見たの？」

「いや。黒いカムフラージュ・クリームを塗っていたし、それにウェットスーツのフードをかぶっていた」

ドーンは、無表情のままだった。「彼のことを、なにかしらおぼえていないの？」

アレックスは顔をそむけた。ドン・ハモンドの葬式の冷たい目をした男の姿が、ふたたび脳裏をよぎった。あの映像は、ＭＩ５の写真から意識が作りあげたものだったのだろうか？

「身長も体つきも、おれとおなじぐらいだ。それに右利きだ。顎鬚も口髭もない。それはたしかだ」

「それではほとんど絞り込めないじゃないの」

「わかっている。申しわけない。今回のことすべて」

ドーンがアレックスの顔を見て、首をふり、携帯電話にナンバーを打ち込んだ。アレックスのいった特徴とウォッチマンの傷の様子を電話で伝えた、それから、地下室を歩きまわり、切り裂かれたウェットスーツや、小さな山になっているアレックスの持ち物を調べた。

「半径一〇マイルの範囲を捜索させているの」ドーンが、アレックスに教えた。「ヘリコプター、追跡用の犬、あらゆるものを使って。州全体で警察が、身長一七八センチ、がっしりした体格、鼻が折れ、手に怪我をしている三十代なかばの男を捜している。ガートン・ヒルの重警備病棟から脱け出した妄想症の患者で、武器を持っていると伝えてあるわ。近づかないように等々」

アレックスは黙っていた。役に立つようなことは、なにもいえない。

五分後、マックスが頬の縫合を手早く終えていた。「よし。こんどはその耳だ。二階の連中に、あと四十分かかるといっておいてくれ」アレックスのほうを向いて、すまなそうな笑みを浮かべた。「楽しいことを考えるんだな。かなり痛いぞ」

その午後、アレックスは私営の救急車で、ロンドンのアッパー・ノーウッドにあるフェアリー・クリニックに運ばれた。そこはいちおう有料の一般市民向けの病院とされているが、じっさいは保安局の専用病院だった。聞くところによると、密告者数人が、そこの何の変哲もないドアの奥で整形手術を受けたという。

アレックスは、窓のない個室に連れていかれて、ロッカーに衣服をしまわれた。男性看護師が紅茶と、痛み止めのヴォルテロールとコプロクサモールを持ってきて、クラシックFMに合わせたラジオを貸してくれた。それからあとは一日がのろのろと過ぎた。

午前零時前に、ロッカーのなかで携帯電話がガタガタ鳴っているのが聞こえて目が醒めた。バイブ・モードにしたままだったのを思い出した。気づいたときには、木綿のカバーの枕に頭をあずけ、真っ暗闇に横たわっていた。痛み止めが切れて、縫ったところがひりひり痛んだ。

「アレックス」静かだが、どことなく逼迫《ひっぱく》した声が聞こえた。「スティーヴォだ」

「スティーヴォ？」わけがわからずに答えてから、ドン・ハモンドの葬儀のあとの集まりで、狙撃チーム指揮官と話をしたことを思い出した。「ああ、スティーヴォ。どうした！　元気か？」

「まあな――いいか、あんたがどういうことでデン・コナリーに会いたいのか知らないが、態度のでかいやつらが最近聞き込みにきたことを教えてやろう」

ＭＩ５の連中だ、とアレックスは思った。やっと当たりをつけたのだろう。

「みんなだいたいなにもいわなかったがね」スティーヴォはつづけた。「だけど、おれは知ってることをあんたに教えるよ」

「頼む」

「やつは湾岸戦争後に辞めて、地中海で船舶警備をやってる会社に行った。詳しいことは知らないが、酒を飲むようになったか、仕事がだめになったか、とにかくつぎに聞いた噂は、武装強盗をやったというものだ」

「なんだって？」

「噂によると、北部環状線近くの例の仕事で用心棒をつとめたそうだ」

「パーク・ロイヤル・ショッピングセンターか」アレックスはつぶやいた。「現金輸送車だな。ＡＴＭのを集金するやつだったたか？」

「そうだ。要するに三人でスコットランド銀行の百五十万ポンドを奪った。たいした額じゃないが、デンにはじゅうぶんで、スペインに逃げた」

「どこにいるか、知っているか？」

「マルベーリャ郊外のエル・アンヘルという村だ。去年の夏、そこへ行ったやつがいる。デンはスペイン人を表看板に使ってバーを買い、なんとかやってる」

「バーの名は？」

「〈パブリト〉。小さないい店らしい。もっとも、デンはだいぶ衰えてるようだが」

「それで、公には、だれもその店のことを知らないんだな？」

「ビル・レナードは知らないはずだ。一週間前、おれたちを呼んで、いどころを知っているものはいないかときいた。それから、さっきいった、オカマみたいなＭＩ５野郎《ボックス》二人組がききにきた。みんな、パーク・ロイヤルの仕事に関係があると思ってる」

「あんたは、どうしてちがうと思うんだ？」

「わからない。ただ、そうならあんたはきちんというんじゃないかと思ったんだ」

「約束する。彼を密告《さ》したりしない」

短い沈黙があった。「連隊付准尉は、不思議がってる。前のある訓練生に関係があるんじゃないかと」

アレックスは頬をゆるめ、連隊の下士官たちの口伝《くちづた》えの情報がきわめて精妙かつ正確であることに、いつもながら驚嘆した。「見ざる、いわざる、聞かざる」と、しばらくしていった。

「そんなふうだっていうことか？　三匹の賢い猿？」

「そんなところだ。ありがとう、スティーヴォ」

21

翌日、アレックスはドーンに手を引くと告げた。

「そんな簡単に……やめるなんて！」ドーンが抗議した。「ミーアンをじかに見たのは、あなただけなのよ」

「見たのは向こうのほうだ。おれじゃない。それに、こんなに顔を縫われた姿じゃ、目立ってしかたがない。やつのそばにはぜったいに近づけない」

「それじゃ、アンジェラ・フェンウィックは？　彼に襲われたらどうするの？」

「きみらの人間が阻止するしかないだろう」アレックスはいった。「わかりきっているじゃないか」

ドーンが、目を丸くしてアレックスを見た。「アレックス」名前を呼ぶときにためらった。「お願い。仕事を最後までやってと、頭を下げて頼まないとだめなの？」

「ミーアンのほうが仕事を最後までやる可能性が高いだろうな」包帯を巻いた顔に触れながら、アレックスは皮肉っぽくいった。

「アレックス」ドーンが声をひそめた。「あなたは彼を捕まえられるし、殺すこともできる。

あなたは最高よ。だからわたしたちはあなたを選んだのよ」

アレックスは、ドーンのほうに視線を投げた。きょうのよそおいは、スチール・グレー一色――ドーンの瞳の色だ。「なにが必要なの？」ドーンがつぶやいた。「あなたに仕事をつづけさせるのに？　指揮をとり、采配をふるうのに？」

信じられるか？　アレックスは心のなかでつぶやいた。この女、本気でおべっかを遣っている。目を閉じた。この困難な作業をまだやめられそうにはない。

「なんでも必要なものを……」

「スペインだ」アレックスは、ぶっきらぼうにいった。

ドーンが、目を瞠《みは》った。

「飛行機でスペインに行かないといけない。会いたい人間がいる」

事実を部分的に削除して、説明した。ドーンは無言で聞いていた。

「そのひとがだれなのか、わたしに教えてくれれば、だれかを派遣して話をさせるわ」

「相手がきみだろうと、だれを派遣しようと、その男は話をしない」アレックスは、きっぱりといった。「おれでないとだめだ。おれが話をして、情報をそっちに伝えるから、あとは好きなようにやればいい。おれの特殊な知識を買って仕事をやらせているわけだろう――金を出しただけのものは手にはいるはずだ」

ドーンが煮え切らない様子で顔を見たので、アレックスは肩をすくめた。ＭＩ５がミーアンを斃《たお》すのを手伝えれば、ジョージ・ウィドウズの件を満足にやれなかったのを、すこしは埋め合わせることができるかもしれない。それが精いっぱいだった。

「仮にミーアンを知っているものがいるとしたら」アレックスはなおもいった。「その男を措《お》いてはいない。何日も、何週間も、トレガロンの掩蔽壕にこもっていた……そういう状況では、相手のことをかなり知り尽くす。ほかにやることがないから、話をする。訓練した連中のことを――おれはそいつらの女房がぜったいに知らないような事柄まで知っている」

ドーンがうなずき、携帯電話をバッグから出して、部屋を出ていった。戻ってきたとき、アレックスはコーヒーを飲み終えていた。ドーンの視線が、アレックスの顔の黒いかさぶたのできた醜い縫い目をなぞっていった。

「アンジェラはけさから二日間、ワシントンへ行くから、そのあいだはミーアンに襲われる気遣いはないと思う。でも、そうなるとわたしたちはできるだけ早くスペインへ行って、四十八時間以内に戻ってこないといけない。その状態で旅行できる？」


その午後に、ふたりはファースト・クラスで出発した。フェアリー・クリニックで、回復期について詳しい説明を受け、きのうアレックスの世話をした男性看護師が、ナイフによる創傷の手当てについてドーンに手短に個人教授し、必要になる各種の包帯や痛み止めなどのはいったキットを渡した。

ヒースロウ空港で、アレックスの執拗なもとめによって、ビーチ・バッグと水着を買った。アレックスはブルーの海水パンツ、ドーンは、本人が選んだ地味なワンピースをアレックスが替えさせた赤いビキニ。

「それらしく見せないと」マラガ空港に飛行機が進入を行なうときに、アレックスは説明した。「いかにも仕事という感じでは、相手がしゃべってくれない。公費でやってきたふたりの公務員に見られたら、ぜったいに話をしてくれないだろう。それに、きみが赤が似合うのは、この前見せてもらったからね！」

ドーンは最後の台詞は聞かないふりをして、しぶしぶ同意した。これから接触する相手の名前や所在を公にしないし、今回の訪問でなにが判明しても、刑事的訴追は行なわない、という約束もしていた。

「もうひとつおぼえておいてもらいたいことがある」アレックスは、きっぱりといった。「この男のいる世界は、《ガーディアン》の読者ではなく、筋金入りの犯罪者によって牛耳られている。愛人たちは口紅を塗りたくって、王女様みたいにちやほやされるが、仕事の話がはじまると追っ払われる。だから、肝心な瞬間には、きみにもそうふるまってもらいたい。いいね？」

「どうしてわたしを連れてきたのか、さっぱりわけがわからない」と、ドーンは文句をいった。

「掟にかなうようにするためだ。その男にはまちがいなく女がいるだろうし、男ひとりで訪問すれば、家庭の均衡が崩れる。よそから来た男は、脅威、性的挑戦、肉体的侵略と見られる――あらゆる面でマイナスになる。しかし、愛人を連れた男だと、まったく話がちがう。

きみと彼のかわいい女は、ブロンドのハイライトやらバイブやらの話をして、男たちが十年物のモルト・ウィスキイを飲みながら世界情勢を論じるのをほうっておけばいい」

「あら、楽しみだわ」

「いいか、おれたちは成果がほしいんだ。正しいボタンを押さないといけない」

ドーンの目が鋭くなった。「男は英雄、女はセクシーで頭はからっぽっていう、そういうくだらない考えは、あなたの進歩的なネオフェミニストの意見とは、まったくかけ離れているんじゃないの？」

「まったくそのとおり」アレックスは答えた。「おれは家事をやるマイホームパパの本家本元だよ」

シートベルト着用のサインが点灯し、鮮やかな地中海の青い広がりが眼下に見えた。現地時間で午後四時十五分だった。

マラガ空港からレンタカーのメルセデスを走らせて、たっぷり四十分かかった。くっきりと晴れた日で、空気は暖かく、海岸沿いの幹線道路の車の流れはゆっくりだった。マラガからマルベーリャにかけては、リゾート施設、ゴルフ場、マリーナなどの開発地域のようだった。完成したものもあれば、煉瓦や漆喰《しっくい》をほどこしている段階のものもあり、どれも未来の購入者に対してかなり鷹揚《おうよう》な条件を提示していた。

「コンドミニアムの頭金を払っておこうよ」アレックスは、マルベーリャのバイパスを走っているときに、満足げにあくびをした。「ショルダー・ホルスターを壁に吊るして引退した暁には、ここに住んでゴルフをやるんだ」

「引退した悪党どもと、延々《えんえん》酒を飲みながらね」ドーンが、棘々《とげとげ》しくいった。「わたしはやめておくわ」

「おいおい、人生を楽しもうよ！　太陽は輝いている。おれたちは太陽の海岸《コスタ・デル・ソル》に来ているんだ。せめて自分たちだけでも楽しもう」

「なんだかぞっとする場所ね。だいたい若い人はどこにいるのよ？」

「セクシーなシエスタを楽しんでいるんじゃないか。それともビーチに寝そべっているか」

「ふん。ブリンクス－マット強盗事件（一九八三年、ヒースロウ空港のブリンクス－マット警備会社の倉庫から金塊二六〇〇万ポンド相当が強奪された事件）みたいなのを目論《もくろ》んでいる可能性のほうが高いわ」

「ほら。エル・アンヘルの標識だ」

　その交差点を過ぎて、プエルト・バヌスまで行き、二泊の予約をした。オテル・デル・プエルトは一流ホテルだとわかった。矮小な椰子《やし》に囲まれた噴水がロビーにあり、バルコニー付きの豪華な部屋は港を見下ろす位置にあった。

　その部屋はダブルだった。泊まっているところまでコナリーが調べる理由はないはずだが、万が一調べた場合、シングルふた部屋をとっているとわかれば、まちがいなく用心するはずだ。ドーンはいっしょのベッドに寝るのに乗り気でないようだったので、アレックスは床に寝ると冷ややかにいい放った。

　そして、こうして到着した。眼下では白いヨットの群れが錨につながれてゆっくりと揺れ、波止場では高級な服を着た観光客がバーや商店の前をぶらぶら歩いている。ドーンですら、その眺めが気に入ったようで、おりていって軽い食事をしようとアレックスがいうと、即座に同意した。

アレックスは、ダブルベッドの上でバッグをあけ、ぎこちなくボクサー・ショーツ一枚になり——飛行機と車に乗ったために、太腿の傷がことにつらかった——それまでのジーンズとTシャツから、薄手のチノパンツと竜の模様のハワイアン・シャツに着替えた。縫った傷は〈エラストプラスト〉で覆った。「どうだい？」と、ドーンにきいた。

「さんざん殴られたポン引きね」ドーンがいった。「失礼して、バスルームで着替えてくる」

いつもの鳩灰色の短いカクテル・ドレスを着て現われ、ほんのかすかに香水がにおっていた。髪と目が輝いている。アレックスは、目を丸くして見つめた。

「きみ……」

「なに、テンプル大尉？」

「……まさに休みに旅行にきた感じだよ」

「結構。行きましょう」

適当にバーを選んだ。夕方の五時過ぎで、目の前の海や古い酒場からの照り返しが弱まっていた。ふたりの近くのテーブルには、ヨット用の服を着た中年の男たちと、彼らよりもだいぶ若く、偽物ではないかと思われる胸のでかい、女たちがいた。

ふたりの料理とコークが運ばれてきた。アレックスはドーンに、これからかなり飲むことになるはずだと警告していた。ポケットから、エフェドリンの錠剤が十錠ほどはいった小さな容器を出した。フェアリー・クリニックで出してもらったもので、五感を鋭敏にし、酔いを抑える効果がある。「一気にいこう！」にやりと笑って、アレックスは二錠を飲み、ドーンに容器を渡した。

「乾杯！」ドーンがもっとまじめに応じた。二錠飲み、用心のために容器をバッグにしまった。

「デオドラントを持ってきてよかった」バッグのなかを覗き込んで、アレックスはいった。

「汗をかくかもしれないからね」

「おかしなひとね」ドーンがいった。「これは〈メース〉のスプレーよ。妙な真似をしようとするひとがいたら――あなたもよ――やられることになる」

「暴動鎮圧ガールか？」

「まあね」

目的の場所まで、車で十五分かかった。

エル・アンヘルは、プエルト・バヌスとは、まったくちがう場所だった。村というよりは、幹線道路と海のあいだの雑然とした一角で、新旧さまざまなスペインの農場の母屋風の住宅団地がいくつもあった。そのなかで最大の住宅団地――ボウリング場とファスト・フード・センターのあるもの――は、窓がなく、未完成だった。漆喰《しっくい》が古びているところからして、だいぶ前に建設が中断したようだ。ペンキで描かれた大きな看板の全体像は、たしかに建築家が思い描いたとおり——活気があり、若々しく、コスモポリタン——だが、現実の建物のほうは、いかにも打ち捨てられた雰囲気だった。

　幹線道路にメルセデスをとめると、アレックスとドーンは小径を海に向けてたどった。低木の林を通り、庭にするつもりだったとおぼしい個所を抜けた。いまそこには、建築業者の残したゴミや、錆《さ》びた山形鉄材その他の建築資材の残骸があるばかりだった。夕方の風が、犬の糞の強い悪臭を運んできた。

　アザミで足首を切って、ドーンが顔をしかめた。「やっぱり服装をまちがえたかもしれない」細いストラップのサンダルを見おろして、ぽつりといった。

「それでいいよ」と、アレックスは応じた。

　小径はやがて白い漆喰の下塗りをした家が左右にある凝った造りの道に変わった。ひとが住んでいて、ドライブウェイに車があり、ブーゲンビリアやハイビスカスの狭い庭を誇っている家もあったが、たいがいは空き家のままだった。

　その界隈の荒れ果てた様子に、アレックスは愕然とした。打ち捨てられた山荘風の建物の群れは、ほんとうの意味で道路の果てにあった。ここへやってきて、すべてをゆっくりと忘れてゆく、という感じがする。

　ドーンもおなじ印象を持ったようで、驚いたことに腕をからめてきた。「どの夢の家にも心の痛みがある」とつぶやいた。

「そうだな。心底一杯やりたくなってきた」

「そのバーは、文字どおり海の上にあるんじゃないの？」

「どうもそのようだ。そのあたりの家の呼び鈴を押して、きいてみよう」

ふたりは顔を見合わせ、不安げな笑い声を漏らした。やがてドーンが手近の家にすたすたと歩いていった。表札に〈タングミア〉とあった。

ドアをあけたのは、ネクタイを締めてＲＡＦ（英国空軍）のブレザーを着た年配の男だった。その男の妻とおぼしいゆったりしたワンピースを着た女性が、心配そうにうしろから覗いていた。

「〈パブリト〉を捜しているんです」縫った耳を手で隠しながら、アレックスがいった。

「道路を越えて、海に面し、〈シー・パインズ〉と〈カサ・リンダ〉のあいだを十一時の方角に進むといい。ＥＴＡ（到着予定時刻）は三分後だ。若いデンジルをたずねてきたんだな？」

「ええ」

「第一級の男だ。もちろんうしろ暗い実力者《ダーキッシュ・ホース》だが、ここではそれが例外ではなくあたりまえだからな。ちょっと寄らないかね？　沈む夕陽に向かって一杯どうだ？」

「またの機会にしましょう」相手のすがりつくような目を見て、うしろめたい思いでアレックスは答えた。

「結構。ファースト・ネームはダンバーだ。たいがいここにいる」

アレックスとドーンが小径を進むと、すぐにバーが見つかった。まるでトーチカのような建物で、茶色がかった下塗りが石の多い海岸と釣り合っていた。まだともされていないネオンは、椰子《やし》の木と夕陽をかたどっていた。まわりに木のベンチとプラスティックのテーブルが十数脚あった。錆びたバイクが、壁にあぶなっかしく立てかけてある。

「まったく、ドレスアップしすぎたわ」こけら板の上を歩きにくそうに進みながら、ドーンがいった。

「おれのポン引きの格好はぴったしだったな」アレックスは、にやりと笑った。

〈パブリト〉に近づくと、裏道を遠回りしたのだとわかった。あろうことか、狭い道が店の正面にそのまま通じていた。入口のスイングドアは、半開きになっていた。外見とは裏腹に、なかはかなり広いようだ。いっぽうの壁ぎわにバーのカウンターがあり、サロン姿の四十なかばぐらいのかなり日焼けした太った男が止まり木に腰かけ、壁に取り付けたテレビでサッカーを見ていた。カウンターの奥には、髪をブロンドに漂白した二十代の女がいて、ビールのグラスを磨いていた。そばの灰皿に火のついた煙草がある。

ドーンとアレックスが、スイングドアの上から覗くと、その女が愛想笑いを浮かべた。

「どうぞはいって。ご覧のとおりロスタイム中だけど、ゆっくりしていいのよ。なんになさる？」

アレックスは、ドーンのほうをふりかえった。ブロンド女が顔の絆創膏《ばんそうこう》をじろじろ見ているのを、目の隅で捉えていた。「なあ、なんにする？」

ドーンが、やさしい笑みを向けた。「そうね。バカルディ・ブリーザーかなんか飲もうかな！」

「ワンＢＢ。彼氏は？」

「ビールにしてもらおう」

止まり木の男が、腹をかいて、顔をあげた。「なあ、パトリック・ヴィエラはほんとうに頼りにならねえな。そのうちだれかが息の根をとめてやりゃあいいんだ。この辺に泊まってるのか？」

「プエルト・バヌス」アレックスはいった。

「高級なところだ。一六一五の便で来たんだな？」

アレックスはうなずき、ドーンが止まり木に座るのに手を貸し、裂傷を負った太腿に用心しながら、自分も腰かけた。

「それじゃ、このあたりを探検してるのか？」

アルコールで顔はむくんでいたが、目は明敏だった。それに、煉瓦のように真っ赤に日焼けした肥満した体の下に、鍛えられた肉体の名残があるのを、アレックスは見てとった。太い前腕には、刺青《いれずみ》をレーザーで消した跡がある。

「二、三日、あれやこれやから離れようと思ってね」アレックスはドーンにウィンクして、頬の包帯に手をやった。「見てのとおり、ちょっと車でぶつかってね。たまには親睦を深めようというわけさ」

「だとすると、いちばんいい場所に来たよ」男が、ナイフの傷跡をちらちらと見た。「で、商売は？」

「デン、お客さんをほっといてあげなさいよ」ハイヒールのミュールをカタカタ鳴らして、逆さに取り付けた酒壜の下に行きながら、女がいった。「そのひとがお店にはいって二分とたたないうちに、あんたったら……」

「いや、いいんだよ」アレックスはいった。「おれはトレーニング・インストラクターなんだ。このドーンは、その、いちばん優秀な生徒でね。なあ」

ドーンが、くすくす笑った。「だといいけど」

そういう触れ込みにすることに、前もって決めてあった。しつこく聞かれたら、ドーンが人妻だということをほのめかす。

肥《ふと》った男はうなずき、サッカーの画面に目を戻し、アーセナルがシュトルム・グラーツからゲームの主導権をもぎ取れないことに不満を表わして、ときどき首をふった。試合終了のホイッスルが鳴ると、止まり木の上で体をさっとまわし、大きな手をアレックスのほうに差し出した。「デンだ。ビッグ・デン、ダーティ・デン、でぶ、なんでもいい」カウンターにはいり、ぴっちりしたホワイト・ジーンズに包まれた女の尻を叩いた。「こいつはマリー。飲み物を頼むよ、おまえ」

「やめてよ！　それに頼むから、シャツを着てよ」ビア・グラスを取りながら、マリーと呼ばれた女はドーンにウィンクした。「あたしがおっぱいをぶらぶらさせてたら我慢できないでしょうが――どうして逆ならいいのよ」

「おれみたいないい体をしてたら」コナリーがいった。「みんなと分かち合わないといけない」

グラスのスペシャル・ブルーを、コナリーは一気に半分飲み干し、巨大な腹を叩くと、煙草を取り、内緒話でもするようにドーンのほうに身を乗り出した。「地元では、おれはフィットネスの大先生で通っているのさ」とつぶやいた。

ドーンが、またくすくす笑った。「なかなかすてきなジムじゃない」店内のサッカーのペナントや、サイン入りの『イーストエンダー』のポスターを眺めまわした。

客がぼつぼつ来はじめた。アレックスとドーンは、カウンターでゆっくり飲みながら、周囲で親しげな冗談が飛び交うのを聞いていた。みんな常連だというのがわかった。この浜辺の地味なバーが、国を離れた犯罪者の特権階級の溜まり場だということも判明した。だれもが、派手すぎる上等な服を着ている。女たちはドーンよりもマリーの感じに近く、ブロンドに漂白した髪をフェザーカットにして、かならずオレンジみたいな胸のクレバスを見せつけていた。男たちは『イーストエンダー』のロス・ケンプ風のスキンヘッドにパステル・カラーの遊び着で、顔にいくつも傷跡がある。

コナリーは客の相手をしながら飲みつづけ、自分と相手のグラスがかならずなみなみと注がれているように気を配っていた。アレックスの見るところ、金を払って飲む酒と店のおごりの区別が、あまりはっきりしていないようだった。飲み物の代金をまだ請求されていなかったので、自分たちの勘定はつけになっているのだろうと思った。

九時ちょうどにダンバー夫妻が現われ、ドーンとアレックスに丁重に会釈すると、客たちと握手をして、それぞれウィスキイ・ソーダとジン・トニックを一杯ずつ飲み、帰っていった。

「やっこさん、ウェスタン砂漠でスピットファイア戦闘機を飛ばしていた」と、あとでコナリーがアレックスに話した。「十機撃墜している。いまでは週二五ポンドで暮らしている。つけにしておいて、英霊記念日曜日が来ると帳消しにする。それぐらいしかしてやれない」

アレックスはうなずいた。

「ときどきは話を聞いてやる」煙草に火をつけながら、コナリーはつづけた。「巴戦《ドッグファイト》のやりかた。空中戦のことだよ。それでな、そういう話に釣り込むと、やっこさんの目に、索敵しては撃墜していた昔の光がよみがえるんだ。おれのいいたいことはわかるだろう?」

アレックスは、ふたたびうなずいた。エフェドリンが効きはじめ、体内をめぐっているのがわかる。コナリーが横で煙草を灰皿に押しつけ、スペシャル・ブルーをごくごくと飲んだ。かなり汗をかいている。うしろで女房たちが甲高い声をあげていた。ドーンがそのなかにいた。

アレックスは、断わりをいった。小便がしたかった。

混み合っている客のあいだをそろそろと進み、ネオンがぼんやりと照らしている表に出て、あたりを覗き込んだ。椰子の木立あたりがよさそうだった。こけら板を踏む足音が、うしろから聞こえた――やはり用を足しにきたやつだろうと思った。

そのとき、その足取りの決然とした感じから――断固とした一定の歩度だ――そうではないと気づいた。ふりむきかけたとき、剃《そ》りあげた頭の光っている大男のシルエットがのしかかり、太い前腕に首を絞められた。

「トレーニング・インストラクターだなんていうでたらめはいうんじゃねえ。おまえは何者だ？　なにが目的だ？」

ほとんどささやきに近いような低い声だった。アレックスは必死でもがいて離れようとしながら、踵《かかと》と肘をうしろにくりだした。肉と骨に当たりはしたが、効き目はなかった。喉もとの腕はチーク材のように硬く、なおも絞めつけた。目の前がちかちかして、耳鳴りがした。襲ってきた男は、詰問したもののすぐに答をきくつもりはないようだった。

意識をいくぶん長く保つことができたのは、おそらくエフェドリンのおかげだっただろう。その間に、手をじたばた動かして、相手の急所を握った。汗にまみれたズボンをつかみ、左手で陰嚢をつかむと、渾身の力をこめて握りつぶした。

甲高い苦痛の叫びが聞こえ、喉を絞めている腕がすこしゆるんだ。アレックスが向き直るには、それでじゅうぶんだった。左手で握りしめた陰嚢をそのままねじり、右手で岩のような硬いパンチを二発、脇腹の下のほうに叩き込んだ。

腕をぶんぶんふりまわす反撃のパンチをかわしながら、アレックスはよろよろとあとずさり、息を整えようとした。相手の姿が、いまでははっきりと見えていた。太い首に蜘蛛《くも》の巣の刺青を入れた用心棒風の男で、筋肉は鍛えすぎたために柔軟性を失っているのがわかる。カウンターにいたのをなんとなくおぼえている。刺青は明らかに刑務所で彫ったものだ。

激痛に顔をゆがめて、そのゴリラみたいな男が、すばやく後退していたアレックスにつかみかかろうとした。もう訊問ではなく、復讐しか頭にないようだ。その瞬間、ほっそりした人影が店の入口の蔭からふっと出てきて、スプレーの噴射が空気を切り裂いた。

用心棒が、かつて経験のないショックと痛みと怒りのために吼《ほ》えた。両眼を手でかきむしったその隙に、アレックスは睾丸を思い切り蹴った。苦しげに息を吐いて、用心棒はこけら板の上にくずおれた。

「ちょっと目を放すとこれなんだから」ドーンが、満足そうににやにや笑いながら〈メース〉をハンドバッグにしまい、ネオンの明かりのなかに姿を現わした。

「たしかに」アドレナリンの分泌で、アレックスは動悸が速くなっていた。「おれのあとをつけていたのか？」

「こういういいかたをしておくわ――昔ながらのイースト・エンドのもてなしは、すばらしいけど長続きしない」

「その……ありがとう！」

「いったいなにをやってるんだ？」

店の入口に、酒と煙草をそれぞれの手に持ったコナリーの姿があった。驚いた顔からして、思いどおりの筋書きではなかったようだ。地面にはおれが倒れているはずだったのだろう、とアレックスは思った。慈悲を乞い、警官だと白状しながら。

コナリーはすばやく驚きの色を隠し、倒れている男の下腹を即座に蹴った。「立て、このオカマ野郎！」

用心棒が身をよじると、コナリーは不安をあらわにして、アレックスのほうを向いた。「悪かったな。このケヴが無礼なことをしたのか？」

「おれに質問をして、答える間もなく首を絞めた」

コナリーは首をふり、すたすたとカウンターの奥へ行って、水差しを取ってくると、ケヴの頭に水をかけた。

ケヴが、股間をつかみ、よろめきながら立ちあがった。Tシャツが濡れ、〈メース〉のペッパースプレーが命中した顔の左側に赤茶色のしみが点々とついていた。目がまだひりひりしているようだったが、あわれっぽい笑みをなんとか浮かべ、ふるえる手をアレックスのほうに差し出した。「悪かった。ちょっとやりすぎたよ！」

「まあいいさ」よく立っていられるものだと、アレックスは驚嘆した。闘いのアドレナリンが引いてゆくにつれて、顔の縫い目がずきずきと痛みはじめた。

「みんな、仲直りしたな？」コナリーが、輝くような笑みを浮かべた。「すばらしい。ケヴ、このレディをなかに連れてって、シャンパンをあけてくれ――スペインのくそみたいのじゃなくて、モエにしろ――ちゃんと居心地よくしてさしあげるんだぞ。それから、その面《つら》をちゃんと拭け！」

ゴリラみたいな用心棒が従順にうなずき、ドーンに先にスイングドアを通るようにと合図した。

「申しわけなかった」コナリーが、アレックスのほうを向いた。「しかし、おれが身の安全に気を配らなきゃならないのは、わかってもらえるな」

アレックスはうなずいた。

「あんたはおまわりじゃない。それはわかった。だが、ただ者じゃない。その両手と首の日焼けは、太陽灯で焼いたものじゃない。顔と腕の怪我も、交通事故なんかじゃない。揉《も》み合うところは見なかったが……」

「スティーヴォにきいて来た」アレックスは、そっといった。「マリーには心配させたくない」

コナリーは、グラスを飲み干した。「スティーヴォ？　スティーヴォなんていうやつは知らない」

「ヘリフォードのB中隊のジム・スティーヴンソンがスティーヴォだ。おれもSAS《レジメント》だ、デン」

「それで」

「おれはD中隊。対革命戦ウィングに所属している。昔のあんたといっしょだ」

「入隊はいつだ？」

五分にわたって、コナリーはSAS隊員たちに関する質問を浴びせ、内部のものしか知らない詳細な事柄を聞き出した。ひっかけるための質問もして、ちびのトッシュ・マクミランはまだいるか？　とたずねた。マクミランはたしかにいるし、身長は一八八センチだと、アレックスは答えた。やがてコナリーは、アレックスの身許を信じたようだった。

それを察すると、アレックスはコナリーの目をまっすぐに見た。「いいか、デン、面倒はかけない。話を聞きたいだけだ」

コナリーは、無言でアレックスをじっと睨んでいた。疲れ、顔が腫《は》れぼったく、すこし悲しげに見えた。それに、かつてＳＡＳ最強の下士官だったにしては妙に無防備な感じだと、アレックスは思った。

「あんたは話をするような人間じゃない。撃つ男だ。顔にそう書いてある」

「おれは人を捜している、デン。それだけだ。協力してくれれば、パーク・ロイヤルの仕事の件はなにも心配しなくていい。身分を偽装することもない。警官がいないかと肩ごしにふりかえることもない」

「パーク・ロイヤルの仕事ってなんだ？」

「デン、おれは仲間だ。信じろ」

「へえ、そうかい。それじゃあの女は何者だ？　〈メース〉の使いかたがずいぶんうまいようだが」

「ただの女だ。べつに関係ない」

コナリーは、空のグラスを黙って見つめ、迫りくる闇に煙草をはじき飛ばすと、うなずいた。一瞬、酒で赤くなった顔の蔭に、神経を研ぎ澄ました特殊部隊兵士の用心深さが垣間見えた。と、輝くような笑みが戻り、大きな手がアレックスの肩に置かれた、「よし、せっかく楽しく飲んでいたのがとぎれちまったな。今夜は店のおごりにしよう」

アレックスを連れて、コナリーは店にはいり、ほどなくマリーがシャンパンのグラスとアイリッシュ・ウィスキイのショット・グラスをアレックスの前に滑らせた。拍手と笑い声を受けて、だれかが『ユダヤ人のおふくろ』（『リリー・マルレーン』を歌った第二次世界大戦中の人気歌手アン・シェルトンのナンバー）を歌いはじめた。

ほどなくドーンがそばに来た。頰を高潮させ、ほんとうに楽しそうな様子だった。状況を考えると自然なように、アレックスはドーンの腰を抱き、ドーンのほうも体をあずけるようにした。つかのま、やわらかな乳房が脇に押しつけられるのがわかった。

「ありがとう」アレックスは、あらためて礼をいった。「どっちにころんでも、大騒ぎになるところだった。ギャングの女房たちと、よく仲良くやれるね」

ドーンが、考え込む様子で、シャンパンのグラスをカウンターに置いた。「楽しいひとたちよ。わたしはあのひとたちが好き。進展はあった？」

「名前をいくつか出した。おれの正体を教えた。でも、きみのことは明かさない。おれの彼女ということにしてある」

「まあうれしい」

「問題は、おれが殺し屋かなにかだと思われていることだ。やっこさんを始末しにきたんじゃないかと。びくびくしてる。ここに来たほんとうの理由を教えて気を落ち着かせるのが、いちばんいいと思う」

「賛成。それと、頭の悪いエッチなブロンド相手に、こんなふうにまじめに話し込んだらだめよ」口をとがらせた。「だって、あたし、そういう女だもん！」

アレックスは、ドーンの頬を人差し指でなでた。「ていうか、すごく演技がうまいな」

「そんなお世辞いって、下心あるんじゃないの？」

店内にまた歌声がひろがった。何人かがピアノのところに集まって、古いコクニーの歌を乱雑に弾いていた。

「イースト・エンドのボウ教会の鐘が聞こえてきそう」ドーンが、シャンパンを飲み干しながら、感慨深げにいった。

「ロンドンをちょっとはずれたバズルドンあたりの昔の住宅地かなあ」アレックスはいった。

「悪くいってるわけじゃないよ。おれもエセックスの生まれだから」

ドン・コナリーの汗だくの巨体が、いきなりふたりのそばに現われた。「酔っ払ってあんたのいうことがわからなくなる前に聞いておこう」アレックスにたずねた。「あんたはだれを捜しているんだ？」

アレックスはドーンに顎をしゃくり、グレーのドレスの尻を叩いて追い払った。「ジョーゼフ・ミーアン。暗号名ウォッチマン。あんたはＭＩ５《ボックス》のためにやつを仕上げた」

コナリーはうなずいた。「おれはここにはいないことになってる」ようやくいったとき、呂律《ろれつ》がまわらなくなっていた。「おれはどこにもいない。それはわかってるよな」

アレックスはうなずいた。「事情はスティーヴォから聞いてる。あんたの噂を聞いたものは、どこにもいない。おれが知りたいことを教えてくれても、あとはなにも心配しなくていい」

「口に出して誓ってくれるか？」コナリーは、客たちのほうを意味ありげにちらりと見た。「みんなさぞかし怒るだろう。もし……家族同然なんだ――ヘリフォードだの対革命戦ウィングだの、くだらんことはどうでもいい」

アレックスは、コナリーの目をまっすぐに見た。「誓う」

コナリーは口をきっと結び、自分を納得させるような感じでうなずいた。「あす。昼食の時間に。いっしょに、あんたの……」マリーと内緒話をしているドーンのほうを曖昧《あいまい》に示した。「今夜は、なんでも好きなものを飲んでくれ。さっきもいったように、店のおごりだ」

ふたりが店を出たのは、午前二時だった。コナリーが折れてその晩のうちに話をすると思ったからではなく、信用できることを証明する必要があったからだ。コナリーに対し、きちんと敬意を示さなければならない。早々にひきあげるのは、無作法と見なされるはずだ。だから、ぐずぐず残っていて、酒をがぶ飲みし、強盗、売春婦、密告者、濡れぎぬを着せる手口、汚職警官、数え切れないくらいの撃ち合いなど、ギャングの伝説の数々にたいそう感心したふうを装った。ドーンはとなりで目を丸くして耳を傾け、アレックスの腰に軽く手をまわしていた。要するに、ふたりは犯罪者がおおぜいいるバーにたまたまやってきた多感な若いカップルという感じだった。

　最後の別れの挨拶が済み、ようやく車にたどりつくと、ドーンはなんどか目を強くしばたたいて、バッグから車のキイを出した。

「運転できるか？」アレックスは、朦朧《もうろう》としながらたずねた。

「ほんとうにちょっとしか飲んでいないのよ」ドーンがいった。「こういうときは、ラムのコーク割りにするの――そうすれば、コークばかりになったのを飲んでいても、だれも気づかないから」

「エフェドリンを飲んでいても、こっちは相当ぐでんぐでんだよ」アレックスは、舌がもつれそうになりながらいった。「とにかく任務はだいたい達成した」

「乗って」

　ホテルの部屋にはいると、ふたりはあけ放った窓の前にしばし立っていた。港とヨットがライトアップされ、海は墨を流したように真っ黒だった。アレックスは、酔っ払い特有の寛大な気持ちに呑み込まれた。「きみはすばらしかったよ」心からそういって、ドーンの暖かな肩に手を置いた。「ことにコナリーの用心棒に〈メース〉をかけたのが」

　ドーンがにっこり笑い、アレックスの手に頬を乗せるような感じにした。「何度もお礼をいわなくていいのよ。わたしもおもしろかった。あすはどうなるかしら？」

「わからない。昼食といったのは、時間を稼ぐためかもしれない。われわれを歓待して、手ぶらで帰るのではないという気持ちにさせたいのかもしれない。いまのところは、おれの身許がほんもので、きみはただのかわい子ちゃんだと信じているが、おれのあとから来る人間を怖れている。最期が訪れるのを」

「あの男は、なにを隠しているの？」ドーンが、そっとたずねた。

「やばすぎることだ」

「それで、あなたはどういう約束をしたの？」

用心しろ、と酩酊した状態でアレックスは自分にいい聞かせた。ドーンは、パーク・ロイヤルの仕事を知らない。

「あの男があす話をすると思っているんでしょう？」ドーンが、語気鋭くたずねた。「だって、あすしかないのよ。三十時間後には、アンジェラがワシントンから帰ってくるし、そのあとはいつなんどき……」

アレックスはうなずいた。ミーアンに襲撃されるおそれがあることは、いわれるまでもなくわかっている。内心では、コナリーがしゃべるという自信はなかったが、ほかに手立てもない。酔いのせいでこめかみがずきずきするうえに、それと拍子を合わせてナイフの傷も痛んだ。

「包帯を取り替えてあげましょうか？」ドーンがきいた。「そのあわれな顔にすこし新鮮な空気を当てたほうがいいわ。ベッドに横になって」

包帯は自分で簡単に替えられるのだが、横になってドーンのジャスミンの香りと髪のスモーキイなにおいと、息にまじったラムのにおいを嗅いだ。なかなかいい女だ、と思った。ときどきロやかましくなるし、運転のしかたにはものすごくいらいらするが、そんなことはどうでもいい。なにしろたいへんな仕事をしている。その程度の弱点は許してあげないといけない。

それに、冷たいグレーの瞳と秘密を隠しているやわらかな唇の持ち主で、かなりの美人でもある。ドーンが頬の包帯をそろそろと剝《は》がすとき、べつに他意はないのだが、なにげなくグレーの麻のワンピースの前をちらりと見た。ブラジャーのたぐいはつけていないようだった。カウンターで押しつけられた乳房の感触を思い出して、ちょっとうれしくなった。

「フェアじゃないわ」恨めしそうに、ドーンがいった。

「なにが？」

「わたしが一所懸命ナイチンゲールの真似をしているのに、あなたはわたしの胸ばかりみて犬みたいにはあはあいっている。あなたは紳士たるべき士官でしょう」

「紳士とかいう話は、どこでもいわれなかった」アレックスはいった。「それに、犬みたいにはあはあいってはいない。ただ息をしているだけだ」

「それじゃ、息をとめて。目も閉じて。さもないと耳を引きちぎるわよ。そんなことされたくないでしょう？」

アレックスは、にやりと笑い、ジョージ・ウィドウズの土色になった血まみれの耳が枕に乗せてあったことを考えないようにつとめた。ドーンもおなじことを思い出したらしく、急にそっけなく手荒なやりかたになった。

用の電話だから」

包帯を替えると、ドーンは携帯電話を持ってバルコニーに出た。「ちょっと待ってて。私

アレックスは、バスルームにはいった。彼氏にちがいないと思い、名前も知らないドーンの恋人の顔をぶん殴りたいという衝動がこみあげた。できれば何度も。

鏡を見て、顔に走る黒く醜い縫い目を眺めた。ひでえありさまだな、テンプル、と心のなかでつぶやいた。そんなふうじゃ、セクシーな女スパイどころか、ヘリフォードのゲイの溜まり場〈サクスティーズ〉にたむろしてるぶすのデブ女もひっかけられないぞ。現実を直視しろ。

ドーンが戻ってきたときには、アレックスはボクサー・ショーツだけになって、鎮痛剤のニューロフェンを捜していた。

「逆向きになって」ドーンがいった。「太腿を見てあげるから」

アレックスは従った。五分後、ドーンが腕組みをした。「いいこと、こうするわ。あなたはベッドに寝て、戸棚の毛布を使う。わたしはベッドのキルトをもらって床に寝る」

「おれが床に寝るよ。きみがベッドに寝ればいい」

「ふつうなら即座にそうするけれど、あなたの怪我のひどさを考えて譲るのよ。いい合いはなしよ、テンプル。いいわね？」

アレックスはうなずいて、ベッドにはいった。ドーンがバスルームへ行った。床のキルトに横になる前に、ちょっと窓のそばに立ち、Tシャツとパンティだけの、ほっそりしてはい

るが女らしい姿があらわになった。
アレックスはうめいた。きょうはじめての激しい肉体のうずきをおぼえた。

22

「もう吐かないでしょうね？」ドーンがきいた。

「だいじょうぶだと思う」アレックスはささやいた。「いいからウェイターにビール半パイントを注文してくれないか」

「頭がどうかしたんじゃないの？」

「いや、すごそうだと思うかもしれないけど、効くんだ。それに、このホテルじゃ油っこいこってりした朝食を食べるのは無理だろうし……」

「ここはスペインなのよ、アレックス。ロンドンのイースト・エンドじゃないの。寝そべって太陽を浴びていればいいのよ。それに、体を掻《か》くのはやめて」

十時半のことで、ふたりはホテルのプールサイドの隣り合ったラウンジチェアに横になっていた。ドーンはヒースロウ空港で買った赤いビキニを着ていたが、それすらもアレックスを元気づけることはできなかった。ジョージ・ウィドウズが殺されたことに対する激しい罪の意識と落胆が、ひどい宿酔いに追い打ちをかけていた。

前の日は楽しく、なにごとにも明るい見通しがあった——過去の過ちは、精力的に探偵仕事をやれば埋め合わせがつくような気がした。いまは、なにもかもが、ひどく無意味に思える。自分のこれまでの経歴をじっくりと考えて、自分が原因の害悪や死と長い目で見た善を秤《はかり》にかけても——これまでとはちがって——善のほうが重いとはっきりいいきることができない。そうではない。害悪のほうが重い。

対革命戦ウィングの不明朗な秘密作戦と北部環状線での警備会社のバン襲撃に大差はなく、ほんの数歩、道をそれるだけだと、デン・コナリーは思ったにちがいない。犯罪を行なうという意識はなかったはずだ——とうの昔からやっていたことだからだ。通常の人間の行動の埒《らち》をはるかに超えている仕事をずっとやってきたため、なにごとも正当に思え、無理やり理屈をこじつけられるようになる。

ただ、犯罪を行なうときには、犯罪者がお荷物になる。犯罪者はたいがい頭が悪く、欲が深すぎる。それに昨夜のことからもわかるように、自慢したがり、感傷的で、判断力に欠ける。だめだ。自分でチームをこしらえなければならない。信頼できる少数の人間だけでやる。軍隊並みの秘密保全を維持し、計画し、実行する。

そのあとどうする？　銀行強盗に成功して、金を手に入れたら？

バーと大きなテレビを買い、戦争の話に耳を傾け、肥ってしまうのか？

ドーンがラウンジチェアから頭をもたげて、いらだたしげにアレックスのほうを覗き込んだ。顔がサンスクリーンで光っている。「あなた、きのうなんていった？　元気を出せ？　人生を楽しもうよ？　太陽が輝いている？」

　アレックスはドーンのほうを向いて、きょう最初の淡い欲望をおぼえた。ビキニのトップの赤いスパンデックスの紐がほどかれて、脇に垂れさがり、背中のうしろにひとつ、真珠のような汗の粒ができている。それを一瞬見て、ドーンの肌はどんな味がするのだろうと思ったところへ、トレイを持ったウェイターが近づいてきた。

「このひとにビールを一杯お願い《ウナ・セルベサ・パラ・エル・セニョール・ポル・ファボール》」ドーンが小声でいった。「わたしにはフレッシュ・オレンジジュースを《イ・ウン・ナランハ・フレスカ・パラ・ミ》。ありがとう《グラシアス》」

「かしこまりました《シ・セニョーラ》」ウェイターがうなずいて、離れていった。

「ずいぶん流暢《りゅうちょう》だね」アレックスはいった。

「そうよ。このひとは機嫌が悪いから浣腸しないといけないっていってやったの」

「きのうの夜、あんなに飲まなければよかった」

「国のために尽くしているとき、もっとひどい目に遭ったこともあるでしょう」

　アレックスはうめいた。ナイフの傷が治りはじめていて、そのためにものすごく痒《かゆ》かった。

「きくのを忘れていた――川からおれの武器を回収できたかな？」

「グロック？　ええ、ナイフと、ミーアンが持っていたと思われるサイレンサー付きのSIGザウアーも。それから、あなたが気を失っているあいだに、爪のあいだから皮膚の一部と髪の毛数本を採取した」

「かなりきつくしがみついたからな。でも、犯人がやつだという証拠は、もう必要ないんじゃないのか？」

「確証はいくらあってもいいのよ。だけど、わたしたちがいちばん期待しているのは、彼の所在についてなにかわかるのではないかということなの。法科学課は、髪の毛一本から、いろいろなことを突き止めてくれるから」

アレックスは、無理ではないかという顔をした。「幸運を祈るよ。髪の毛は、これから会う陽気な男よりも役に立つことだろうよ」

「なにも話さないつもりなら、どうして昼食に呼ぶのよ？」

「おれが提案した免罪の取り引きを、まとめるために、なにかしら教えるだろう。問題は、やつが教える情報が信用できるかどうかだ」

ドーンが、難しい顔をした。「ねえ、その免罪の取り引きだけど……」

「ドーン、いまあいつからなにかを引き出せなかったら、この先なんの見込みもないんだ。それに、あいつの話からウォッチマンのいどころがわかれば、形勢を逆転できる」

「〝たら〟や〝れば〟ばかりね」

飲み物が運ばれてきた。アレックスは三口でビールをごくごくと飲み干し、しばらくは吐きそうだったが、急に気分がよくなった。

服を着て、ふたりは港を通り、ぶらぶら歩いた。そこでドーンが、襟ぐりが深くあいたトップと、ぴっちりしたホワイト・ジーンズと、ハイヒールのミュールを買った。役どおりにみせるためだと説明した。基本的な諜報技術《トレードクラフト》よ。

ホテルに戻ると、ドーンは〈ワンダーブラ〉をつけて、それに着替えた。

「すげえ！」アレックスは感心していった。「ロスマンを一日ふた箱吸って、『犯罪撲滅教本』のやつみたいな彼氏がいれば、完璧だな！」

「〈パブリト〉にしばらく出入りしていたら、そうなりかねないわね」

アレックスは、片方の眉をあげた。「もういるんだろう。ロンドンに果報者の男が」

ドーンが目を剝《む》いて、バッグを肩にかけた。「行くわよ」

〈パブリト〉は、ひと気がなかった。スイングドアに鍵がかかっている。テーブルに客の姿はなく、スズメバチがいまにも襲いかかってきそうな感じで、あふれたゴミ・バケツのまわりを飛んでいた。

時計を見て、アレックスはドアをノックした。

ドアをあけたのは、ピンクのベロアのトラックスーツを着たマリーだった。「どうぞ。デンはまだ寝てるけど。すてきね、彼女。コーヒーはどう？」

「いただくわ」ドーンが答えた。

コーヒーがはいると、三人は上にあがった。カウンターのちょうど上に小さな踊り場があって、寝室とバスルームと太陽が照りつけるルーフ・バルコニーに通じていた。バルコニーの大きなプラスティックのマットレスに、ユニオン・ジャックの模様の色褪せたパンツ一枚のデンジル・コナリーが寝そべり、いびきをかいていた。そばで灰皿がひっくり返り、ほとんど空になったベルの壜が、のばした手の届かないところに転がっていた。

「星空のもとで眠るのが好きなの」マリーがいった。「壜がしょっちゅう割れて、かけらの上に転がったりするから、マットレスを敷いたのよ。なにしろ体の大きな人だから」永年辛抱していることを示すように、腕組みをした。「デン、お客さんよ」

眠っていたコナリーが身動きして、腫《は》れぼったい顔に疑るような色が浮かび、目が半分ひらいた。「どこのどいつが……」アレックスとドーンを見ると、また目を閉じて、うめき、カバみたいに身をよじった。「いま何時だ？」

「十二時。アレックスとドーンが来ているのよ」

「だれだって？　ああ、そうだった。手を貸してくれ」

よろよろと立ちあがったコナリーを、マリーがなかに連れていった。バスルームから不快な音が聞こえてきた。

だが、三十分後にテラスで昼食のテーブルを囲んだときには、コナリーはすっかり回復しているように見えた。馬鹿でかい半ズボンとポロシャツ姿で、たくましい感じでもあった。四人は、魚、オーブンで温めたチップスに酢をかけたもの、ぐしゃぐしゃの豆という、マリーの手料理を食べ、よく冷えたスペインのビールを飲んだ。

「あんたらもここに越してきたらどうだ」コナリーが快活にいい、ドーンにウィンクした。

「料理はできるんだろう？」

「もちよ」

「それはいい。申し分ない」

「楽しそうじゃない、アレックス？」ドーンがいった。

「まだまだ引退できそうにないよ」アレックスはいった。「でも、小さな警備会社でもつくろうか。カントリー・クラブとか、ゴルフ・クラブとか……」

「警護の仕事？」マリーが、明るい声でいった。

「まあ、ちょっとちがうけど」

昼食と、そのあとの午後と、夕方は、楽しい雰囲気のうちに過ぎていった。アレックスは、ホテルでエフェドリンを二錠飲んでいたので、冷えたビールを喜んでぐいぐいと飲んだ。コナリーは最初からスコッチを飲み、ときどきミネラル・ウォーターを注ぎ足すという状態だった。夕方までに、一本の三分の一ほど飲んでしまったのではないかと思われた。酒が抜けたあとの五、六時間が、大酒飲みにいちばんつけ込みやすいタイミングだというのを、アレックスは知っていた。ウィスキイは、コナリーを陽気にしただけで、まだ酔いはまわっていない。それに、コナリーは客のもてなしがかなりうまく、バーの常連のぜんぶとはいわないまでも大部分を占めている犯罪者仲間について、つぎつぎと面白い話をした。だが、自分のやった大仕事や軍隊での経験については語らなかった。

四時になると、コナリーが会員になっているカントリー・クラブがあるサン・ペドロまで、マリーが車で送った。ただ飲む場所を変えるというだけのことだった。アレックスは飲むのをいくぶん控えるようにした。ドーンはラムのコーク割りでごまかし、つねにグラスがいっぱいになっているようにしたが、アレックスはやりづらかった。コナリーは和気藹々《わきあいあい》とした雰囲気で飲みたいのだと、アレックスは察した。真夜中になにがなにやらわからなくなって眠るまで、アルコールに漬かる長い旅の道連れがほしいのだ。だから、相手もおなじピッチで飲むことを願っている。それが、コナリーが提供する情報を得るための代価なのだ。

六時になると、エル・アンヘルに戻り、マリーが夜にバーをあける支度をして、腹の足しに冷凍のチキン・パイナップル・ピザを電子レンジで温めた。スコッチを一本の三分の二ぐらい飲んでいるにもかかわらず、コナリーはしゃんとして、いつまでも飲みつづけられるように見えた。いっぽうアレックスは、エフェドリンを飲んでいたにもかかわらず、かなり朦《もう》朧《ろう》としてきた。ひどく暑い日で、半パイントのビールを長時間のあいだに十数杯は飲んでいた。テーブルに置いてあった塩とグラスをそっと手に隠し、洗面所へ行った。スプーン一杯ぐらいの塩をグラスに入れて、水をくわえ、溶けるのを待った。歯を食いしばり、思い切って飲んだ。濃い塩水が喉を流れ込むと、激しい嘔吐を催し、生暖かくなった数杯分のビールが吐き出された。さらに二度、無理やりそれをくりかえした。しまいには顔から血の気が引いて、胃がむかむかしたが、あと二杯ぐらいは飲めそうな状態に戻った。

ほどなく早い客がぼつぼつ現われ、昨夜のくりかえしになった。コナリーは朗らかな態度で、客が来るたびに熱烈に歓迎し、ジョークには馬鹿笑いし、酒をなみなみと注いだ。

アレックスは、コナリーとふたりきりになるのをあきらめかけていた。あの男は、きのうの夜の話をこれっぽっちもおぼえていないのではないか？　理由はわからないが、なぜか顔もうろおぼえのカップルが相手をしてくれている、と思っているだけではないか？

ビール臭い雑然とした雰囲気のうちに、夜が更《ふ》けていった。アレックス自身は、飲んでも酔わず、時間がたつにつれていらだちがつのるのがわかった。スティーヴォのような間抜けの話を鵜呑《うの》みにしてこんなところまで来たのがあさはかだった。ウィドウズを護れなかった失態を取り繕《つくろ》うのに、情報が得られると約束したのに、肝心なときにそれもできなくなった。

「自信がなくなってきたよ」十一時ごろになると、アレックスはドーンに打ち明けた。「昨夜は、コナリーはおれたちに話をするつもりでいるという確信があったが、いまは時間稼ぎをしているんじゃないかと思える。きのうおれがいったことを記憶していればの話だけど、それも怪しいものだ」

「それはちがうと思う」ドーンがいった。「コナリーは肚《はら》を決めようとしているのよ。わたしたちはまたとない機会をつかんでいると思う」

アレックスは、びっくりしてドーンの顔を見た。共犯めかしたなれなれしい口調だった。いつもの仕事一点張りのぞんざいな口調ではない。

「わたしを信じて、アレックス」ドーンはカウンターに背中を向けて、自分の男に対するように肩に手を置き、つけくわえた。「情報提供者がああいう態度を示すのを、何度も見ているわ。ダンスみたいなものよ。猫が座る場所のまわりを何度もまわるのとおなじ」

「そう思ってくれてほっとした」アレックスは、そっと押しつけられた手の感触を楽しみながら答えた。「見込みのないことにきみの部の予算を何千ポンドも無駄にしてしまったといおうかと思った。テムズ・ハウスに帰ったら、弁解に苦労するんじゃないかと。高級ホテルやビキニの代金なんかのことで」

「あら、ビキニは無駄にはしないわよ」ドーンは明るくいい放った。「でも、いいこと、コナリーのほうから切り出すのを待つのよ。あなたがここにいる理由を、あのひとは忘れていないわ。だいじょうぶ」ウィンクした。「わたしを信じて」

「信じるよ」

「でもね、この犯罪海岸《コスタ・クリミナル》の悪女《ファム・ファタール》たちのことでは、あなたを信じられるかしらね。男の生き血を吸う女が何人か、あなたを品定めしているわよ」

「それじゃ、きみの観察技術は、おれよりもずっと上なんだろう。だって、おれはぜんぜん気がつかなかった」

ドーンは、Gジャンのポケットの携帯電話を軽く叩いた。「朝ホテルに電話があって、あなたの部屋と、それからわたしの部屋につないでほしいと頼んだという話を聞いても、意外には思わないでしょう？」

「それで？」

「それで、その電話をかけてきたひとは、自分が知りたかったことを知った。つまり、わたしたちの部屋がおなじだということを。わたしがMI5《ボックス》や警視庁特別保安部《スペシャル・ブランチ》の賞金稼ぎではなく、ほんとうにあなたの彼女だと信じた」

アレックスはにっこり笑った。「そこまでちゃんと気を配っておいてよかった」

ドーンが、アレックスの顔に冷たい視線をじっと向けていた。「わたしのためにやってもらいたいことがあるの」

「なにを？」スモーキイなジャスミンの香りを吸い込みながら、アレックスはきいた。

「わたしたちがコナリーからなにか引き出すことができたら、最後までやってくれるわね？」

アレックスの目が鋭くなった。「はっきりいえよ……」

ドーンが身を乗り出し、アレックスの下唇をくわえて嚙んだ。強くはなかったが、そっとでもなかった。「仕事をつづけて。あなたとわたしで。対等に。くだらないいい合いや喧嘩はなしで。だって」ささやいた。「わたしたちはセックスまでしてることになってるのよ」

アレックスは、あまりのなれなれしさに驚き、目を丸くしてドーンの落ち着いたグレーの目を見た。

「おや、彼女に彼氏、どうしたんだ？」

コナリーが、目の前で体をゆすっていた。

マリーもいた。「ドーン、あなたを借りにきたの。『スタンド・バイ・ユア・マン』の歌詞を知っているでしょう？ コーラスのメンバーが必要なのよ」

「まあすてき」ドーンが、声をふるわせていった。

女ふたりが離れていくのを待ち、コナリーが階段のほうに顎をしゃくった。

ルーフ・バルコニーに出ると、ふたりは椅子を引き寄せた。アイリッシュ・ウィスキイのパディズが一本と、グラス二客、コナリーの煙草が、低いテーブルにならべてあった。コナリーがウィスキイを注いだ。「ジョー・ミーアンのことだったたな」グラスを掲げながらいった。「どういう事情なんだ、若いの？」

「ミーアンを仕上げた件に関して、あんたはどこまで知っている？」ウィスキイをひと口のみ、濃い焼けるような感触が喉をおりてゆくのを感じながら、アレックスはきき返した。

「公式には、なにも知らないことになっている。ただ、北アイルランドに渡ったのはまちがいない。かなり気を遣われていたようだったから、それも深く浸透したはずだ。まして、きわめて優秀な男だというのがわかっている。おれが訓練したなかでも、まちがいなく最高だった」

「なにも教えてもらえなかったのか？」

「そうだ。おれたちが推理しただけだ。しかし、ひとつだけいえることがある。作戦の秘密を守るために、連中は大がかりな手立てを使った。原隊復帰の理由までちゃんと説明がつくようにこしらえて」

「それじゃ、こっちの知っていることも話そう」

コナリーが、微動だにしない手にグラスを握りしめて待った。

アレックスは身を乗り出した。「北アイルランドに行ったという推測は正しい。深く浸透し、ＰＩＲＡにはいり込み、出世していった」

「勇敢なやつだ」

「そのとおり」アレックスは相槌を打った。「ところが、万事が逆転した。ミーアンは転向したんだ、デン」

「ありえない」コナリーが、にべもなくいった。「この店を賭けてもいいが、あいつが転向するはずがない。あんな優秀なやつはほかにはいない。とことん献身的だった。武装闘争云々のくだらんたわごとに乗るはずがない」

「転向したんだ、デン」アレックスはくりかえした。「ベルファスト旅団の懲罰班にくわわった。爆弾を製造した。ＦＲＵのブレドソウとウィーンのふたりをみずから拷問し、殺した」

「ありえない」コナリーが、ふたたびきっぱりといいきって、煙草のフィルターをテーブルに打ちつけてから火をつけた。「あんたの話は信じられない」

「事実だし、確認されている。ＰＩＲＡの所業のなかでも最悪のやつだし、ＳＡＳ《レジメント》とＭＩ５《ボックス》は、やつが下手人だということをつかんでいる」

　コナリーは、信じられないというようにかぶりをふった。一瞬、目を閉じた。「それで、あんたが追っているというわけだな？」

「いいか、現地でなにがあったのか、おれにはわからないんだ、デン。ただ、いまやつが何人も殺していることはまちがいない。この二カ月で三人だ」

「それであんたがあいつを殺すために選ばれた」コナリーは、煙草を深く吸い、ウィスキイを考え込む様子でちびちび飲みながら、海のほうを見つめた。

「やつを見つけなければならない。せめて手がかりだけでも得たい」

　コナリーは首をふった。「あきらめなよ」

「デン、あんたはここでいい生活をしてるし、おれとドーンにもよくしてくれる。しかし、ほんとうにこれからの一生ずっと、だれかが消しにくるんじゃないかと思って、肩ごしにふりかえるような暮らしをつづけたいのか？　新しい客が来るたびに、逃亡犯引渡し令状と逮捕状をポケットに忍ばせているんじゃないかと心配しながら？　なにしろ武装強盗だからな、デン。考えてみろ。かなり重い刑になるぞ」

コナリーの表情から、それはじゅうぶんに考えていたことが読み取れた。「おれを脅すのか？」

「ちがう。そういう心配をなくしてやろうといっているんだ。今後いっさい。だが、それには見返りにちゃんとしたものがほしい。なにも教えてくれるようなことがないなら、おれは消えるし、万事これまでどおりにつづけていけばいい」グラスを干し、ウィスキイを注いだ。「脅しているわけじゃない、デン。いい話をしているんだ。そっちの好きにすればいい」

数分のあいだ、ふたりは海を見つめていた。下のバーから、歌声と笑い声が、くぐもって聞こえてきた。

「ひとつ、ジョーから聞いたことがある。子供のころの話だ」コナリーが、唐突に口をひらいた。「十代のころだと思うが、父親と西部地方《ウエスト・カントリー》に住んでいた——ドーチェスターかどこかだったと思う——それで、毎年、夏には車でキャンプに出かけた。湖水地方、ニュー・フォレストやノーフォーク・ブローズなどの国立公園など、あらゆるところへ。ふたりだけで。そういう旅の話だ——どの旅だったかは忘れたそうだが——キャンピングカーをとめて、山野をハイキングしたときのことだった。

よくある話だが、遠くまで行ってしまい、方角がわからなくなったうえに、天候が悪化したので、ぬかるんだ道を苦労しながら戻るよりはと、B&Bを捜そうとした。しかし、行けども行けどもそういうところはなく、その代わりにかなり大きな屋敷の門を見つけた。住むものもなく窓に板が打ち付けてあるような家だ。以前は厳重に戸締まりがなされていたようだったが、門の南京錠は壊され、注意書きの看板も割られていたし、土砂降りの雨だったので、ふたりはなかにはいった。もう暗くなりはじめていたし、そこに夜のあいだいて、翌朝にキャンピングカーの駐車場へひきかえすことにした。

それで家にはいって、乾いた場所を見つけ、眠った。父親は法律を守る人間だったので、そのときには不安になっていたが、ジョーはまだ子供だったので楽しくてたまらなかった。父親といっしょに、一生に一度という冒険をしているのだ！　夜が明けると、そこはただの家ではないとわかった——荒れ果てた教会、川、それに崩れかけた小屋数軒と店が二軒ほどあった——ひとつの村だったのだ。人っ子ひとり住んでいない。何年も前に戸締まりされて放置されたままになっているようだった」

「ソールズベリ平野のインバーみたいに？　ドーセットの機甲部隊本部みたいに——タイナムだったかな？」

「そのとおり。まさにそんな感じだったそうだ。それで、ふたりはちょっと探検することにした。父親はまだびくびくしていたが、いまいったようにジョーはたいそう楽しんでいた。

窓から教会にはいり込んで、ドアをこじ開け、地下聖堂におりていった。詳しいことはもうおぼえていないが、そのどこかに箱か戸棚かにしまってあった年代物の道具一式があった」

「道具？」

「レジスタンス用の秘密の道具だ。受信機、モールス信号の電鍵、一回かぎりの暗号表、鉛筆型時限信管——といったものが、すべて油紙にくるんであった。それで、いくつか父親のところへ持っていくと、信じられないという顔をされた。たしかに第二次世界大戦時のものだったが、すべて未使用の真新しい状態だったからだ」

「敵が侵攻してきた場合にそなえて隠してあったんだな」

「ふたりもそう考えた。それに、ほかにも他の建物に隠してあった物が見つかった。電子部品、無線機の部品、武器、なんでもござれだ。男の子にとっては、アラジンの洞窟にはいったようなものだ」

「どうしてそれまで、だれも見つけなかったんだろう？」

「さあ。いま思うに、そこへ行くような人間はホームレスのたぐいばかりだったからだろう。バイク乗りも何人か行ったかもしれない。あとは地元の悪魔崇拝者のグループか……」

アレックスはうなずいた。「それで」

「ジョーはそういったものを持っていこうとしたが、父親が頑として許さなかった。これまではなにも法律を犯していない、と父親はいった——あいた門からはいるのは、不法侵入にはならない——こういった品物を見るのには反対しないが、持ち出すのは許さない。そこで、ふたりはあれこれ眺め、父親が仕組みを説明し、それからもう一度しまい、箱に封をして、そこを出ると、キャンピングカーをとめたところへひきかえした。

とにかく、手短にいうと、ジョーは父親を説得して、そこから数マイルの農家に車を移動させ、廃村に毎日出かけていった――ジョーは、コマンドウ二名みたいにこっそり歩きまわった、といういいかたをした。そして、秘密のレジスタンスの道具を、さんざんいじくった。あれほど楽しい思い出はほかにはない、とジョーはいっていた。最高の思い出だった。そして、家に帰るときになると、おかしなことをやった。わざわざ南京錠を買って、門をしっかりと施錠した。注意書きをあらためて掛けた――国防省所有地、一般人その他の立入を厳重に禁ずる、というようなことが書いてあるやつだ」

「どうしてそんなことを？」

「はっきりとはわからない。その経験を冷凍保存しておきたい、というようなことじゃないかな。密封してしまうんだ。それに、だれにも知られずにそういったものを売り飛ばせばたいへんな金になるのに、父親が自分の理念からそうしなかったこととも、関係があるだろう。古いマークⅢ無線機があったらしい――ＳＯＥ（特殊作戦執行部）が使ったトランク型のやつだ。いまは何千ポンドもの値がつく。ジョーは、そういったものを他人が持ち出せないようにしたかったんだ」

「おれがつぎに質問することは、察しがつくだろう？」アレックスはいった。

「ああ。それに、残念だが、正直いって答は知らない。ほんとうに知らないんだ。おぼえているのは、どこかの国立公園——ピーク地方、スノードニア、ダートムアの縁にあるということだけ……あんたもだれかを訓練したことがあるから、わかるだろう——相手のいうことをきちんと聞いているようでいて、じつは聞いていない。あえて忘れることもある」

　アレックスはうなずいた。コナリーのいう意味はよくわかった。たいへんな危地へ送り込む人間との友情は一定の距離を置いたものにする、という気持ちが働くのだ。「それじゃ、どうしてミーアンはあんたにこういう話をした？」

「ウェールズでおれたちが行った場所のせいだ——敵地および敵手脱出訓練に使ったエピント・フォレストの国防省の所有地だ。ぼろぼろになった小屋が何軒かあるのを見たジョーが、父親といっしょに見つけた場所に似ているといい、一部始終を話してくれた」コナリーは眉根を寄せ、目をしばたたいて、ウィスキイを飲み干した。「もうひとつある。ＭＩ５《ボックス》の連中が迎えにくる前、別れぎわにトレガロンの野営地で顔を合わせた。握手をして、おれが幸運を祈ると、ジョーは笑って鍵を見せた。あのときは、なんのことやらわからなかったが……」

「例の場所の鍵だというんだな？」

　コナリーは肩をすくめた。「なんともいえないが」

「その場所を見つけ出すのに役立ちそうな細かいことは、ほかに思いつかないか？」

「アレックス、十年以上前の話だよ。あのころはなにが起きても不思議じゃなかったし、会う人間はみな異様な話をしたものだ。右の耳から左の耳へ抜けてしまう」

「ミーアンにとって、それほど楽しい思い出はなかったって？」アレックスはぼそぼそといった。

「最高の思い出だった」コナリーがくりかえし、低い手すりの向こうのビーチに、吸い殻をはじき飛ばした。

「まずはスコットランドを除外して考えよう」考え込むふうでデッキシューズを脱ぎ捨てながら、アレックスはいった。「湖水地方、ピーク地方、チェヴィオット丘陵……」

ふたりは、十分ほど前に〈パブリト〉から帰ったばかりだった。マリーがタクシーを呼んでくれて、ふたりはレンタカーをエル・アンヘルに置いてきた。

「……ノース・ヨーク・ムーア、デイルズ、キールダー……」

「アレックス」あけ放ったホテルの窓と港のきらめく明かりのほうを向いて、ドーンがいった。「いいから口を閉じてキスしてくれない？」

アレックスは、目をぱちくりさせた。エフェドリンで和らげられたアルコールが、血中を駆けめぐったが、不思議なことに頭脳は明晰だった。目を瞠《みは》って、ドーンを見つめた。いま目の前に立っているドーン・ハーディングは、ロンドンでいやいや組まされた執念深い嫌な女とは別人だった。このドーン・ハーディングは、顔を高潮させ、目を輝かせ、挑むような期待に満ちた物腰だ。温かな風が髪をなでた。かなり慎重な足取りで――ひれ伏している場合ではなかったので――アレックスはドーンのほうへ歩いていった。手を彼女の腰のうしろにそっと置いた。触れられると、ドーンは目を閉じ、口をかすかにあけてアレックスの唇に押しつけ、息が荒くなった。たちまち彼女のすべて――口、目、首、胸――がほしくなったアレックスは、彼女の体を持ちあげるようにした。

「早く」とささやくと、ドーンはアレックスの髪をつかんだ。「この服を脱がせて」

アレックスはもう一度彼女にキスをした。ドーンがあえぎ、髪から指を離して、アレックスのシャツのボタンを乱暴にまさぐった。

最後のふたつをドーンは引きちぎったが、そのときにはアレックスはぴっちりした白のトップをめくりあげて脱がせ、つんと尖《とが》った小さな〈ワンダーブラ〉のホックをはずしていた。ドーンの乳房は色白で、上側のふくらみは午前中に陽を浴びたためにかすかに赤くなっていて、かすかに湿っていた。汗と煙草のにおいがした。

ひざまずき、強いて動きをゆっくりにして、口でドーンの腹を探り、ジーンズの金メッキのボタンに向けて半透明の薄い毛を舌先でなぞっていった。ボタンをはずすと、ゆっくりとジッパーをおろして、ジーンズを脱がせはじめた。

ジーンズがひっかかった。もう一度アレックスが引くと、ドーンはよろめき、忍び笑いを漏らして、白いヴェルサーチのジーンズを膝にまとわりつかせたまま、脚を高々とあげてベッドにひっくりかえった。いっぽうの裾《すそ》をひっぱって、アレックスは脱がせようとした。

「ずいぶんきついな」息を切らし、よろよろしながらいった。

「なによ、大尉」いたずらっぽい目で見あげて、ドーンがいった。「敵の前線の奥のスカッド陣地を破壊できるんだから、ホテルの部屋でわたしのジーンズを脱がせるぐらい、簡単じゃないの」

ベッドの端に足を踏ん張って、アレックスは思い切りひっぱった。ジーンズが急に脱げた拍子に勢いあまって、縫った太腿を下にして倒れた。激痛が走り、自分もズボンを脱ぎかけたまま、悪態をつき、笑いながら、しばし床に転がっていた。

やがて、ドーンがベッドの縁から覗き、コットンのズボンにどんどん血のしみがひろがるのを見てとった。アレックスの横に行くと、そっとズボンを脱がせ、急いでバスルームに脱脂綿と消毒用アルコールを取りにいった。「ロマンティックなムードがぶちこわしじゃない」脱脂綿を傷口に押し当てながらつぶやいた。「でも、ついでだから、あとの傷口もみておきましょう」

ドーンがアルコールを脱脂綿にひたしては傷口に軽く当てるあいだ、アレックスは黙っていた。アルコールで肌がひんやりとした。形のいい小さな乳房が上で揺れているのが、格好の麻酔薬となった。

顔と腕の包帯をドーンが剝《は》がすあいだ、アレックスはじっと横たわっていた。堅苦しいピューリタン的なグレーの服の下に肉感的な体が隠されていると以前に推測したのは、まちがっていなかった。なだらかな曲線の色白の体に、ほかにやることがないときだけエクササイズをやり、けっしてやりすぎない人間に特有の、ほんのすこしの筋肉がついている。腹は平らだがやわらかく、まばらな濃いブロンドの陰毛に向けてすぼまっている。

腕の手当てをするために、ドーンが手の上でかがんだ。ミツバチが蜜にひきつけられるように——ドーンが知らないわけがないが——アレックスの指が動いて、彼女のそこに触れた。ドーンが目を閉じて、ほんの一瞬、濡れた部分をアレックスの掌《てのひら》に押しつけたと思うと、またてきぱきと看護師の仕事をつづけた。「待ってね」しばらくしていった。「一所懸命やっているんだから」

「おれもだよ！」

「この包帯を取らせて——エジプトのミイラとセックスするのは嫌よ」

顔の包帯を取るのに、ドーンはまたがり、アレックスは胸に押しつけられた股間が熱く濡れているのを感じた。だが、ドーンの顔は真剣そのもので、アレックスが乳房を触《さわ》ろうとすると、上の空で眉をひそめ、アレックスの手を押し戻した。「陸軍の看護師みんなにこんなことをしているんじゃないでしょうね」

「SASに看護師はいないんだ」あえぎながら、アレックスはいった。「デイヴとかギンジとかいう名前の汗臭い伍長しかいない」

「触《さわ》らないでっていったでしょう。いうことをきかないと、手荒くやるわよ」

「医者にさんざん手荒くやられてきたんだ」アレックスはにやにやした。「ちょっとぐらい我慢できる」

しばらくすると、ドーンはアレックスにまたがって、ゆっくりと彼のものを迎え入れた。そのつかのまドーンはじっとしていたが、やがてアレックスは熱く吸いあげる波を感じた。その激しい感触以外のことは——反目しあっていた仲なのに——どうでもよくなり、ふたりでその一瞬を分かち合っていることをアレックスは意識した。そのとき、どちらともなく発した絶頂の切ない声とともに果てて、ドーンがそっと体をあずけてきた。ずいぶん若く見えた——化粧を落とし、眠たげな目をしていると、子供のように見える。「すてきだったわ」ドーンがささやいた。

「口喧嘩よりずっといい」「そうよね」

ドーンが、アレックスの肩にもたれた。「お願い。これからはやさしくしてね。ほんとに、ほんとに、やさしくするのよ」

「約束する」と、アレックスはつぶやいた。

「わたしのために、殺してくれる?」

アレックスは、ドーンの顔を見た。

ドーンが、鼻に皺を寄せて、にこりとした。「ね? いいでしょう?」

アレックスは、頬をゆるめた。「いいよ」

23

「いいこと」アンジェラ・フェンウィックがいった。「状況はこう……」

午前十時半で、アレックスとドーンは、副長官室でアンジェラ・フェンウィックと向き合っていた。壁からフローレンス・ナイチンゲールが柔和なまなざしを注いでいる。三人の前でカフェティエールが湯気をあげている。

ワシントンから夜の便で帰ってきたにもかかわらず、フェンウィックは溌剌《はつらつ》として、身なりも整い、機敏そうだった。マラガ八時発の便で帰ってきたアレックスとドーンは、逆にさえない感じだった。ことにアレックスは、激しく喉が渇き、頭が割れるようで、一歩ごとにそのひどい頭痛の存在を思い知らされた。かなり治りかけているナイフの創傷が、ものすごく痒《かゆ》かった。

いっぽうドーンは、いつもより顔色が悪く、物静かだった。昨夜の出来事について、アレックスとドーンは、なにも話をしなかった――ホテルを出て空港に向かう道中は、あわただしかった――アレックスに対するドーンの態度も、ほとんど変わらなかった。だが、細かなことはいくつかあった。税関でならんでいるとき、ドーンがふりかえって、アレックスの胸に顔を押しつけた。ヒースロウ空港からのタクシーでは、猫のように腕の下に潜り込んだ。ふたりのあいだには共犯者のような関係が生まれていた。

それに、気分は最低だったが、ドーンと過ごした時間――ことにベッドでともに過ごした数時間――が、アレックスの意識のなかの物事を作り変えていた。いまではもう手を引くつもりはなかった。どんな犠牲を払ってでも、最後までやり抜くつもりだった。ウォッチマンが自分の足もとで死ぬのを見たかった。

それが可能かもしれない――やれる可能性が出てきた。これまでミーアンは捕らえがたいと思われていたが、捕らえられないことはない。ミーアンも人間だし、人間は遅かれ早かれ過ちを犯す。

子供のころの思い出をデン・コナリーに話したのは、ミーアンの最初の過ちであり、アレックスの命を奪わなかったのは、二度目の過ちだった。

「きのうの晩、法科学課からミーアンの組織サンプルの分析結果が届いたの」フェンウィックが語を継いだ。「それで、ちょっと面白いことがわかった」

ブリーフケースをあけて、一枚の書類を出した。「テンプル大尉が手に入れてくれたこの毛髪は、他の犯行現場で見つかったDNAサンプルと比較して、ミーアンのものであることが確認され、しかもペルクロロエチレンという物質の中期の含有量が異様なまでに高いことがわかった。PCEと略されるこの物質は、皮をなめす溶液で、毒性が高いため――詳細は省くわね――ECでは使用を厳重に規制されている化学薬品のリストに載っている。でも、環境保護意識が進んでいるとはいえないわが国では、この規制を企業が無視し、なめし皮工場から川へ流される排水がPCE濃度の基準値を超えている場合が多い。

　夜のあいだに、われわれはいくつかの省庁に問い合わせ、けさは河川局や水道会社と話をした。それで、排水のPCE濃度が高いなめし皮工場九ヵ所のリストができ……」

　ドアにノックがあり、書類ホルダーと一冊の本を持った若い男が、あわただしくはいってきた。「失礼いたします」それらをフェンウィックに渡しながら、男はいった。「国防省一一二九号室から届きました」

「すばらしい」フェンウィックはいった。「ありがとう」書類をちらりと見た――地図だとわかった。「ドーン、お願いできる？」

　地図を受け取ったドーンが、立ちあがって、一堂の向かいのディスプレイ・ボードに地図を留めた。イングランドとウェールズの地図で、赤く塗られた個所が大小いろいろあった。

「けさ早くあなたが連絡してきた、例の男が国防省の施設に潜んでいる可能性について、政府部内で二、三人にあたってみたの。この地図は、国防省の所有地を大小すべて表示したもののようね。すごい資産じゃない。何十億ポンドもの値打ちの土地よ」

　アレックスは、国防省の所有する不動産の規模と数に圧倒され、目を丸くして地図を眺めた。数百ヵ所はあるにちがいない。

「なめし皮工場を表示してくれる、ドーン？」フェンウィックが、リストのプリントアウトを渡しながらいった。

ドーンはじっとそれを見て、地図に刺す一本目の黒いピンに手をのばした。「スタッフォードシャーのハーレイ」読みあげた。「ブライズ川沿い」

二本目は、「ボーイスのマニズ、アフォン・ホンジ川沿い」

三本目は、「ランカシャーのビーストン、ダグラス川沿い」

リストの最後まで、読みあげながらピンを刺していった。

ドーンがうしろにさがり、三人で地図をじっと眺めた。ピンはでたらめに点々と刺さっていたが、バーミンガム、コヴェントリー、ノーサンプトンのあいだがいくぶん密になっていた。

「法科学課によれば」報告書をちらりと見て、フェンウィックが説明を再開した。「PCEの濃度がこれだけ高いのは、汚染源の数キロメートル以内にかぎられるということよ。だから、たとえばハーレイの場合など、流域を沿岸部まで百数十キロメートルもたどる必要はない。工場を中心に直径何キロメートルかの円を描けばいいのよ。法科学課では五キロメートルといっているから、念のため一〇キロメートルまでひろげればいいわ。その範囲に、休みに子供を車でキャンプに連れていきたいと思うようなところはあるかしら？」

「ウェールズ中部が有望ですね」アレックスはいった。「ノース・ヨークシャーとダートムアも。この三カ所のいずれかにちがいない」

フェンウィックはうなずいた。「ドーン、データをコンピュータ担当に渡してくれる。なめし皮工場のある地域の陸地測量部の地図に該当する国防省の施設すべてを強調表示したプリントアウトをもらってきて。飛行場、使用中の基地その他は省いてもだいじょうぶでしょう——それぞれの所有地の特徴は、国防省から届けられたこの本に載っているわ」

ドーンがきびきびとうなずき、資料をまとめた。

ドーンがいなくなると、フェンウィックはアレックスに問いかけるような視線を向けた。

「なにもかもちゃんと治りつつあるわね？　かわいそうなジョージを護るために、ずいぶん激しく戦ったようじゃないの」

「ウォッチマンは目的を果たしましたよ」アレックスは、それだけいった。

フェンウィックは口を引き結び、耳のうしろの砲金色のほつれ毛を指に巻いた。ちょっと冷たいところはあるが、端正な顔立ちだと、アレックスは思った。あの青い目は、一瞬にして相手を凍らせることができる。「ノーベル賞受賞者でなくても、ミーアンがつぎに注意を向けるのはわたしだということはわかる」淡い笑みを浮かべて、フェンウィックがいった。

「どうもそうらしいですね」アレックスは同意した。「どんな予防措置をとっているんですか？」

「最小限にしているわ。仕事をやらないといけないし、それには姿を消しているわけにはいかない」

「引越しは？　毎日の習慣は変えましたか？」

「無意味よ。北アイルランド課を引き継いだときから、いつ暗殺者が来るかもしれないと思いながら生活してきたし、いまもそれはおなじよ。あなたは保安局の人間を信用していないかもしれないけれど、テンプル大尉、いまの態勢はじゅうぶんなものよ。ただ、大臣や外交官のお相手をしなければならないし、ほかにもいろいろなお客が来る。ここを離れて郊外の隠れ家にこもるわけにはいかないのよ」

「でも、ときどきはそうしたくなるでしょうね」アレックスはいった。フェンウィックが、頭に釘を打ち込まれ、血の海のなかに倒れている光景が、脳裏をよぎった。落ち着きを失っていないからたいしたものだ、と思った。動揺した様子を見せたり、仕事に出てこなかったりすると、長官になる見込みがなくなるのを怖れているのかもしれない。

「そうかもしれないわね、テンプル大尉」フェンウィックが膝でちょっと手を組んだとき、デスクの電話のうちの一台のランプがついた。フェンウィックは、すたすたとデスクに行って、受話器を取った。

「表で待っています」アレックスは副長官室を出た。

ほどなくドーンが控えの間にはいってきた。アレックスは、フェンウィックの身の安全を心配していることを、手短に告げた。

「彼女はチェルシーのゲート付きの住宅地の奥まった場所に住んでいるの」ドーンが教えた。「ロンドンでも、もっとも警備が厳重な場所よ。あちこちに監視カメラがあって、玄関には警備員がいて、通行証がないと出入りできないようなところ。ひとりも――窓拭き作業員も、来客も――出入りする資格がないものは、建物の五〇メートル以内には近づけない。住宅地そのものが、危険にさらされている人間のために、全面的な改造を受けている――ガラスは内側からしか見えない、出かけるのは地下駐車場から、警察は来るまで数分のルカン・プレイスにある……」

「やつは徹底して調べるはずだ」アレックスはいった。「こうして話をしているあいだにも」

「わかっている」ドーンがいった。「だから、われわれは近づくものがあれば取り調べ、住人か警備責任者がじかに身許を保証していない人間がいれば拘束するようにしているのよ。信じて。作業は徹底してきちんと行なわれているから」

「独り暮らし?」

「やめて、アレックス。お願い」ドーンが鋭い声でいった。「わたしたちのいまの仕事は、スズメバチの巣を見つけることよ——彼がいつも帰る場所を——そして、そこで殺す」

アレックスはうなずいた。「わかった。おれはただ……」

「わかってるわ。はいりましょう」

ドーンの指がアンジェラ・フェンウィックのデスクに置かれたコンピュータのキイボードを二分ばかりすばやく叩くうちに、向かいの壁の大きな平面ディスプレイがまたたいて明るくなった。

スタッフォードシャーのハーレイという村を中心とする陸地測量部の地図の拡大されたものが、まず表示された。

「国立公園や観光客が行くような場所は、近くにないわ」ドーンがいった。「ブリズフィールド貯水池があるけど、ミーアンの父親がイギリスを半分横断してそこまで車でキャンプに行くとは思えない。この画面では、ストーク、ダービイ、ウォルヴァーハンプトン、テルフォードでほぼ四角に囲まれた地域があるけれど、やはり観光客が見たいようなものはなさそうよ」キイボードを叩くと、赤で表示された小さな地域二ヵ所が画面に出た。「この地域にある一定規模の国防省の所有地。ヨクスル付近にRAFの貯蔵施設が一ヵ所、地域防衛軍の補給処が一ヵ所あるけど、いずれもブライズ川の五キロ以内ではない」アレックスのほうを見あげた。「彼は川から水を汲んでよそで飲んでいるのではなく、川のそばにいてそれを飲料水に使っている、というように、わたしたちは判断しているわけよね」

アレックスはうなずいた。「濾過システムのようなものは持っているんだろうが、あまり高度なものではないようだな。標準装備の浄水剤を使っているだけかもしれない。イギリス国内では、水が媒介するバクテリアや殺虫剤には寛容だが、PCEみたいな毒性の強い化学物質については規制がある。そうだ。重い水のタンクを山野を越えて運んだりしないですむような水源のある場所に、やつは隠れているにちがいない。川のすぐそばにいるのかもしれない――川が好きらしいというのがわかっている」

アンジェラ・フェンウィックが、険しい顔でうなずいた。「つぎの候補は?」

べつの地域の地図が表示された。

「ポーイスのマニズ。ここのほうが人跡稀《まれ》のようです。自然がすばらしく美しい地方で、夏には観光地になります。釣りにもいいです。ミーアン親子が釣りを楽しんだことがわかっています。でも、国防省の施設は付近にはありません。陸軍と海兵隊が、かなり頻繁に演習を行なっていますが、この管轄地域に所有地はありません。アフォン・ホンジ川沿いには、かまぼこ兵舎ひと棟もありません」

「つぎ」フェンウィックがうながした。

「ランカシャーのビーストン、ダグラス川沿い、ウィガンとサウスポーとの中間ぐらいです。川の付近に国防省の施設はなし。目につくような観光地もなし」

「つぎ」

三人は、九ヵ所をすべて検討した。アレックスの考えでは、一ヵ所だけとびぬけて有望な場所があった――ダートムアの西の境のブラック丘陵《ダウン》を流れるハンブルという細流のほとりの小さななめし皮工場。自分ならそこを選ぶ――そこか、ウェールズのマニズだ。いずれも人里離れているが、舗装道路がある。いずれも観光客に人気のある土地だ。いずれも広大な原野があり、経験豊富な兵士なら何週間も生き延びることができる。「この二ヵ所のうちのどちらかだ。まちがいない」アレックスはいった。

「どちらの川も、国防省に登録されているようなものはないわ」ドーンが、疑う口調でいった。

「国防省が何年か前に売ったということも考えられる」と、アレックスは意見をいった。

「この一時間、国防省の所有地と教会のある廃村を捜しているのは、ミーアンがここに教会があることを話しているからだ。しかし、その施設がある時点で機密に属していたためにどの地図にも載っていないとも考えられるし、何年か前に売ったということも……」

フェンウィックがうなずいた。「そう。そのとおりよ。現在の地図に記されているとはかぎらない――売って機密扱いを解除したのを、国防省が陸地測量部にわざわざ知らせるとは思えない。そうなれば、現在の国防省の所有不動産リストには載っていないわけよ」

「ミーアンの話からすると」ドーンがいった。「この場所そのものも当初の目的も忘れ去られていたような感じではないですか？　そもそもどうして機密扱いだったのか、だれもおぼえていないんじゃありませんか？　一九四〇年前後の計画でしょうし、それ以降、部内でも書類があっちへ行ったりこっちへ行ったりしたはずです」

フェンウィックが電話に手をのばし、秘話ボタンを押してから、あるナンバーにかけた。

「一一二九号室？　ジョナサン？　アンジェラ・フェンウィックよ……あら、そう、お気の毒に。あのね、またお願いがあるの。五年さかのぼって、機密扱いになっていたけれど使用されていなかった国防省の所有地で、これからいう二本の川に面したところで、つぎの座標の下流八キロメートル以内にあるものを教えてくれない。書くものを用意した？」ドーンが画面の地図をスクロールすると、フェンウィックはなめし皮工場の位置を読みあげた。「五年でなにも出てこなかったら」おだやかにつづけた。「十年、それから十五年とさかのぼって……そう、大至急お願い。なにかわかったら、すぐに電話して」

受話器を置くと、フェンウィックはドーンとアレックスのほうを向いた。「うまくいけば、すぐに連絡してくるでしょう。コーヒーとサンドイッチを頼まない？」

結局、サンドイッチを食べ終える前に、一一二九号室から電話がはいった。聞きながら、フェンウィックがメモを取った。「そこだけ?」と最後にいった。「わかった。感謝するわ」ドーンのほうを向いた。「ハンブルの地図をもう一度出して」

アレックスは、期待でうずうずするのがわかった。

フェンウィックは、椅子に座ったまま、赤いレーザー・ポインターをディスプレイに向けた。「いい。最近のペルクロロエチレン汚染の源は、この建物――現在、河川局と訴訟係争中の小さななめし皮工場よ。工場の八〇〇メートル下流の約四〇エーカーの敷地に、骨組みばかりになった教会も含めたブラック・ダウン・ハウスとその付属の建物がある。一九四〇年八月に、国の安全保障に関する理由により、陸軍省が住民を立ち退かせ、そののち、グラディオ作戦関連法に従って、秘密基地に認定された。一年半前から、競売によって売却され、ブラック・タウン・ハウスとそれに付随する建物は、エクセターの土地開発業者リスカード・ホールディングズの所有となった。現状は不明。

三人は、顔を見合わせた。

「グラディオ作戦というのは?」アレックスはたずねた。

「第二次世界大戦終結直後に、ＯＳＳ（戦略事務局。ＣＩＡの前身）が予算を出し、ＳＯＥとＭＩ６が開始した反共残置活動網。ソ連侵攻の際に起動することになっていた。西ヨーロッパ諸国が蹂躙《じゅうりん》された場合、抵抗し、外部と通信を維持するために、諜報員を配置し、資材を秘密の場所に隠す、といったような発想のものよ」

「それで、ブラック・ダウン・ハウスも、そういった場所のひとつだった?」

「そのようね」フェンウィックは答えた。

「では、ミーアンが子供のころに見つけた装備は、起こらなかった侵攻を待ち、四十年間も眠っていたわけか」

「もっと長かったでしょう。イギリスは、ドイツの侵攻にそなえて残置部隊を一九四〇年から配備していたのよ。戦後、多くの施設はそのまま新たな任務を担った。グラディオと残置部隊に関することはすべて、それ以来、機密扱いだったけれど、ぽつりぽつりと漏れはじめた。ことにイタリアでね。それはそうと、現在に話を戻せば、どうやら例の男の基地が見つかったようね。おめでとう、大尉」

「どう処理するつもり?」ドーンがたずねた。

「できるだけ早く現地に行く」アレックスはいった。「監視して、やつを識別して、えー、殺すように努力する」

「殺してくれると、たいへんありがたいわ」フェンウィックが、きっぱりといった。

24

ドーンが運転した。普通ではない荷物を山ほど積んでいるから、スピード違反で捕まる危険は冒せない、といって、ドーンは譲らなかった。それに、あなたに運転させると、徐々に時速一三〇や一五〇キロメートルは出してしまうにちがいない。

アレックスは肩をすくめて座席にもたれ、レンジローバーは走行車線をずっと維持して、着実に西へと進んでいった。フェンウィックの意見にアレックスはしぶしぶ従い、付近を偵察してつぎの方策を決めるのを目標としている。ロングウォーター・ロッジのようなカウボーイまがいの英雄的行為や単独行動はなしにする。人手が必要な場合は、MI5が用意する。アレックスはそういう手順に甘んじるしかなかった。NAAFIの冷凍チップスをならべて立てたみたいなストーンヘンジが、右手に見えていた。

「あなたといっしょにこうして小さな旅行をするのが、楽しみになってきたわ」と、ドーンがいった。

アレックスは、ドーンの太腿を握った。「スペインのときみたいなハネムーンにはならないかもしれないよ」と注意した。「最悪のシナリオでは、交戦に突入する。最近、射撃場に行ったことは？」

「お昼に二十五発撃つ程度よ。でも、監視チームでの経験がかなりあるし、監視技術は以前からそう変わっていないんじゃないの」

「それで、けさはどんな武器を持ってきた？」

「ワルサーPPK。古臭いっていうかもしれないけれど……」

アレックスは驚いた。ワルサーPPKはじつに有用な武器だが、初心者にはきわめて扱いづらいことで有名だ。ストレート・ブローバックのため、リコイル・スプリングが非常に固く、手に感じる反動《リコイル》がきつい。「遊底被《スライド》をひっぱるのに苦労しないか？」アレックスはきいた。「それに、ダブル・アクションでは引き金が重いだろう？」

「指の力は強いの」ハンドルを握った手を動かして、ドーンが答えた。横目でアレックスのほうを見て、にっこり笑った。

アレックスは首をねじって、車の後方を見やった。あらゆる場合を想定し、迷いがあるときは、装備の量や質にかなり余裕をもたせるようにした。寝袋、着替えを入れたスタッフザック、防水ブーツ、地図、コンパス、双眼鏡その他、休みにハイキングに行くカップルにしては多すぎるほどの装備だった。レンジローバーの後部の鋼鉄のフレームには、オフロード用バイクが固定してある。バイクでダートムアに行くことなど、思いつきもしなかったのだが、MI5の車輛課でそれを見たとたんに、荒れ野ではとても役立つはずだと気づいた。それで、モトクロス用ゴーグルとヘルメットがふたり分、ハイキング装備に混じって載せてある。

ほかにもふつうではない品物がいくつかあった。たとえば、暗視ゴーグル二個、九ミリ口径と三八口径のホローポイント弾がそれぞれひと箱。警察に車をとめられて、車内を調べられたら、怪しまれることはまちがいない。

「あっちに着いたら」アレックスはいった。「おれのいうとおりにすると約束してくれ。たとえば、車に戻れとおれがいったら、そのとおりにしろ。いいな？　口論や文句はなしだ」

「異存はないわ。スケジュールをざっといってくれる」

「前を一度通過し、なにが見えるかをたしかめる。それから、三キロメートルほど進んで、車をとめる──一万五〇〇〇分の一の地図で、場所は決めておいた──長距離トラックの運転手向けの軽食堂の前の駐車場だ。それから、山野を抜けてひきかえす──敷地のきわまで通じている川沿いの山道がある──遠回りで接近し、なにが見えるかをたしかめる」

「彼が見つかると思う？」

「なにが見えるかはわからない。どれだけ待たなければならないかもわからない」

「これはただの偵察なんでしょう？　わかっているわね？」

「ただの偵察だ」アレックスは認めた。

「とはいっても、彼を取り押さえる……」

「ミーアンのようなやつを取り押さえるのは無理だ」アレックスは、にべもなくいった。

「ネガティヴな発想は、ネガティヴな行動をもたらす」ドーンがいった。

「哲学はやめてくれ、ハーディング」アレックスは手を組んで、ボキボキと骨を鳴らした。体にゆっくりとアドレナリンが分泌されていった。「心配するな。どのみちきみは死体をひとつ抱え込むことになる」

二時間半後には、ダートムア・フォレストの西の平野を横切ったあと、タヴィストックから北上していた。道が狭くなっていて、ドーンはレンジローバーを慎重にゆっくりと走らせ、シダやサンザシやワラビの茂る高い切通しのあいだを抜けていった。頭上では一羽のチョウゲンボウが輪を描いている。切通しがとぎれたところでは、不気味な色をしたヒースの野原がひろがっているのが見えた。

「ノース・ブレント・トール方面の標示に従ってくれ」アレックスはいった。「それから、チルフォードもしくはハンブル方面だ」

左手に、岩山がいくつも鉄の歯みたいにならんでいた。ここはまちがいなくウォッチマンの地形だ、とアレックスは思った。

「もうじき右手にブラック・ダウン・ハウスが見えるはずだ」アレックスはいった。「怪しまれない程度に、できるだけゆっくり通ってくれ」

農道と変わらないような脇道を、十分ほど走っていた。路面が荒れたままで、縁のほうが雑草に覆われているのを見て、稀《まれ》にしかひとが来ないことは察しがついた。

やがて、ようやく問題の屋敷が現われた。道路からかなり奥まって建ち、窓には板が打ち付けられ、何十年も塗り替えられていない壁は風雨のために縞模様ができ、剝《は》がれかけていた。その向こうの地面は、川に向けて急に下っている。ほかに建物のある様子はなかった。また、門に一時しのぎの鋼鉄のバリケードがもうけられているだけで、売却されて以来、開発されたようなところはどこにもなかった。足場も組まれておらず、屋敷のまわりの伸びほうだいの樹木や藪は、長いあいだなんの手入れもなされていないことが明白だった。どこもかしこも、打ち捨てられた感じだった。

「あまり訪れたいような場所ではないわね」屋敷がうしろに見えなくなると、ドーンがいった。

「そこが付け目だろうな」アレックスはぽつりといった。「道路からよく見えないのも好都合だ。付属の建物と教会がどこかにあるはずだ。二〇エーカーほどの林もある」

「車は一台も見えなかった」

「そうだ。ひょっとすると出かけているのかもしれない。そもそも車を隠す理由はないわけだから」

「でも、そうなると、どこにいるのかということが問題になる」ドーンが、不安げにいった。

「とにかくやることをやろう」アレックスはいった。「あそこを偵察するには、やつがいないほうがありがたい。きみのボスがテムズ・ハウスからチェルシーのフラットにまっすぐ帰っているあいだは——きみの話どおり警備が万全なら——身の危険はないだろう」

五分後、ふたりは〈キャビン・カフェ〉の石炭殻を敷いた駐車場に、レンジローバーをとめていた。いちおう店にはいって、紅茶を一杯とスポンジケーキを注文した。客が何人かいて、ほとんどは派手な色のアノラックを着て、マップケースを持っていた。

それにくらべれば、アレックスとドーンの身なりは地味だった。アレックスは、グレーの防風素材のズボンに、古い戦闘服のスモック。ドーンはブラック・ジーンズと薄手のフォレスト・グリーンのジャケットで、髪は陸軍の放出品のジャングル・ハットの下に隠れている。どちらも特徴のないハイキング・ブーツをはいていた。

勘定をすませると、アレックスとドーンは道路を来た方角へひきかえした。ふたりともリュックサックを背負い、アレックスは強力な双眼鏡を首から吊っている。カフェから見えないところまで行くと、ふたりは左に折れて野原にはいり、川に向けて木苺《きいちご》の藪を数百メートル抜けていった。

いや、ハンブル川は、川とはいえないような細流だった。とにかくいまの季節はそうだ。その程度の量の水が、水溜りからつぎの浅い水溜りへと静かに流れ落ち、そこで溜まってはまた一気に流れ落ちるというあんばいだった。上のほうに羊の通る道があり、ときどき見えなくなっては、気まぐれな曲がりくねった線がまた現われた。鉄条網の柵のところどころに、羊の毛がひっかかっていた。

ふたりはイラクサの生えた岸を滑り降りて、それから二十分間、アレックスは速いペースで川底を遡《さかのぼ》っていった。夕方から夜になるのが早い割りには暖かな日で、じきにふたりとも汗をかいていた。傷口の縫い目がひきつれて太腿がずきずきと痛みはじめたが、アレッククスはその不快さを意識のべつの部分に追いやった。

ふたりはぐんぐん進んだ。細流の両岸は二、三メートル高くなっており、樹木は何年も刈り込まれていないようで、見張っているものがあったとしても、身を隠すことができる。車がないとはいえ、ブラック・ダウン・ハウスは無人だとは思えない。アレックスは大縮尺の地図を入念に検討して、これがもっとも安全な接近ルートだと確信していた。ミーアンが八〇〇メートルにおよぶ周辺をすべて見張ることは不可能だから、巡回するだけだろう。それに、昼間はおそらく眠るはずだ。

屋敷の周囲は、鋭く尖った鉄条網付きの金網の柵に囲まれていることがわかった。新しいものではない——亜鉛めっきの表面が錆で縞模様になっている——しかし、高さが三メートル近くあるので、侵入を防ぐにはじゅうぶんだった。細流が周辺防御柵を潜るところでは、岸が平らになり、金網のもつれた下の端が川底近くまでのびていた。柵は川の左右に切れ目なくつづき、おそらく敷地全体が囲まれていると思われた。侵入を決意したものに対しては役に立たないだろうが、興味をそそられたものを永年阻んできたことはまちがいない。

アレックスとドーンは、岸の下の暗がりでしゃがんだ。

「どう思う?」ドーンがきいた。

「下を潜ろうと思っている」アレックスは答えた。

リュックサックをおろすと、軽量の折りたたみスコップを出し、川底を掘りはじめた。十分ほど苦労して掘り、大きな岩をいくつかどかして、柵と川底のあいだに三〇センチほどの隙間をこしらえた。

「よし。周囲は安全か？」

ふたりは四方を見まわし、アレックスは急いで服を脱いだ。裸になると、川底を手で掘るような感じで進み、柵を潜った。水は意外にもかなり冷たかった。アレックスが柵を潜り終えると、ドーンが服をゴミ袋に入れて、柵を越えるように投げた。その他の装備もおなじように投げた。「抜糸はわたしにやらせてほしいわ」アレックスが服を着ているときに、ドーンが低い声でいった。

ふたりは急いで緊急対処計画を打ち合わせた。ドーンはここで待ち、報告することがある場合は携帯電話で知らせる。アレックスはブラック・ダウ・ハウスの捜索を試みる。携帯電話をバイブ・モードにすると、アレックスは森に姿を消した。ゆっくりと進んだ。まったく音をたてないように動き、仕掛け線や罠がないかどうか、たえず前方に目を配るとともに、監視が行なわれている気配を察知できるように、全体も眺めた。

ほどなく森のはずれに達して、ぼうぼうに茂ったサンザシの藪に身を隠し、双眼鏡で付近をくまなく調べた。目に見えるかぎりでは生き物の気配はなく、前方の高い叢《くさむら》やイラクサやノラニンジンの生えた場所に人間の通った形跡はなかった。

ゆっくりと、極端なまでに注意しながら、アレックスは森のなかから、蔭になっている川底におりた。そのあたりは深く、じきに腰まで水に浸かった。選択の余地があれば、使いたくない接近ルートだったが、サンザシがぎっしり生えている野原とはちがって、露出した岩には通った跡が残らない。まだ気温は暖かかった。紅茶を飲んだとき、砂糖を入れたので、喉が渇いていた。水筒の水をいっぱいにしなかったことを思い出して、すこしいらだった。法科学課の検査からもわかるとおり、この細流の水を飲むのはあまり勧められない。

角をまわると、教会が見えた。角ばった塔で、完全に廃墟のようになっていた。窓はただの穴と化し、そこをふさごうとして、縁に漆喰が雑に塗り重ねてあった。かつては道が一本、屋敷の前を通って、川沿いをずっとのびていたようだ。教会と狭い墓地が、その道――というよりは道の名残――の突き当たりにあった。乾ききった路面にまで木立や藪がひろがり、長いこと刈られていない枝や葉が両側から押し寄せていた。教会の向こうに、荒れ果てた平屋の住宅が何軒かあった。

敷地内の位置関係を見てとると、アレックスは身を隠せる枝をひろげたハンノキ数本の下に隠れた。双眼鏡を出して、じわじわと弱まる陽光を頼りに、教会の周囲を観察してから、ドーンに電話をかけた。「位置についた」小声で報告した。「例の男が眠っている場所も、ここにいるかどうかも、まったくわからないから、しばらく接近せずにじっと待つ。そっちはどうだ？」

「だいじょうぶ。報告するようなことはないわ」

ミーアンは、どこにいるのだろう？　と、アレックスは考えた。邸内か？　教会か？　地下聖堂か？　どこにいるにせよ、だれかが来れば、たちどころにわかるような場所にちがいない。

たとえば、この地所の新しい所有者が来るかもしれない。アンジェラ・フェンウィックが調べたところ、リスカード・ホールディングズは、ここに建設しようと目論んでいたホテルと会議場施設の建設計画の許可を得るのに苦労しているという。だからこんな荒廃した状態のままになっているのだ。しかし、建築家などは何度も来ているはずだ。

ミーアンは教会の地下のどこかに隠れて眠るのではないか、とアレックスは思った。屋敷に地下室があるとしても、じめじめとしていて居心地が悪いはずだ——教会のほうが古く、したがって堅牢に造られている。教会の地下聖堂は壁が石だ。たいがい乾いている。

午後八時に、ドーンが電話してきた。「まだゴドーを待っているの？」

「ああ。そっちは」

「ご覧のとおり、もうだいぶ暗くなった。レンジローバーに戻ったほうがいいと思いはじめたところよ。バードウォッチャーが暗くなってもいたらおかしいわよ」

「わかった。すぐに連絡する」

二時間後、太腿が耐えられないくらい痒《かゆ》くなり、じっとしていたために背中が痛くなった。いったい何時間、こんなふうに身を潜めてじっとしていることをやってきただろう？　百時間？　それ以上か？　それに、失敗に終わったことは何度あったか？　成果もなく、立ちあがって基地に帰るということが。

危険を冒してもっと近くで観察すべきかどうか、いずれ決断を下さなければならない。ミーアンは今夜は帰ってくるのか？　あるいはもうあそこにいるのか？　いるとして、いまこの瞬間、こっちを見張っているのか——獲物が狩人に変わったのか？

ミーアンに見張られているかもしれないと思い、あのすさまじい力のことを思い出して、アレックスは身ぶるいした。

よし。これから調べにいこう。

そろそろと物陰から出ると、音をたてないように上流に向けて進むのを数時間ぶりに再開した。ポケットには、弾薬をフルに装塡したグロックがはいっている。

まもなく真上に屋敷が見えた。崩れかけた段々が、屋敷の正面の道路から斜面の下の細流に通じている。そこを登ろうとすれば、ミーアンが屋敷内にいた場合、発見される危険性が大きい。だが、流れのなかにいたら、いつまでたってもなにもわからない。

一度に一段ずつ、斜面を登っていった。煉瓦の段はひび割れていて、足の下で危なっかしくくずれるのがわかった。ようやく登りきって、屋敷の玄関に達した。鍵がかかっているのか？　錠前が蹴破られていて、扉は簡単にあいた。グロックを片手に、マグライトを反対の手に持って、アレックスはなかにはいった。玄関の広間の床板が腐り、煉瓦が崩れて、動物の死骸のにおいがしていた。煙草の吸い殻と空き壜に漆喰が積もって灰色になり、暖炉に古い上着が一枚ほうり出してあった。値打ちのありそうなものは、すべて持ち去られ、壁も床もむき出しになっていた。

アレックスは、リュックサックから厚手の靴下を出し、ブーツの上からはいた。これで、歩きまわるときに物を踏む音を弱めるとともに、〈ダナー〉のブーツの足跡をごまかせる。

すばやく一階の部屋をひとつずつ調べたが、なにも見つからなかった。空き缶や中身を抜かれたマットレスが散らばっていたが、だいぶ前にホームレスのたぐいがはいり込んだらしい形跡のほかはなにも見当たらなかった。地下室はない。

二階も同様だった。部屋のなかにはなにもなく、漆喰が剝《は》がれ、窓には板が打ち付けられて、なかは真っ暗だった。鳩が一羽、出られなくなったと見えて、羽根が抜け落ちた骸骨が、寝室のマントルピースに横たわっていた。

ミーアンと父親が、はるか昔に寝泊まりしたのは、いったいどこだったのだろう？　どこであったにせよ、その後に訪れた形跡のあるところは、どこにもなかった。

表はかなり暗くなっていた。暗視ゴーグルをかけると、不気味なグリーンの光に照らされた景色が目に飛び込んできた。もう一度斜面を下った。乾電池で作動する暗視装置の電子部品のブーンという蚊の鳴くような音が、耳もとから聞こえた。

崩れかけた平屋数軒に向けて、用心深く進んでいった。教会とおなじように、かつては窓だったところに漆喰を塗り重ね、はいりづらいようにしてあった。そのうちの一軒だけは、屋根が抜けていなかったが、以前は商店だったらしく、奥の部屋に古い段ボール箱がぎっしりとあり、電気部品や木工の道具がはいっていた。ゴーグルを上にあげてマグライトの光を当てると、焦茶色のベークライトの変圧器、配電箱、埃をかぶったラジオの真空管、編んだコード、昔使われていた繊維タイプの〈ロールプラグ〉（壁にネジを固定する詰め物）その他の使いみちすらよくわからない品物が目にはいった。

そして、むろん釘もあった。一二ミリから一五センチまで。法科学課のために二本ばかりポケットに入れ、マグライトを消すと、暗視ゴーグルをかけ、ふたたび表に出た。

太腿の携帯電話が振動した。

「だいじょうぶ?」ドーンがたずねた。

「あちこち見ている」アレックスは小声で答えた。「やはりいる気配はない。でも、ここにまちがいない——例の古い釘がいっぱいあるのを見つけた。そっちは?」

「だいじょうぶ。気をつけて」

「ああ」

携帯電話をポケットに戻すと、アレックスは白っぽい巨大な教会に向けて進みはじめた。ここは扉に鍵がかかっていた。窓からはいろうかと思ったが、注意を惹《ひ》くおそれがあるのでやめて、スモックの胸ポケットに手を入れた。

トレガロンでピッキングの研修を受けてから二年たっているし、ゴーグルをかけているのでやりづらかったが、錠前にピックを差し込んだときには、ある程度の自信があった。錠前はありきたりのシリンダー錠だったので、ほんの二、三分の作業で、扉は内側にあいた。

ピックとテンション・レンチをポケットにしまうと、グロックを出し、なかの様子を見た。屋敷とおなじで、建築材料として値打ちのあるものはすべてはずされ、頭上には屋根を支える梁《はり》が何本か残っているだけだった。割れたタイルや鳩の糞の山が、石の床に積もっていた。

上がアーチ型の低い扉が、いっぽうの端にあった。そこも鍵がかかっていた。こんどは商店街で売っているようなエール錠ではなく、よくしなら鋼鉄のピックを使って繊細に作業を進め、シアラインが揃う（シリンダー錠の内筒と外筒の境目――シアライン――に、ピンやディスクがまたがっていないようにすること）ようにするのに、三十分かかった。テンション・レンチの先でシリンダーがなめらかにまわったときには、心の底から安堵の溜息を漏らした。

　扉の向こうには、下に通じる螺旋《らせん》階段があった。ゴーグルで前方を見定めながらそろそろとおりてゆくとき、靴底の下の石段が磨り減っているのがわかった。増幅する光源がほとんどないので、ぼんやりしたグリーンの靄《もや》のなかをおりていくような感じだった。

　地下聖堂は、かつて葬儀に用いられたとおぼしい木の棺台があるだけで、がらんとしていた。アレックスは暗視ゴーグルをはずし、思い切ってマグライトでひとしきり照らしてみたが、最初に見たとおりだった。ほかにはなにもない――櫃《ひつ》も戸棚もなく、ひとの住んでいる様子はない――追悼の碑文が刻まれた壁と床があるばかりで、ひんやりとした石造りの聖堂には、なにもなかった。奥の部屋に通じる扉もない。

　考えろ？　アレックスは自分に命じた。基本に戻れ。ミーアンはコナリーに、自分が見つけた装備は教会にあったと話している。グラディオ作戦のための隠し場所は、高度な技術をそなえた敵の捜索チームに見つからないようなところでなければならない。鍵をかけた扉では、ソ連のGRU（ソ連軍参謀本部情報総局）や特殊任務部隊《スペツナズ》の部隊を押しとどめることはできない。

　もう一度あたりを懐中電灯で調べ、壁や床に光を当て、華麗な彫刻がほどこされている壁に埋め込まれた碑を照らした。

危うく見落とすところだった。どこかにあるという確信がなければ、ぜったいに見つからなかっただろう。床の一方の隅に埋め込まれた真鍮の追悼の碑があった。無数の人間に踏まれて磨り減ったように見え、〝サミュエル・カルヴァートを偲《しの》んで　一七五八年生　一八二五年永眠す　わが巡礼に先駆けた彼にわが剣を捧げん〟と記されていた。

グラディオだ、とアレックスは思った。たしか、古代ローマの短剣のことではなかったか？

ナイフの先を突っ込むと、真鍮の碑が持ちあがった。その下には真鍮の格子があり、格子の下には石段があった。

25

アレックスの頭のなかで、警報が甲高い音を発していた。後戻りすることが不可能な状況に、どんどん深入りしかけている。

アンジェラ・フェンウィックが同意した計画では、アレックスは敷地に侵入して、ミーアンの存在を示す証拠を捜すという初動任務だけを行ない、撤退してMI5のチームと交替することになっていた。だが、偵察中にミーアンと遭遇した場合は、その場で殺す。フェンウィックの立場からすれば、それが理想的な結果だということを、アレックスは知っていた。ウォッチマンは消え、保安局要員を配置する複雑で金のかかる作戦をやらなくてすむ。身の安全と自分の野望に対する脅威も消滅する。

正直なところ、自分もそのほうが好都合だ、とアレックスは思った。ジョージ・ウィドウズの死を棒引きにできる。アンジェラ・フェンウィックがよろこべば、ビル・レナードがよろこび、ビル・レナードがよろこべば昇進につながるという事実も否定できない。

もちろん、それにくわえて、猟奇的な殺人鬼をこの世から駆逐することにもなる。この石段の下の闇でミーアンが待ち伏せていたり、いま教会に帰ってきたりしたら、こちらは逃げ場がない。撤退して応援を呼ぶより、こうするほうがはるかにましだ。

携帯電話を出して、ドーンの番号を打ち込んだ。突然ビーッという警告音が鳴って、電波が届かないことを告げた。飛びあがって驚き、心臓が早鐘のように鳴って、自分がいかにびくびくしていたかを知った。

ミーアンは、いまにも帰ってくるかもしれない。

格子と真鍮の碑を、下からもとに戻すと――やりやすいように、格子の隙間をひろげてある――アレックスは石段をおりていった。暗視ゴーグルですばやくひとしきり見て、下の部屋にだれもいないとわかり、ほっとした。そこは納骨所で、中央の長方形の石の台はおそらく御霊屋《みたまや》を支えていたものだろう。

だが、いまはなにもない。壁にはスプレーでグリーンに塗られた鋼鉄のケースが何重にも高々と積みあげられ、脇の白いステンシル文字によれば内容物は、鉛筆型時限信管や遅発信管その他の起爆装置、カーボランダム・グリース、ポケット焼夷弾、ユーレカ位置検出電波発信機、S電話機、マークⅢ無線機、ウェルロッド消音式拳銃、各種の手榴弾や地雷などだった。コナリーの話よりはるかに揃った装備だと思い、アレックスは驚きに打たれながら数多いケースを眺めていた。好奇心にかられ、〝手榴弾――ガモン（ハムやベーコンのたぐい）型〟と記されたケースの蓋をこじあけた。

ケースのなかには、異様な形の仕掛けが十数個、きちんと収められていた。それぞれにベークライト製の信管差込口があって、木綿の袋が付属していた。おそらく袋にプラスティック爆薬を入れ――おまけにナットやボルトをひと握りくわえて――敵のパトロール隊のどまんなかに投げ込むのだろう。じつに恐ろしい武器だ。

小さな革ケースに収められた無線機は、超小型化されたソケットや有孔板《グリル》やダイヤルなど、逆にうっとりと眺めてしまうような品物だった。無事にこの仕事をやり終えたら、いくつかもらいに来よう、と思った。ウェルロッド拳銃も二挺ほどもらう。サザビーズかクリスティーズのオークションに出して……

この地下聖堂にミーアンが住んでいることは、疑う余地がなかった。部屋の一角に、スーパーマーケットの自社ブランドの缶詰――スープ、豆料理、スパゲティ、グリーンピース――やチョコバー、袋入りの食品のはいった段ボール箱がいくつもあった。オレンジ、ポテト、野菜の箱もある。タマネギがないのは、おそらく調理するときに強いにおいが出てしまうからだろう。食料のあいだに、つぶした缶やピーマンの種やオレンジのひからびた皮や茶色くなったリンゴの芯《しん》のはいっているゴミ用の小さなポリ袋があった。そのうちふた袋は、二日以上たっているように見えた。

プラスティック製の浄水システムと小さな〈MSR〉の携帯コンロ、燃料ボトル、メスキット、プラスティックのフォークとナイフ、医療品一式――縫合セットは最近使った形跡がある――洗面用具入れもあった。この一角の上に、地上に通じる換気孔があり、闇に向けてのびていた。先端は、おそらく塔の装飾的な部分の蔭に隠されているのだろう。

部屋のいっぽうの隅の床に、きちんと畳んだミーアンの衣服があった――キャンプ用品店で売っているなんの変哲もない衣類にくわえ、コーデュラ・ナイロン製の磨り減ったハイキング・ブーツが一足あった。そのなかに、パラコード（パラシュートの吊索に使われるきわめて丈夫な細いナイロンの紐）を結んだ安価な〈スーント〉のコンパスがあった。

石の台に、建物の設計図のかなり高画質のコピーがひろげてあり、四隅に重石が乗せてあった。建物の名は、ロンドンSW3、オークリー・ストリート、ポウィス・コート（ブロック2）となっていた。おなじような設計図を巻いたものが横にもう一枚あり、マグライトでさっと照らすと、おなじ建物のものだとわかった。

ドーンは、アンジェラ・フェンウィックの自宅についてどういっていた？　奥まったブロック？　ゲート付きの住宅地？　ロンドンでも、もっとも警備が厳重な場所？

動悸が速くなった。アレックスはあたりに目を配り、重ねてある地味な衣服を手探りした。武器はない――ミーアンが身につけている。ドーンの番号をダイヤルしたが、やはり電波は届かなかった。

くそ！

石段を駆けあがり、格子と真鍮の碑を急いでもとに戻した。ほどなく教会の扉を閉め、ゲートに向けて駆け出した。ミーアンはアンジェラ・フェンウィックを襲撃しようとしている――そう確信した。

一分とたたないうちに門を越え、敷地からじゅうぶんに離れたところで、ふたたびドーンに電話をかけた。今回は発信音が聞こえ、即座にドーンが出た。「ポウィス・コートといえばわかるか？」

「ええ。アンジェラの自宅。どうして？」

「ミーアンが、そこの設計図を持っている。おそらくいまごろはもう行っているはずだ」

「あなたはどこなの？」

「屋敷の門を出て二〇〇メートルほど行ったところだ。チルフォードと書かれた標識が立っている待避所がある」

「わかった。二分で行く」

アレックスは、暗視ゴーグルをリュックサックにしまい、レンジローバーのヘッドライトが見えるのを、いらいらしながら待った。

五分近くかかった。「アンジェラに電話した」と、ドーンがいった。「出るようにいったの」

「どこへ行くんだ？」

「隠れ家。二十四時間そこにいて、警視庁特別保安部《スペシャル・ブランチ》に周囲を固めてもらうことに同意した」

「つけられずに行けるのか？」

「首相官邸から帰るところだったの。運転手があらゆる手立てを使って、つけられないようにするはずよ」

アレックスは、疑うような顔をした。

「心配はいらないわ」ドーンがいった。「運転手は非常に優秀だし、経験も豊富だから。元陸軍兵士なのよ」

「それで」

「わたしに、できるだけ早く来てほしいといっているの。隠れ家で仕事をするのを手伝わないといけないのよ」

アレックスはうなずいた。「おれはここに残る。遅かれ早かれやつはここに帰ってくるはずだし、そのころにはこっちは迎え撃つ用意ができている」

「いっしょにいたいけれど」

「もうひと組、目と耳があれば、ほんとうに助かる」レンジローバーから装備をおろしながら、アレックスはいった。

「あなたにとって、わたしはそれだけの存在なの？」薄笑いを浮かべて、ドーンがたずねた。

「体の機能のほんの一部？」

「おれのいう意味はわかっているだろう」

「必要なものは揃っている？」

アレックスは、スモックのポケットを叩き、リュックサックの中身を点検した。「懐中電灯、ピッキングの道具、グロック、弾薬、暗視照準器、ナイフ、食料、ファーストエイド・キット、着替え、防水の服、カムフラージュ・ネット……これでいい。念のため、バイクとガソリンももらっておこう。交通手段《あし》がないと困る。それと飲み水だ——あの細流の汚染した水を飲むのはごめんだ」

レンジローバーのリフトゲートをあけて、水の容器二本とヘルメット、モトクロス用ゴーグル、バイク用の一〇リットル入りポリタンクを出した。

「ほんとうにだいじょうぶなのね？」レンジローバーの後部のラックからアレックスがバイクをおろし、補給物資のほうに押していくと、ドーンが念を押した。

「ああ。二度もやられはしない。心配するな」

「プロフェッショナルの誇り」ドーンが、にっこり笑った。「SAS《レジメント》の名誉にかけて！」

「そんなところだ」

ドーンはうなずいた。「わかった。気をつけて。抜糸のこと、忘れないで」

「楽しみにしてるよ」

怪我をしていないほうの頰に、ドーンがキスをした。「わたしも。用心してね、テンプル大尉」

「行ったほうがいい、ハーディング」ドーンの髪にそっと触れて、アレックスはいった。

アレックスは、ブラック・ダウン・ハウスの門の向かいの森にバイクを隠し、ワラビや松の枝で覆った。オーストリアのKTM五二〇CCEXCで、艶消しのカーキ色に塗装されていた。リュックサックと太いゴム紐《ひも》を使い、満杯のグリーンのポリタンクを座席のうしろに固定することができた。ヘルメットとゴーグルは、ハンドルにかけておいた。それから、鋼鉄のバリケードを何度も乗り越えて往復し、ブラック・ダウン・ハウスの敷地内に残りの装備を運び込んだ。

車は一台も通らなかった。暗くなるころには往来もあったが、いまはまったくとだえているようだった。いっぽうの門柱の蔭にしゃがみ、時計を見た。零時二十分前だった。

すばやく自分の置かれた立場を考えた。ターゲットはもう帰ってくるはずだし、できるだけ早く身を隠して配置についたほうがいい。だが、どこで配置につくのか——ミーアンは身の安全を極端なまでに意識しているはずだから、敷地内にはいるのに、毎回単純にバリケードを乗り越えるとは思えない。八〇〇メートルにおよぶ周囲の柵のどこからはいってくるか、見当もつかない。

だが、どの方角からはいるにせよ、教会に戻ることはまちがいない。

アレックスは、じっと腰を据えて待った。昼間に偵察したときとおなじ場所を選んだ——森と教会のあいだの丈の高い叢《くさむら》だ。ウォッチマンは今夜帰ってくる。そう確信していた。

いよいよ大詰めだ。

26

　夜が更けるにつれて、気温が下がった。ブラック・ダウン・ハウスを湿気が包み、欠けはじめた月が雲に隠れて、午前零時過ぎに最初の雨滴が落ちてきた。一時間とたたないうちに草がお辞儀をして、雨を集めた細流の水音が高まった。

　厳しくなる寒気と濡れた服の重みを、アレックスは考えまいとした。でこぼこの地面の腐りかけた倒木の蔭に、リュックサックを脇にひきつけて伏せていた。顔に黒いカムフラージュ・クリームを塗り、まわりの丈の高い草とカムフラージュ・ネットに身を隠していた。グロック34のグリップを、雨が流れ落ちた。雨は隠蔽に役立つ反面、ミーアンの姿も隠してしまう。「さあ来い、この野郎」アレックスはつぶやいた。「来い」

　ミーアンが帰ってくることを祈った。ロンドンでは居場所がないはずだ。ロンドンはきわめて規制が厳しい都市だから、野宿などしていたら、親切な警官かソーシャル・ワーカーに近くの受け入れ施設に連れていかれる。そして、名前を聞かれる。人相風体をじっくり見られる。

　キルバーンのかつての溜まり場にも戻れない。密告者だということをＭＩ５がひろめてしまったから、ロンドンのアイルランド系の多い界隈に近づくのはきわめて危険だ。見分けがつかないくらい顔かたちを変えているならべつだが、PIRA《プロヴォ》のシンパはみなミーアンの顔を知っている。それに、そういう整形をほどこすのは、一般に考えられているほど簡単ではない。

やはりここに戻ってくるにちがいない。しばし身を潜め、息を整えるために。これまでは細心の注意を払ったおかげで、うまくいっていた。あとはフェンウィックを殺せばいいだけなのだから、いまさらそれを台無しにはしたくないだろう。

それに、なんとなく流れが変わったことを、アレックスは察していた。あの補給物資――スーパーマーケットの缶詰、ごく少量に切り詰められた品物――を見て、夜警《ウォッチマン》の張り番《ウォッチ》が終わりに近づいていることがわかった。そして、そのときは自分――アレックス・テンプル――が待ち構えている。体の下の地面の固さと雨の突き刺すような冷たさがありがたかった。おかげで神経を研ぎ澄ましていられる。

四時十分をまわったころに――ちょうど時計を見たあとだった――車が道路を通る低い音がして、一瞬、ヘッドライトがひらめいた。叩きつける雨にその音が飲み込まれ、ライトも闇に消えていった。

十分が過ぎた。アレックスは、カムフラージュ・ネットの下で縮こまり、期待に体を緊張させ、額から流れ落ちる雨がはいらないように目を細めた。前方に構えたグロックの照門と照星は雨の闇に向けている。

「来い」声に出さず、口だけでいった。トリガー・セイフティに指をかけると、アドレナリンが全身を駆けめぐるのがわかった。「来い」

なにも起こらない。

ただの通りすがりの車だったのか。

期待の潮が引き、吐き気を催した。

いや、やはりミーアンだったのではないか？　近くに車をとめ、柵を越えて戻ってくるのかもしれない。アレックスは、暗さに慣れた目を細めて、前方の闇をずっと見ていった。灰色の形がところどころにあるジグソー・パズルのような光景を、順序立てて区切りながら調べた。色合いの微妙なちがいから、丈の高い草、地面の雑草、木の枝を見分け、篠《しの》つく雨を受けてリズミカルに揺れているのに目を留めた。すべて動いてはいるが、規則的だから、動物の動きではない。

そのとき、無数のぼんやりした灰色の形のなかに、ひとつの灰色のぼんやりした輪郭《りんかく》が見えた。周辺視野で捉えたその不規則な動きは、生命のあるものの、ためらいがちな動きだった。アレックスはそこにいったん目を向けてから視線をそらすという動作をくりかえした。いままでは、風のにおいを嗅いでいるかのように、その形はぴたりと動かなくなっている。

やがてまた動いた。狐か？　アナグマか？

形がちがう。あの動物は人間だ。

アドレナリンが、一気に分泌された。

動悸が激しくなる。

トリガー・セイフティにふたたび指をかける。グロックから雨が滴《したた》っている。射程は？三〇メートルというところか？

来い、この野郎。来い。

二五メートルかもしれないが。雨で視程がかなり落ちている。くそ！　照門と照星が合うとグレーに見え、ターゲットのほうが見えなくなる。

もっと近づけ！

こっちから突進すべきか？　あそこへ向かって駆け出し、走りながら狙い撃つか？

だめだ。ターゲットは優位に立っている。ここを知り尽くし……

人影はいましゃがんでいた。中腰になっている。

アレックスは、濡れた地面にへばりついた。来い、と祈った。こっちへ来い。

だが、相手は急ぐ様子もなかった。とてつもなく用心深く、モノトーンの森を背景にゆっくりと動き、ふっと消えては、また遠くで現われた。いままでは動く音が聞こえていた。足音が叢《くさむら》を伝わってくる。

追うことにした。

濡れた叢を豹のように這い、ゆっくりと森の際《きわ》へと進んだ。人影は一本の木の下に立ち、周囲の様子を見ている。

あと五メートル近づけば、じゅうぶんに撃てる距離だ、とアレックスは思った。前方にブナの太い幹があったので、それを遮蔽物に使って立ちあがった。前方では、人影がまた遠ざかっていた。

音もなくアレックスは追った。草の生えた小径を通っているようだった。足音がしない。

おばあちゃんの歩きかた。

もう完全に見えていた。人影――ミーアンにちがいない――は、なにか黒っぽい常緑の藪の手前に、身じろぎもせず立っている。音をたてずに三歩近づくことができれば、確実に殺せる。アレックスは、グロックを前に構え、距離をできるだけ短くするために、両腕をめいっぱいのばした。

一歩。速く。てきぱきと歩け。

二歩。進みつづけろ。

仕掛け線をひっかけて照明弾が炸裂する一瞬前に、アレックスは膝の下のワイヤーが靭帯のようにぴんと張るのを感じた。と、四方で青みがかった白光がほとばしった。

まったくの直感で、アレックスは横の地面に身を投げた。目がくらみ、せっかく得た夜間視力を失って、燐《りん》の強い光に照らされた範囲以外は、なにも見えなくなった。あとはすべて真っ暗闇だった。

くそ！

照明弾が煙をあげ、音をたてて炸裂した。走り去る足音が聞こえた。目がよく見えないまま、グロックを握りしめ、顔を小枝にぶつけながら、アレックスはよろよろとそれを追った。

ミーアンは、教会ではなく屋敷を目指していた。五〇メートル近く離されたアレックスは、網膜に焼きつけられたすさまじい光の炸裂をふり払おうと、しきりにまばたきをした。だが、それが消えず、視界の前方でちらついて、走っているミーアンの姿もろくに見えなかった。

泥の上で滑って、勢いよく倒れ、立ちあがって走ると、こんどは切り株にぶつかってまた倒れた。ナイフの傷が抗議の悲鳴をあげた。一〇〇メートルほど前方で、ミーアンが屋敷に駆け込むのが見えた。ミーアンは夜間視力がそこなわれていないようだ——照明弾が破裂したとき、背中を向けていたにちがいない。

アレックスは、どうにか玄関の扉に達した。背後の森のなかでは、照明弾が鋼鉄の杭の上でパチパチとはぜる程度に収まっていた。夜間視力が失われた状態で、銃を持っているはずの相手を追い、真っ暗な家のなかにはいっていかなければならない。

くそ。マグライトが役に立つというときに、リュックサックに入れたまま置いてきた。とはいえ、懐中電灯の光は、こちらの位置を教えてしまう。玄関をはいったところのどんよりとした闇でしゃがみ、アレックスは耳を澄ました。

剝《は》がれ落ちた漆喰を踏む足音がしたと思うと、静かになり、屋根瓦を雨が叩く音だけになった。ミーアンは二階にいる。

部屋の配置はどうなっていたか……考えろ。

階段の段が二十だということしか思い出せなかった。二階の廊下はT字形に左と右に分かれている——ミーアンは左側にいる。鈍いドスンという音でわかった。そこになにがあるのか？

のるかそるかだ、とアレックスは思った。見にいこう。

できるだけ音をたてないように、階段を昇っていった。照明弾の映像が写真を焼きつけたように目に残っていたが、夜間視力がすこしずつ回復しつつあった。いまでは上の踊り場と廊下が見える。左手にドアが三つあり、ひとつがあいている。

さっき調べたときはぜんぶ閉めたのをおぼえている。

気を引き締め、グロックを構えて、アレックスはその部屋に跳び込んだ。だれもいなかったが、窓に打ち付けてあった板が蹴破られ、雨が床にぱらぱらと落ちていた。ミーアンがロープなどの脱出手段を用意していたにちがいないと考え、そこへ駆け寄ろうとした。さっきのドスンという音は、下のポーチの屋根に飛び降りた音にちがいない。

だが、窓に手が届こうかという刹那《せつな》、足もとの床が、力ない溜息のような音とともに抜け落ちた。埃とぼろぼろの木舞《こまい》と漆喰が噴きあがり、突然なにも支えがなくなって、息苦しい闇のなかを一気に落下するのがわかった。下の玄関の間に勢いよくぶつかり、片方の肘と後頭部をぶつけた。

あの野郎――ミーアンは、梁を切り落とし、腐った床板を置いて、落とし穴をこしらえたのだ。アレックスは痛む体を起こした。パラシュート訓練のおかげで、落ちたとたんにとっさに転がり、脚を折らずにすんだが、動揺は激しかった。

ミーアンは車を目指して逃げたのか？　それとも表で銃の撃鉄を起こして待ち構え、追跡者を吹っ飛ばそうとしているのか？

濡れた路面でタイヤの鳴る音が遠くから聞こえ、答がわかった。まだ呆然としたまま、頭をふって、乾いたざらざらの漆喰をふり落とした。早く行かないと。ミーアンに、早くも二分の差をつけられた。

リュックサックだ。走れ。取りにいけ。

濡れた地面でまた滑って、縫い目がひきつれたが、痛みどころではなかった。グロックをホルスターに収め、装備のはいったリュックサックを背負うと——そのふたつの動作に、果てしない時間がかかったように思えた——必死で門の方角を目指した。床が抜けて落ちたときに、平衡感覚がおかしくなったらしく、足を進めるのに神経を集中しなければならなかった。進みつづけろ、と自分にいい聞かせ、懸命に考えをまとめようとした。まだ死んでいない。死ぬまでは死なない。進みつづけろ。

ゲートによじ登るのに一分たっぷりかかり、そのときに鉄条網で親指をひどく切った。ようやく上に登ったところで、ふるえる手の血を吸って、ぼやけた目で周囲を見た。左手のおそらく一・五キロメートルほど離れたあたりに、一瞬、小さな光の条《すじ》が見えた。ウォッチマンは東へ行った。

進みつづけろ。

バイクを押すのにも苦労するほどだったが、ようやく道路に出て、モトクロス用ゴーグルとヘルメットをかぶった。マグライトで照らして、ガソリンの量をたしかめた——手がまだひどくふるえている。満タンだから、おそらく無鉛ガソリンが九ないし一〇リットルはいっているはずだ。リュックサックに入れて太いゴム紐でくくりつけたタンクにも、ほぼおなじくらいはいっている。

KTMはスターター・モーターつきで、すぐに始動して低いうなりを発した。アレックスは用心深く油圧クラッチをつなぎ、発進した。なめらかに回転するエンジンは即座にパワーを発揮するはずだったが、モトクロス用の凹凸の大きなタイヤから伝わる感覚は、まるで小石の上を走っているように頼りなかった。シートは固く、細く、柔軟性がなかった。舗装路をよろこんで走ってくれるようなマシンではない。

行け、と自分に命じた。ライトはつけるな。道路に車はないし、ミーアンにまんまと逃げることができたと思わせなければならない。だが、夜間視力が戻っていなかった。まだ目がじゅうぶんに回復していない。

しかたがない。走れ。突っ走れ。

ライトはつけるな。

速度をあげると、削岩機に乗っているようだった。KTMは舗装路で時速一三〇キロメートル出せるが、そもそもそういう走りかたに向いているバイクではないし、モトクロス用のタイヤをはいているため、骨がはずれそうなくらい振動し、視界がぼやけ、歯がガタガタ鳴った。しかもライトなしでは……

もっと速く。あらゆる危険を冒せ。

雨が顔に叩きつけ、道路のセンターラインはやっと見える程度で、しかもラインを前輪が踏むと、とてつもない滑りかたをした。

カーブはアクセルを踏んではいれ。スピードに乗れ。

幹線道路。北はオークハンプトン、南はタヴィストック。

五割の確率のルーレット。赤か青か。

南だ。ドミノ・グリップを握る拳に力がこもり、濡れた服の下の体が凍りそうなくらい冷たい。黒い縫合糸がナイフの傷口に食い込む。

痛みなど気にするな。

三キロメートルほどなにも見えなかったが、やがて、小さな虫のような光が、南ではなく東へ向けて進んでいるのが前方に見えた。あれがミーアンだとすると、幹線道路から直角に折れたことになる。ダートムアの中心を目指し、狭い道路を時速一〇〇キロメートル以上で飛ばしている。

くそ。まだ六、七キロメートルほど離れている。交通量の多い道路に出たら、姿をくらますのは容易だ。

深く息を吸うと、アレックスはKTMを左に向けて、道路から広々とした荒地の暗闇に跳び込んだ。ミーアンに引き離されないためには、クロスカントリーで近道をするしかない。直線距離なら差は三キロメートル程度だが、道路ではその倍以上の差がある。

アレックスはKTMを強引に加速させ、荒地の凹凸の多い地面をタイヤが捉える荘厳なまでの感覚を味わった。本領を発揮できるようになったKTMが、アレックスをがっちりと捉え、荒々しく自分のボディに縛りつけた。スーパークロス・サスペンションは、圧縮と反動が最低限のものすごく固い段階にセットされていたが、前輪が岩に激突して、アレックスはほどなくその設定のありがたさを身にしみて感じた。つかのま、人間とマシンが闇を跳ぶかと思った直後、睾丸がつぶれそうな勢いで前後の車輪が同時に着地した。性能の劣るバイクだったら、へしゃげてスクラップになっていたはずだし、意欲ばかりで腕のないものが運転していれば、こちらは集中治療室に送り込まれていたにちがいない。

だが、肉体も頭脳も復讐に燃えていたアレックスは、平然としていた。痛みも疲労も、はるか彼方に去っていた——肝心なのは、この飛び跳ねては吼える野獣のようなバイクを思いのままにあやつることだけだった。なにも見えない。下が踏み分け道のようなもので、右手前方に車の蛍のような明かりがある。それだけがわかっていた。あとは——鞭で叩かれるような寒気も、ショットガンの散弾のように襲いかかる雨や泥も、手と足で懸命にしがみついていることも——ほとんど意識していなかった。

理性がはたらいている精神状態であれば、そんなことはとうていできなかっただろう。いつのまにか本能が恐怖や思慮分別から手綱を奪い取っていた。本能が前方を見つめ、びくとも揺るがず、雨で滑る岩場や丘に前輪をしっかり食い込ませた。フォー・ストロークのエンジンが下で悲鳴をあげ、アレックスは体が軽くなったような異様な開放感をおぼえた。くそったれ。激突してばらばらになってもかまうものか。

しだいに、相手との距離が縮まっていった。ウォッチマンにははっきりした計画があるのだろうか？　と思った。それとも、ただやみくもにブラック・ダウン・ハウスから遠ざかろうとしているのか？

あとすこしで追いつく。ふり切られるおそれのない距離まで近づくことができる。荒地を横切る道路は三〇キロメートルほどの長さだが、車の往来が増える前にミーアンをしっかり捉える必要がある。現状では、ミーアンがどういう車を運転しているかもわかっていない。

だが、とにかくライトはずっと見えていた。あれがミーアンだとすればの話だ。ちがっていれば、そこで追跡は終わる。

くそ。ミーアンのものと思われる車に、一台の連れができた。アレックスは右に急ハンドルを切り、道路を目指した。それから一分とたたないうちに、KTMの前輪が溝にはまり、アレックスはハンドルバーの上を越えて、湿ったやわらかなヒースの薮に落ちた。怪我はほとんどなかったが、バイクの運転能力への自信がすこし傷ついた。それに、起きあがって、体勢を立て直し、KTMのエンジンをかけたときには、二台とも見えなくなっていた。さきほどよりも用心しながら、アレックスはKTMを道路に向けた。

荒地を飛ぶように走ってスリルを味わったあとだけに、道路に戻ると振動がことさら不快だった。速度はあがったが、それもたいした差ではなかった。スロットルをふたたびまわしてKTMを時速一四〇キロメートル近くまで加速すると、五分後に前方にまたテイルランプが見えたのでほっとした。

二台のうちうしろのほうは新しい感じの赤いトヨタで、雨の流れるリアウィンドウを透かし見たかぎりでは、帽子をかぶった男が運転しているようだった。リアウィンドウに、地方連盟のステッカーが貼ってあった。

トヨタの外側にさっと出て、前の車に目を凝らした。かなりぼろぼろの濃紺のBMWだ。運転手は無帽のようだ。トヨタよりもだいぶ泥で汚れている。

二台のどちらなのかは、まだわからない。アレックスは、トヨタのうしろにつけ、運転手に視線を据えた。どうやらツイードの帽子らしい。テレビでフロスト警部がいつもかぶっているようなやつだ。

二台とも速度をゆるめたので、アレックスは五〇メートルほどうしろに離れた。村に近づきつつあった——標識にトゥー・ブリッジズとある。トヨタを運転している男は、右手をふっているように見えた——いったいなにをしているのか？

やがて、男の手の描く模様を見て、納得した。指揮しているつもりなのだ！　ラジオでクラシック音楽を聞き、指先を指揮棒のように動かしている。

ミーアンについて聞いたこれまでの話に、音楽好きであることを示すようなものは、まったくなかった。まして、危険をはらんでいるようなときに、あえてそんなことで注意を乱すはずがない。ウィズビーチがいったとおり、ジョーゼフ・ミーアンは〝揺るがぬ信念を抱いている〟。いまも熟練した暗殺者のあぎとを逃れたばかりなのだ、そんな状況で、クラシックのFM局に合わせて歌うはずがない。

BMWを運転しているほうが、ミーアンにちがいない。

村の東側で二台がそれぞれべつの方向に曲がったので、結論が出てよかったとアレックスは思った。トヨタはアシュバートンの方角へ右折し、BMWは二叉を左手のモートンハムステッドに向かった。

夜明けの光の幅の最初の数本が地平線に見えたので、BMWが村から離れるあいだ、アレックスはブレーキを踏んで道端で待った。ミーアンのバックミラーに捉えられたくなかった。ライトさえ消していればだいじょうぶだ、と自分にいい聞かせた……

BMWが見えなくなるが早いか、ふたたび発進し、体がばらばらになりそうな振動に歯を食いしばって、ふたたび赤いテールランプが見えたとたんに、距離をあけた。標識によれば、モートンハムステッドまで一五キロメートルだった。ミーアンが幹線道路をはずれるおそれはないはずだった。

それより心配なのはガソリンだった。ブラック・ダウン・ハウスに現われたとき、ミーアンはロンドンからじかに戻った、と考えるのが当然だ。近くに車をとめる場所があるのだ。満タンに近いだろうか？　予備を積んでいるのか？

KTMのタンクは、約九リットルのはずだ。フォー・ストローク・エンジンの燃費は一リットルあたり一五キロメートル程度……一五〇キロメートルどうにかもつかどうかだ。ミーアンが途中でガソリンを入れるようなら、近づいていってガソリン・スタンドにいるところをサイレンサー付きのグロックで射殺する。なにが起きたのか、だれも気づかないうちに走り去る。

ミーアンが給油する必要がないとすると、こっちが厄介なことになる。引き離されてそれきりだ。

結論を出した。ガソリンが半分になるまで、ミーアンを追う。それから携帯電話でドーンに連絡し、ミーアンの位置を教えて、保安局に引き継ぐ。追跡はどのみち連中の得意とするところだ。

そういう手筈《てはず》なら、プロフェッショナルとしての責任を果たせるし、なおかつ万事を自分ひとりでやり遂げる可能性も残されている。ほんとうはそうしたい。決着をつけることを自分は望んでいる——ミーアンもそうにちがいない。ふたりの運命はからみあっている。どちらかがどちらかを殺すしかない。

27

濃紺のBMWは、モートンハムステッドからエクセター・ロードに出て、エクセターで鋭角に左折し、エクス川の谷間をティヴァートンに向けて北上した。未明の薄闇のなかをじゅうぶんに距離を置いてつけていたアレックスは、まだ気づかれていないという確信があった。ティヴァートンで、BMWはふたたび東に向きを変え、トンタンを目指した。用心のために自動車道を避け、一般道を選んでいるような感じだった。トンタンからは山野を通ってソールズベリに向かうのではないか、とアレックスは憶測していた。

最初のうちは、その憶測が当たっているようだった。ミーアンはトンタンを抜け、細い一般道を二十五分間、東に進みつづけた。と、キャッスル・ケアリという村の二、三キロメートル手前で、アレックスが急カーブをまわると、三〇〇メートル前方の待避所にBMWがとまっていた。ミーアンは小便をしているにちがいないと思い、アレックスは急ブレーキを踏んだ。

しまった！　ミーアンの車を見て、そのまま通り過ぎずにとまったのは、警報を鳴らしたも同然だった。

できるだけ何気ないふうを装い、コットンのリュックサックを乱暴にあけると、ポリタンクをひっぱり出して、半分空になったＫＴＭのタンクにガソリンをいっぱいになるまで入れた。それから、ポリタンクをリュックサックに戻して、ゴム紐でシートのうしろに固定し、十分前に目が醒めたという感じののびをした。うまくすると、地元の人間だとミーアンが思ってくれるかもしれない。泥だらけのオフロード用バイクは、追跡の車輛にはとても見えないはずだ。

見分けにくいぼんやりした人影――先刻、照明弾に照らされるのをアレックスが見た人影――が、道路脇の垣根から出てきた。アレックスはあわてるふうもなくＫＴＭにまたがり、スターター・ボタンを押した。車の真横まで行き、立っているミーアンを撃つつもりだった。ところが、まだ三五メートルほど離れているところで、ミーアンがこちらを向き、拳銃を構えた腕をのばすのが目にはいった。数発が頭をかすめ、アレックスががむしゃらにブレーキをかけて身をかがめたとき、ミーアンがＢＭＷに飛び乗り、ものすごい速度で走り去った。

アレックスは、グロックを抜いて五、六発撃ったが、当たった様子はなかった。よし、と思った。手袋は投げられた。決闘のはじまりだ。撃鉄を起こし、狙いをつけ、撃つ。

もはや引き下がることはできない。ミーアンのＢＭＷが甲高い爆音とともに、時速一三〇キロメートル近い速度で村を抜けるあいだ、アレックスは距離を詰めて追った。生まれてはじめて、警察の車がいたらと願った。サイレンの悲鳴と青い点滅灯があれば、問題は解決する。

しかし、もちろんパトカーは現われなかった。それどころか、ミーアンは記憶にあるかぎりのありとあらゆる回避運転技術を駆使しながら、北へと驀進した。だが、アレックスもおなじ教官からおなじ教習を受けている。それに、バイクのほうが——はるかに危険な乗り物であるとはいえ——運動性能がいい。ただ離れないようにして、ミーアンが高速で急ブレーキをかける——それが追跡のバイクに対するもっとも有効な手段と見なされている——場合にそなえ、道路の直線部分では何メートルか下がったり横に離れたりするだけでよかった。

そんなふうに——ミーアンが疾走し、アレックスが頑として離れず——ラドストックとウェストンを抜け、M4自動車道に向けて爆走した。依然としてパトカーはおらず、交通量はきわめてすくなかった。土曜日だと、遅ればせながらアレックスは気づいた。それに六時半過ぎだ。七時にもなっていない。

ジャンクション一八からM4自動車道に荒々しく出ると、ミーアンは時速一一〇キロメートルの走行車線の車の流れに乗った。KTMの細いシートにぴったりと伏せ、ゴーグルの下の目から涙を流しながら、アレックスは追い越し車線に飛び出したBMWを追った。時速一四〇キロメートル、一五〇キロメートル。KTMのタイヤの振動が、アレックスの筋肉をプラスティック爆薬に変えつつあった。体が痛く、吐き気をともなう頭痛に襲われ、目の焦点を合わせるのに苦労した。

もう時速一六〇キロメートルに達している。

がんばれ。遅かれ早かれ、どちらかのガソリンが切れる。

いまはミーアンにくっついていくほかに、なにもできない。やらなければならないのは、それだけだ。ひたすら離れないようにする。

セヴァン・ロード橋。すさまじい速度でミーアンが料金所を突破し、アレックスもつづいた。料金所のなかから、蛍光色の黄色い防水ジャケットを着た男がこちらに向けた顔が脳裏に焼きついたと思うと、もうその活人画ははるか後方に遠ざかった。BMWとKTMは、ニューポートに向かう西行きの幹線道路の叩きつける風と雨に車体を揺らしながら疾走した。

つぎはタイヤを鳴らして北に曲がり、アスク谷を遡《さかのぼ》る。アレックスは体全体がマシンと一体になり、なおかつ痛みが全身を覆っていた。追うこと以外は、なにも考えていなかった。ミーアンと自分は一体で、おなじ手にあやつられ、ふたりともが渇望している最後の対決の場に向けて疾駆しているのだという考えが、何度も頭をよぎった。

どちらが長く耐えられるのか？　アスク、アヴァーガヴェニー、ケヴン・コイドを轟然と通過する。あたりは不気味なほど閑散として、夜明けに車を走らせている感覚がそのまま残っていた。もうブラック山地にはいり込んでいて、SASに籍を置いたものならだれでも知っている山々のあいだを抜けていた。貯水池のきわにそびえるどす黒いケヴンクレウ、奥行きのないヴァンヴァウル、クレイグヴァンジのぎざぎざの稜線が見える。何カ月もあの岩場で訓練し、汗をかき、凍え、悪態をつきながら、石を詰めたベルゲンを背負って、痛む体をひきずるようにして、吹きさらしの花崗岩《かこうがん》の峰を越えたものだ。

やがて、濃紺のBMWが前方の細いクムタヴ谷を猛スピードで登りはじめたとき、アレックスは突然、物語がどこで終わるかを知った。そこにはブラック山地全山の冷酷な母、ペネヴァン（綴りは Pen-y-Fan）がそびえている。ＳＡＳ選抜訓練を受けたものなら、だれでもペネヴァンを知っている――頁岩《けつがん》の散乱するその灰色の斜面を、征服しがたい山のどこもかしこも憎むようになるまで、いじめ抜かれながら登ってはおりるということをくりかえすからだ。ＳＡＳに入隊するための選抜訓練の最終段階は、その山の登攀《とうはん》に終始するので、山の名にちなみ、〝ファン・ダンス〟と呼ばれている。

　山道がしばし直線になった。穴ぼこだらけの濡れた路面でオフロード・バイクは本領を発揮し、二台の距離は縮まりつつあった。車体を斜めにして急停止し、グロックを抜くと、アレックスはゴーグルをすばやく押しあげて、遠ざかるＢＭＷに向けて数発を放った。最初の何発かははずれて、道端の頁岩から跳ね返ったが、カーブの手前でミーアンが急ハンドルを切ったとき、右後輪のタイヤが不意にバーストした。

　ＢＭＷはものみごとにひっくりかえった。一瞬、頁岩の散らばる道路脇の草地に車体の右側が沈んだように見えたと思うと、黒く塗装された下面が不意に上を向き、そのままさらに横転して、すさまじいガシャンという音とともに、車輪四つで着地した。

　窓ガラスの割れたＢＭＷが、煙をあげながら道端で動かなくなったとき、痩せた強靭な体つきのミーアンが、苦しげに車から出てくるのが目にはいった。かなりの重傷を負っているようだったが、即座に山の西斜面の岩や落石を越えて、必死で登りはじめた。アレックスは、用心しながらゆっくりとＢＭＷに近づいた。グロックの弾倉を交換し、サイレンサーをはずして——サイレンサーは弾丸の初速をかなり遅くする——逃げる人影を追った。

下の道路脇のBMWがおもちゃのように小さくなるまで、ふたりはしばらく登りつづけた。アレックスはミーアンと五〇メートルの距離を保っていた。登るにつれて風の咆哮が激しくなり、ふたりの体をひっぱり、耳を聾《ろう》し、衣服に殴りかかった。ミーアンは怪我をしているにもかかわらず——片脚をひきずっていた——猛烈な速さで登り、追うアレックスは汗が背中を流れ落ちるのがわかった。

標高三〇〇メートルあたりでは黒雲が空を覆い、雨をともなう疾風が吹き荒れていた。ミーアンがふりかえり、苦痛にゆがむ血の気のない顔を向け、アレックスに向けて数発を放った。

花崗岩の破片がきわどいところでアレックスの顔をかすめ、つづいて流れ弾が岩から跳ね返って、背中のコーデュラ・ナイロンのリュックサックに突き刺さった。マグライトに当たった九ミリ口径弾は、斜め下にそれて、アレックスの背中の肉に食い込んだ。

くそ。くそ！

まるで氷の塊を背中に置かれたようだった。痛みはなかったが、いずれひどく痛みはじめるはずだった。血が背中を流れるのがわかった。

気にするな。ターゲットから目を離すんじゃない。

アレックスは岩の表面にぴたりと張りつき、ミーアンの動きが異様なのに目を留めた。手脚をやたらとばたつかせている——BMWがひっくりかえったときの怪我とショックの影響が出はじめているのだ。

ついにミーアンが倒れ、剝《は》がれやすい頁岩のかけらをさかんに落としながら、ぐったりとしたまま斜面を転げ落ち、アレックスのすぐ上の草の生えた岩場でとまった。ミーアンの手を離れたセミ・オートマティック・ピストルが、アレックスのそばをまわりながら落ちて、下の岩場でとまった。

やわらかな芝草の上にうつぶせに倒れているミーアンに、アレックスは用心深く近づいた。後頭部に二発速射《ダブル・タップ》を撃ち込むのが正しい手順だろうが、借りがあるから、みじめな死にかたをさせたくはなかった。

アレックスは、ミーアンを仰向けにした。色白の細面を見て、即座に本人とわかった。その顔にゆがんだ笑みが浮かんだ。頭の切り傷から血が出ている。

「まぐれ当たりだな。タイヤがバーストしたのは」

訛《なま》りを聞いて、たちまちベルファストのことが頭に浮かんだ。「そのとおりだ」いいながら、アレックスは手早くミーアンの身体検査をした。鞘入りのマウザー・ナイフと予備の弾倉数本と、ばらの九ミリ口径弾が何発かあったが、ほかに銃はなかった。

ミーアンが、口を引き結んだ。「さっきのは当たったか？」

アレックスは、背中を手探りした。手に血がついた。「ああ。それもまぐれだった」

ミーアンは視線をそらした。「それで、おれを殺すんだろう？」

アレックスは答えなかった。携帯電話を出して、ドーンの番号にかけた。

呼び出し音ひとつで、ドーンが出た。「アレックス。ああよかった。いまどこ？」

アレックスは、場所を教えた。

「ミーアンは？」

理由はわからないが、ためらいをおぼえた。ミーアンのほうを見た。「始末した」

ミーアンの口もとに、かすかな笑みが浮かんだ。

「そこにいて」ドーンが指示した。「動かないで。ブレコンまで飛んでいくから——一時間で合流する」

「おれたちはどこへも行かない」うんざりした声でいうと、アレックスは電話を切った。

「それで」ミーアンが、退屈したような口調でふたたびきいた。「おまえは命令に従って、おれを殺すんだな？」

「おまえはおれを殺せたのに殺さなかった。なぜだ？」

「計画になかった」

「その計画の話を聞きたい」

ミーアンは、しばし黙っていたが、やがて口の端をゆがめた。「おれたちが会うには格好の場所だな」

アレックスは笑みを浮かべて、うなずいた。

蒼ざめた顔に、好奇の色が浮かんだ。「ブラック・ダウン・ハウスのことをどうして突き止めた？」

「おまえの話したことから」

「コナリーか？」

「ああ」

ミーアンはうなずいた。「コナリーには場所はいわなかった。当時でも、なんとなくいいたくなかった」

アレックスは、法科学課の分析で体内の化学物質が発見されたことを、手短に話した。

「おれは汚染された水を飲んでいたのか？」谷の向こうのヴァンヴァウルを見やりながら、考え込むふうでミーアンがいった。「たしかに、そこまでは考えていなかった」

「コナリーは、おまえはぜったいに転向しないといっていた」

「転向しなかった。断じて」

アレックスは、目を丸くして、ミーアンの顔を見た。「それじゃ、どうして……」

ミーアンが、疲れたように顔をそむけた。「いいから仕事をしろよ。おれにダブル・タップを撃ち込め。さっさと片づけろ」

「おれは知りたい」

「いいからやれ」

「つじつまが合わない。きちんと説明したくないのか？」

「どうせ信じない」

ふたりはじっと見つめあった。周囲では風が岩を激しくこすり、草を押し倒している。そこはふたりだけの世界だった。

「どこまで知ってるんだ？」やがてミーアンがきいた。

「ウォッチマンについて知っている。おまえが北アイルランドへ行ってなにをやらされたかを知っている。万事がまずい状況になり、諜報員が殺され、悲惨な事態になったのを知っている」

ミーアンはうなずいた。「MI5《ファイヴ》にどういう話を聞かされたにせよ、いまおまえに命令している人間がだれであるにせよ——察しはついているが——目的はたったひとつ、おまえを説得しておれを殺させることだ。そういってもさしつかえないだろう？」

「そうだな」

「そうだ。よし。それを肝に銘じておけ。それから、おれが死んだも同然だということも。嘘をつく必要はどこにもない」

「肝に銘じておく」といって、アレックスは斜面を下り、ミーアンの銃を取りにいった。

28

「まずわかってもらいたいのは」ジョーゼフ・ミーアンが切り出した。「おれがＩＲＡをずっと心底憎んでいたということだ。おれのおやじは善良な人間で、信心深く、国を愛していた。それなのに、やつらはおやじを不自由な体にし、辱め、愛する国から追い出した。それで早死にしたんだ。おやじのような目に遭ったものは、ごまんといる——無数のなんの罪もない人間が、あの狂信的な馬鹿野郎どものために人生をめちゃめちゃにされた。これからおれがどういう話をするにせよ、その事実だけは忘れるな。おれはＩＲＡが憎い。ずっと憎んできたし、死ぬまで憎みつづける」

ミーアンは言葉を切り、淡いブルーの底知れない目をまぶたがすこし覆った。「フェンウィックその他の連中はおまえに事情を説明したんだろう——ウォッチマン選抜の手順やそのほかのことを？」

アレックスはうなずいた。

ミーアンの声は、妙にうつろな感じだった。感情がこもらず、無表情で話した。「向こうに行くと、おれはダンマリーでいとこの家に寄宿し、〈エド〉で働いた——その話は聞いただろう？」

「電器店だろう？」

「そう。〈エド・エレクトロニクス〉だ。そのうちに、ティナという女とつきあいはじめた。いい子だった。祖父母は戦後にイタリアから渡ってきたんだ。ヴィンスという口ばかり達者な兄貴がいて、自動車修理工場で働いていたんだが、自分は共和国運動にとってとてつもなく貴重な存在だと思い込んでいた。何度かおれを引き入れようとしたんだが、失《う》せろといってやった――興味はないと。

それでヴィンスは頭にきて、地元の義勇兵にイギリス政府の手先かもしれないから調べたらどうかといった――痛い目に遭わせるのを期待したんだろうな。もちろん、やつらはそんなことはしなかった。それほど馬鹿じゃない。だが、何人かが見張ったり、ときどき質問をしたりするようになった。それで、じきにおれが電気関係に強いのを知った」

ミーアンは頭に触れて、血のついた指先を見た。

「詳しいことは省くが、例によって念入りに吟味されたあと、自分ではASU（行動部隊）の一員のつもりでいる五、六人とつながりができた。もちろん、そんな重要な人間じゃない――バーでIRAの闘士みたいにふるまっているだけの連中だ。そいつらのために、いくつか内職をしてやった――無線機の修理を――そのうちに、もっと重要な連中が現われた。古株どもだ。運動にはいりたいという話を聞いたが、とそいつらがいう。おれはそんなことはいっていないが、ああ、シンパではある――すくなくとも昔よりは同調している、と答える」

「それで？」アレックスはうながした。

「それで、そいつらは単刀直入にきく。はいりたいのか、と。で、ああ、いいよ、と答えた」

「そのときは、さぞかし満足だっただろうな」

「そうともいえるし、そうでないともいえる。なにしろ相手は筋金入りの活動家だ。もう後戻りはできないと悟った」

「そのあとは？」

「果てしない加入儀式《イニシエーション》だよ。北ベルファストの暗い部屋へ車で連れていかれて、見たことのない人間三人に訊問された。イギリス軍にいたときの軍歴は？　どんな訓練を受け、どこに配置されたか？　ＩＲＡのシンパとして知られていたか？　ＩＲＡのデモに参加したことはあるか？　逮捕歴はあるか？　ベルファストのどの店で飲むか？……何時間もかけてやられた。それと、いったいどうしてＩＲＡにはいりたいと思ったか？

カトリックだというだけで二流市民から脱け出せないことに嫌気がさした、とおれは答えた。イギリス軍にいて苛酷な差別を受けたと思う。ベルファストに戻ってきてから、イギリス政府にものがいえるのはＩＲＡだけだと痛感した。まあ、だいたいはＭＩ５《ファイヴ》で教わったことを、そっくりそのままいっただけだ」

「それで、やつらは信じたのか？」

「最後まですっかり聞いて、納得したようだった。なぜなら、今後は共和国に同調していることを内輪でも公の場でもいっさい口にするな、活動家だというのが知られている人間とはかかわりを持つな、ＩＲＡの人間がよく行くバーには出入りするな、と命じられた。そのあと、トゥィンブルックのフラットで毎週木曜日に行なわれる緑の本《グリーン・ブック》（緑はアイルランドを象徴する色）講義という二カ月の洗脳教育を受けさせられた。運動の歴史、交戦規則、対監視、対訊問技術……」

「壁に印をつけるというような、昔ながらの諜報技術だな？」

「そういう馬鹿ばかしいことだ。それが終わると、宣誓して入隊した」

「どんな気分だった？」

「まあ、後戻りはできない。それはたしかだった。しかし、ようやく報酬に見合う働きができるという気持ちになった」

「それで」

「まずは見張りからはじめた。義勇兵としての活動は夜と週末だけだから、仕事はしっかりやれといわれた。それでティナとの仲がうまくいかなくなった。ティナはシンパだが、人生を捧げるほどの気持ちはない。ふつうの女の子のようにやりたかった――夜は出かけ、土曜日には買い物に行く……それはともかく、おれは調教師《ハンドラー》のジェフと会う手《て》筈《はず》を整えた――おまえがバリー・フェンという名前で知っている男だ――彼女がよろこぶようにしてやれ、とフェンがいった。指輪を買うとか、妊娠させるとか。やつのいいかたを借りれば、〝地域社会と同化する〟ためには、ティナとつきあっていなければならないというんだ。

　それで、おれたちは婚約した。こっちはいっこうにかまわなかった。すると即座に、二週間の夏休みをアイルランドのクレア郡の訓練キャンプで過ごすよう命じられた。さすがにティナも頭にきた。わたしと運動のどっちを取るの――もちろんおれは運動を選ぶしかなかったから、ティナは出ていき、それでおしまいさ」

「つらかっただろうな」

「やむをえない犠牲だと思った。PIRAの畜生どもを斃《たお》すというより大きな善のための犠牲だと」しばし間を置き、また抑揚のない声でつづけた。「当時のおれは、悪はいっぽうから来るものとばかり思っていたんだ」

　アレックスは、考え込むふうで、ミーアンを見守った。兵士はだいたいにおいて、こういう抽象的な言葉を使わない。連隊付き聖職者ですら、〝善〟、〝悪〟、〝犠牲〟といったような言葉は避けるようにしている。顔を合わせてからはじめて、アレックスはミーアンの正気を疑いはじめた。

「キャンプはどうだった？」

「ごく基本的なものだ。武器の使いかた、監視、訊問の筋書き。義勇兵のレベルに合わせるために、手をゆるめないといけなかった。それが口でいうよりも難しい」

「想像はつく。ティナと別れたことで、動揺しなかったか？」

　ミーアンは、顔をそむけた。「あとでわかったことがあった。妊娠していたんだ。子供を産んだ――男の子だ――一度も会っていない」

アレックスはうなずき、ミーアンが気を取り直すのを待った。

「クレアから帰ったあとは、〈エド〉で働くか、呼び出されて活動を手伝うか、どちらかだった。一年ばかり見張りをつとめたあと、支援部隊の運転手に指名された。懲罰班と呼ばれる部隊だ」

アレックスは顔をしかめた。「くそ！」

「まったくそのとおり――くそだ！　街でカトリックが危害をくわえられることなく商売ができるようにする、というのが建前だったが、じっさいには万引きを働いたティーンエイジャーの膝を撃ち抜くということをやっていた。不愉快きわまりない――ことに自分のおやじがやられたことだからな。だが、そこが狙いだった。できるだけ恐ろしいものを見せる。おれがどこまで耐えられるかを見る。そのころ、おれはちょっとばかり注目されていたんだ」

アレックスは、両方の眉をあげた。

「バーンという男がいた。パードリグ・バーン、当時はベルファスト旅団長、のちに軍事委員会議長になった」

「なるほど」

「そう。バーンは、おれが工兵隊にいたと聞いて、いくつか品物を送ってきて修理させた。たいがいコンピュータだ。壊れたコンピュータから情報を取り出す仕事があって、その情報というのが銀行の警備システムだった」

「フェンウィックから聞いた」

「そうか、それで、罠だとすぐにわかった――警備が強化されれば、おれが情報を漏らしたことになる」

「だが、おまえは情報を伝えた」

「すべて伝えていたんだ。しかし、おれの偽装がばれるようなことに関しては動かないというのがロンドンの方針だった。PIRA《プロヴォ》はおれを一〇〇パーセント信用しているわけではないと、おれは感じていたから、その段階ではありがたく思っていた。ことに相手がバーンだったから。まるで……おまえ、釣りはやったことがあるか？」

アレックスは、首をふった。

「まるで肥った老獪《ろうかい》な鯉が餌にじりじりと近づいているような感じだった。餌がほしく、危険はないと信じたくてたまらないが、直感はだめだと告げている。バーンもそんなふうだった。おれを信じたいと思っているのが、ありありとわかったが……」ミーアンは肩をすくめた。「おれはずいぶん運転手をやった。たいがい偵察で、先頭の車のおれがトラブルの気配はないかと目を光らせ、うしろの二台目にテロリストか武器が乗っている。たしかに重要な仕事だが、支援であることにかわりはない。実戦の計画には、まったくかかわらせてもらえなかった。

そのうちに、一九九〇年の末から一九九一年の初めにかけて、事情が変わっていった。〈エド〉にいるときに、パードリグ・バーンから連絡があり、武器回収チームにくわえるといわれた。カースルブレイニーの教会墓地に埋めてあるアーマライトを掘り起こし、ベルファストの殺し屋に届けるというものだ——たしか元アメリカ海兵隊の狙撃手だったと思う。投函所を通じておれは一部始終を伝えると、実行しろ、心配するな、とフェンから返事があった。銃は細工して追跡するから、ということだった。

たしかに追跡はしたが、細工はしておらず、殺し屋はそれで二日後にアンディタウンのパトロール隊を狙撃した。運良く——本物の射撃の名手だという触れこみにもかかわらず——はずれたが、それはパトロールに発見されたからで、銃が細工されていたからではなかった。翌日、おれたちは隠し場所に戻した。それ以来、細工されることもなく、いまだに使われているはずだ……」

一瞬、ミーアンの目に殺意のこもった棘々《とげとげ》しい色が浮かぶのをアレックスは見た。だが、やがてまた無表情に戻った。

「とにかく——バーンの目からは、おれは一種のテストに受かったようで、その直後に、フィナヒー・ロードの地下室で作業している爆弾製造班にくわえられた。こいつらは問題を抱えていた。爆弾を警察や陸軍基地内に仕掛けて、遠隔操作で起爆しようとしていたんだが、厄介なことに、イギリス軍は重要な車輌、建物、施設の周囲で二十四時間態勢の無線電波遮蔽を行なっている。その遮蔽を通過する信号の送りかたを知っている人間が必要だった。

それで、おれがやりかたを見つけた。連中が思いもよらないような周波数をおれが見つけて、警察署の清掃作業員をしている仲間の助けでテストしたあとで、それを施設防御の要素に取り入れるようにとフェンに報告した。ところが、パードリグ・バーンに祝いの言葉をかけられる始末だ。アーマー州でみごとに成功したんだ。基地内に爆弾を仕掛け、遠隔操作で起爆した。ベスブルックというところだ。兵士三名が重傷、清掃作業員の女性——たまたまカトリックだった——ひとりが死亡。くそばばあが、イギリスの金をもらって働いていた報いだ、というのがバーンのいいぐさだった。

その晩、おれはマスグレーヴ・パーク病院の公衆電話からフェンに電話して、いったいどういうことだと問い詰めた。爆弾は破裂させるしかなかった、とフェンはいった。ここ数カ月、破裂しないことが何度かあって、組織の上層部は、イギリスの諜報員が起爆装置に細工しているのではないかと疑っている、というのだ。起爆係が頭がとろくてちゃんと仕事ができないから爆発しないんだ、とおれはいったが、フェンは話をそらしただけだった。ふだんどおりにやれ、といわれた。オリオーダンという清掃作業員は、避けられない損耗だった。負傷した兵士たちにはできるだけのことをする。以上。

フェンのいうことも、わからないではなかった。バーンが抱いていた疑惑は、きれいさっぱりなくなった——おれは本格的に仲間として認められた。とにかく、そのときはそう思えた。いま思い出してみれば、オリオーダンという女が死んだことばかりが気になっていて、重要な事実をひとつ見落としていた。それはおれが……」ミーアンは体をふたつに折り、歯をむき出した、長いあいだ、声を漏らさず、息もせず、動きもしなかった。ようやく緊張を解いたように見え、ゆっくりと体をのばした。

「だいじょうぶか?」滑稽なくらい場違いなのを意識しつつ、アレックスはたずねた。

ミーアンが、どうにか笑みを浮かべた。シャツの前に、どす黒いしみがひろがっていた。

「最高だ!」あえぎながらいった。「このうえなくいい気分だ!」

ミーアンが息を吸うあいだ、アレックスは待った。

「おれはその班に一年半いた。ぜんぶで五名だ。兵站係、情報担当、全般的な仕事をする工作員二名——そのうちひとりは女——それにおれ。ブロナーというその女がくわわっていたのは、爆弾製造班だったからだ。公共の場所に爆弾を仕掛けるのは、女のほうがやりやすいと見られていた」

「その間ずっと、ロンドンのハンドラーに情報を流していたんだな?」

「ああ」

「どういう材料だ?」

「義勇兵の住所氏名、車のナンバー、暗殺のターゲットになりそうな人間の名前、なんでもだ」

「投函所で? それと電話で?」

「一九九一年ごろからは、たいがい電子メールだった。店に持ち込まれるコンピュータを使った。おれが奥の部屋にこもっても、だれもひとことも文句をいわなかった。コンピュータの修理が得意なダサい若者だと思われていた。投函所や会うのもいいが、見つかったら命はない。このやりかたは完璧だ。情報を送信し、それをやった形跡を完全に消去する。それに、使ったコンピュータの修理代はたいがい現金で払ってもらったから、店に持ち込まれた記録はまったく残らない」

「たしかにMI5の報酬《ボックス》に見合う仕事をしていたようだな」

「そのとおりだ」

「フェンウィックは、おまえが度胸をなくしたといった」

ミーアンは、一瞬目を閉じた。答える価値もない非難だった。

「おれたちの班は、ステュワーツタウン・ロードの酒屋の前でRUC（北アイルランド警察庁）幹部を銃撃した事件にも関与した。おれが偵察して殺し屋たちを呼び、車で現場から逃亡させた。事情を二日前におれは伝えていたから、ロンドンはその襲撃があるのを知っていた――電子メールで詳細に警告した――だが、襲撃は成功した」

「知らせたのは一時間前だったというのが、連中のいい分だ」

「嘘だ。四十八時間あった。それに、一時間でも間に合っていた。そうじゃない――やつらは、わざと襲撃が行なわれるようにした――そのときから、どうも様子がおかしいと思いはじめた。いや、なにかよこしまなことが行なわれていると思った。おれが送り込まれた理由だと思われていたこと――人命が救われるような情報を入手して、善を行なう――は、理由でもなんでもなかった」

「では、どういう理由があったんだ？」

「これからその話をする。プロアンサス・ディーヴィという名におぼえはあるか？」

「いや」

「プロアンサス・ディーヴィは、見張りや使い走りをやっていた下っ端の義勇兵だ。なんの価値もない人間だ。フォールズ・ロードでときどき見かけたが、ケチな麻薬密売をやっているという噂だった。とにかく、売ろうとした相手が悪く、支援部隊にとっ捕まって、こてんぱんにやられた。それがいけなかった。というのは、そのころにはディーヴィも常習者になっていて、金に不自由していたんだ。それで、FRUの誘いに乗って、情報提供者になった」

アレックスはうなずいた。

「仕事場にパードリグ・バーンから連絡があるまで、おれはそういう事情はまったく知らなかった。一九九五年のクリスマスごろだったと思う。バーンはそのころは赤信号の状態だった。つまり、イギリス側にテロリストだということを知られていたので、目立つわけにはいかなかった。閉店したら、尾行されないようにしておれのところへ来い、といわれた。バーンのところへ行くと、ディーヴィが酔っ払って懲罰班に出向き、FRUに情報を売っていたことを白状したと聞かされた。話のうえでは、PIRAは密告者に寛大だということになっている――あらいざらいしゃべれば助けてやると――しかし、じっさいは訊問をしたあとで、頭に二発撃ち込むのがふつうだ。そのときは、めずらしく懲罰班が気を利かしてバーンに相談した。で、バーンが、ディーヴィを捕まえておけと命じた――自分が訊問する、と。それで、バーンが訊問し、今後はディーヴィがFRUに偽情報を流すという段取りになった。

ここで政治のほうがどういう状況だったかを、思い出してもらわないといけない。イギリス軍はまだ気づいていなかったが、休戦は終わろうとしていた。南部軍団イングランド・ウィングが、カナリー埠頭で爆弾を破裂させる予定だったし、パードリグ・バーンは——やつがきわめて野心的な男で、軍事委員会から統帥部にのしあがろうとしていたのを忘れてはいけない——自分も派手な見世物を仕組む格好の機会だと見ていた。FRUの工作員をふたり、処刑しようと考えていた。

こういった話は、バーン本人から聞いたことだ。ほかにも聞かされたことがある。そのころ、おれはPIRA最高司令部の下っ端幕僚だった——兵站部長の助手といったところだ。大規模な技術革新があって、それに大幅に関与した——コンピュータのオペレータの教育などで。

バーンは、おれにFRUのふたりを殺させようとした。義勇兵多数が見ている公の場で、みずからの手で。これ以上の献身はない。まさに究極の忠誠を示すわけだ。それをやれば軍事委員会にはいれると保証する、とバーンはいった。司令部で書類仕事をしなくてよくなる——身も心も捧げているのを実証できる。むろんおれは承諾した——そうするしかなかった——で、詳しいことをきいた。バーンが説明した。どういう流れになっているかを、そのときおりに話した。

それで、翌日、おれは〈エド〉で残業した。暗号化した報告書を、客のコンピュータでロンドンに送り、ハードディスクを初期化した――そのころには、電子メールは秘密保全が完璧ではないということが知れ渡っていたからな――そして、FRUのふたりが無事に救出されることを祈った。おれも救出してほしいと書いた。殺《や》られる直前にそのふたりが奇跡的に姿を消せば、おれが疑われることはまちがいない。さっきもいったが、バーンはきわめて頭の切れる用心深い戦闘員だ。

　翌日、インテックスという会社から、注文したソフトウェアは製造中止になっているという知らせが届いた。インテックスというのはMI5《ファイヴ》で、意味は、メッセージは受信した、そのまま動くな、という意味だった」

　アレックスは、愕然としてミーアンの顔を見つめた。「わかりやすくいうと、こうだな。MI5は、レイ・ブレドソウとコナー・ウィーンが拉致され、拷問され、殺されると知っていながら、なにもしなかったのか？」

「そうだ。おれははっきりとそういっている。懲罰班が訊問と処刑によく使っている国境付近の農場に、おれたちは大挙して車で行った。死の悪臭が漂うおぞましい場所だ。いうまでもないだろうが、イギリスの工作員ふたりが切り刻まれるのを間近に見られるというわけで、若い連中は小便をちびりそうなくらい興奮していた。刻々と時が流れ、そのあいだ、かつてなかったくらいおれは必死で祈った。ロンドンがふたりを間に合うように救出してくれたことを祈った。

　むろん救出されなかった。その晩、ブレドソウとウィーンは、国境に連れてこられた。おれは兵站課からブローニングと弾倉二本を借り出していて、できるものなら手早く殺したかったが、結局、それもできなかった」

ミーアンは黙り込んだ。目が氷山のように冷たくうつろだった。

「発電機があり、圧搾空気を使う建築用のステープル・ガンがあった……あれを人間の目に打ち込むとどうなるか、想像できるか？」

アレックスは、口をあけ、言葉を発しかけたが、なにも出てこなかった。

「目が破裂すると同時に――それが四方八方に飛び散るんだ――ステープルは口蓋を貫く。やられた人間は暴れて、小便を漏らし、狂ったみたいになるが、鼻と口から血や鼻汁が流れ出しているから、声を出すこともできない。想像できないほどの痛みだろうな……」

「おまえがそれをやったのか？」信じられないという口調で、アレックスはささやいた。

「いや。ありがたいことに他の義勇兵がやった――ウィーンに。だが、肝心なのはだれがやったかではなく、バーンと懲罰班がなにをやるかを知っていながら、ＭＩ５《ファイヴ》がそれをやらせたことだ。情報があったのに、それに応じて行動しなかった」

「そのあとどうなった？」

「バーンは、ウィーンのほうがしぶといと見て、ブレドソウが――おびえれば――しゃべるだろうと踏んだ。たしかにおびえていた。恐怖のあまり、頭がおかしくなりそうに見えた。だが、念には念を入れて、バーンは義勇兵にウィーンのもういっぽうの目もやらせた。それから――しゃべるのはブレドソウのほうだというのをはっきりさせるために――ウィーンの舌を切った。舌を切られた男が叫ぼうとするのを聞いたことがあるか？」

アレックスは、首をふった。

「コーヒー・メーカーみたいな音だ。それはともかく、おれは立ちすくみ、その光景を見て脳みそがぐるぐるまわるような心地を味わっていた——恐怖、おぞましさ、信じられないという思い、なんでもいい——そして、自分にひとつのことをいい聞かせていた。にやにや笑え、さもないとおまえもおなじ目に遭う。みんなにやにや笑っていたが、そのときには声も出なくなっていたというのがほんとうだろうな」

アレックスはうなずいた。

「そこで、バーンがおれに指示した。ウィーンを始末しろといわれたので、ブローニングを抜き、一発で死なせようとした。すると、バーンが、ちがう、といった。あろうことか、ハンマーと長さ一五センチの釘を渡した……」

「それで殺《や》ったのか？」

「なんていうか……カツンという音がした」ミーアンが、思い出すふうでいった。「即死だったよ」

「ブレドソウは？」

「ブレドソウは吐いた。なにもかも話した。知っていることをあらいざらい。何時間もかかった——止《とど》めを刺されるころには、夜が明けていた」

「それで？」

ミーアンが、表情を消したままうなずいた。「そうだ。おれが殺《や》った。おなじやりかたで。やりながら、これを引き起こした連中に、この勇敢なふたりが味わった苦痛と恐怖を味わわせてやると誓った。どんな犠牲を払ってでも——どれだけ犠牲を払ってでも——やつらにわからせてやると」

「それを引き起こしたのは、パードリグ・バーンとＰＩＲＡ《プロヴォ》だろうが」アレックスは、そっとつぶやいた。

「あいつらは悪だ」ミーアンはいった。「しかし、自分たちが悪であることを承知している。悪を直視し、悪を抱擁し、自分たちが何者であるかを承知している。だが、フェンウィックやその部下たちは、距離を置いた悪だ。血と糞にまみれたＰＩＲＡの殺戮の場を目にすることはなく、ウィーンやブレドソウのような勇敢な男たちが想像を絶する恐怖と苦しみを味わいながら死んでゆくのを見なければならないようなはめにはならない。そう、おれがやったんだよ……」

「賢い猿……」アレックスはつぶやいた。

「すべての行動には反応がある」ミーアンはいった。「父がそう教えてくれた。宇宙は均衡を強く求める。おれの奪った命の復讐がなされないかぎり、均衡を取り戻すことはできない」

アレックスは、ミーアンの顔をまじまじと見た。これは狂気か？　それとも道理か？　あるいはその両方か？

「一週間とたたないうちに、おれはPIRA軍事委員会のメンバーにくわえられ、パードリグ・バーンは統帥部に昇格した。その後もロンドンに報告を送りつづけたが、なにかが実行されるとはこれっぽっちも思っていなかった。爆弾事件も二度警告した。シャンキルのパブのやつと、バリシランのスーパーマーケットのやつだ。どちらもおれが訓練した男たちがこしらえ、ブロナー・クインが仕掛けた。二件合わせて死者五名、二十名以上が負傷した。スーパーマーケットの場合は、ほとんど女子供だ。眼鏡のガラスが割れて目に刺さり、目が見えなくなった女の子もいた。

PIRA軍事委員会のメンバーは七人だ。はじめて会議に出席したとき、あとの六人の顔を見て、おれはこいつらとおなじだけPIRAに貢献したのかと思ったよ。おれはそれまで、見張りをつとめ、尾行し、偵察し、盗聴器を仕掛け、計画し、組織し、構想や戦略を練り、訓練をほどこしてきた。おれはPIRAの爆弾製造技術を世界最高の水準にまで引きあげた。そしてついに素手で人を殺した。フェンウィックとその部下たちは、これまでの警告をいっさい無視して、おれが破壊しようとした組織の一員におれを仕立てあげた。考えられるか──おまえにわかるか──それがどんな気持ちか？」

アレックスは黙っていた。身じろぎもしなかった。叩きつける風に運ばれ──最初はかすかだったが、やがてはっきりと──近づいてくるヘリコプターの脈動する爆音が聞こえた。聞こえたとしても、ミーアンは意に介するふうはなかった。

「その会議のとき、元アーマー＆ファーマナー旅団長が立ちあがった。ハロランという腐った野郎だ」

「ダーモット・ハロランだな」アレックスはいった。

「そいつだ」ミーアンが答えた。「そいつが即座に切り出した。おれたちに〝もぐら〟がいる、といった。前から兆候はあった。近い将来行なわれる作戦に関する情報が、イギリス側に漏れている。兵隊の情報ではなく、トップ・レベルの情報だ。つい最近、その疑惑が確実なものとなった。ＭＩ５が諜報員を送り込んでいる――すくなくとも最高司令部の幕僚よりも上の階級だ、というのだ。つまり、その場にいるものは、すべてあてはまる。いま統帥部が調査しているが、消去法で調べているところで、それが終わるまで作戦と会議はすべて延期ときまった――と、ハロランは告げた」

ヘリコプターのリズミカルな連打音と、ローターが空気を切り裂く音が、かなり近くなり、ふたりの耳に襲いかかった。一瞬、音量が大きくなるのがとまったと思うと、今度は遠ざかっていった。依然としてミーアンは聞いていないような感じだった。

「察するに、だれが逃げ出すかを見届けようというわけだ」アレックスはいった。

「おれもそう読んだ。もぐらがだれなのかを見つけ出す自信があったら、そのままにしておくだろう。なにもしない」

「それで、おまえはどうした？」

「ベルファストに戻って、家に帰った。懲罰班が待ち構えていたので、ＭＩ５に売られたと気づいた。詳しいことは省くが、たいへんな戦いだった。ふたりばかり斃《たお》し、窓から飛び出して、オルダーグローヴめがけて車をすっとばした」

「空港か」

「ああ。一時間以内に、本土行きの便に乗った。そこからは独力でやったよ。翌朝、MI5が何年も報酬を振り込んでいた口座から金をぜんぶ引き出し、新しい身許をこしらえにかかった」

「MI5には連絡しなかったのか？」

「冗談はよせ……連絡したら、やつらはおれの精確な居場所をPIRAに教えただろう。ベルファストを出て一週間とたたないうちに、司令部のPIRAの殺し屋全員がおれを追いかけてきた。MI5がおれを生かしておいて、秘密がばれるようなことを望むはずがない——おれがしゃべったら、やつらはおしまいだ」

「それにしても、何度も警告を無視し、ウィーンやブレドソウやその他大勢が殺されるのをほうっておいた理由は、察しがつくか？」

「おれの正体がばれるのを怖れたんだろうと、ずっと思っていた。おれの警告に対応して行動を起こしたら、おれを脱出させなければならなくなる。だが、おれがPIRAの内部にいるかぎり、予算を使う口実になり、大蔵省から搾《しぼ》り取れる。最初はそう考えた」

「それで」

「そのうちに——ようやく——理由がわかった。もうひとり、イギリスのもぐらがいたにちがいない。数年どころではなく、何十年も前から潜り込ませている人間が。おれはその男の替え玉として送り込まれたんだ」

ミーアンは、しばし黙り込んだ。

「というのは、何年か前に、イギリスの諜報員が組織の製造する爆弾が破裂しないように細工しているのではないかとPIRA幹部は疑っていると、バリー・フェンが話したことがあった。そのとき、おれの頭にはいったのは、〝疑っている〟、〝PIRA〟、〝イギリスの諜報員〟という、自分に該当する言葉だけだった。肝心な疑問が思い浮かばなかった。PIRA幹部が考えていることを、どうしてバリー・フェンが知っているんだ？　おれは知らない。それなのにどうしてフェンが知っている？

MI5は、だいぶ前からだれかを送り込んでいたんだ。最高幹部のだれかだろう。それほど上の人間がイギリスに情報を送っているという疑惑が、ほんのかすかではあるが湧き起こったために、囮《おとり》を配置する必要が生じた。正体をばらしてもいいような諜報員、ほんものの情報源であることが証明できる人間を、狼の餌にくれてやる」

アレックスは首をふって、花崗岩にもたれた。「ウォッチマンの登場か」

「おめでとう！」ドーン・ハーディングがいった。「ようやく正解に行き着いたのね」

ドーンがふたりの脇に立ち、ワルサーPPKをアレックスの眉間にまっすぐ向けていた。

29

ドーンは応援をひとり連れていた。フライト・ジャケットを着た表情のない男で、ヘッケラー&コッホMP5サブマシンガンを持っている。

ミーアンが死んでいるのを見つけたのなら、なにも問題はなかったはずだ、とアレックスは思った。ミーアンがなにをしゃべろうが、こちらが殺したという事実によって、すべてが相殺《そうさい》される——自分が犯した殺人で終止符が打たれた事件の話を、SAS士官がおおっぴらにするわけがない。

だが、ミーアンは生きているし、こちらはウォッチマンに関する事実を——たとえ基本的な事柄だけであるにせよ——つかんでいる。絶望的な立場だった。ドーンの顔をちらりと見ると、海のグレーの瞳は冷たく感情を消し、一部始終を語るおそれがないように殺すつもりでいることが、ありありとわかった。一夜だけの関係は、結局あれ一度だけのもので、なんの価値もなかった——無価値以下のものだったのだ。

このおろかもの……

ドーンと応援の男は、おれたちをふたりとも殺して、清掃チームにあとを任せるつもりなのだろう。ひとつだけたしかなのは、死体はぜったいに見つからないということだ。

とはいえ、グロックはこの手に握っている。ミーアンのブローニングもウェストバンドに差してある。

「どうしてこのケダモノは死んでいないの？」蔑《さげす》むようにミーアンを見て、ドーンがきいた。

「心配にはおよばない」アレックスは冷ややかにいった。「これ以上齢をとるとは思えないね」

がっかりしたように、ドーンが首をふった。「馬鹿もの」吐き捨てるようにいった。「あなたって、ほんとうに傲慢な馬鹿ものよ、アレックス！　どうしていわれたとおりにしなかったの？　おかげでわたしがなにをやらなければならなくなったか……」

ドーンはなおもしゃべりつづけたが、アレックスは聞いていなかった。グロックを右手に握ったまま、スモックの下に隠れた左手で、ミーアンのブローニングをウェストバンドからすこしずつ抜いていた。これから始末されると決まっているこの状況から逃れるには、ミーアンを信じるしかない。ミーアンは聡明な兵士の倍ぐらい狂っているが、それでも……ブローニングが抜け、ずっしりと手に乗った。とてつもなくゆっくりと、それをスモックの下の地面に置いた。

「それで、この男のことだが」ミーアンの表情を消した顔を示して、アレックスはドーンにきいた。「あんたたちがこいつにどんなことをやらせたか、わかっているのか？　イギリスの諜報員を拷問し、殺さなければならなかった。自分が製造を教えた爆弾が女子供をずたずたに引き裂くのを黙って見ていなければならなかったんだ」

その質問は、ミーアンのほうを向く口実をこしらえるためのものだった。ミーアンの視線を捉え、一度下に目を向けると、ミーアンが察して一瞬反応を示すのがわかり、アドレナリンが全身を駆けめぐった。

用意しろ。息を吸え。存在するのはターゲットだけだ。なにも聞くな、感じるな、見るな。ターゲットだけだ。

だしぬけにアレックスは前に身を投げた。一度転がり、傷ついた背中が岩の表面にぶつかって激痛が走った。その刹那《せつな》、空気がうなり、炸裂し、MP5の銃弾が周囲に当たった。応援の男が腰だめで撃つと同時に、アレックスはグロックの引き金にかけた指に力をこめた——照星、照門、焦点、息を吐け——サブマシンガンを肩に構える見慣れた動きが見えた。狙いすまして撃とうと、応援の男が左目を閉じた瞬間、グロックの九ミリ口径弾が二発とも顎からはいって小脳を貫き、男の背後の岩を真っ赤に染めて、三分の一秒とたたないうちに命を奪っていた。

ドーンのワルサーがアレックスに向けられ、撃たれた男が朱に染まった岩に倒れかけたとき、ミーアンが撃った。一発が胸のどまんなかに当たり、ドーンが祈るような感じで膝をついた。ワルサーが指から離れたとたんに、ミーアンは反射的にブローニングの狙いを下げ、頭に二発速射《ダブル・タップ》を撃ち込もうとした。

アレックスは撃つなと合図して、斜面をドーンのほうにあたふたと登っていった。

「ドーン」ワルサーのマニュアル・セイフティをかけて、ポケットに入れながら、そっと声をかけた。

だが、ドーン・ハーディングは、死に瀕していた。ミーアンの撃った弾丸が胸骨を貫き、酸素と結合した肺の血液が口から泡となって噴き出していた。

「ドーン」Tシャツの下を探って、空気を吸い込んでいる胸の傷を親指でふさぎながら、アレックスはくりかえした。「ドーン！」

ドーンが首をもたげ、血まみれの歯を見せて苦しげな笑みをなんとか浮かべた。「アンジェラにいって……」いいかけた。「わたし……」

言葉がとぎれ、頬を涙が伝い落ちた。と、血が口から胸へ一気にあふれ出し、首ががっくりと落ちて、ドーンは死んだ。

すべての感情を消して、アレックスはグロックをシャツで拭い、あらがう力を失ったドーンの手に持たせた。ミーアンのブローニングを取りあげ――ためらいもせずにミーアンは渡した――それも拭いて、死んでいる応援の男の右手に持たせた。すぐにばれるような筋書きだが、捜査がはじまれば警察はすぐにＭＩ５に連絡をとるはずだ。そこで事件の記録は抹消される。

アレックスは、ミーアンのほうを向いた。「ありがとう」

「その女はおまえを殺そうとした」ミーアンが、静かにいった。「一生悩んだりするんじゃないぞ」

「悩まない」アレックスはきっぱりといった。

かすかな笑みが、ミーアンの蒼白い顔をよぎった。「おまえとなら、最高のチームを組めただろうな」

アレックスは、ドーン・ハーディングを撃った男のほうを見た。「たぶんな」うつろな声でいった。「怪我はどれぐらいひどい？」

「どうでもいいことじゃないのか？」

アレックスは答えなかった。谷のほうを見やると、太陽の光と影がヴァンヴァウルの斜面で競走していた。死んだＭＩ５局員のそばに落ちていたＭＰ５を拾いあげると、アレックスは死体のポケットに予備の弾倉はないかと捜した。

最後に、ミーアンのほうをふりかえった。「バイクに乗れると思うか？」

30

カールトン・クラブのメンバー用書斎は、小図書室に通じる廊下の奥にあり、セント・ジェイムズ・ストリートを見おろしている。書斎は四部屋あり、それぞれにデスクマットの敷かれたデスクがあって、クラブの便箋が用意されている。壁には書物がぎっしりとならび、第四書斎の場合、青い装丁の第二次世界大戦から現在に至るクラブの議事録と紀要が、蔵書の大部分を占めていた。

ペネヴァンの西斜面の出来事から、二週間がたっていた。アレックスは壊れたBMWから八〇〇メートルほど道路を登ったところで、登山者用の宿屋の外にとまっていたおんぼろのフィエスタを盗み、ロンドン北部——これまでなんのつながりもなかった場所——へ行った。傷を癒《いや》し、つぎの計画を練るあいだ、偽名でトテナムのB&Bに数日泊まっていた。ロンドンの中心部へ行ったのは一度だけだった。地下鉄でオクスフォード・サーカスへ行き、ATMで現金を引き出し、一時間以内にトテナムに戻った。《デイリー・テレグラフ》に載っていた、ブラック山地の暗い山中で〝悲劇的結果に終わった公務員の密会〟についての詳しい記事を、地下鉄の車内で読んだ。

アレックスの背中のかすり傷は、何日かひどく痛み、かなり派手な傷跡が残ったが、消毒薬とバンドエイドで手当てしただけで済み、それ以上の処置は必要なかった。ナイフの創傷はようやく糸を抜くことができ、いまではうっすらと跡が残っているだけで、ときおりジョージ・ウィドウズの家の裏での格闘を思い出させる不快なようすがとなっていた。B&Bでの十三日目に、アレックスはMI5に電話をかけた。

アレックスがカールトン・クラブの第四書斎にはいっていったとき、図書室の時計が午前十一時を打った。窓に面したデスクに向かっていたアンジェラ・フェンウィックが立ちあがり、ふりむいてアレックスに手を差し出した。「テンプル大尉」といって、戸口でぐずぐずしていたクラブの年配の従業員をさがらせた。「時間ぴったりね」

アレックスは会釈して、無言でフェンの手を握り、勧められた肘掛け椅子に座った。オークに空色の革をぴっちりと張った椅子だ。フェンウィックはデスクの前に戻って、アレックスのほうに椅子をななめに向けた。前よりも老けて見える、とアレックスは思った。口の端に深い皺が刻まれ、皮膚がかさかさに乾いている。いずれも、前に会ったときには、目立たなかったことだった。

フェンウィックが、指をのばして掌《てのひら》を合わせた。最初に会ったときに見たしぐさであることを、アレックスは思い出した。「わたしの局で好かれていたふたりを殺したあとだけに、テムズ・ハウスよりも中立地帯で会うほうが賢明だと思ったのよ。そのほうがあなたも……居心地がいいだろうと」

　中立地帯か、と心のなかでつぶやきながら、アレックスはあたりを見まわした。どこが中立地帯なものか。「ドーン・ハーディングともうひとりのアマチュアの殺し屋を殺したことは、これっぽっちも後悔していない」と、冷ややかにいった。「あいつらはおれを殺そうとしたんだからな。おそらくあんたの命令で。それから、これも頭に入れておいてもらおう……」

「テンプル大尉……」

「……おなじことをやるつもりだ。もしも……」

「テンプル大尉！　わたしは口論するために来たわけではないのよ。あなたが身を護るに至った状況は、全面的に認めます。その代わり、ハーディングとミュアーの両局員が、国家の安全保障のために最善であるという信念からあなたにああいうことをしたのだというのも認めて」

「国のために戦っているSAS士官を殺そうとすることが？」

「なんでも好きなようにいえばいいわ」フェンウィックの視線は氷のように冷たく、声はあくまで非情だった。「起きてしまったことは起きてしまったことよ。肝心なのは、あなたとわたしが……方策を話し合うこと」

「つまり、なんらかの取り引きをまとめようというんだな？」

「そのとおり、テンプル大尉。だから、本題にはいりましょう。こんな話し合いが嫌なのは、そっちもこっちもおなじよ。まず、あなたは今後も陸軍にいたいの？」

アレックスは肩をすくめた。「おれが選べる立場なら。意味はわかるな?」

「よろしい。あなたには手出しをしないと約束します。あなたの行為に関しては、いっさい苦情は申し立てない。こちらの要求は、ミーアンとウォッチマンの作戦につながりのある出来事についてはいっさいしゃべらないということだけよ。同僚にも、連隊長のビル・レナードにも、だれにも」

「その間に、おれを始末する方法を算段するというわけだ」アレックスが、皮肉をこめた笑みを浮かべた。「どういうふうにやる? 射撃場での事故? 登攀中の墜落? 謎のウイルス?」

「テンプル大尉、わたしは……」

「こういう話をするのはだな、おれの身になにかあったら――死ぬようなことがあったらという意味だ――ある全国紙の本社や支社数ヵ所に小包が届けられるからだ。その小包には、MP5一挺と、各種の空薬莢――すべて指紋付き――と、弁護士を同席させたおれの宣誓供述書と、ブラック・ダウン・ハウスまで車で行くときにおれとドーン・ハーディングとの会話を録音したテープがはいっている。ジョーゼフ・ミーアンを罠にかけて殺す手順を、ドーンが詳しく説明している。完全なものとはいえないが、あんたを沈めるにはじゅうぶんだ」

フェンウィックは、口を引き結んだが、表情は変わらなかった。

「ここにテープのコピーがある」ポケットからウォークマンを出しながら、アレックスはいった。再生ボタンを押した。

「ネガティヴな発想は、ネガティヴな行動をもたらす……」ドーンの声だと、はっきりわかる。「約束して。ミーアンを始末する絶好の機会があったら……」

驚いたことに、フェンウィックの目が吊りあがって涙がにじんだ。とっさにアレックスから目をそむけて、メモを見るふりをした。顔をあげたときは、前とおなじ厳しい面持ちで、さきほどの一瞬はまったく存在しなかったかのようだった。「よろしい、大尉。あなたのいい分はよくわかったし、甚大な被害をあたえられる手段があることも認めます。それに対してこっちもいっておくわ。先制攻撃として――わたしの局の挑発もなく――この問題の詳細を話し合ったり開示した場合には――われわれは最大限の……強力な手だてで、身を護ります。ある種の告発が行なわれる――刑事責任にくわえ性的なものまで――きわめて深刻な影響をおよぼす告発よ。あなたは年金、金銭的な信用、名声を、すべて失う。精神状態に疑問を持たれる。要するに、あなたの信用をおとしめて破滅させるために、わたしたちは必要な手段をすべて講じる」

アレックスはうなずいた。一言半句も疑っていなかった。「相互確証破壊というやつだな」とつぶやいた。

「そのとおりよ、テンプル大尉。わたしの経験では、きわめて効果的な抑止力となる。これで取り引き成立ね？」

アレックスは、フェンウィックのゆるぎない視線を受けとめ、相手の目に自分の不屈の決意が映っているのを見た。「取り引き成立だ」

ふたりは握手を交わし、長い沈黙が流れた。フェンウィックは、下の通りの往来を眺めていた。

「ミーアンとは連絡があるの？」やがてたずねた。

アレックスは、かぶりをふった。「いや」

「わたしたちが追跡するから心配は無用よ」

「だろうね」

「見つけるわ」

かすかな笑みが、アレックスの表情を和らげた。「まあ、そういうんなら」

フェンウィックが口ごもった。「大尉、ウォッチマン作戦のほんとうの目的を聞きたくない？」

「ミーアンが見抜いていた。ミーアンは身代わりだったんだ——長い歳月をかけて地位を築いたもぐらの代わりに殺されなければならなかった。やばいことになって、あんたのその偉い人間に危険が及びそうなとき、イギリスの諜報員であるのをばらせるような人間がいなければならない」

フェンウィックがうなずいた。「そのとおり。ミーアンが長く潜入していればいるほど、正体をばらされるおそれのあるもぐらは自分ひとりだと思い込むようになる」

アレックスは立ちあがり、怒りと信じられないという気持ちがないまぜになって、目を閉じ、首をふった。「それにしても、あんたたちは……そのためにいったい何人が死んだ？

兵士と一般市民を合わせて、十数人か？　それもたいがい恐ろしい死にかただ。たったひとつの情報源のために。ほんとうにそれだけの代償に値すると思っているのか？」

「ねえ、大尉、おたがいのことをよく知っているから、あなたにいってもだいじょうぶだと思うんだけれど。肝心な点は、ウォッチマンが身代わりになるはずだった男は、ただのもぐらではなく、ほんもののもぐらだということよ。究極の情報源なの。暗号名をステーキ・ナイフという諜報員について聞いたことは？」

アレックスは驚いて目を瞠《みは》った。「ステーキ・ナイフの話は聞いたことがあるし、新聞でも読んだことがある——ブライアン・ネルソンとFRUがPIRAの大物活動家の住所をUVF（アルスター義勇軍）に教えたというようなことだったが、現実に存在するとは知らなかった。すべてたちの悪いプロパガンダかと思っていた」

「もちろんそういう要素もある」うっすらと笑みを浮かべて、フェンウィックがいった。「でも、ステーキ・ナイフは、たしかに存在するのよ。諜報の歴史がいよいよ書かれるときには、わたしたちが彼を諜報員として使っていたことは、諜報史上最大の偉業と見なされるはずよ。彼は最高幹部に属する人間なのよ、テンプル——国際的に通用する人物よ——それが、イギリス情報部のために働いているの」

「つまり……」雑誌の表紙やテレビで何度となく見たことのある、いまや政治家の風格のある人物の姿が、アレックスの脳裏に押し寄せた。

「そうよ」フェンウィックがいった。「ここで名前を口にするつもりはないけれど、そうなの。彼がわたしたちの諜報員なの」

フェンウィックは、じっと立ったままのアレックスの上を通り越すように視線を投げ、窓の外のセント・ジェイムズ・ストリートを眺めた。

「これで戦場の規模がわかったでしょう、テンプル。死傷者のことなど忘れなさい——戦争に死傷者はつきものよ。結局、あなたもよく知っているように、縛られたままシエラレオネのジャングルに置き去りにされた少年兵のたぐいが、つねに存在するのよ。全体像を見なくてはだめよ」

アレックスは目を閉じた。掌《てのひら》の肉に爪が食い込むのがわかった。

「理解しなければならないのは」フェンウィックが話をつづけた。「ＩＲＡの政策そのものを掌握すれば、何百人、いえ、何千人もの命を……」

「おれにはできない」アレックスが、きっぱりといった。

「できないって、なにが？」

「死傷者を忘れることなどできない。ウィーンやブレドソウや、スーパーマーケットの爆弾でばらばらになった女子供のことを忘れることはできない。木に縛られたままの少年兵のことを忘れることはできない。おれの頭にあるのは人間にまつわること——そういう目に遭うのは人間なんだ——それだけだ。あとはたわごとにすぎない」

「そう、それは大人の態度とはいえないわね。そういう考えかたでは、この先、軍でもあまり見込みはなさそうね」

「そのとおりだと思う」アレックスはいった。書棚から本を適当に出してひらき、見るともなく眺めていたが、すぐに戻した。「恋人同士だったんだろう？　あんたとドーンは？」

フェンウィックは沈黙を守った。

「おれはよくからかった。目が醒めるときに横にいる果報なやつはだれだと。的はずれもいいところだった」

フェンウィックは、石像のように身じろぎもせず座っていた。

「それなのにドーンは死んだ」アレックスは語を継いだ。「ペネヴァンの斜面でドーンが自分の血で息ができなくなって死ぬとき、最後に口にしたのはあんたの名前だった。それでも――それでもあんたは――これがやる価値のあることだったと思うのか？」

じっと動かない人影をちらりとふりかえりながら、アレックスはドアに向かった。「いい人生を送ってくれ、フェンウィック。地獄に堕ちろといいたいところだが、もうとっくに堕ちているにちがいない」

この荘厳なクラブではめったに見られない機敏な足取りで、すたすたとダイニング・ルームを通り抜け、階段をおりて、カールトン・クラブを出た。ちょうど正午で、朝のうちは元気のなかった太陽がだいぶ勢いづいていた。

クラブの表で一瞬立ちどまり、携帯電話を出して、メモリーに記憶された番号をスクロールしていった。やがて、ためらいがちに、ひとつの番号を選んだ。

「はい」

「アレックスだ」

長い沈黙が流れた。女の声が遠くから聞こえた。甲高い叫び、笑い声。近くからは、彼女の息遣い。

「ソフィー?」

「ええ」ソフィーが、そっと答えた。「聞いているわ」

その後

ロンドン

午後四時、もうとっぷりと暮れて、雨で滑りやすくなったメイフェアの道路が、街灯を浴びてぎらぎら光っていた。運転手が大きなジャガーを、ピカデリーのけばけばしいネオンの明かりのなかに突っ込ませたとき、アンジェラ・フェンウィックはハーパーコリンズ社の宣伝課の女性社員のほうを向き、自分の身だしなみがきちんとして手落ちがないことを、最後に確認してもらった。顔の左右をともに見てもらうために、首をまわし、女性社員の申し分ないという笑みを受けた。こういう行事では外見がすべてだということを、アンジェラは知っていた。カメラマンは、有名人が警戒していないところを撮るために、あらゆる手を使う――アンジェラのように、一週間前に大衆の注目というフラッシュを浴びたばかりの、生まれたてのほやほやの有名人であろうと、おなじことだ。

昨夜のクラブでの出版発表会は、じつにうまくいった、と思った。しかし、ＭＩ５の幹部が回想録を上梓するのは、めったにあることではない。あらゆる人間が来た。トニーとチェリー（ブレア首相〔当時〕夫妻）も――チェリーはいつものようにかわいらしかった――もちろんゴードンとセアラ（ブラウン大蔵大臣〔当時〕夫妻）も、パトリック・メイヒュー（メージャー政権時の北アイルランド大臣）も。モー・モウラム（その後北アイルランド大臣）は、アラビアン・ナイトの登場人物のようだった。作家はサルマン・ラシュディ（だいたいあのひとに大きな貸しがある）とトニー・パーソンズ……それにピーター――いとしのピーター――ヒンドゥー・パスポート事件（北アイルランド大臣ピーター・マンデルソンが、ミレニアム・ドームに出資したインド人富豪がイギリス市民権を得られるよう内務省に働きかけたとされて辞任した事件）の嫌疑が晴れ、意気軒昂としていた。大成功の夜で、警備の人間とやる気のなさそうな市民権運動のデモ隊が小競り合いをしたのが玉に瑕《きず》といった程度だった。ある意味では、そのちょっとした迷惑行為すら、こちらに有利に運んだ。パパラッチがたまたまいて、事件の写真を撮り、それが《イヴニング・スタンダード》に載った。

ハーパーコリンズ社は、とにかくすばらしい働きぶりで、最大の努力をして、かなりの金額の経費も文句ひとついわずに支払った。「あなたの回想録は一度しか売れないんですから、アンジェラ」と、だれもがいった。「素っ裸になる覚悟でやりましょう！」

そのとおりにやった。当然ながら、ほんとうの機密にはまったく触れなかった。それはアンジェラの性格からして、どだい無理な話だ。しかし、波乱に富み、印象的な細かい描写もあり、人情味もあった。デイヴィッド・トリンブル（北アイルランド第一大臣〔当時〕。一九九八年ノーベル平和賞受賞）の有名な〝もしもし〟ジョークをいくつかと、マーティン・マッギネス（一九九九年の北アイルランド政府内閣教育大臣）の釣りの話も盛り込んだ。二〇〇〇年のエイプリル・フールにジャック・ストロー外相がアリ・G（The 11 O'clock Showでサシャ・バロン・コーエンが演じたおバカなギャングスター）の電話を盗聴するようにと正式に要請した話も書いた。

もっとまじめな部分では、秘密情報部《ヴォクスホール・クロス》のくそ野郎どもを徹底的に攻撃している。これがじつに痛快だった――SISの顔を蹴とばしてやった。ピンストライプのスーツを着て乙に構えたパブリック・スクール出の傲慢な男性至上主義者たちの姿を、直截的な表現を避けつつ描写した――あいも変わらず国際政治の場で無謀な違法行為をつづける傲慢な姿勢を描いた。ボスニア、ロシア、セルビア、イラク……SISの内部告発者リチャード・トムリンソンがイギリスの秘密情報部について暴露したところへ、とどめを刺す格好になった。

保安局員四名が不慮の死を遂げたという事実を首相官邸が突きつけられた時点で、辞任という取り引きが提示された。部下を護れなかったのは傲慢な態度の表われだといわれた。辞めるように、と命じられた。いま辞めれば、名誉は守られ、年金も減額されない。背中を押される前に飛び降りろ。

四人が殺されたことだけではないだろうと、アンジェラは推察していた。内務省は、内務官僚タイプにテムズ・ハウスの舵をとらせたいのだ――そうに決まっている。白人、ヘテロセクシャル、私立学校出の男性。自分たちとおなじ言葉をしゃべる人間。自分たちが話をつけることができる人間。保安局の予算について、牙と爪で一ペニーでもよけいに奪い取ろうとするのではなく、おだやかに話し合える人間。結局、ウォッチマンの殺人とは関係がない。殺人はただの口実だ。

だから飛び降りた。彼らが勝った。そして、アンジェラは、永年のあいだに集めたメモをまとめはじめた。そんなふうにして、『普通ではない職業』が生まれた。

ハーパーコリンズ社の宣伝課員のアナベルは、とりわけ親切で、出版にこぎつけるまでのあいだに、ふたりはかなり親密になった。もちろん、ドーンのいなくなった空隙《くうげき》を埋めるところまではいかない——死んでから一年半たっても、かわいいドーンのことを考えない日はなかった——でも、目前に迫っている宣伝旅行と地方の大ホテルでふたりだけで過ごす夜のことが楽しみなくらいには、埋め合わせがついていた。

宣伝旅行はあすからだ。今夜はロンドンで大規模なサイン会がひらかれる。ピカデリーのウォーターストーン書店で、一度だけ行なうことになっていた。かなり宣伝が行き届いていて、前もって店に電話したアナベルの話では、おおぜいの客が集まっているという。

運転手が、ジャガーで車の流れを横切るむこうみずなUターンをして、ウォーターストーン書店の前で路肩に寄せ、急いで助手席側のドアをあけた。

アンジェラが車を降りるとき、油でてかてか光っているウィンドブレーカーを着たホームレスが、書店の正面入口近くでぶらぶらしているのが目に留まった。そばを通ったとき、髭がのび、目の血走ったその男が、スペシャル・ブルーの缶を持ちあげて、皮肉っぽく祝うしぐさをした。その侮辱に輪をかけるように、アンジェラとその著書のポスターの真下に座り込んだ。アンジェラは、不愉快になって目をそらした。高級なショッピング・エリアでホームレスを目にするのを、首相はことのほか嫌っている——そう本人がいった——それでもこんな光景を目にする。ウォーターストーン書店は、自分の店の前の歩道の管理に責任を持つべきではないのか、と腹立たしげに思った。アナベルから、店長にひとこといってもらおう。

店内にはいると、アンジェラは重役室に案内され、そこでコートを脱ぎ、ウォーターストーン書店の売り場主任と握手を交わした。コーヒーは断わり、警護を担当する元憲兵隊士官のデイヴ・ホランドに挨拶をした。

「フェンウィックさまのファンはお行儀がいいですね」と、売り場を偵察してきたばかりのホランドがいった。「よろしければ、はじめましょうか」

「いいわよ、デイヴィッド。やりましょう」といって、アンジェラはハンドバッグをあけ、サインペンがはいっていることをたしかめた。はいっていた——MI5の備品の〈ぺんてる〉。

サイン用のデスクが、ジャーミン・ストリートに面し、売り場中央に置かれていた。デスクの左右には、『普通ではない職業』を載せたワゴンと写真撮影用の照明がある。ロープで仕切った奥に、十数名のカメラマンがいて、ニコンを構えている。撮影向けのいちばんの演《だし》物《もの》は、ジェイムズ・ボンド・シリーズの映画でMの役を演じているジュディ・デンチとの握手だった。ちょうど新作が公開されるところで、Mはほんとうは憎むべきSISの長官なのだが、ショービジネスの社会はお世辞で成り立っているのだと、アンジェラは自分にいい聞かせた。ジュディはもう来ていて、店の反対側から近づいてくる。一度、レストラン〈ジ・アイヴィー〉での小さな晩餐会で会ったことがある。

ジュディ・デンチがデスクに近づくとき、店のスピーカーから『ゴールドフィンガー』のテーマが流れた。アンジェラの鼓動が速くなった。なかなかおもしろいじゃないの！

ふたりの女性は挨拶をして、カメラのために長いあいだ握手をつづけた。アンジェラは、サインをした『普通ではない職業』をうやうやしくジュディに渡し、まことしやかに、ずっとジェイムズ・ボンドのファンだと述べた――じつはほんとうだった。

カメラマンの求めに応じて、ふたりはいくつかポーズをとった。やがてジュディ・デンチが、いかにも女優らしく指先をひらひらとふって退場し、アンジェラは腰をおろして、サイン会をはじめた。

じきに慣れて、一定の手順と化した。ほほえみ、名前をきき、サインし、本を返す。ほほえみ、名前をきき、サインし、本を返す。ほほえみ……

アンジェラは楽しんでいた。気遣いを向けられるのがうれしく、大衆が興味を持っているのがうれしかった。砲兵隊のネクタイをしたパブリック・スクール出の感じの男、紫色の髪のゴスロック・ファン、スパイ・ウォッチャーのジャーナリスト、不潔な感じの陰謀説派、ラジカルなフェミニストの学者その他、いかにもロンドンの住人らしいものたち。ひとりひとりがデスクの片側に立つデイヴ・ホランドの注意深い視線を浴びながら、本を持ったひとびとの行列は進んでいった。

アンジェラの横では、アナベルがいかにもこの場を仕切っているという顔で立ち、サイン会のあとでインタビューを行なうことになっている《デイリー・テレグラフ》の人物紹介欄担当記者の動きに目を光らせている。カメラマンで帰ったのは、フリーランスのひとりだけだった。

ほほえみ、名前をきき、サインをし、本を返す。ほほえみ、名前をきき……ウォーターストーン書店の店員ふたりが、ダンボール箱から本を出し、デスクのまわりのピラミッドのような山の形が変わらないようにしていた。

「ジェフリー!」ことに深いつながりのある政治評論家に向かって、アンジェラは小声でいった。「よく来てくれたわね。サリーとお子さんたちは元気?」

相手が丁重に答えて、離れていった。そのつぎは〈プファ・ジャケット〉を着た大柄で不格好な女だった。

「お名前は?」アンジェラは機械的にきいた。列のその女のうしろに、店の表で見た無精髭のホームレスがいるのが目に留まった。驚いたことに、ひどいなりにもかかわらず、本を一冊持っていた。女の唇が動いたが、声が耳にはいらなかった。

「ごめんなさい」アンジェラはいった。「よく聞こえない……」

女が名前をくりかえした——夫だと説明した——アンジェラはサインをして、そこで突然動きをとめた。あの顔は、どこで見たおぼえがあるのだろう? 顔は風雪にさらされ、服は汚れているが、たしかに以前どこかでつながりがあったという確信があった。

しかし、人間は無数の人間とつながりがあるものだ。

大柄な女が離れてゆき、男がアンジェラに自分の『普通ではない職業』を渡した。笑みを浮かべ、ビールと路上生活のにおいがしていた。そして、その笑みは、どこかしら馴《な》れ馴れしく、期待するふうだった。

この男を自分は知っているはずなのか？

「お名前は？」アンジェラは、思い切ってたずねた。

「おぼえてないのか？」男が小声でいった。「アンジェラ、がっかりしたよ！　おれだ。ジョー・ミーアンだ」

まだ恐怖が湧かず、アンジェラはなんの考えもなく本を受け取って、タイトル・ページをひらいた。そのときはっとして、まだ糊《のり》のきいている本のカバーが手の上で閉じた。指が動かせない。まるでしもやけになったようだ。全身が凍りついていた。

ペネヴァンでミーアンを始末したとテンプルが伝えてきたとき、兵隊をひとり連れていってテンプルを始末しろとドーンに命じたのは、自分だった。ミーアンがウォッチマン作戦にまつわる真実を打ち明けた可能性が濃厚だったからだ。

それから、数時間後に、ドーンと応援の局員が殺されているのが発見された。テンプルとミーアンの姿はどこにもなかった。いや、テンプルの所在はじきにわかったが、ミーアンは……

ミーアンは死んで葬られた。

そのはずだった。

そう信じたが、信じてはいなかった。保安局を辞《や》めると、永年周囲を固めていた近接警護チームは使えなくなった。そして――皮肉なことに、彼が生きているかもしれないという話をする相手がいなくなった。仮に生きていれば、わたしを殺しにくるはずだという話を……

何週間も過ぎ、何カ月も過ぎ、一年たっても、ミーアンが現われる気配はなかったので、ようやく警戒をゆるめた。身の安全をはかるにも一公務員ではどうにもならなかったし、ウォッチマンは死んだのだと自分にいい聞かせるようになった……

様子がおかしい、これまでとはちがって時間の流れがぎくしゃくしていると意識下で察したデイヴ・ホランドが、デスクをじっと見た。無精髭の男が、アンジェラ・フェンウィックの視線を捉えたとき、ホランドの目が鋭くなった。いったいどうなっているんだ？

ホランドは、遅ればせながら、アンジェラがおびえているのだと気づいた。コブラに睨まれた小鳥のように、恐怖のあまり麻痺してしまったのだ。身動きできなくなっている。

ホランドの横で、ひとりのカメラマンが、やはり異変を察した。大きなニコンF3を顔の前に構えようとしていた。デスクの横では、《デイリー・テレグラフ》の記者が、びくとも動かない活人画を不思議そうに眺めていた。そのときミーアンがブローニング・セミ・オートマティック・ピストルを抜き、銃口をアンジェラ・フェンウィックの喉に押しつけた。

大混乱。デイヴ・ホランドは、ひずんだ悲鳴を耳では認識していた。パニックを起こしたひとびとがスローモーションで将棋倒しになり、ニコンのモータードライブのシャカシャカシャカという音が聞こえた。ニコンの最後のひとこまと同時に銃声が鳴り響いた。イギリスの各新聞の写真部長が使用を控えたにもかかわらずシンジケートを介して世界中にひろまったその写真には、ミーアンの横顔が写っていた。やさしいといってもいいような顔だった。それにひきかえ、頭蓋骨の破片その他がティアラのような形にほとばしっているアンジェラ

・フェンウィックの顔には、名状しがたい恐怖が宿っていた。

その銃声が轟いた直後——あとでそれを思い出したものは、ひとりもいなかったが——ジョーゼフ・ミーアンは、ひとだかりのうしろのほうにいた、着古した革ジャケットの男のほうを向いた。ふたりは長いあいだ見つめあっていた。ヘリフォードの聖マルティヌス教会の墓地で交わしたのとおなじ視線だった。と、ミーアンがブローニングの銃身を口にくわえ、引き金をもう一度引いて、自分の脳みそをフィクションの棚に撒《ま》き散らした。

古びた革ジャケットの男が、厚いガラス戸からそっと表のジャーミン・ストリートに出ていったのを、だれも気づかなかった。手には、サイン会の詳細が載っている《イヴニング・スタンダード》を持っていた。エンジンをかけたまま駐車していたシルバーのアウディＴＴカブリオレの助手席に乗ると、男は手をのばし、ふとためらってから、運転席の女の栗色の髪に触れた。女がそれに応えて、首をちょっと男のほうに向けた。じっくり観察したものがいたなら、ふたりともどことなく用心している感じだというのがわかったかもしれない。

だが、観察しているものはいなかった。アウディは静かに走り出し、警察の車のサイレンが聞こえるころには、もうそのふたりの姿はなかった。

訳者あとがき

クリス・ライアンのＳＡＳ隊員（もしくは元ＳＡＳ隊員）物も、本書『暗殺工作員ウォッチマン』*The Watchman*（2001）で邦訳第六弾となる。四作目までは、主人公がチーム・プレイを重視する組織や体制に比較的忠実な兵士というキャラクターだったが、前作『特別執行機関カーダ』からは、一匹狼の色合いが濃く、個性が明確になって、冒険小説としての面白さが一段と増したように思う。なかでも本書は、主人公のＳＡＳ士官とすべての面で互角――いや、それ以上の能力をそなえ、おなじＳＡＳの訓練を受けている恐ろしい敵役ウォッチマンの登場により、ひときわスリルのある展開が楽しめる。

前作『特別執行機関カーダ』には、ＭＩ９という聞きなれない秘密組織が登場した。これは捕虜になったイギリス兵の脱走補助や敵戦線の後背の特殊部隊の支援のために、第二次世界大戦中にイギリス陸軍が設立した組織で、その一員であったクリストファー・クレイトン・ハットン少佐という人物が、さまざまな武器や器具を考案している。パイプやシャープペンシルを装った拳銃などハットンの秘匿武器のたぐいは、イアン・フレミングの００７号シリーズでＱのこしらえる武器を彷彿させる。

　このたぐいのスパイ道具は、本書にも（第二次世界大戦時代の遺物として）登場する。鉛筆型信管、トランクに見せかけた無線機、戦後もしばらく使用されたという消音式のウェルロッド拳銃……。

　本書の主人公が深いかかわりを持つＭＩ５は、イギリス国内の防諜を担当する機関（内務省保安局）で、もともとは秘密情報局《シークレット・インテリジェンス・ビューロー》と呼ばれる組織から、ＳＩＳ（秘密情報部。いわゆるＭＩ６）とふたつに分枝したものだ。サウス・ストラトフォードシャー連隊のヴァーノン・ケル大尉と海軍のマンスフィールド・カミング中佐が中心となって一九〇九年に設立された秘密情報局は、ドイツ軍の諜報活動や破壊工作から港湾を守るのが目的だった。当初、陸軍班と海軍班に分かれていたが、やがて国内の防諜は内務省が、海外での情報収集は外務省が担当するようになり、前者がＭＩ５に、後者がＳＩＳに発展した。そして、ＭＩ５をＫ（ケル）が、ＳＩＳをＣ（カミング）が率いた。ちなみに、往時からの伝統で、ＳＩＳ長官は〝Ｃ〟と呼ばれてきたそうだ。

　ＭＩ５本部はテムズ川沿いのミルバンクにあり、テムズ・ハウスとも呼ばれている。最近の００７号シリーズの映画でおなじみの、奇怪な城を思わせるＳＩＳ本部（ヴォクスホール・クロス）とはちがい、テムズ・ハウスはいたって地味な建物だ。このあたりにも、ＳＩＳとのちがいが感じられる。川を隔ててそう遠くないところに本部を構えている両者のライバル意識は、本書のあちこちで描かれている。

では、内容にすこし触れておこう。

ＰＩＲＡ（ＩＲＡ暫定派）など国内のテロ対策はＭＩ５が担当しているが、その一環として、長期潜入工作員（もぐら）をＰＩＲＡ上層部に送り込む極秘作戦が立案された。ＭＩ５の上層部のみが知っているこの作戦の目的は、正確な内部情報を安定して得ることにあった。特殊な訓練をほどこし、長い歳月をかけて送り込んだ凄腕の工作員ミーアン（暗号名ウォッチマン）は、しばらくは最高の情報を供給していた。ところが、ある時点から、まったく役に立たない情報ばかりを送ってくるようになった。

それからしばらくして、ミーアンの調教師《ハンドラー》（工作員を管理する情報担当官）をつとめていたＭＩ５幹部が残虐な方法で殺されるという事件が起きた。手口や状況から、犯人はミーアンだとＭＩ５は断定する……。

ＳＡＳで下士官から大尉にまで昇進した主人公アレックス・テンプルは、シエラレオネでの人質救出作戦を終えた直後、イギリスに呼び戻されて、ＭＩ５副長官のもとへ送られ、ウォッチマンことミーアンを抹殺しろという命令を受ける。だが、抹殺しようにも、ウォッチマンの行方は依然としてわからない……。

本書『暗殺工作員ウォッチマン』には、特殊作戦や銃撃戦の詳細な描写はもとより、ＳＡＳ特有の手順による潜伏・監視・待ち伏せ、さらにはカーチェイス、陰謀と裏切り、時代を超えての謎解きなど、冒険・スパイ小説には欠かせないおもしろい要素がふんだんに盛り込まれている。例によって、ワルサーＰＰＫやグロック34など、登場する銃器についての描写もなかなか興味深い。こうしたディテイルもふくめ、本書はかなり完成度が高い。楽しんでいただけること、請け合いである。

二〇〇三年六月

訳者略歴　1951年生，早稲田大学商学部卒，英米文学翻訳家　訳書『暗殺者グレイマン』『暗殺者の正義』グリーニー，『ねじれた文字、ねじれた路』フランクリン（以上早川書房刊）他多数

HM=Hayakawa Mystery
SF=Science Fiction
JA=Japanese Author
NV=Novel
NF=Nonfiction
FT=Fantasy

暗殺工作員《あんさつこうさくいん》ウォッチマン

〈NV1042〉

二〇〇三年七月三十一日　発行
二〇一三年六月　十五　日　三刷
（定価はカバーに表示してあります）

著者　クリス・ライアン
訳者　伏《ふし》見《み》威《い》蕃《わん》
発行者　早川浩
発行所　株式会社　早川書房
郵便番号　一〇一‐〇〇四六
東京都千代田区神田多町二ノ二
電話　〇三‐三二五二‐三一一一（大代表）
振替　〇〇一六〇‐三‐四七七九九
http://www.hayakawa-online.co.jp

乱丁・落丁本は小社制作部宛お送り下さい。
送料小社負担にてお取りかえいたします。

印刷・中央精版印刷株式会社　製本・株式会社川島製本所
Printed and bound in Japan
ISBN978-4-15-041042-1 C0197

本書は活字が大きく読みやすい〈トールサイズ〉です。